Der vierte Fall für das deutsch-österreichische Ermittlerteam Alexa Jahn und Bernhard Krammer

Chefinspektor Bernhard Krammer steht geschockt in der Wohnung seiner Kollegin Roza Szabo in Innsbruck. In ihrem Wohnzimmer liegt eine männliche Leiche. Mit einer Tauchermaske, auf der der Name Krisztina steht. Doch von Roza selbst fehlt jede Spur. Was ist geschehen? Wer ist Krisztina? Und warum hat Roza nicht die Kollegen alarmiert, sondern ist wie vom Erdboden verschwunden?
Als klar ist, dass Roza das letzte Mal am Walchensee gesehen wurde, bittet Krammer Oberkommissarin Alexa Jahn von der Inspektion Weilheim um Hilfe. Aber Rozas Spur verliert sich am See. Die Ermittlungen geraten zusehends ins Stocken, doch eines wird immer klarer: Jemand ist hinter Roza her, der Name Krisztina eine Drohung. Und wenn Alexa und Krammer Roza nicht rechtzeitig aufspüren können, wird sie mit ihrem Leben bezahlen.

»Hochspannend … genial fügen sich wie bei einem Puzzle alle Teile zusammen.« *Süddeutsche Zeitung*

»Anna Schneider beherrscht ihr Handwerk und wird immer noch besser. Sehr zu empfehlen!« *SR 3, Ulli Wagner*

Weitere Informationen finden Sie auf www.fischerverlage.de

Anna Schneider

GRENZFALL

In den Tiefen der Schuld

Kriminalroman

FISCHER Taschenbuch

2. Auflage: Februar 2024

Originalausgabe
Erschienen bei FISCHER Taschenbuch
Frankfurt am Main, Februar 2024

Redaktion: Carlos Westerkamp

Satz: Fotosatz Amann, Memmingen
Druck und Bindung: CPI books GmbH, Leck
ISBN 978-3-596-70819-2

1.

»Nun mach doch schon!«, herrschte Bernhard Krammer den Beamten an, der sich bemühte, das Schloss von Roza Szabos Wohnung zu öffnen. Seine Kollegin war am Abend zuvor spurlos verschwunden, und bis jetzt hatte er keine Ahnung, wo sie sich aufhielt.

Endlich sprang die Tür auf. Ohne ein Wort drängte Krammer den Beamten zur Seite. Er war noch nie hier gewesen und fragte sich, wie es nur passieren konnte, dass er schon seit Jahren mit Roza zusammenarbeitete, aber nicht ein einziges Mal bei ihr zu Hause gewesen war. Andernfalls hätte er in einer Minute erkannt, ob etwas verändert schien oder fehlte.

Was das über ihn selbst aussagte, beschämte ihn zutiefst. Es wurde allerhöchste Zeit, seine Haltung seinen Mitmenschen gegenüber zu ändern. Denn seit er draußen im Flur vor ihrer Tür gestanden hatte und die Angst vor dem, was sie hier vorfinden würden, ihm beinahe die Luft zum Atmen genommen hatte, war sein Wesen geläutert.

Er hoffte bloß, dass es dafür nicht bereits zu spät war.

Es blieb alles ruhig in der Wohnung, nichts bewegte sich. Auch wenn er es nicht näher begründen konnte und äußerlich nichts darauf hindeutete, spürte er dennoch deutlich, dass hier etwas nicht stimmte.

Der Beamte wollte ihn zurückhalten, doch Krammer nahm

sich keine Zeit für die üblichen Routinen, für Fotos oder für Überzieher über den Straßenschuhen.

»Roza?«, rief er. »Roza, bist du hier?«

Als keine Antwort kam, hastete Krammer in den schmalen Flur. Zu jeder Seite gingen zwei Türen ab, die alle geschlossen waren. Es war ungewöhnlich stickig und warm, als würde die Heizung auf voller Power laufen. Abrupt hielt er inne. Es war nur eine feine Nuance, aber etwas drang jetzt in seine Nase, ein Hauch von Parfüm. Doch Roza trug nie welches.

»Du ruinierst hier alles, Bernhard. Nimm die Schutzkleidung!«, mahnte der Mann und hielt ihn fest.

»Lass mich in Ruhe!«, polterte Krammer los. »Bleibt alle draußen, hört ihr!«

Er erkannte sich selbst nicht wieder. Normalerweise ging er nicht so mit Kollegen um. Doch in den letzten Tagen hatte es zwei Anschläge auf Roza Szabos Leben gegeben. Dennoch hatte er sich von ihr abweisen lassen, hatte weder insistiert noch auf Erklärungen bestanden. Obwohl er hätte wissen müssen, dass wieder etwas passieren würde. Dass derjenige sich nicht geschlagen geben würde, der in ihr Leben drängte. Und der sie eindeutig töten wollte.

Krammer schob die Hand des Kollegen weg, der sich nun widerwillig entfernte, zog aber doch zur Sicherheit Handschuhe über, bevor er die erste Tür öffnete.

Die Küche. Gemusterte Kacheln mit blauen Schnörkeln darauf, eine Kochzeile mit Oberschränken, ein schmaler Tisch vor dem Fenster. Zwei Sektkelche befanden sich darauf.

Krammer trat näher, hielt sie gegen das Licht. Genauso unbenutzt wie die Champagnerflasche, die geöffnet danebenstand. Dom Pérignon. Er legte seine Hand an das Glas. Sie war zimmerwarm. Natürlich. Szabo war bereits am Vorabend hier gewesen.

Sofort kam ihm die Botschaft in der Briefbombe in den Sinn, die vor ein paar Tagen im Dezernat eingegangen und an Roza gerichtet worden war. *Denkst du noch oft an mich?*, hatte darauf gestanden.

Hatte der Absender ihr nun hier einen Besuch abgestattet? Es gab in der Wohnung bisher keine Unordnung, die Tür war fest verschlossen gewesen. Sie musste ihn selbst eingelassen haben, oder er besaß einen Schlüssel. Krammer betrachtete die Gläser, dachte an den Geruch des Parfüms. Eine Verabredung?

Er schüttelte den Kopf. Sie hatte sämtliche persönlichen Sachen im Büro zurückgelassen, hatte nicht einmal ihren Mantel mitgenommen. War einfach Hals über Kopf weggelaufen. Das sprach nicht für ein romantisches Date. Auch nicht dafür, dass sie mit jemandem mitgegangen war. Aber irgendetwas musste gestern Abend geschehen sein.

Er atmete tief durch, trat zurück in den Flur. Mit einem knappen Blick passierte Krammer ein Bild aus Ungarn, ihrer Heimat. Die Puszta, vermutete er. Im Vordergrund zwei Reiter mit blauen Röcken, kitschig gemalt, in einem vergoldeten Rahmen. Daneben ein Schuhschrank. Drei Garderobenhaken mit Schals und einer Tasche daran sowie einem Hut, den er nie an Roza gesehen hatte.

Er ging weiter, sog den seltsamen Geruch tief in seine Lungen. Wischte sich den Schweiß vom Gesicht. Dann hielt er auf die nächstgelegene Tür zu, ignorierte die drängenden Fragen der Kollegen, nahm sie nur noch als Hintergrundrauschen wahr.

Wenn die Wohnung so geschnitten war wie die meisten mit dieser Anordnung, lag dort das Wohnzimmer. Gegenüber musste ihr Schlafzimmer sein. Und zuletzt kam das Bad.

Seine Hand zitterte, während er die Klinke herunterdrückte. Der Geruch wurde stärker, als er die Tür ein Stück aufschob. Er versuchte sie weiter zu öffnen, aber sie ließ sich nicht bewegen. Etwas lag dahinter. Etwas Schweres. Sein Herz begann zu rasen.

Bitte nicht, dachte er. Nicht sie.

Sämtliche Vorhänge waren geschlossen, und Krammer tastete nach dem Lichtschalter.

Das grelle Deckenlicht flammte auf, blendete ihn für einen Moment. Rasch musterte er die dunklen, schweren Möbel, viel zu gediegen für Szabo, wie auch der Rest der Wohnung, die dicken grünen Vorhänge aus Samt. Auf einer gehäkelten Decke auf dem Couchtisch lagen welke Blütenblätter, die von den Rosen in der Vase stammen mussten. Aber auch hier weder Unordnung noch Kampfspuren. Nichts, das auf ein unbefugtes Eindringen hingedeutet hätte.

Nur der süßliche Duft, der ihm jetzt beißend in die Nase stieg.

Krammer wappnete sich, schob sich durch den schmalen Spalt in den Raum und sah hinter das Türblatt.

Jemand lag dort, mitten im Wohnzimmer. Der Statur nach zu urteilen definitiv ein Mann. Rasch bückte er sich, überprüfte den Puls. Der Parfümgeruch, den der Körper verströmte, nahm ihm dabei fast den Atem. Doch es war zu spät, um Hilfe zu leisten.

Das Bild, das sich ihm bot, war verstörend. Nicht nur, weil das Gesicht des Mannes komplett von einer schwarzen Tauchermaske verdeckt war, die ihn wie eine Figur aus *Star Wars* wirken ließ. Eine Kamera war daran angebracht, an der ein Licht rot blinkte.

Doch am meisten irritierte Krammer, dass quer über dem Glasvisier mit pinkfarbenem Lippenstift etwas geschrieben stand: *In Liebe, Krisztina.*

Der Kopf des Toten ruhte auf einem ebenfalls pinken Samtkissen. Rund um seinen Körper waren weiße Lilien drapiert, die den penetranten Geruch im Raum noch verstärkten.

Totenblumen, schoss es Krammer durch den Kopf.

Der Mann war in einen dunklen Anzug gekleidet, die Hände darüber verschränkt. Wie bei einem Begräbnis.

Er konnte den Blick nicht von der Szenerie lösen. So erleichtert er war, dass nicht Roza hier lag, musste dies dennoch der Grund für ihr Verschwinden sein. Und er hatte keine Ahnung, was all das zu bedeuten hatte. Oder was er als Nächstes tun sollte. Noch nie in seinem Leben hatte er sich so aufgewühlt und gleichzeitig hilflos gefühlt.

»Was um Himmels willen …?«, fragte ein Kollege, der ihm gefolgt war, während die restlichen Beamten den Geräuschen zufolge bereits die anderen Zimmer überprüften.

»Roza?«, erkundigte sich Krammer bloß.

Der Mann schüttelte den Kopf. Sie blieb verschwunden.

Langsam erhob sich Krammer, bemüht, seine professionelle Haltung wiederzufinden. »Eine Leiche, offensichtlich männlich«, meldete er mit kehliger Stimme zurück. »Fordert die gesamte Mannschaft an, die Spurensicherung und der Gerichtsmediziner sollen sich umgehend auf den Weg machen. Aber nur der Hellinger, hört ihr! Sagt ihm, dass es um Roza geht. Und ich will, dass niemand hier reinkommt, bevor er da ist.«

»Weiß man schon, wer das ist?«, fragte der Beamte noch.

Krammer schüttelte den Kopf. Er konnte nicht einmal einschätzen, ob der Tote jung oder alt war. »Nein«, murmelte er. »Ich kann nur eins mit Gewissheit sagen: Nachdem er das Ding aufgesetzt hat, muss noch jemand hier gewesen sein.«

Sein Kollege nickte, scheuchte die anderen aus dem Flur und begann bereits zu telefonieren. Langsam ging Krammer aus dem Raum und schloss sorgfältig die Tür, bevor er seine Handschuhe auszog. Im Stillen betete er, dass es sich um einen Unfall handelte und nicht um Mord.

»Wo bist du nur hineingeraten, Roza?«, flüsterte Krammer leise.

2.

Alexa Jahn bahnte sich ihren Weg zwischen den Beamten hindurch, die die gesamte Wohnung der österreichischen Kollegin akribisch nach Fasern und anderen Spuren absuchten. Dicht dahinter folgte ihr Kollege Florian Huber. Obwohl sie auf dieser Seite der Grenze keine Befugnisse hatten, war es keine Frage gewesen, dass sie herkommen würden, nachdem sie im LKA Innsbruck erfahren hatten, dass die Kriminalinspektorin, die mit Krammer zusammenarbeitete, verschwunden war. Sie kannten Roza Szabo zwar nicht persönlich, aber Alexa hoffte, dass sie der Fall von ihren Gefühlen ablenken würde, denn das Wiedersehen mit ihrem ehemaligen Partner aus Aschaffenburg in der Woche zuvor hatte sie emotional ziemlich durchgeschüttelt.

Das Team vor Ort agierte hochkonzentriert, und obwohl viele Menschen auf engstem Raum beisammen waren, sagte niemand ein Wort. Wenn es um jemanden aus den eigenen Reihen ging, wurde noch gründlicher gearbeitet. Alexa und Huber hatten sich Schutzanzüge geben lassen. Niemand stellte Fragen, warum zwei deutsche Beamte da waren. Elly Schmiedinger, Krammers Sekretärin, hatte das Team vermutlich zuvor über ihr Kommen informiert.

Neugierig sah Alexa sich um.

Endlich trafen sie im Wohnzimmer am Ende des Flurs auf Bernhard Krammer, der mit leerem Blick mitten im Raum stand. Draußen war gerade eine Leiche abtransportiert worden, und Alexa befürchtete das Allerschlimmste.

»Elly hat uns gesagt, wo wir dich finden können«, begann sie und verkniff sich die Frage, wie es ihm ging. Weder wusste sie nähere Details, noch kannte sie ihren Vater, Bernhard Krammer, besonders gut, da sie von seiner Existenz erst wenige Wochen zuvor erfahren hatte. Aber sein Befinden war auch so deutlich zu erkennen: Seine Wangen waren eingefallen, die grauen Haare, die er stets mit einem akkuraten Seitenscheitel trug, waren zerzaust, und seine Arme hingen herab, als hätte er jegliche Kraft verloren. Er hatte bislang immer energisch und vital auf sie gewirkt, aber heute sah man ihm seine sechzig Jahre deutlich an.

»Alexa, Florian«, sagte er bloß. Dann wischte er sich über das Gesicht, als könne er damit die Bilder in seinem Kopf verjagen. »Entschuldigt, ich hatte euch völlig vergessen. Aber ich konnte ja nicht wissen …«

Er brach ab und presste die Lippen zusammen.

Ohne zu überlegen ging Alexa auf ihn zu und legte ihm die Hand auf den Oberarm. Es war das erste Mal, dass sie ihn berührte. Obwohl sie körperlich sonst eher Distanz zu Menschen hielt, war es ihr in diesem Moment ein Bedürfnis. Dennoch fühlte es sich seltsam an. Als würde sie eine Grenze überschreiten. Aber diese Geste der Verbundenheit musste sein. Krammer war völlig am Ende.

Er suchte ihren Blick, straffte sofort die Schultern und brachte ein knappes Lächeln zustande.

»Können wir irgendetwas tun?« Sie trat ein Stück zur Seite, um sie beide aus der ungewohnt intensiven Situation zu befreien. Immerhin waren sie an einem Tatort.

»Wenn ihr mir sagen könnt, wer der tote Mann ist, den wir hier gefunden haben, wäre mir schon geholfen.« Krammer schnaubte und schüttelte den Kopf. »Entschuldigt. Das war nicht fair. Ich sollte meinen Frust nicht an euch auslassen. Aber ich kann mir einfach keinen Reim darauf machen, was hier geschehen ist.«

Huber stand ein Stück von ihnen entfernt und betrachtete das Innere eines massiven Holzregals, in dem sich hinter Glastüren alte Bücher, Fotos und Vasen befanden.

Immerhin war es nicht Roza Szabo, die abtransportiert worden war, stellte Alexa erleichtert fest. »Was ist denn passiert? Der Tote hier … Du denkst doch nicht, dass deine Kollegin …« Sie brach ab.

Doch statt eines Wutausbruchs zuckte Krammer dieses Mal bloß die Schultern und sackte in sich zusammen. »Ich weiß nicht mehr, was ich denken soll, Alexa. Wirklich nicht. Wir haben heute in der Frühe bemerkt, dass Roza abgängig war, obwohl der Rechner lief. Sie hat gestern Abend Hals über Kopf das Büro verlassen. Und zwar buchstäblich: Ihr Mantel, ihre Tasche, Ausweispapiere, sogar ihr Handy – alles ist noch dort. Ein Video von der Pforte zeigt, dass sie schon gestern Nachmittag aus dem Gebäude gerannt ist, nicht lange bevor wir selbst dort eingetroffen sind. Der Mann, der Wachdienst hatte, dachte sich nichts dabei, weil ich selbst auch kurz zuvor so eilig weg bin …«

Er verstummte und musterte Alexa. Aber er musste es nicht aussprechen. Sie wusste genau, was er meinte: Krammer war ihr wieder einmal zu Hilfe gekommen. Das war der Grund gewesen, weshalb er Rozas Abwesenheit nicht bemerkt hatte. Sie atmete tief durch und verschränkte die Arme vor dem Körper.

Doch schon fuhr Krammer mit seiner Erzählung fort: »Ich habe am Abend noch lange an dem Bericht gesessen und bin dann direkt nach Hause.« Erneut hielt er inne und sah zum Fenster hinaus, so als hoffte er, seine Kollegin dort zu finden. »Roza hat wohl noch einen Termin abgesagt, den sie für heute Vormittag anberaumt hatte. Demnach schien sie bereits gestern gewusst zu haben, dass sie nicht zurückkommen würde. Als wir ihr Fehlen bemerkt haben, bin ich gleich mit einem Team hierhergefahren. Die Tür war geschlossen, aber nicht zugesperrt, was mich verwundert hat. Sie ist da sonst sehr genau, die Roza. Dann fanden wir die zwei Gläser und den Champagner in der Küche – und hier eben den Toten. Da, direkt hinter der Tür ...« Krammer deutete auf den Bereich. »Ausgerechnet heute ist Rudi Hellinger, unser Gerichtsmediziner, wegen einer Tagung verreist, deshalb habe ich die Leiche direkt ins Institut überführen lassen. Zu allem Überfluss ist jedoch der Diensthabende dort erkrankt, und ihr wisst selbst, wie dünn die Personaldecke überall geworden ist. Erst recht am Wochenende. Deshalb fürchte ich, wir müssen bis Montag auf seine Rückkehr warten. Sie versuchen es natürlich schneller ...« Er seufzte. »Aber Hellinger ist eh der Beste, den wir haben. Er kennt Roza schon seit Jahren und wird sich umgehend um den Fall kümmern, da bin ich sicher. Dennoch verlieren wir dadurch wertvolle Zeit ...«

Alexa umrundete das Sofa, um sich anzusehen, wo der Mann gelegen hatte. In dem pinken Kissen, neben dem eine Tatortnummer stand, war noch deutlich die Vertiefung zu erkennen, wo der Kopf des Toten geruht hatte. Eine große, beschriftete Beweismitteltüte enthielt weiße Lilien. Blut- oder Kampfspuren gab es keine.

»Der Tote war ein Mann?«, äußerte sich nun Florian Huber von der anderen Seite des Zimmers. »Bei dem Geruch hier drin hätte ich eher auf eine Frau getippt.«

»Das sind die Blumen.« Alexa deutete auf die Tüte. »Lilien riechen sehr intensiv.«

Aber da war noch etwas. Eine süßliche Geruchsmischung hing schwer im Raum.

»Er trug eine Vollgesichtsmaske, wie man sie zum Tauchen benutzt«, sagte Krammer nun, »daher konnte ich seine Züge nicht besonders gut erkennen. Aber es war definitiv ein Mann.«

»Eine Tauchermaske? Könnte es auch ein Unfall gewesen sein? Vielleicht bei einem Sexspiel?«, fragte Huber.

»Ich weiß nicht, was ich denken soll, Florian. Möglich ist alles. Aber warum hier? Und die Blumen hat er wohl kaum zuvor um sich herum drapiert. Das schließt einen Tod ohne Vorsatz natürlich nicht aus, aber es war definitiv noch jemand anwesend.«

Und all das hat etwas mit Roza zu tun, fügte Alexa im Stillen hinzu.

Krammer zeigte ihnen Fotos von der Leiche. »Wir tappen völlig im Dunkeln, was die Todesursache angeht. Es deutet allerdings nichts auf eine Gewalteinwirkung hin. Oberflächlich waren keine Abwehrspuren oder Verletzungen zu sehen, und auch hier in den Räumen haben wir keine Anzeichen eines Kampfes gefunden. Natürlich ist die Spurensicherung noch nicht abgeschlossen. Aber wie ich es drehe und wende: Jemand liegt tot in dieser Wohnung, und von Roza fehlt jede Spur. Warum hat sie nicht einfach unsere Kollegen hergerufen? Oder den Notarzt …?« Abrupt brach er ab und wandte ihnen den Rücken zu.

Er musste nicht aussprechen, was ihn so umtrieb. Er war nicht bloß verletzt, weil seine Kollegin ihn nicht einbezogen hatte. Vielmehr würde Roza es vermutlich nur dann unterlassen, wenn sie selbst etwas mit dem Tod des Mannes zu tun hatte. Alexa konnte ihren Vater gut verstehen. Es musste schrecklich sein, wenn derjenige, mit dem man tagein, tagaus zusammenarbeitete, plötzlich im Verdacht stand, in ein Verbrechen verwickelt zu sein.

»Aber wenn Roza gestern Abend schon verschwunden ist, könnte doch auch jemand die Leiche in ihre Wohnung gebracht haben, ohne dass sie überhaupt davon wusste. In der Nacht, zum Beispiel«, warf Alexa ein.

»Und weshalb ist sie dann wie der Teufel aus dem Büro gerannt, wenn sie nichts damit zu tun hat?« Krammer fuhr herum, aber sofort schien er den aufgebrachten Ton zu bereuen und mäßigte sich. »Ohne ihre persönlichen Sachen?«

»Möglicherweise sollten wir vorerst nicht darüber mutmaßen, warum sie weg ist, sondern lieber herausfinden, vor wem sie geflüchtet sein könnte. Vielleicht kommen wir so weiter. Gab es in letzter Zeit einen Fall, bei dem jemand eine Rechnung mit ihr offen hatte?«

Krammer schaute Alexa lange an und schien etwas abzuwägen. »Da ist noch etwas, das ich euch erzählen muss«, begann er. »Es gab bereits zwei seltsame Vorfälle in den letzten Tagen: Erst kam eine Briefbombe bei uns im LKA an. Direkt an Roza adressiert, die das Ding aber zum Glück nicht geöffnet hat, sondern von den zuständigen Kollegen überprüfen ließ. Und dann hatte sie gestern Vormittag einen Unfall. Jemand hat sämtliche Radmuttern gelöst, sie verlor die Kontrolle über den Wagen, hatte aber riesiges Glück und ist erneut unverletzt geblieben. Sie hat auch das bloß abgetan, aber der Mechaniker, der den Wagen abgeschleppt hat, meinte, das könne kein Zufall sein. Auf jede meiner Fragen zu diesen Vorkommnissen reagierte sie abweisend und hat mich wie einen Idioten hingestellt. Natürlich hätte ich dem weiter nachgehen müssen, das ist mir jetzt auch klar. Aber ich steckte mitten in einem seltsamen Fall in Gnadenwald, war mit den Gedanken ganz woanders.« Er legte den Kopf in den Nacken. »Dann kam Florians Anruf, und wir sind auf die Alm, um dich zu suchen. Und jetzt …«

»Jetzt müssen wir die Nerven behalten und nach ihr suchen«, unterbrach ihn Alexa mit fester Stimme und nickte Huber zu. Der schien genau wie sie selbst entschlossen zu sein, Krammer zu unterstützen. Alexa fühlte sich ihm sowohl als Kollegin wie auch als Tochter verpflichtet. Erst recht, weil er ihr schon mehr als einmal aus einer brenzligen Situation herausgeholfen hatte. Zwar hatte Ludwig Brandl, ihr Chef, ihre Suspendierung am Vorabend mit milden Auflagen aufgehoben, da ihr letzter Einsatz eindeutig gezeigt hatte, dass sie wieder voll arbeitsfähig war. Vermutlich hatte er es jedoch vor allem deshalb getan, um etwaige Fragen im Keim zu ersticken, wieso sie in dieser Zeit überhaupt an einer Ermittlung beteiligt gewesen war – erst recht auf der anderen Seite der Grenze. Außerdem lag momentan kein wichtiger Fall auf ihrem Tisch in der Inspektion in Weilheim. Und es war Freitag, das Wochenende stand bevor, die Altfälle konnten also gut noch etwas länger warten.

»Das hat doch keinen Sinn«, hielt Krammer dagegen. »Ich habe ja nicht die leiseste Ahnung, wo ich überhaupt anfangen soll! Wir können sie nicht orten, ihr Auto ist in der Werkstatt.

Trotzdem kann sie mittlerweile überall sein … Übrigens wurde ihr Handy mit Hunderten von Nachrichten eines Bots überflutet, aber sie sind vollkommen leer. Kein einziges Wort, das Aufschluss darüber gibt, wo sie sein könnte oder worum es hier überhaupt geht. Ich habe nicht den winzigsten Anhaltspunkt! Buchstäblich nichts! Ich will euch da nicht mit hineinziehen. Denn ihr seht ja selbst … Und mit jeder weiteren Stunde …« Er deutete wieder auf den Platz, wo die Leiche gelegen hatte.

Doch Alexa ließ sich nicht beirren. »Komm«, sagte sie resolut. »Hier stehen wir nur im Weg. Wir fangen an, wie wir es immer tun. Zuerst befragen wir die Nachbarn im Haus. Vielleicht ist denen etwas aufgefallen: ein Geräusch, ein Auto, eine fremde Person. Jemand, der das Gebäude beobachtet hat. Und sie können uns eventuell sagen, ob Roza gestern Abend noch einmal hier gewesen ist. Ob Licht bei ihr brannte oder sie ihr im Flur begegnet sind. Danach sehen wir uns sämtliche Unterlagen der letzten Fälle an und gehen jedes Gespräch von euch noch einmal genau durch. Womöglich hatte sie bloß einen Unfall und ist nicht in der Lage, sich zu melden. Oder Roza wollte dich einfach nicht in diese Sache mit hineinziehen und hat das Ausmaß der Bedrohung falsch eingeschätzt. Für all das gibt es einen Grund. Und den finden wir jetzt gemeinsam heraus, Bernhard. Mit vereinten Kräften. Immerhin sind wir Profis.«

3.

Zwei Stunden später saßen sie zu dritt in Krammers Büro, ohne einen Schritt weitergekommen zu sein. Die meisten Nachbarn waren nicht zu Hause gewesen, und sie würden wohl oder übel am Abend erneut sämtliche Stockwerke und benachbarten Häuser abklappern müssen. Auch hinsichtlich Kameras hatten sie keinen Erfolg gehabt. Es gab weder einen Laden in der Nähe, der einen überwachten Eingang hatte, noch irgendeine andere Bildquelle, die sie hätten anzapfen können.

Die SD-Karte aus der GoPro, die an der Tauchermaske angebracht war, brachte sie ebenfalls nicht weiter. Man hörte lediglich das Klappen einer Tür, dann einige dumpfe Geräusche. Kurz flammte das Licht auf, ansonsten war nichts anderes darauf zu sehen als Dunkelheit. Wozu die Kamera gedient haben könnte, blieb für Alexa ein Rätsel. Womöglich war das, worum es dem Täter ging, durch die in Dauerschleife laufende Aufzeichnung längst überschrieben.

Alexa startete erneut das Video, in dem Roza Szabo am Vorabend das LKA-Gebäude verließ. Sie rannte, als wäre der Teufel persönlich hinter ihr her. Der Ausdruck auf ihrem Gesicht ließ allerdings keinen Zweifel daran, wie ernst die Sache war: aufgerissene Augen, der Mund leicht geöffnet, immer wieder wandte sie den Kopf. Sie hatte eindeutig Angst. Nur wieso? Und vor wem?

Sie schielte kurz zu ihrem Vater hinüber. Zwar hatte sie ihn zuvor besänftigt, aber natürlich warf Rozas Verhalten Fragen auf. Warum hatte sie ihn nicht ins Vertrauen gezogen, wenn sie bedroht wurde? Immerhin arbeiteten sie schon jahrelang eng zusammen.

Krammer ging mit Huber die Liste der ein- und ausgegangenen Anrufe im Büro durch.

»Auf meinen Seiten fällt mir nichts auf. Sie hat fast nur interne Gespräche geführt. Aber check doch mal diese Nummer hier, Bernhard.« Huber las sie vor.

»Die ist von einer Pizzeria. Gleich hier um die Ecke.«

»Hat sie da häufiger bestellt?«, fragte Alexa, obwohl es ihr nicht weiter verwunderlich erschien, dass eine alleinstehende Frau eine Bestellung abholte. Kaum jemand, der vergleichbare Arbeitszeiten hatte wie die Leute im Polizeidienst, kochte abends noch. Florian Huber konnte sich das vermutlich nicht vorstellen: Auf ihn warteten daheim Frau und Kinder, und vermutlich stand jeden Abend eine Mahlzeit für ihn bereit. Der pure Luxus. Sie selbst hätte ohne Lieferdienste und Mikrowelle kaum überleben können.

»Ich weiß es nicht«, antwortete Krammer und fuhr sich durch die Haare.

Diesen Satz hatte er in den letzten Stunden immer und immer wieder von sich gegeben, wenn sie von ihm etwas wissen wollten. Das Geschehene rieb ihn ganz offensichtlich auf, und er war völlig überreizt. Alexa befürchtete allerdings, dass er dadurch wichtige Kraft und Konzentration verlor, die sie bei dieser Ermittlung gerade uneingeschränkt benötigten. Immerhin war Krammer der Einzige, der ihnen überhaupt etwas über Roza Szabo sagen konnte.

»Das Napoli ist zu Fuß nur zehn Minuten entfernt und liegt auf Rozas Heimweg. Insofern ist das gut möglich«, fügte Krammer schließlich nach kurzem Überlegen hinzu.

»Aber sie haben hier angerufen«, bemerkte Huber.

»Sicher bloß eine Rückfrage zur Bestellung. Oder es gab eine Verzögerung«, mutmaßte Alexa.

Huber nickte und ging mit dem Finger weiter eine Nummer nach der anderen durch.

Alexa widmete sich nun dem Bericht der Kollegen, die die Briefbombe untersucht hatten, die einige Tage zuvor im Büro eingegangen war. Der Umschlag war mit einem simplen mechanischen Auslöser versehen und wies einen fühlbaren Metallrahmen auf. Den zu bauen, war nicht sonderlich schwer. Aber es war genug Sprengstoff darin enthalten, um eine Detonation auszulösen, die die Öffnende gefährlich verletzen hätte können. Die Absicht des Absenders war somit eindeutig. Ungewöhnlich war lediglich, dass der Brief aus Ungarn kam. Aus Budapest.

Aber vielleicht hatte der Absender sie damit auch bewusst auf eine falsche Fährte locken wollen und sie sollten bloß glauben, der Anschlag hätte etwas mit Rozas Vergangenheit zu tun. Oder er wollte signalisieren, dass er schon längst über alle Berge war und eine Suche wenig Zweck hätte.

Interessanter war für Alexa der Zettel im Inneren. Denn die Nachricht *Denkst du noch oft an mich?* ließ eindeutig auf eine persönliche Beziehung zum Absender schließen. Aber warum hatte er diese Zeilen dann nicht in Landessprache geschrieben? Roza hätte den Wortlaut ja verstanden. Irgendetwas störte Alexa, doch sie konnte es noch nicht richtig fassen.

»Roza stammt doch aus Ungarn, oder?«, fragte sie deshalb nach.

Krammer nickte. »Dass der Brief aus ihrer Heimat kam, ist mir auch sofort ins Auge gestochen.«

»Hast du Roza darauf angesprochen?«

»Auf die Herkunft nicht«, gab er zu. »Aber sie spielte das alles ohnehin bloß herunter. Es handele sich um irgendeinen Irren, der damit seine Missbilligung gegenüber der Polizei zum Ausdruck bringen wolle.«

»So weit hergeholt ist das nicht«, wandte Huber ein. »Die Angriffe auf Feuerwehrleute, Rettungskräfte und Sanitäter häufen sich ja in letzter Zeit. Da bildet die Polizei keine Ausnahme – und einige Leute reagieren schon auf unsere bloße Existenz aggressiv.«

Krammer zuckte die Schultern. Zwar hatte Huber recht mit seiner Äußerung, es erklärte aber weder, warum ein Toter in Szabos Wohnung lag, noch wo sie selbst abgeblieben war. Den Wortlaut des Zettels erst recht nicht.

»Und was ist mit Perski?«, wagte Alexa schließlich zu fragen und kam damit auf den wunden Punkt in Krammers Leben zu sprechen. Als sie vor ein paar Wochen im Krankenhaus wegen einer Schussverletzung behandelt wurde, hatte ihr Vater einiges über seinen Widersacher erzählt, der zuletzt in der Jachenau eine Gruppe junger Männer für seine Zwecke instrumentalisiert hatte und von dem Krammer sicher war, dass er irgendwann wieder auftauchen würde, um sein Leben und seine Karriere endgültig zu vernichten.

»Immerhin ist er uns neulich als Einziger entwischt.«

Krammers Gesichtsmuskeln zuckten nervös, als sie den Namen erwähnte. Aber er schüttelte vehement den Kopf.

»Selbst Perski braucht Zeit, um den nächsten Schlag vorzubereiten. Und er hätte das Ding garantiert so präpariert, dass kein Mensch bemerkt hätte, was es damit auf sich hat. Dann wäre Roza jetzt nicht mehr bei uns.«

Er sackte in sich zusammen und wandte rasch den Blick ab.

Offenbar war ihm die Zweideutigkeit seines Ausspruchs selbst aufgefallen. Doch Alexa war trotz seines Einwandes nicht bereit, diese Fährte so einfach auszuklammern. Auch Perski hinterließ nie Spuren. Und so sehr sie im Nachgang zu dem Vermisstenfall damals gesucht hatten: Niemand konnte ermitteln, wie und wohin er entkommen war. Er war wie ein Phantom. Und die Männer, die er angeheuert hatte, waren entweder tot oder gaben vor, ihn nie persönlich getroffen zu haben.

»Wurde die Herkunft der Mine aus dem Kugelschreiber schon analysiert, mit der die Nachricht in der Briefbombe geschrieben worden ist?«

Krammer blickte auf. »Bisher nicht. Roza ist ja nichts passiert, deshalb haben wir das gar nicht erst überprüft. Aber das ist ein guter Gedanke. Immerhin hat sich die Situation inzwischen grundlegend geändert.«

Sofort wählte Krammer die Nummer einer Kollegin und bat sie, die entsprechende Untersuchung zu veranlassen.

Alexa schob den Bericht zur Seite, stand auf und schaute sich an der Pinnwand noch einmal die Fotos der Leiche an, die man in Rozas Wohnzimmer gefunden hatte.

»Kann es eine Verbindung zur Schwulen- oder queeren Szene geben?«, fragte sie in den Raum hinein.

»Wegen des pinken Kissens?«, hakte Huber nach.

»Und weil man den Toten mit Parfüm überschüttet hat,

und auch wegen der Aufschrift auf der Maske. *In Liebe, Krisztina,* mit pinkfarbenem Lippenstift … Vielleicht ist unser Opfer jemand, der sich in dieser Szene bewegt oder sogar das Geschlecht gewechselt hat? Transfeindliche Gewalt nimmt immer mehr zu. Die Kamera war dann vielleicht als ein Symbol für Voyeurismus gedacht.« Sie zögerte. »Oder es handelt sich bei dem Opfer um einen gewaltbereiten Freier.«

Krammer sah auf und musterte ihr Gesicht, als wäre sie ein Wesen von einem anderen Stern. Aber Alexa erinnerte sich noch genau an die Schlagzeilen, als Ungarn vor ein paar Jahren die Anerkennung von Transpersonen und intersexuellen Menschen abgeschafft hatte. Falls die Briefbombe und der Tote miteinander zu tun hatten, war ihr Gedanke in diesem Kontext keinesfalls abwegig.

Jetzt erhob sich Krammer, trat neben Alexa und deutete auf das Foto der Leiche. »Nur wieso dann diese Tauchermaske? Als Symbol? Dass ihm etwas die Luft zum Atmen genommen hat? Aber warum liegt er damit ausgerechnet in Rozas Wohnung?« Krammer atmete schwer und starrte an die Decke.

Alexa ließ ihm etwas Zeit. Doch nach einer Weile brach sie das Schweigen. »Ich stolpere immer wieder über den zeitlichen Ablauf. Schließlich ist nicht bewiesen, dass sie überhaupt von der Leiche wusste. Was, wenn Roza gar nichts mit dem Tod des Mannes zu tun hat? Und er bloß wie eine Art Voodoo-Puppe in ihrer Wohnung abgelegt worden ist?«

Krammer stutzte. »Du meinst, damit wir ihn dort finden? Und sie unter Verdacht gerät?«

»Zum Beispiel. Vielleicht wollte ihr jemand Ärger machen, sie in Untersuchungshaft bringen und damit aus dem Weg schaffen.« Um dann freie Bahn zu haben. Fragte sich nur, für was, fügte sie im Stillen hinzu.

Alexa betrachtete ihren Vater im Profil. Er stand da und starrte unverwandt das Foto seiner Kollegin an. Egal, ob Roza Szabo schuldlos in etwas verwickelt worden war oder selbst ein Verbrechen begangen hatte – sie musste geahnt haben, dass sie in Gefahr schwebte.

Krammer fiel es offenbar immer noch schwer zu begreifen, warum Szabo ihn nicht ins Vertrauen gezogen hatte. Und obwohl ihn vermutlich keine Schuld an dem Geschehenen traf, machte er sich Vorwürfe. Leider blockierte ihn das in seinem Denken. Er war weder offen für neue Ansätze noch schien er in der Lage zu sein, die Dinge abzuwickeln, wie er es sonst gewohnt war. Es würde ihm guttun, eine Runde um den Block zu drehen und frische Luft zu schnappen, um etwas Abstand zu bekommen. Aber sie wusste, dass sie mit diesem Vorschlag bei Krammer auf Granit beißen würde. Für ihn zählte gerade jede Sekunde, und doch wirkte er wie gelähmt. Möglicherweise war das ihre Chance, sich endlich bei ihm zu revanchieren.

»Wir sollten unsere Ermittlungen in zwei Aufgabenbereiche gliedern«, sagte sie deshalb bestimmt. »Zum einen müssen wir herausfinden, wer der Tote ist. Damit kommen wir ganz sicher ein Stück weiter. Dafür müssen wir jedoch die Resultate der Forensik und der Rechtsmedizin abwarten, wobei du ja sagtest, dass mit Letzterem erst mal nicht zu rechnen ist. Aber wir sollten die Liste aller vermissten Männer mittleren Alters noch einmal durchgehen. Vielleicht ist ein Ungar oder ein Wassersportler dabei. In der Zwischenzeit sollten wir Thesen entwickeln, was Roza veranlasst haben könnte, das Büro zu verlassen. Die Liste der Anrufer habt ihr durchgesehen, und ihr Handy wird ebenfalls untersucht.«

Alexa war allerdings fast sicher, dass darauf nichts zu finden war. Natürlich konnte es sein, dass sie es in ihrer Hektik einfach liegen gelassen hatte. Andererseits war Roza ein Profi und hatte bisher jedes Detail vor Krammer verborgen – und so hätte sie es wohl kaum zurückgelassen, wenn es darauf irgendwelche Hinweise auf den Fall oder ihren Aufenthaltsort gegeben hätte.

»Dann sollten wir sämtliche alten Fälle durchgehen: Gibt es jemanden, an dessen Verurteilung Roza beteiligt war, der gerade auf freien Fuß gekommen ist? Vielleicht war darunter ja eine Person, die Krisztina hieß. Oder jemand ist mit einer Frau, die diesen Namen trägt, verheiratet. Oder es handelt sich um eine Tochter oder andere Verwandte. Oder um eine Zeugin.«

Krammer nickte. »Elly hat schon damit angefangen. Sie hat alle Akten aus den letzten Jahren aus dem Archiv geholt. Bisher ist ihr offenbar nichts aufgefallen, sonst wüssten wir es. Aber das alles durchzusehen, wird ein paar Tage dauern.«

»Ich kann ihr dabei helfen«, bot Huber an.

Doch Krammer winkte ab. »Ich bin dankbar, dass ihr beiden mich unterstützen wollt, aber ich kann das nicht von euch verlangen. Ihr müsst wieder zurück nach Weilheim, euch um eure eigenen Fälle kümmern.«

Alexa und Huber wechselten einen Blick und verstanden sich sofort. »Heute vermisst uns keiner, und ab morgen ist Wochenende«, antwortete sie deshalb. »Und wenn du nicht gestern Nachmittag wegen mir aus dem Büro weggegangen wärst …«

Krammer wollte erneut etwas erwidern, aber sie schüttelte resolut den Kopf. Ihn hier alleine zu lassen, kam nicht in Frage.

»Die zehn Lilien.« Alexa deutete auf das Arrangement, das um den Toten herumdrapiert war, und unterband jeden weiteren Einwand. »Wir sollten alle Blumengeschäfte anrufen. Diese Zahl wird bestimmt nicht jeden Tag verkauft.«

»Dann mache ich das«, sagte Huber. »Die Geschäfte kann ich im Internet recherchieren.«

»Und wir beide könnten versuchen, die Marke des Parfüms herauszufinden.«

Krammer schaute sie verdutzt an.

»Du hattest gesagt, dass Roza nie welches benutzt. Wir bitten eine Angestellte aus einer Parfümerie, uns in Rozas Wohnung zu begleiten. Der Tote ist abtransportiert – was haben wir schon zu verlieren? Vielleicht ist es ein seltener Duft. Oder sie kann uns sagen, welche Bestandteile der Geruch hat.«

»Du hast recht«, sagte Krammer. »Einen Versuch ist es wert.«

Unter Umständen löste die Bewegung Krammers Anspannung ein wenig. Und es war allemal besser, als hier herumzusitzen und auf die forensischen Ergebnisse zu warten, fügte Alexa in Gedanken hinzu.

Unterwegs würde sie Krammer noch einmal bitten, die gesamte letzte Woche Revue passieren zu lassen. Vielleicht fiel ihr dabei ein Detail auf, das ihr Vater bislang übersehen hatte. Und sie musste mehr über Roza Szabo erfahren, um ein konkreteres Bild von ihr zu bekommen.

Immerhin hatte jemand zweimal versucht, sie zu töten. Und das bestimmt nicht ohne Grund.

4.

Er beobachtet mich.

Erst habe ich gehofft, es sei nur Einbildung. Dass ich vor lauter Angst aufzufliegen, schon Gespenster sehe.

Aber vorhin, als ich von der Toilette kam, hat er nicht schnell genug seinen Blick von meinem Rechner abwenden können. Er rückte die Papiere auf dem Tisch zurecht und bemühte sich, völlig lässig und unauffällig zu wirken. Aber sein Tic hat ihn verraten: die Art, wie er sich durch die Haare fährt und dann kurz blinzelt. Nur ein einziges Mal. Diesen winzigen Moment nutzt er, um seine Gefühle, seine Atmung und seine Mimik unter Kontrolle zu bringen.

Wenig später wirkt er wieder völlig gelassen. Als könne ihn nichts aus der Fassung bringen.

Das hat er seit Jahrzehnten geübt. Und das Training hat sich gelohnt. Niemand könnte erraten, was wirklich in ihm vorgeht. Sein Gesicht ist wie eine Maske.

Genau das ist Teil seines Erfolges.

Nur mir kann er nichts vormachen. Ich kenne ihn genau, weiß, wann ich Grund zur Sorge habe.

Und daran habe ich nun keinen Zweifel mehr. Er ahnt, dass etwas im Busch ist. Plötzlich ergibt alles einen Sinn: seine Fragen. Seine Seitenblicke. Sein Interesse.

Die viele Zeit, die er mit mir verbringen will.

Er sucht nach etwas.

Und ich muss alles daransetzen, dass er nichts findet.

Denn sollte es ihm gelingen, kann das nur eines zur Folge haben: Dann werde ich sterben.

5.

Schneller als erwartet hatte Alexa eine Angestellte der Parfümerie Weigand überredet, sie in die Wohnung zu begleiten, um etwas über das Parfüm herauszufinden, dessen penetranter Geruch im Vergleich zum Vormittag schon stark reduziert war. Natürlich: Die Tür stand seit Stunden offen, weil die Kollegen weiter nach relevanten Spuren suchten.

Krammer war froh, dass seine Tochter diese Idee aufgeworfen hatte, denn auch in diesem Fall war es offenkundig wichtig, schnell zu handeln, bevor sich der Geruch völlig verflüchtigte. Er hatte beim ersten Betreten vermutet, dass die verschiedenen, besonders intensiven Düfte in der Wohnung den einzigen Zweck hatten, den Verwesungsgeruch, der früher oder später entstehen würde, zu überdecken. Auch wenn er weiterhin nicht recht daran glaubte, dass es einen Sinn ergab, was sie hier taten, wollte er nichts unversucht lassen.

Zögernd kam die Angestellte in den Raum. Sie bewegte sich unbeholfen in der Schutzkleidung. Ihr Blick war unstet, und trotz ihres perfekt geschminkten Gesichts hatte Krammer das Gefühl, dass sie einen Hauch blasser geworden war. Vielleicht lag es aber auch an den dunkel nachgezogenen Brauen, die wie dicke Balken über ihren Augen thronten. Die ganze Situation war ungewohnt für die Frau und verunsicherte sie. Er konnte es ihr nicht verübeln, doch das waren keine guten Bedingungen dafür, ihnen zu helfen.

»Da lag wirklich eine Leiche?«, fragte sie heiser.

»Versuchen Sie bitte auszublenden, was hier geschehen ist. Sie können uns mit Ihrem Wissen vielleicht einen wichtigen Hinweis liefern, der unsere Untersuchung voranbringt.«

Die Frau nickte, konnte aber den Blick nicht vom Boden hinter der Tür abwenden, wo gelbe Nummerntafeln die Fundorte der Beweismittel markierten.

»Schließen Sie einfach die Augen«, sagte Alexa und berührte sie sanft am Arm. »Konzentrieren Sie sich bloß auf das, was Sie riechen, Frau Pollinger. Auf Ihre Kompetenz.«

Krammer beobachtete fasziniert, wie einfühlsam Alexa mit der nervösen Frau umging und ihr wieder Sicherheit gab. Genau, wie sie es zuvor auch bei ihm geschafft hatte. Es war so simpel, und dennoch hätte er es heute alleine nicht hinbekommen. Dabei hatte er Alexa viele Jahre an Erfahrung voraus. Aber seit Szabos Verschwinden war er völlig durch den Wind. Ohne Alexa und Huber hätte er wahrscheinlich immer noch nutzlos hier in der Wohnung herumgelungert, die Kollegen angeherrscht, und nichts wäre vorangegangen.

Er schluckte und hatte Mühe, diese Erkenntnis zu verarbeiten. Sein eigenes Wesen hinterfragte er nicht zum ersten Mal. Nun war er sich allerdings auch nicht mehr sicher, ob er als Kriminalist genauso zu versagen drohte.

»Gab es noch etwas anderes in dem Raum?«, fragte Frau Pollinger mit gerunzelter Stirn. Sie hielt tatsächlich die Lider geschlossen und besann sich ganz auf die Gerüche. Ihre Nasenflügel bewegten sich dezent im Rhythmus ihres Atems.

Alexa warf ihm einen fragenden Blick zu.

»Blumen«, antwortete er schnell und war gespannt, was die Frau darauf erwidern würde.

Sie öffnete die Augen und lächelte. »Verstehe. Ich war kurz verwirrt, denn der Lilienduft passte nicht zu dem, was ich sonst wahrgenommen habe.«

Krammer hob die Augenbrauen. Das war eine Überraschung. Die Frau schien wirklich zu wissen, wovon sie sprach. Sofort keimte Hoffnung in ihm auf.

»Sie haben also herausgefunden, um welches Parfüm es sich handelt?«, entfuhr es ihm.

Doch sie schüttelte den Kopf. »Ganz sicher bin ich mir noch nicht.«

»Aber Sie haben eine Vermutung?«, hakte Alexa nach und gab Krammer mit einem Blick zu verstehen, dass sie gerne die Gesprächsführung übernehmen wolle.

»Jedes Parfüm besteht aus drei Duftnoten, die man als Kopf, Herz und Basis bezeichnet. Ich rieche etwas Florales, dieser Eindruck kann aber auch durch die Blumen verstärkt sein. Dann ist da eine Zitrusnote, vielleicht Mandarine oder Orangenblüte, würde ich sagen. Aber in der Basis ist eindeutig Vanille dabei.«

Sie schloss noch einmal die Augen und machte einen Schritt weiter in den Raum hinein.

»Leider wird Vanille für eine ganze Reihe von Damenparfüms verwendet, da der Geruch eine attraktive Wirkung auf Männer hat. Sie assoziieren damit sowohl Sinnlichkeit als auch Weiblichkeit, wissen Sie?«

»Aber Sie sind sicher, dass es sich nicht um einen Herrenduft handelt«, schlussfolgerte Alexa.

»Absolut«, erwiderte die Verkäuferin. »Da ist jedoch auch noch etwas anderes, das ich wahrnehme. Eine Holznote. Zeder oder Kaschmirholz. Letzterer ist ein synthetischer, kein natürlicher Duft. Es geht in die Richtung von *Black Opium* oder einigen Düften von Roja Parfüms. Die sind es aber vermutlich nicht. Trotz des fruchtigen Anteils riecht es für mich warm und seidig-intensiv. Eher ein Winterparfüm …«

Die Frau schloss erneut die Augen. Ihr Schutzanzug raschelte, als sie weiter durch den Raum schritt.

Krammer wusste nicht, was er von ihr halten sollte. Sie kam ihm vor wie eine Art Hellseherin. Sie konnte ihnen im Grunde alles erzählen. Er fuhr sich über den rechten Arm, der unangenehm kribbelte und ihm erneut das Gefühl gab, hier bloß seine Zeit zu vertun.

In dem Moment schüttelte Frau Pollinger den Kopf. »Ich kann es nicht mit Gewissheit sagen. Ich müsste zum Vergleich noch einmal in unserem Geschäft durch die Regale gehen und ein paar Proben nehmen.«

Alexa lächelte und nickte zustimmend. »In Ordnung. Der Kollege wird Sie gern wieder zurückbringen.« Dann hielt sie ihr eine Visitenkarte hin und bedeutete Krammer mit einem Blick, dasselbe zu tun.

Mürrisch folgte er ihrer Aufforderung. Ihm war klar, was Alexa damit bezweckte. Als Mitarbeiterin der Weilheimer Kripo hatte sie in Österreich keine Befugnisse.

»Melden Sie sich dann bei uns, wenn Sie konkreter werden können? Aber bitte bewahren Sie Stillschweigen darüber, was Sie hier gesehen haben. Auch Ihren Kolleginnen und der Familie gegenüber.«

Die letzte Bemerkung holte Frau Pollinger wieder in die Realität zurück und machte ihr erneut klar, dass sie sich an einem Tatort befand, was deutlich an ihrem unsteten Blick zu erkennen war. Doch sie fasste sich schnell und versprach, sich noch im Laufe des Tages zu melden.

Als sie mit einem Uniformierten im Treppenhaus verschwunden war, wandte sich Krammer an Alexa. »Und nun?«

»Ich finde schon, dass es uns geholfen hat«, sagte Alexa. »Immerhin gibt es einen Hinweis darauf, dass es sich bei dem Täter auch um eine Frau handeln könnte. Zumindest sollten wir in Betracht ziehen, dass eine Frau involviert ist. Die Blumen, das Damenparfüm, vor allem aber diese Notiz, die mit pinkem Lippenstift geschrieben wurde. Du hast wirklich keine Ahnung, wer diese Krisztina sein könnte?«

Krammer legte den Kopf schief. »Es scheint mir nicht sehr plausibel, dass eine Frau den Kerl hier ohne jede Spur überwältigt hat. Ohne dass jemand im Haus das mitbekommen hat.«

Alexa hob die Hände. »Aber vielleicht ist der Mann vor seinem Tod betäubt worden. Das würde auch zu dem aufgeräumten Eindruck der Wohnung passen. Außerdem könnte eine Frau den Auftrag gegeben haben. Diese Inszenierung, die Farben ... für mich ist das nicht die Handschrift eines Mannes.«

Krammer seufzte. Ihn brachte das kein Stück weiter, denn dass Roza in den Tod des Mannes verwickelt war, widerlegte es leider nicht. Im Gegenteil. Und das blieb weiterhin seine größte Sorge. Für ihn deutete bisher alles darauf hin, dass der Mann nicht in dieser Wohnung ums Leben gekommen war. Aber Alexas Vermutung konnte er derzeit nichts entgegensetzen. Eine Frau wäre in dem Haus womöglich weniger aufgefallen. Roza als Bewohnerin erst recht nicht. Dennoch war es so, dass die meisten Verbrechen von Männern verübt wurden. Und vielleicht sollte die seltsame Aufbahrung sie auch bloß von dieser Tatsache ablenken.

»Bernhard, kann ich dich kurz stören?« Ein Kollege steckte den Kopf ins Zimmer.

»Natürlich«, antwortete er. »Das ist Oberkommissarin Alexa Jahn aus Deutschland, also kein Grund, dich zurückzuhalten. Schieß los.«

»Rozas privaten Laptop«, erkundigte er sich, »hat sie den mit ins Büro genommen?«

Krammer schüttelte den Kopf. »Nicht, dass ich wüsste. Der wäre mir aufgefallen. Wieso?«

»Weil auf dem Schreibtisch keiner steht. Es ist nur der Drucker da und das Verbindungskabel. Sonst nichts.«

Er wechselte einen Blick mit Alexa. Die Ermittlungen nahmen nun endlich Fahrt auf. Nur in eine Richtung, die ihm überhaupt nicht gefiel.

6.

Zurück im Büro trafen Alexa und Krammer auf Huber, der bezüglich der Lilien einen Erfolg vermelden konnte. Es war ihm tatsächlich gelungen, den Blumenladen ausfindig zu machen, in dem am Tag zuvor zehn Stück verkauft worden waren. Weiß. Genau wie die Blumen aus Rozas Wohnung.

»Aber es war ein Teenie, der die Blumen abgeholt und bar bezahlt hat. Sehr groß, hager, mit Baseball-Mütze, Collegejacke und Jeans.«

»Lohnt es sich, diese Spur zu verfolgen?«, fragte Krammer.

Alexa schüttelte den Kopf. »Wenn der Täter in der Wohnung keine Spuren hinterlassen hat, dann ist er auch nicht so dumm, dort anzurufen und seine Nummer zu hinterlassen. Sicher hat er irgendeinem Jungen auf der Straße Geld gegeben, damit er sie besorgt – und er selbst unerkannt bleibt.«

Sie hielt sich mit einem Kommentar zurück, dass dieses Detail wieder wie die Handschrift von Perski wirkte. Auch zuletzt hatte er ein paar junge Männer zu Handlangern gemacht.

»Wir könnten allenfalls versuchen, den Jungen zu finden. Vielleicht kann er den Auftraggeber beschreiben«, fuhr sie fort. Auch Huber schien das für einen guten Ansatz zu halten.

Doch Krammer schüttelte den Kopf. »Solange wir nicht wissen, was Rozas Rolle in dieser Geschichte ist, scheidet eine öffentliche Fahndung für mich aus.« Sein Tonfall duldete keinen Widerspruch. »Ich habe so wenige Kollegen wie möglich in die Sache involviert.«

»Und was habt ihr in Sachen Parfüm herausbekommen?«, fragte Huber, der Krammers Vorgehen nicht kommentierte. Immerhin leitete er die Ermittlungen.

»Nichts«, schnaubte Krammer und zuckte die Schultern.

Alexas Kopf fuhr herum. Sie hatte bisher durchaus Verständnis für die Frustration ihres Vaters aufgebracht. Seine destruktive Art machte es aber weiß Gott nicht besser und begann sie zu stören. Immerhin waren die meisten Ermittlungen mühselige Kleinarbeit. Das dürfte er besser wissen als sie. Es hieß geduldig zu sein, Ruhe zu bewahren, die Fakten immer wieder anders zusammenzusetzen und dann das neu entstandene Bild zu beleuchten. Bis endlich der rote Faden zum Vorschein kam, an dem man sich entlanghangeln konnte, um die Lösung zu finden.

Deshalb berichtete sie Huber, was sie in den letzten Stunden erfahren hatten. »Der Geruch in der Wohnung hatte sich stark verflüchtigt, die Mitarbeiterin der Parfümerie konnte uns aber zumindest sagen, dass es sich um einen Damenduft handelt. Eine Ahnung, welcher es sein könnte, hatte sie schon, wollte allerdings erst ganz sicher sein, bevor sie uns das konkrete Produkt nennt.«

Huber nickte. »Können die Forensiker denn schon abschätzen, wann sie fertig sein werden?«

»Im Laufe des Abends«, ließ Krammer vernehmen, der mit dem Rücken zu ihnen aus dem Fenster sah. »Aber dann müssen sie die Fasern und Spuren noch im Labor auswerten. Das wird wieder einige Zeit dauern. Und bis dahin ist Roza längst über alle Berge.«

Alexa verschränkte die Arme vor der Brust und ermahnte sich, ruhig zu bleiben. Es kostete sie einige Mühe, sich zu beherrschen. Immerhin taten alle, was sie konnten. Sie selbst hatte keine Sekunde gezögert zu helfen. Der Einzige, der ewig grantelnd herumstand, war Krammer.

Sie versuchte dennoch, sich von seiner Art weder provozieren noch entmutigen zu lassen. Immerhin gab es bereits einen Fakt, der wichtig sein konnte.

»Nur eins haben sie uns mitgeteilt«, sagte sie. »Rozas privater Rechner ist aus der Wohnung verschwunden. Bernhard hat es gleich überprüfen lassen, aber hier ist er auch nicht.«

»Damit haben wir den Beweis, dass ein Fremder in der Wohnung war«, dachte Huber laut nach. »Das passt doch: Dann hat deine Kollegin vielleicht gar nichts mit dem Toten zu tun.«

»Oder sie selbst hat ihn mitgenommen«, hielt Krammer dagegen. »Weil sie verhindern wollte, dass wir etwas darauf finden.«

Alexa ließ sich auf einen Stuhl fallen. Dass Krammer so schnell bereit war, Rozas Unschuld in Frage zu stellen, überraschte sie. Obwohl sie Huber erst wenige Wochen kannte, hätte sie schon jetzt ihre Hand für ihn ins Feuer gelegt. Ohne zu zögern.

»Wie kommst du darauf?«, fragte sie deshalb unumwunden.

»Meine Kollegin erhält im Minutentakt Hunderte seltsame Nachrichtenhülsen ohne jeden Inhalt auf ihr Handy, rennt daraufhin wie von Sinnen aus dem Büro, und ich soll denken, dass ein völlig Fremder ohne Grund und ohne ihr Zutun eine Leiche in ihre Wohnung legt? Nur jemand, der sehr naiv ist, würde da keinen Zusammenhang sehen«, knurrte Krammer.

Alexa zuckte zusammen. Das war deutlich. Sie presste die Lippen fest aufeinander, um keine patzige Antwort zu geben.

»Sie ist weg, bevor jemand die Leiche finden konnte. Vielleicht waren die Nachrichten auch ein Signal, dass sie aufgeflogen war und sich schleunigst aus dem Staub machen sollte. Was weiß ich!«, fuhr Krammer fort und drehte sich wieder um. Er hob kurz die Arme und atmete schwer.

Doch Alexa ließ sich nicht beirren. Sie waren schon einmal völlig anderer Auffassung bei einem Fall gewesen. Damals war es Krammer gewesen, der von Beginn an richtiglag. Aber das hieß nicht, dass er immer recht behielt. So war für sie auch dieser Bot, der Rozas Handy mit wortlosen Nachrichten überschwemmte, eine klare Demonstration von Macht. Der Verursacher wollte partout, dass Szabo seine Anwesenheit bemerkte, indem er ihre Kommunikation lahmlegte. Sie hatte sich durch die ersten beiden Anschläge nicht verunsichern lassen. Dieses Mal sollte sie ihn nicht mehr ignorieren können, sondern an ihn erinnert werden. Jede einzelne Minute.

»Ich sehe das anders«, erwiderte sie ruhig. »Hast du dir das Video mal ganz genau angesehen? Wie sie hier aus dem Gebäude läuft? Ich habe das vorhin getan. Mehrfach. Und ich sage dir, sie hatte Angst. Vor wem und warum weiß ich natürlich nicht, aber die Tatsache ist nicht zu übersehen. Und du selbst hast mir erzählt, dass es Anschläge auf ihr Leben gab. Das passt nicht dazu, dass sie zur Täterin wurde. Ich glaube, sie ist ein Opfer.«

»Das sich nicht an die Polizei wendet, wenn sie hier von

der gesamten Mannschaft Rückhalt hat?«, hielt Krammer dagegen. »Na komm schon. Das tut doch nur, wer knietief in irgendeinem Schlamassel steckt. Es gibt auch in unseren Reihen schwarze Schafe. Ich hätte nur nicht gedacht, dass ausgerechnet sie …«

Alexa schüttelte vehement den Kopf. »Die Tatsache, dass sie ohne Handy, Mantel und Papiere weg ist, heißt für mich, dass sie nicht gefunden werden will. Vermutlich wegen demjenigen, der ihr schon zweimal nach dem Leben trachtete. Dass uns das die Suche nach ihr ausgesprochen erschwert, zeigt nur, dass sie es verdammt gut angestellt hat.«

»Natürlich. Szabo weiß genau, wie man Spuren vermeidet. Genauso gut konnte ihr Ziel sein, dass *wir* sie nicht orten. Weil sie untertauchen will. Und ich bin sicher, dass wir absolut nichts auf dem Mobiltelefon finden werden, was uns zu ihr bringt. Sieh es doch mal von einer anderen Seite: Sie hat die Bombe ganz klar erkannt. Der Umschlag kam aus Ungarn, wo sie Verwandte hat. Und bei dem Unfall war sie so langsam, dass nur ein Blechschaden entstanden ist. Sie kann auch gewollt haben, dass es so aussieht, als wäre jemand hinter ihr her. Vielleicht kennen wir ihr wahres Gesicht nicht.«

Alexa war fassungslos. »Und das glaubst du wirklich? Nachdem du so lange mit ihr zusammengearbeitet hast?«

Er blickte auf. »Bis gestern hätte ich das nicht gedacht. Aber jetzt …«

»Jeder gilt als unschuldig, bis das Gegenteil bewiesen ist«, mischte sich Huber ein. »Es gibt immerhin noch eine Möglichkeit: Vielleicht wollte sie nicht, dass einem Fremden das

Handy in die Hände fällt. Hier ist es schließlich sicher. Denn wenn ihr Laptop verschwunden ist, sucht vermutlich jemand etwas darauf: Daten, Dokumente oder Fotos.«

Eigentlich hätte Alexa Huber gerne beigepflichtet, ließ es dann aber bleiben. Es schien ihr besser, zu schweigen. Krammer hörte sowieso nicht zu. Aber sie konnte nicht umhin zu erkennen, dass sie bereits genauso reagiert hatte. Im allerersten Fall, in dem sie gemeinsam ermittelt hatten, wollte sie seine Sicht auch nicht gelten lassen. Je mehr er argumentiert hatte, desto stärker hatte sie an ihrer Meinung festgehalten, immer neue Argumente gesucht, diese zu untermauern. Auch sie hatte geglaubt, dass ihre Theorie auf realen Fakten basierte. Auf einem Alibi. Das sich im Nachhinein als falsch herausstellte.

Krammer jetzt weiter zu konfrontieren, brachte nichts. Sie musste etwas tun, damit er wieder zu seiner inneren Ruhe und Souveränität zurückfand.

»Willst du vielleicht noch einmal nach Hause, etwas essen und dich eine Stunde ausruhen, bevor wir wieder zurückmüssen? Wir können hier solange weiter die alten Fälle sichten und die Stellung halten.«

Er wandte ihr sein bleiches Gesicht zu, schüttelte aber den Kopf. Seine Wut war genauso schnell verraucht, wie sie entstanden war. Jetzt sah er wieder fahl und müde aus. Kraftlos. Was erneut dafür sprach, dass Stress und Frustration der Grund dafür waren, dass er sich so seltsam benahm.

»Ich kann Elly bitten, uns was zu besorgen«, sagte er dann. »Ihr habt ja auch seit Stunden nichts gegessen.«

Er wollte gerade aufstehen, als sein Telefon klingelte und zeitgleich Alexas Handy kurz vibrierte. Während er mit einem knappen »Ja?« das Gespräch annahm, las sie rasch die Nachricht, die eingegangen war.

Sie stammte von Frau Pollinger aus der Parfümerie, die sich jetzt sicher war, um welches Produkt es sich handelte. Sie hatte ein Foto mitgeschickt, da es verschiedene Ausführungen des Duftes von Dolce & Gabbana gab. Der schlichte schwarze Flakon des *Eau de Parfum Intense* hatte eine goldene Aufschrift: *The Only One.*

Alexa zeigte es Huber. Sie wusste nicht, was sie sich eigentlich davon versprochen hatte. Aber etwas brachte es wieder in ihr zum Klingen: Und wenn es bei all dem um eine Beziehungstat ging? Etwas ganz Persönliches?

Sie steckte ihr Handy wieder weg und wartete geduldig, bis Krammer sein Telefonat beendet hatte. An seinem Mienenspiel konnte sie nichts ablesen, aber er notierte etwas.

»In Ordnung«, sagte er dann. »Bis morgen.«

Krammer legte auf und schaute noch lange auf den Hörer, schüttelte wieder und wieder den Kopf.

»Es gibt Fingerabdrücke von Roza an der Taucherbrille und an den Gläsern in der Küche. So viel zu eurer Unschuldsvermutung.« Er atmete schwer und hielt kurz inne. »Und am Innenrand in der Brille haben sie die Adresse einer Tauchschule am Walchensee gefunden.«

»In Bayern?«, fragte Huber erstaunt.

Krammer nickte. Es war nur ein Strohhalm, aber es blieb ihnen nichts anderes übrig, als sich daran zu klammern.

7.

Er war der schönste Mann, den ich je gesehen hatte.

Nicht nur sein Gesicht hatte die perfekten Proportionen. Sein Haar war dicht, seine braunen Augen sanft, seine große Statur schlank und auf eine dezente Art muskulös. Die Fingernägel trug er kurz, er war stets gut rasiert, und selbst in Poloshirt und Jeans strahlte er Eleganz aus.

Er bewegte sich mit einer Selbstverständlichkeit, die alle Blicke auf sich zog. Er hatte diese Aura, die man nicht übersehen konnte. Und wenn er sprach, was er nur selten tat, dann waren die Sätze wie in Stein gemeißelt. Klar. Ohne jeden Schnörkel.

Ich war ganz still geworden, als ich ihm auf dieser Party das erste Mal begegnete. Ich konnte meinen Blick nicht von ihm lösen und zog mich völlig in den Hintergrund zurück, um ihn ohne jede Scham unverhohlen anstarren zu können.

Ich verstand es, unauffällig zu bleiben. Es war meine zweite Natur geworden. Als Älteste verlangte man mir immer viel ab. Aber als Kind des anderen Mannes hatte ich dies still zu tun. Ohne Murren, ohne Ansprüche zu stellen. Ich sollte es nicht wagen, den Stiefvater zu ärgern. Gab ich Widerworte, schlug er mich. Meine Mutter senkte dann bloß den Kopf, hielt schützend die Hand über meine jüngeren Geschwister.

Ich wehrte mich nicht und schluckte meine Schreie hinunter. Hielt den vorwurfsvollen Blick auf meine Mutter gerichtet, die zuließ, was geschah.

Es war nicht die einzige Situation, die es schwierig für mich machte. Mein Zuhause war kein Nest. Es war die Hölle.

Dort lernte ich, mich vorzusehen.

Kam ich von der Schule, musste ich erst wissen, welche Stimmung herrschte. Ob mir Gefahr drohte. Mein Körper war immer in Alarmbereitschaft. Selbst in der Nacht ließ mich jedes Geräusch aufschrecken. Ich wusste schon früh, wozu Männer fähig waren. Deshalb wollte ich darauf gefasst sein, blieb stets wachsam.

Seither beobachte ich jede Person in meinem Umfeld genau. Bis heute versuche ich, ihre Gewohnheiten zu erkennen, ihre Motive, ihre Geschichten. Wie andere eine Fernsehserie schauen, studiere ich das Verhalten von Menschen.

Er wäre eindeutig für die Prime-Time geeignet. Ein echter Blockbuster.

Irgendwann musste ich zur Toilette. Ich schob mich an der Wand entlang, hinter den Rücken der anderen vorbei, darauf bedacht, den kürzesten Weg zu finden, um schnell wieder an meinen Posten zurückzukehren.

Es gab eine Schlange – wie immer auf der Damentoilette. Kurz überlegte ich, einfach in den Garten zu huschen. Aber es war kalt draußen, und ich wusste nicht, ob die große Villa, in der die Party stattfand, im Außenbereich mit Kameras gesichert war.

Also harrte ich aus, beobachtete den schmalen Ausschnitt des Saales, den ich vom Flur aus einsehen konnte, hoffte, er würde noch dort sein, wenn ich fertig war.

Als ich endlich wieder im großen Saal war, suchte ich hastig die Menschenmenge ab. Aber er war nirgends mehr zu entdecken.

Ich hatte es geahnt. Er war verschwunden. Und ich hatte keine Ahnung, wer er war und ob ich ihn je wiedersehen würde.

Diese Einladung hatte ich nur einem großen Zufall und einer überaus noblen Geste einer Kollegin zu verdanken. Sie war erkrankt, hatte mich statt ihrer geschickt.

Ich gehörte nicht in diese Kreise.

Frustriert hielt ich auf die Bar zu, bestellte mir einen Wodka und leerte ihn in einem Zug. Was hatte ich bloß erwartet? Dass er mich bemerken würde? Ich bestellte noch ein Glas, das ich ebenfalls in mich hineinschüttete.

Der Alkohol betäubte die Gefühle. Meine Sinne aber blieben hellwach. Und ich wusste, er war fort.

Dann ging ich zur Garderobe und ließ mir meinen Mantel geben. Die kleinen Wollknubbel, die sich an der Unterseite der Ärmel gebildet hatten, und die abgestoßenen Kanten waren nicht zu übersehen. Das Kleidungsstück war billig und schäbig. Genau wie ich.

Es hatte alles keinen Sinn. Ich hätte nie herkommen dürfen.

Was ich nicht ahnte, war, dass ich diese Nacht noch Jahre später bereuen würde.

8.

Es war schon später Nachmittag, als Alexa und Florian den Walchensee erreichten. Sie waren früher aufgebrochen, weil Krammer es sich nicht nehmen ließ, ein paar Sachen für eine Übernachtung zusammenzupacken. Für alle Fälle. Es war zwar nur eine knappe Stunde nach Innsbruck, aber er wollte gewappnet sein, um vor Ort bleiben zu können. Oder es war ein Vorwand gewesen, um alleine zu fahren.

Unterwegs hatte Alexa sich dennoch gefragt, ob Krammer erwarten würde, dass sie ihm ein Nachtlager anbot. Immerhin war er ihr Vater, und ihre Wohnung in Lenggries war nicht weit entfernt. In einer normalen Familie wäre das wohl üblich gewesen. Doch sie waren weder richtige Kollegen, noch war ihre Beziehung bisher so eng, dass sie sich vorstellen konnte, ihn bei sich aufzunehmen. Nicht einmal Jan, ihrem früheren Kollegen aus Aschaffenburg, hatte sie letzte Woche angeboten, bei ihr zu übernachten. Und ihn kannte sie seit Jahren. Sicher war sie in diesen Dingen eigen. Aber sie und ihre Mutter waren immer alleine klargekommen. Und so war ihr Privatsphäre stets wichtig gewesen. Die meisten Menschen würden das vermutlich anders handhaben, aber sie kam in diesem Punkt nicht aus ihrer Haut. Sie brauchte den Rückzug, einen Platz nur für sich. Das war ihr heilig.

Dennoch wünschte sie sich, sie könnte darüber mit ihrer Münchener Freundin Line sprechen, die als Psychologin sicher Rat gewusst hätte. Doch sie jetzt im Beisein von Florian Huber anzurufen, schied aus. Rasch schrieb sie eine Whats-App und fragte Line, bis wann sie sich am Abend melden könne.

Der Wald rauschte auf der einen Seite an ihnen vorbei, auf der anderen tauchte zwischen den Bäumen immer wieder glänzend die Wasseroberfläche des Sees auf, an dem sie eine Spur von Szabo zu finden hofften.

Alexa hing weiter ihren Gedanken nach, bis Huber den Blinker setzte und den Wagen auf einen Parkplatz lenkte.

Sie waren direkt bis nach Urfeld gefahren, das an der nördlichen Spitze des Gewässers lag. Die Tauchschule war am späten Freitagnachmittag allerdings nicht mehr besetzt. Sie hatten es schon vermutet, denn von unterwegs war nur der Anrufbeantworter von Deep Dive erreichbar.

Der Walchensee, mit rund sechzehn Quadratkilometern einer der größten Bergseen Bayerns, bot eine ganze Reihe verschiedener Wassersportmöglichkeiten, vom Stand-up-Paddeln bis hin zum Segeln, war aber auch bei Tauchern ein beliebtes Ziel. Alexa wunderte das nicht, denn als sie die Straße überquert hatte, konnte sie unterhalb der Promenade in dem klaren, türkisfarbenen Wasser des Uferbereichs sogar die Steine auf dem Grund erkennen.

Sie schrieb Krammer eine Nachricht, dass sie mit Huber im Café am See auf ihn warten würde, um das weitere Vorgehen abzustimmen.

Die Einrichtung des Cafés war schlicht und schon etwas in die Jahre gekommen, doch sowohl der Gastraum als auch die Terrasse, die direkt neben einem Bootssteg mit eigenem Verleih gelegen war, boten einen einmaligen Blick über den gesamten See mit der Silhouette des Karwendelgebirges im Hintergrund. Die Wasseroberfläche kräuselte sich nur leicht, aber dichte graue Wolkenmassen hatten bereits einen Teil des Alpenpanoramas verschluckt.

»Da hinten zieht ein Gewitter auf. Komisches Wetter dieses Jahr. Es kann sich nie so recht entscheiden, wie es werden will«, bemerkte Huber und bestellte ein Haferl Kaffee und warmen Leberkäse mit süßem Senf.

Erst jetzt bemerkte Alexa, wie hungrig sie war. Kein Wunder: Sie hatten seit dem Frühstück nichts mehr gegessen. Die Mahlzeit, die Krammer in Aussicht gestellt hatte, war wegen der Neuigkeiten aus der Forensik ausgefallen. Deshalb orderte sie gleich zwei Paar Wienerle mit Senf und Brot sowie eine große Cola und steuerte dann auf einen Tisch direkt am Fenster zu.

Sie war noch nie zuvor hier am See gewesen und beeindruckt von dem Farbenspiel der verschiedenen Blautöne, die mit dem Wetter wechselten. Schon jetzt wirkte dieser Ort wunderschön, musste bei Sonnenschein aber atemberaubend sein.

»Der Walchensee ist ein beliebter Ausflugsort«, erklärte Huber, der wohl bemerkt hatte, dass der Ausblick sie völlig in seinen Bann geschlagen hatte. »Sowohl für den Wassersport wie auch für Wanderungen in die umliegenden Berge. Am Wochenende kommst du kaum durch, weil die Münchener in Scharen hier aufschlagen. Wir haben Glück, denn bei dem Wetter ist es ruhiger.«

»Ich kann die Leute verstehen«, meinte Alexa und ließ sich an die Stuhllehne sinken, ohne den Blick abzuwenden.

Doch dann erinnerte sie sich wieder an die Tauchermaske,

die der Tote getragen hatte und unter der er womöglich erstickt war. Das holte sie schnell zurück in ihre berufliche Wirklichkeit, die alles andere als romantisch war. Sie starrte auf die Wasseroberfläche, die nun von den ersten Windböen bereits unruhiger wurde.

Wie fühlte es sich wohl an, wenn man da unten in der Tiefe war und nicht mehr rechtzeitig an die Oberfläche kam? Wenn langsam die Luft knapp wurde …

Sie fasste sich an den Hals und spürte, wie ihr eine Gänsehaut über den Rücken lief. Rasch setzte sie sich auf ihre Hände, um sie zu wärmen.

Als die Getränke gebracht wurden, nahm sie einen großen Schluck der Cola, schmeckte die Süße und spürte bereits, wie sie ein Energieschub durchflutete.

»Was hältst du eigentlich von der ganzen Sache?«, fragte Alexa ihren Partner. »Du warst vorhin im LKA in Innsbruck ja ziemlich still.«

Auch im Auto hatte Huber nicht gesprochen, aber das kannte sie mittlerweile bereits von ihm. Er hüllte sich gerne in Schweigen und brauchte immer eine Weile, bis er seine Gedanken teilte. Diese Zeit hatte sie ihm während der Fahrt eingeräumt, doch jetzt wollte sie seine Einschätzung zu dem Fall hören.

»Ehrlich gesagt finde ich es seltsam, dass wir in der Tauchermaske diese Adresse gefunden haben«, sagte er. »Ich verstehe ja, dass Krammer wirklich alles daransetzt, Roza zu finden. Aber warum sollte uns der Täter damit einen Hinweis geben, wo er ansonsten in der Wohnung nicht die allerkleinste Spur hinterlassen hat? Das kann nur ein Ablenkungsmanöver sein.«

Dieser Gedanke war Alexa bisher nicht gekommen. In der Polizeiarbeit war sie es gewohnt, jeder erdenklichen Spur nachzugehen und deren Plausibilität zu prüfen. Und als Krammer die Adresse am Walchensee nannte, war da sofort so ein Gefühl gewesen … Deshalb hatte sie das Vorgehen nicht hinterfragt. Immerhin war der See nicht weit von Innsbruck entfernt.

Dennoch war Hubers Einschätzung nicht von der Hand zu weisen. Erst recht, nachdem sich Rozas Fingerabdrücke auf der Maske befanden. Waren sie und ihr Vater sich so ähnlich, dass sie blindlings in dieselbe Falle tappten?

»Und überhaupt«, unterbrach Huber ihre Gedanken, »was sollte dieses ganze Arrangement? Der teure Champagner mit den zwei unbenutzten Gläsern. Ich habe vorhin gegoogelt, diese Marke wird nicht in jedem Jahr abgefüllt, deshalb ist er besonders hochpreisig. Warum ausgerechnet dieser edle Tropfen? Gab es etwas zu feiern? Einen Jahrestag zum Beispiel? Und dann der Tote. So, wie er aufgebahrt war, handelte es sich nicht um einen Unfall. Noch weniger um Zufall. Das war von langer Hand geplant.« Er hielt kurz inne. »Krammers Kollegin hingegen ist völlig überstürzt weggelaufen. Ohne Mantel. Ohne Papiere. Ohne Handy. Vielleicht war Roza an dem Abend nicht einmal in ihrer Wohnung. Die Fingerabdrücke können auch vor längerer Zeit dorthin gelangt sein. Vielleicht hat sie die Gläser nur in den Schrank geräumt, und wenn die Maske ihr selbst gehört …«

Plötzlich merkte Alexa auf. »Wissen wir eigentlich, ob sie ihre Dienstwaffe dabeihatte?«

Huber zuckte die Schultern. »Ich glaube nicht, Krammer hat es jedenfalls nicht erwähnt, und auf den Aufnahmen von der Eingangskamera habe ich auch kein Holster entdeckt. Aber du verstehst, was ich meine, oder? So wie Krammer es schilderte, hat Roza Szabo doch immer sehr cool reagiert, trotz der Anschläge, die in der letzten Woche auf sie verübt wurden. Sie ist weiter zum Dienst gegangen, hat mit ihm ermittelt und Krammers Bedenken weggewischt. Sie nahm die Anschläge im Grunde nicht ernst. Also muss in der Zwischenzeit etwas passiert sein. Etwas, das sie komplett aus der Ruhe gebracht hat. Ich kenne sie ja nicht, aber das hat bei mir sofort Fragen aufgeworfen.«

Also glaubte auch Huber, dass sie vor etwas Angst hatte. Ohne eigene Waffe könnte sie sich allerdings nicht verteidigen, schoss es Alexa durch den Kopf. Dann kam ihr plötzlich ein weiterer Gedanke: Deutschland lag außerhalb von Krammers Einflussbereich. Roza hatte sich verbal gegen ihren Kollegen abgegrenzt und ihn nicht in diese Sache eingeweiht. Das hatte er selber wieder und wieder betont. Vielleicht sogar, um ihn zu schützen?

»Aber was kann das gewesen sein?«, führte sie Hubers Gedanken weiter. »Die an Szabo adressierte Briefbombe und das manipulierte Auto waren doch ganz eindeutige Angriffe auf ihr Leben. Was kann schlimmer sein?«

Huber nickte, blieb aber stumm.

Das war es, was sie herausfinden mussten: Was hatte Roza so in Panik versetzt, dass sie regelrecht aus dem Präsidium geflohen war? Was hatte es mit dem Namen Krisztina auf sich? Und gab es überhaupt eine Verbindung zwischen dem Toten und dem See, an den sie die Adresse in der Tauchermaske geführt hatte? Alexa schaute nach draußen. Oder fischten sie hier im wahrsten Sinne des Wortes im Trüben?

9.

Krammer lief auf das Café zu und entdeckte schon von draußen Alexa und Huber, die direkt am Fenster saßen und in ein Gespräch vertieft ihr Essen genossen. Er traute seinen Augen nicht. Er hatte sich extra beeilt und während der Fahrt rasch eine Hartwurst und Schüttelbrot verzehrt. Durch das aufziehende Gewitter würde es heute früher dunkel werden, und ihnen blieb nicht mehr viel Zeit.

Er war davon ausgegangen, sie hätten bereits versucht, die Privatadresse des Inhabers der Tauchschule herauszufinden.

Stattdessen saßen sie da, als hätten sie alle Zeit der Welt. Er ballte die Fäuste und fragte sich, ob es nicht doch ein Fehler gewesen war, die Unterstützung der beiden anzunehmen. Was hatte er sich davon versprochen? Sie kannten Roza ja nicht einmal. Sie war nichts als ein Name für sie. Sie bedeutete ihnen nichts. War nur ein ganz gewöhnlicher Fall.

Für ihn war das anders. Seine Partnerin war außer Elly, der Sekretärin, die einzige Person in Innsbruck, die er regelmäßig traf, mit der er sich austauschte, mit der er auch mal unterwegs ein Lokal aufsuchte, wenn sich im Dienst die Gelegenheit dazu bot. Weil sie Wein und gutes Essen liebten. Roza war streng genommen die Einzige, die ihn wirklich kannte, zumeist geduldig blieb und sich mit ihm abgab. Obwohl sie es mit ihm nicht immer leicht gehabt hatte. Er, der ewige Grantler. Der Einzelgänger. Hatte sie ihm deshalb einen Blick hinter ihre Fassade verwehrt?

Er seufzte, sah zu dem Steg, an dem grün gestrichene Ruderboote fest vertäut waren und auf den Wellen tanzten, die der aufkommende Wind vor sich hertrieb.

Zermürbt schaute Krammer wieder durchs Fenster. Alexa zog gerade ihre Wurst durch den Senf, schob sie sich dann mit den Fingern in den Mund und hörte Huber zu, der das Gespräch zu führen schien. Ihm konnte er es nicht verübeln. Sie hatten sich erst ein paarmal getroffen. Aber von seiner Tochter hatte er mehr Engagement erwartet. Er hatte geglaubt, in ihr Ähnlichkeiten zu sehen, hatte ihren Biss, ihre Leidenschaft und das feine kriminalistische Gespür vom ersten Tag an bewundert.

Jetzt hätte er am liebsten gleich auf dem Absatz kehrtgemacht, um alleine nach Szabo zu suchen.

Aber er bewegte sich hier nicht auf seinem Terrain. Er war jenseits der österreichischen Grenze auf die Unterstützung der beiden angewiesen. Vor allem, wenn es um Kamerabilder, Ortungen oder Hausdurchsuchungen ging. Um Unterstützung durch die Wasser- oder Bergwacht, Polizei und Feuerwehr. Der Weg über seine Dienststelle wäre stets länger und mühevoller. Und er spürte deutlich, dass sie nicht mehr viel Zeit hatten.

Ein ganzer Tag war bereits verstrichen. Vor 24 Stunden war Roza verschwunden, und er musste jede weitere Verzögerung vermeiden. Deshalb stieß er schließlich die Tür auf und marschierte schnurstracks auf ihren Tisch zu.

»Ich hoffe, es schmeckt.« Er bemühte sich trotz seines Unmuts um einen sachlichen Ton, sah jedoch davon ab, sich zu ihnen zu gesellen, sondern stellte sich demonstrativ vor den Tisch. »Habt ihr bei Deep Dive noch jemanden erreicht?«

Alexa sah zu ihm hoch und rutschte sofort einen Platz weiter.

»Nein, leider nicht. Die Tauchschule hatte bereits geschlossen. Vielleicht wegen des Unwetters …« Sie deutete auf den Horizont, der sich noch weiter verdüstert hatte.

Krammer wusste, wie unhöflich sein Verhalten war, aber er rührte sich nicht von der Stelle und ignorierte ihr Angebot, sich zu setzen.

Ihm entging nicht, dass Alexa einen Blick mit Huber wechselte. Aber er hatte keine Lust, mit ihr zu diskutieren oder die Situation noch einmal darzulegen. Die Suche hatte höchste Priorität, und es würde bald dunkel werden, das hatte sie ja selbst erkannt. Später würden sie gar nichts mehr erreichen. Und wieder wäre ein Tag vorbei.

Huber erhob sich und nahm sein Geschirr. »Kaffee oder Tee? Hier ist Selbstbedienung«, sagte er resolut. »Dabei besprechen wir dann, wie wir weitermachen.«

»Kaffee. Mit Milch.« Krammer stand da und sah ihm hinterher. Bislang hatte Huber meist zurückhaltend auf ihn gewirkt. Sein heutiger Ton und seine Bestimmtheit waren völlig neu für ihn. Obwohl Krammer hätte klar sein müssen, dass er sich durchsetzen konnte – immerhin hatte er denselben Rang wie Alexa.

»Nun setz dich schon«, sagte seine Tochter und schob ihm ihren Teller rüber. »Du solltest auch etwas essen. Wenn dein Kreislauf schlappmacht, kannst du Roza erst recht nicht finden. Du musst bei Kräften bleiben.«

Missmutig schaute Krammer auf den Teller. Er machte

sich zum Narren. Das führten ihm die beiden gerade vor Augen.

Jetzt stell dich nicht so an, hörte er Szabo sagen.

Also gab er sich einen Ruck, ließ sich ungelenk auf den Stuhl sinken, erwähnte nicht, dass er bereits gegessen hatte, und nahm einen kräftigen Bissen von der letzten Wienerwurst, die zwar schon kalt, aber knackig war. Zehn Minuten – mehr Zeit würde er nicht erübrigen.

»Hast du noch etwas aus der Forensik gehört?«, wollte Alexa wissen, musterte forschend sein Gesicht und strich ihre braunen Haare hinters Ohr.

Zum ersten Mal fragte Krammer sich, was sie eigentlich in ihm sah. War er für sie nur ein lästiger Alter? Ein Kollege? Eine Vaterfigur ganz sicher nicht. Denn eigentlich wäre es an ihm gewesen, für ihr Essen zu sorgen. Sie zu unterstützen. Nicht umgekehrt.

Er senkte den Blick, starrte auf die Spur, die sie mit ihrer Wurst mitten durch den Mostrich gezogen hatte. Auf das saftige Brot, das sie in der Mitte durchgebrochen hatte und das ebenfalls ganz dünn mit Senf bestrichen war. Genau so hätte er es auch gemacht.

Doch bevor er etwas sagen konnte, kam Huber zurück an den Tisch und stellte den Kaffee vor ihn hin.

»Die Spurensicherung hat Schleifspuren draußen auf der Treppe vor Rozas Wohnung gefunden«, begann Krammer. »Ob sie von dem Toten stammen oder schon länger da sind, untersuchen sie gerade. Die Tinte aus dem Kugelschreiber ist von einem handelsüblichen Billigprodukt, der Umschlag jedoch schon älter. Ein Adressaufkleber ist zuvor darauf gewesen, den jemand abgelöst hat. Der ungarische Stempel kann also ein Zufall sein. Und einem Nachbarn ist ein Mann im Flur begegnet. Er meinte, der sei von einer Reinigungsfirma gewesen. An den Namen konnte er sich nicht mehr hundertprozentig erinnern, aber Elly sucht anhand der Beschreibung seiner Kleidung gerade nach dem Unternehmen.«

»Das klingt doch schon viel besser«, meinte Huber. »Immerhin haben wir damit einen ersten Anhaltspunkt. Willst du dann nicht wieder zurückfahren? Wir können uns gleich morgen früh um die Tauchschule kümmern, und du versuchst in Innsbruck jemanden von dieser Reinigungsfirma zu kontaktieren?«

Krammer hob eine Augenbraue, bemühte sich jedoch, die negativen Gefühle zu unterdrücken, die in ihm hochkamen. Erst gestern hatte Huber ihm geholfen, seine Tochter zu retten. Er durfte jetzt nicht ungerecht sein. Aber ihm missfiel, dass er ihn offenbar loswerden wollte. Lag es daran, dass sie in Deutschland waren? Zeigte Huber plötzlich Revierverhalten?

»Wo wir jetzt schon einmal hier sind, können wir uns auch aufteilen«, schlug hingegen Alexa vor. »Elly ist ja schon an der anderen Sache dran. Wie wäre es, wenn wir morgen die ansässigen Hotels und Pensionen abklappern, und du, Bernhard, übernimmst die Tauchschule? Hast du denn mittlerweile schon ein Bild von dem Toten, mit dem wir nach ihm suchen können?«

Krammer nahm den letzten Bissen und trank den Kaffee aus, der für seinen Geschmack ruhig stärker hätte sein dürfen. Dann schob er die Tasse weg.

»Das müsste euch Elly schon per Mail geschickt haben. Auch eines von Roza.« Krammer holte sein Handy hervor.

»Sie rief mich unterwegs an. Ich habe die selber noch nicht gesehen. Mit der Maske konnte ich von dem Gesicht nicht viel erkennen.«

Huber tat es ihm gleich und öffnete nun ebenfalls das Foto. »Könnte es vielleicht ein Verwandter von ihr sein?«

»Oder ein Bekannter«, mutmaßte Alexa. »Bernhard, du sagtest, sie sei nicht verheiratet, aber hatte Roza vielleicht einen Lebenspartner?«

Krammer betrachtete das Foto genauer. Tatsächlich schien der Mann auf dem Bild in Rozas Alter zu sein, vielleicht ein wenig älter. Im Gesicht des Toten gab es kein sichtbares Anzeichen eines gewaltsamen Todes. Oder das Bild war bereits bearbeitet worden, damit es nicht abstoßend wirkte.

»Meines Wissens war sie ungebunden«, antwortete Krammer.

Doch in dem Moment wurde ihm plötzlich eiskalt. Was, wenn das gar nicht stimmte? Wenn Szabo bereits viel länger Distanz zu ihm hielt? Wenn sie ihr Privatleben die ganze Zeit schon vor ihm verheimlichte? Könnte es doch jemanden gegeben haben? Die Flasche, die Gläser und der Anzug des Mannes fielen ihm ein. Vielleicht wollten sie etwas feiern. Einen Jahrestag. Nur dass dann alles anders lief als gedacht.

Unruhe überkam ihn, seine Beine kribbelten, und er wäre am liebsten sofort nach Innsbruck zurückgefahren, um Rozas gesamte Wohnung zu durchsuchen. Was war eigentlich mit ihm los, dass er daran nicht früher gedacht hatte? Krammer strich sich mit beiden Händen übers Gesicht. Aber er war überzeugt, nirgends ein Foto gesehen zu haben, und an der Garderobe hingen nur Kleidungsstücke einer Frau. Nichts hatte je auf einen Mann in Rozas Leben hingedeutet.

Was wiederum nicht heißen musste, dass sie keinen Freund hatte. Oder eine Affäre. Vielleicht war derjenige verheiratet. Doch einen Ring hatte der Tote nicht getragen. Dessen war er sicher. Und es hatte auch keine Delle am Finger gegeben, wo zuvor einer gesteckt haben könnte.

Möglicherweise übernachtete er aber nicht bei ihr, sondern sie bei ihm. Verbarg sich Roza in der Wohnung dieses Mannes oder hockte gar in irgendeinem Hotel? Hatte sie panisch das Büro verlassen, weil sie Angst um ihren Geliebten hatte? War zu spät gekommen und trauerte nun um ihn? Und hatte wirklich nichts mit seinem Tod zu tun?

Er seufzte.

Noch einmal sah er sich das Foto des Mannes an. Hoffte etwas darin zu erkennen, das ihm mehr verriet. Er war mittleren Alters. Das Haar war von grauen Strähnen durchsetzt. Mitte fünfzig, schätzte Krammer. Seine Haut wirkte, als wäre er viel draußen, hatte einen dunkleren Grundton, aber er war ziemlich sicher Europäer. Denkbar wäre es.

Huber und Alexa tauschten sich darüber aus, dass man in dem Gesicht des Mannes keinerlei Zeichen eines gewaltsamen Todes erkennen konnte.

Krammer fragte sich hingegen, was er überhaupt noch mit Gewissheit über diese ganze Sache sagen konnte. Oder über Szabo. Er zweifelte mittlerweile an allem. Nur weil sein Leben immer schon leer gewesen war, hatte er angenommen, sie wären sich in dieser Hinsicht ähnlich. Ein Trugschluss?

Er wischte zu Rozas Foto. Starrte die vertrauten Züge an. Er musste unter diesem Blickwinkel noch einmal alles durchsuchen. So bald wie möglich.

»Seid's fertig? Darf ich bei euch abräumen?«, fragte ein Mitarbeiter des Cafés, der an ihren Tisch getreten war.

Krammer ließ das Handy sinken und griff schnell nach dem Brot, bevor die Servicekraft den Teller mit sich nahm.

»Oha. Habt ihr was mit der zu tun?«, wollte der Mann wissen und deutete auf Krammers Handydisplay.

Erstaunt wandten sich drei Augenpaare ihm zu.

»Sie kennen diese Frau?«, fragte Krammer erstaunt.

»Um Himmels willen, na! Die will ich auch nicht kennenlernen.«

Der Kellner winkte ab und wollte sich schon entfernen.

»Moment. Was können Sie uns zu dieser Person sagen?«, fragte jetzt Alexa und hielt ihm ihren Ausweis unter die Nase.

»Hat der Typ sie also angezeigt? Wundern tut mich das ja nicht«, sagte er und stellte das Geschirr auf dem Nachbartisch ab.

Krammer und Alexa wechselten einen Blick.

»Das war gestern. Es hat schon gedämmert, da ist sie draußen über den Steg auf einen Kerl zugelaufen, der gerade dort sein Kanu vertäute.« Er kratzte sich am Kopf, so als wolle er damit die Erinnerungen hervorholen. »Ich hab draußen das Geschirr von den Tischen geräumt. Eigentlich sollen die Leute das in das Regal neben der Tür stellen, aber die meisten lassen es einfach stehen, wisst's.«

Es interessierte Krammer recht wenig, wie die Gäste des Lokals mit dem Geschirr umgingen. Er schnaufte unwirsch und machte eine ungeduldige Handbewegung.

»Na jedenfalls«, fuhr der Kellner fort, »hat sie auf den Mann eingeredet und auf sein Boot gedeutet. Dann holte sie ein paar Scheine hervor und fuchtelte damit vor seiner Nase herum.«

Alexas Blick veränderte sich. »Und Sie sind sicher, dass es diese Frau war?«

Er nickte. »Ungefähr so groß, schlank. Um die fünfzig.«

»Trug sie einen Mantel?«, fragte Krammer.

»Nein. Ganz sicher nicht. Sie hatte etwas Kurzes an. Dunkel. Pullover oder Jacke. Und eine Jeans.«

Krammer war es, als hätte man ihm einen Tiefschlag versetzt. Es musste sich wirklich um Roza handeln. Sie hatte eine weiße Bluse und einen tiefblauen Blazer getragen. Die falsche Kleidung für das Wetter im Mai in den Bergen – erst recht für eine Bootstour.

»Und was geschah dann?«, wollte Alexa wissen. »Hat er das Geld genommen? Wo sind sie danach hin? Können Sie uns dazu noch etwas sagen?«

»Nein. Zusammen weg sind die bestimmt nicht. Er wies das Geld ab und sorgte dann dafür, dass das Kanu fest lag. Aber sie ließ nicht locker. Sie schrie den Mann an. Ein Gast saß noch draußen auf der Terrasse und hat das ebenfalls mitbekommen. Wir haben uns noch darüber unterhalten und uns gefragt, ob man eingreifen müsse. Deshalb habe ich mir das Gesicht auch so gut gemerkt. So verhalten sich die Leute hier normalerweise nicht.«

Krammer schüttelte den Kopf. Roza war aufbrausend. Das war eine Tatsache. Sie konnte aus der Haut fahren und eine ziemliche Lautstärke entwickeln. Aber wenn sie auf der Flucht war, vor was oder wem auch immer, würde sie niemals so viel Aufmerksamkeit auf sich ziehen. Die Schilderung klang völlig paradox.

»Und der Mann ist dann weggegangen?«, fragte Alexa.

»Ja. Er hat sie einfach stehen gelassen und ist zum Parkplatz gelaufen. Wollte vermutlich sein Auto näher ranfahren, um das Boot auf den Dachträger zu hieven.«

»Und sie?«

»Keine Ahnung. Sie hat ihm noch hinterhergestarrt. Ich habe nur einen kurzen Moment gewartet, ob sie ihm nachstellt. Aber als das nicht passiert ist, bin ich wieder rein. Ich musste ja weiter bedienen. Später, als ich zugesperrt hab, war sie jedenfalls weg. Und er hatte das Kanu wohl inzwischen auch abgeholt.«

Alexa bat ihn um eine genaue Beschreibung des Mannes, mit dem Roza Szabo die Auseinandersetzung gehabt hatte. Zu ihrem Glück konnte er diesen gut charakterisieren, so dass es möglich sein würde, ein Phantombild anfertigen zu lassen.

Krammer bat ihn, nach Dienstschluss zum LKA mitzukommen. Es war eine österreichische Suche, insofern mussten sie zwangsläufig nach Innsbruck. Krammer verabschiedete sich von Alexa und Huber und ging auf die Terrasse. Er brauchte unbedingt frische Luft.

Draußen starrte er auf den Bootssteg hinaus, auf dem noch gestern Abend seine Kollegin gesehen worden war. Was hatte sie hier gewollt? Jetzt hatten sie endlich einen Anhaltspunkt, der aber wiederum mehr Fragen als Antworten aufwarf. Es blieb nur zu hoffen, dass Roza dem Mann gesagt hatte, wohin sie wollte.

Der Verleih, zu dem die anderen Boote gehörten, die er bei seiner Ankunft gesehen hatte, war bereits geschlossen. Gestern um diese Uhrzeit sicher genauso.

Krammers Blick wanderte über den See, über dem sich ein dichtes Wolkenband gebildet hatte. Schon zuckte in der Ferne ein Blitz durch die Schwärze, und der Wind frischte auf.

Was konnte es hier geben, das nur über den Wasserweg zu erreichen war? Auf der anderen Seite sah Krammer bloß dichte Wälder. Kein Haus, nichts, was die Fahrt lohnen würde.

Er fröstelte und zog die Jacke enger um sich.

Während er die mittlerweile dunkel und undurchdringlich scheinende Wasseroberfläche betrachtete, erinnerte er sich wieder an den Traum, den er zu Beginn der Woche gehabt hatte. Er war im Wasser gewesen, um jemanden zu retten, drohte aber selbst zu ertrinken, bekam kaum mehr Luft.

Ein Omen?

Rasch wandte er sich ab und hastete zu seinem Wagen.

10.

Huber hielt schnittig vor dem Gartentor, das zu Alexas Wohnung führte, stellte aber zu ihrem Erstaunen den Motor ab. Alexa ließ ihre Hand auf dem Türgriff ruhen. Sie hatte angenommen, er würde gleich weiterfahren, immerhin war es schon spät für einen Freitagabend.

Vielleicht wollte er vorher noch eine E-Zigarette rauchen. Schon einmal hatte sie ihn beobachtet, wie er in der Dunkelheit stand und den Rauch in die kalte Nachtluft blies. Oder aber, ihm war ein neuer Gedanke gekommen. Was immer es war, sie spürte, dass er Zeit brauchte, und wartete geduldig ab, obwohl sie ziemlich spät dran war und Oskar, ihren braunen Mischlingshund, schon vor Stunden bei Frau Messerer, ihrer Vermieterin, hatte abholen wollen.

Der regennasse Asphalt glitzerte im Widerschein der Straßenlaterne. Es hatte sich mit dem kurzen Gewitter wieder stark abgekühlt. Sie würde eine dickere Jacke brauchen. Der Himmel war immer noch bedeckt, und es gab vielleicht weitere Schauer.

»Ich muss mich bei dir entschuldigen«, sagte Huber nach einer Weile in ernstem Ton, ohne sie anzusehen. »Ich habe dich anfangs für ziemlich überheblich gehalten.«

»Habe ich mich wirklich so unmöglich aufgeführt?«

»Nein. Das ist es ja gerade. Eigentlich überhaupt nicht. Es war eher, weil die meisten von auswärts auf uns herabsehen:

die Hinterwäldler, die von nichts eine Ahnung haben und denen man erst erklären muss, wie die Welt tickt.« Er zögerte. »Aber ich habe mich in dir getäuscht. Das wollte ich dir sagen.«

Alexa versuchte ihre Rührung zu verbergen und nickte bloß. Doch sie freute sich über dieses Eingeständnis ihres Kollegen. Auch sie hatte in den ersten Tagen in dem Team in Weilheim bemerkt, wie ablehnend er sie behandelt hatte, und fand sein Machogehabe völlig deplatziert. Sie hatte es darauf geschoben, dass sie in direkter Konkurrenz zueinander standen. Aber dass er aus Unsicherheit so gehandelt haben könnte, war ihr nie in den Sinn gekommen.

»Du spielst dich nicht nach vorne«, fuhr Huber fort. »Obwohl du allen Grund dazu hättest, nach den vergangenen Wochen. Keiner von uns hat je so schnell so viele Fälle geklärt wie du. Nicht einmal der Brandl.«

»Moment. Das war ich ja nicht alleine. Du warst genauso daran beteiligt. Und Oskar«, warf sie lachend ein. »Außerdem bin ich manchmal ja förmlich in die Lösung gestolpert.«

Sie dachte an den Moment, als sie zusammen vor ein paar Wochen die Disco betraten. An die Gefahr für Huber, die sie nicht hatte kommen sehen. Sofort fiel ihr Blick auf sein Bein, wo ihn ein Streifschuss erwischt hatte. Sicher erinnerte ihn die frisch verheilte Wunde noch daran.

Doch er winkte bloß ab. »Komm schon. Stell dein Licht nicht unter den Scheffel. Du weißt, was ich meine. Du bist immer bereit, alles zu geben. Und die Sache mit deinem Kollegen aus Aschaffenburg – du hast ihn selbst mit deiner Verletzung nicht hängen lassen. Bist mit ihm in die Berge, obwohl du nicht ganz auf der Höhe warst und sicher noch Schmerzen hattest. Das hätte nicht jeder gemacht.«

Instinktiv legte Alexa eine Hand auf die Stelle, an der die Kugel ihre Schulter getroffen hatte.

»Das hättest du genauso getan, Florian. Wer ist denn losgefahren und hat mich gesucht? Du warst es doch, der geistesgegenwärtig meinen Vater hinzugezogen und mich schließlich gefunden hat – obwohl das mit Voss weder dein Fall noch deine Zuständigkeit war. Du bist da nicht anders.«

Er hob den Zeigefinger. »Siehst du, genau das meine ich. Manch anderer hätte diese Bühne genutzt, um sich nach vorne zu spielen. Du aber nicht. Genau wie jetzt bei deinem Vater. Du bist einfach da, nimmst die Sache in die Hand. Ohne Zuständigkeit. Ohne zu zögern. Mit vollem Einsatz. Auf dich ist Verlass. Und du hast den richtigen Instinkt. Ich lag wieder völlig daneben, was diese Szabo und den Walchensee anging.« Dann hob er den Kopf und blickte ihr direkt in die Augen. »Ich bin inzwischen verdammt froh, dass du zu uns gekommen bist, Alexa Jahn.«

Sie erwiderte nichts, hielt aber seinem Blick stand, ohne auszuweichen. Sicher hatte es Florian Huber große Überwindung gekostet, ihr all das zu sagen. Nicht nur, weil er kein Mann großer Worte war. Gefühlsduseleien hatten im Polizeidienst gemeinhin nicht viel zu suchen. Was vielleicht auch der Grund dafür war, dass es ihr und Krammer bisher noch nicht gelungen war, mehr Nähe zueinander aufzubauen.

Aber sie ahnte auch, woher sein Bedürfnis rührte, es gerade heute auszusprechen. Immerhin hatte sie nicht nur Erfolge für die Weilheimer Inspektion eingefahren – sie hatte genauso oft ihr Leben riskiert. Ihre Unversehrtheit.

So wie Roza Szabo.

Vielleicht wollte Huber vermeiden, dass sie distanziert

blieben und Geheimnisse voreinander hatten, wie es ganz offensichtlich bei dem österreichischen Ermittlerduo der Fall war.

»Danke, Florian«, sagte Alexa deshalb. »Ich bin froh, dass du dein Urteil revidiert hast. Und ich freue mich genauso auf die gemeinsame Zeit hier mit dir. Ich könnte mir keinen besseren Partner wünschen.«

Sie löste ihren Blick von seinen stahlblauen Augen.

»Jetzt aber ab mit dir nach Hause. Deine Frau fragt sich sicher schon, wo du so lange bleibst. Morgen haben wir jede Menge zu tun. Krammer wird keinen Stein auf dem anderen lassen, bevor wir nicht wissen, wer dieser Mann mit dem Boot war und was Roza von ihm wollte.«

Er lächelte und musterte ihr Gesicht. Dann hob er grüßend die Hand.

»In Ordnung. Dann bis morgen, KOK Jahn. Ich stehe um halb acht vor der Tür.«

11.

Während der Kellner aus dem Café mit dem Phantomzeichner an dem Bild des Mannes arbeitete, mit dem Roza in Streit geraten war, blieb Krammer im Büro von Elly Schmiedinger.

Sie hatte ihm etwas zu essen besorgen wollen, aber ihm lag die Wurst noch schwer im Magen. Außer Kaffee bekam er nichts herunter.

Es gab nur wenige Kriminalbeamte in Österreich, die Phantombilder erstellen konnten, und er war Elly dankbar, dass sie noch am Freitagnachmittag so schnell jemanden gefunden hatte, der ihnen weiterhalf. Obendrein war Ferdinand Grauberger ein absoluter Spezialist auf seinem Gebiet und hatte erst kürzlich einen wichtigen Beitrag zur Auflösung eines Falles geleistet. Als er hörte, dass sie auf der Suche nach einer Kollegin waren, war er sofort bereit zu kommen, obwohl die Arbeit bis spät in den Abend hinein dauern würde.

Zu Beginn von Krammers Polizeidienst wurden derlei Bilder noch mühevoll mit dem Bleistift gezeichnet, doch seit das FBI auf spezialisierte Computerprogramme umgestellt hatte, waren diese auch in anderen Ländern üblich. Mittlerweile hatten sie sogar eine eigene Software für Österreich entwickelt, mit der man schon in einer bis anderthalb Stunden ein brauchbares Porträt anfertigen konnte.

Jede Komponente des Gesichts des Gesuchten wurde dabei einzeln bearbeitet: zunächst die groben Faktoren wie Geschlecht, Alter, Hautfarbe. Danach wurde es spezifischer, indem die Frisur, Augen, Nase und Lippen beschrieben wurden. Dann besondere Kennzeichen wie Narben oder Leberflecken. So entstand Stück für Stück ein Abbild desjenigen, den sie suchten.

Krammer wollte das Bild sofort mit einer Gesichtserkennungssoftware abgleichen lassen und hoffte dieses Mal auf einen Treffer. Denn es war nicht nur wichtig, ein genaues Abbild des Mannes zu bekommen. Der Zeuge aus dem Café, der den Streit mit Szabo beobachtet hatte, würde den Beschriebenen im optimalen Fall auch gleich wiedererkennen.

Bei dem Toten hatten sie allerdings keine Übereinstimmung erzielt. In dieser Hinsicht hoffte Krammer, dass Alexa etwas in der deutschen Datenbank oder in anderen Systemen herausfinden konnte. Sie war jünger und versierter im Umgang mit diesen Dingen als er selbst. Und Ott, einer ihrer Kollegen in Weilheim, war ein echter Crack auf dem Gebiet.

»Ich begreife immer noch nicht, warum die Roza so einfach verschwunden sein soll«, murmelte Elly, die ihm zu Beginn des Tages noch gefasst und stark erschienen war. Mittlerweile brach sie immer wieder in Tränen aus. Der Stress, sagte Krammer sich. Völlig verständlich. Und sicher hatte auch sie sich keine Sekunde Ruhe gegönnt. Doch auf Ellys Hilfe konnte er gerade keinesfalls verzichten. Dennoch war es ihm ein Gräuel, sie so zu sehen. Aber wie sollte er sie trösten? Es gab keinen Grund anzunehmen, dass Roza entführt worden war oder gegen ihren Willen irgendwo festgehalten wurde. Im Gegenteil: Sie war aus freien Stücken weg. Daran gab es inzwischen nichts mehr zu rütteln.

»Und du hast wirklich nichts bemerkt, als du in ihrer Wohnung warst? Es fehlte nichts von ihren Sachen?« Er hatte sie gebeten, in seiner Abwesenheit noch einmal mit einem Kollegen von der Forensik in die Wohnung zu gehen, um die Kleidung in ihrem Schlafzimmerschrank durchzusehen.

»Nein. Ich sag doch, da fehlte nichts. Ich kenn ja das meiste, und du weißt, sie ist sowieso sparsam, was ihre Garderobe anbelangt. Vieles trägt sie schon seit Jahren.«

Krammer nickte. Natürlich wusste er das.

»Aber das bedeutet doch auch, dass sie nicht noch einmal in der Wohnung war, oder? Wenn nichts fehlt?«, fragte Elly.

Er hörte die Hoffnung in ihrer Stimme. Auch sie traute Roza keinen Mord zu.

Doch leider konnte er dessen nicht sicher sein. Immerhin hatten ihre Fingerabdrücke an einem der Gegenstände gehaftet, mit denen der Tote ausstaffiert war. Die Worte auf der Maske stammten allerdings nicht von Roza. Das hatte eine Schriftanalyse eindeutig ergeben.

Die Entfernung zu dem See in Deutschland war nicht groß, und es sprach nichts dagegen, dass sie zunächst in ihre Wohnung gegangen war und erst danach die Grenze überquerte. Es war knapp, aber die Zeitangaben zwischen dem Verlassen des LKA und dem Zeitpunkt, an dem sie am Walchensee gesehen wurde, ließen es durchaus zu. Ihr Auto war noch in der Werkstatt. Aber natürlich konnte es einen Komplizen geben, der sie gefahren hatte. Sie konnte vorab einen Koffer oder eine Reisetasche dort deponiert haben, die sie für die Flucht vorbereitet hatte. Mit einem zweiten Handy, mit falschen

Papieren … Alles war möglich, denn Roza hätte genau gewusst, was sie tun musste, um ihre Spuren zu verwischen. Sie war ein Profi.

Immerhin war der Schlüssel zu ihrer Wohnung das Einzige, das fehlte. Und ihr Laptop. Beides konnte sie selbst dabeihaben, was seine Theorie untermauern würde. Sie hielten permanent die Mitteilungen auf ihrem Handy im Blick. Aber bis auf die seltsamen leeren Nachrichten, die von einem Bot versendet wurden, war nichts mehr angekommen. Was ebenfalls für ein zweites Handy und einen anderen Account sprach.

Elly holte tief Luft.

Er wusste, dass sie sich wünschte, er würde sie beruhigen. »Elly …«, begann er. Aber er konnte sie nicht anlügen. Er brach ab, stützte die Unterarme auf seine Knie und ließ den Kopf hängen.

»Und sie hat gar nichts zu dir gesagt? Vielleicht musste sie nach Ungarn. Wenn es ein Problem in der Verwandtschaft gab, wäre das definitiv ein Grund, dass es schnell gehen musste. Eine plötzliche schwere Erkrankung oder einen Todesfall?«

»Elly, du weißt doch selbst, wie Roza ist. Sie sagt nie ein Wort zu viel.« Mehr brachte er gerade nicht über die Lippen. Seine Kraft reichte einfach nicht aus.

»Und was hast du jetzt vor? Wann willst du eigentlich dem Chef mitteilen, dass sie weg ist?«

Krammers Kopf fuhr herum. Vehement winkte er ab. »Bloß nicht. Ich muss erst wissen …« Er brach ab. Er wollte diesen Gedanken weder zu Ende denken noch aussprechen.

»Aber sollten wir nicht mehr tun? Eine große Fahndung auslösen? Die beiden Deutschen würden das bestimmt unterstützen, meinst du nicht? Was, wenn sie in ernsthafter Gefahr ist?«

Und was, wenn sie selbst eine Gefahr ist?, kam es ihm in den Sinn. Er presste die Lippen zusammen und schüttelte den Kopf. »Erst einmal nicht. Lass uns schauen, ob das Phantombild einen Treffer bringt. Und dann sehen wir weiter.«

»Hat es!«, hörte er Grauberger von der Türe. »Die Ähnlichkeit ist verblüffend. Da habt ihr großes Glück gehabt. Solche Zeugen bräuchten wir häufiger. Er hat ganze Arbeit geleistet.«

Krammer betrachtete die Zeichnung und das Foto, das Ferdinand Grauberger schon aus dem Internet gezogen hatte: Ein junger, gut aussehender dunkelhaariger Mann mittleren Alters in einem grauen Maßanzug lächelte ihm gewinnend entgegen.

»Und Sie sind sicher, dass dieser Mann dort gestern auf dem Bootssteg stand?«

Der Café-Angestellte nickte. »Mit der Rothaarigen, genau. Er hatte natürlich andere Klamotten an. Aber ja, ich bin mir ganz sicher. Zu hundert Prozent.«

12.

Ich träumte immer davon, eines Tages den Mann fürs Leben zu finden. Nichts konnte daran je etwas ändern. Ich hoffte es, seit ich denken kann. Suchte nach einem Ort, an dem ich mich sicher und geborgen fühlen konnte. Wo ich nicht mehr auf der Hut sein musste.

Der Gedanke gab mir Halt, seit ich von zu Hause weggelaufen bin.

Wer hätte mir schon geglaubt, dass der Opa mir nicht bloß Mathe beigebracht hat? Mein brutaler Stiefvater gewiss nicht. Und niemand hat sich gefragt, warum ich trotz der vielen Stunden, die er auf meine Nachhilfe verwandte, nie besser wurde.

»Es liegt ihr nicht«, antwortete der Opa, wenn meine Mutter ihn darauf ansprach. Doch er wurde nie müde, es mir weiter zu erklären.

»Du bist etwas ganz Besonderes«, flüsterte er mir ins Ohr, wenn er sein Becken an mich drückte. »Opas kleines Wunder.«

Nicht nur in Mathe wurde ich schlechter. Auch in allen anderen Fächern rutschte ich völlig ab. Ich sah keinen Sinn mehr darin, überhaupt zum Unterricht zu gehen.

Vielleicht hoffte ich, er würde mich dann endlich in Ruhe lassen. Irgendwann mussten sie ja einsehen, dass es keinen Sinn hatte. Dass ich keine guten Noten bekommen würde und ohnehin die Schule abbrechen musste.

Ich hatte nur einen einzigen Verbündeten in dieser Sache. Ausgerechnet meinen Stiefvater. Dem war es nur recht, dass er endlich einen triftigen Grund hatte, mich zu beschimpfen. »Ein Maul weniger, das ich stopfen muss«, ätzte er und schaute mich grimmig an.

Die Zweideutigkeit seines Satzes ließ mich erschaudern.

So schmiss ich die Schule und ging der Friseurin zur Hand, die im Erdgeschoss unseres Hauses ihren Laden hatte. Damit war ich wenigstens dem Alten entkommen. Doch meinen Lohn musste ich komplett abgeben.

»Für Kost und Logis«, sagte mein Stiefvater nur. Dass ich kaum je richtig satt wurde, interessierte niemanden.

»Das reicht«, gebot er meiner Mutter, wenn sie zum dritten Mal die Kelle in die Schüssel führte. »Gib das den Jungs, damit aus denen richtige Männer werden.«

Mutter hatte schon lange aufgehört zu widersprechen. Alleine, ohne Beruf, mit mir und den drei Jungs wäre sie nie über die Runden gekommen. Sie musste hoffen, dass er blieb und sie versorgte.

Im Stillen litt sie weiter. Wurde immer schweigsamer. Weinte, weil mein Vater so früh gestorben war. Sie hatte an dem Tag ihr eigenes Leben aufgegeben, als das Krankenhaus anrief, um uns zu sagen, dass er es nicht geschafft hatte. Sie war wie eine leere Hülle, die nur noch funktionierte.

Eines Tages stand sein Kollege in der Tür und brachte die wenigen Sachen, die sie im Spind in der Fabrik gefunden hatten. Meine Mutter brach weinend zusammen, vergrub ihr Gesicht in der Kleidung meines Vaters.

Der Kollege half ihr auf, saß später mit uns am Tisch und ging nie wieder.

Acht Wochen danach hat sie ihn geheiratet. In dem schwarzen Kostüm, das sie auch bei der Beerdigung getragen hat. »Wenn mein Bauch anschwillt, passt es nicht mehr«, war ihr einziger Kommentar.

13.

Gleich am nächsten Morgen trafen sich Alexa und Huber an der Nordspitze des Sees direkt vor dem Apartmenthaus Seewinkel mit Krammer. Anhand des Fotos auf LinkedIn hatten sie den Namen und auch bald schon die Anschrift des Mannes vom Bootssteg ausfindig gemacht. Tobias Wilms, Partner in einer namhaften Steuerkanzlei in Frankfurt, besaß seit ein paar Jahren eine Ferienwohnung am Walchensee, an der er an diesem Wochenende anzutreffen sei, hatte eine Frau mit einer extrem tiefen, erotischen Stimme gesagt, als Alexa die angegebene Nummer anrief.

Aber auf ihr Klingeln hin machte niemand auf.

»Der Blick von da oben muss phantastisch sein«, sagte Huber, der mit dem Rücken zu ihnen stand und über den See schaute.

Die Feuchtigkeit der gestrigen Regenschauer hing schwer in der Luft, und nur zögerlich hob sich der Morgennebel von den Wäldern. Alexa konnte deshalb nur erahnen, wie das Panorama aussehen mochte, das die Menschen von ihren Wohnungen in der Apartmentanlage aus genießen konnten. Das große Gebäude war so konzipiert, dass es sich förmlich an den Berg schmiegte. Deshalb waren alle Balkone sonnig, warfen keinen Schatten auf die unteren Etagen, hatten direkten Seeblick und waren in dieser Lage ein kleines Vermögen wert.

Sie klingelte erneut, blieb dieses Mal länger auf dem Knopf.

»Vermutlich ist er schon unterwegs. Vielleicht geht er joggen«, sagte Krammer und begutachtete die umliegenden Straßen.

»Oder er ist in der Sauna oder dem Pool. Gibt es beides, habe ich im Internet gelesen«, meinte Huber, der nun zu ihnen trat.

»Eine Handynummer hat dir seine Lebensgefährtin nicht geben können?«, fragte Krammer.

Alexa trat vom Eingang zurück und schaute an der Fassade hoch. »Doch, schon. Aber das hat er meistens aus, wenn er hier ist, und checkt nur am Abend, ob es wichtige Nachrichten gibt, meinte sie. Ich habe ihm hinterlassen, dass er sich bei mir melden soll.«

»Und was habt ihr noch über ihn herausgefunden?«, wollte Krammer wissen. »Hat er irgendwelche Verbindungen nach Österreich?«

Alexa schüttelte den Kopf. »Leider nein. Auch keine Vorstrafen. Ein einziger Strafzettel wegen überhöhter Geschwindigkeit, sonst nichts. Deshalb wäre es wohl gut, wenn Florian und ich die Befragung durchführen würden. Er ist Jurist und wird sonst vielleicht unangenehme Fragen stellen, warum er von der österreichischen Polizei gesucht wird.«

Krammer brummte unwirsch. Es schien ihm nicht recht, aber er konnte auch kein schlüssiges Argument dagegen vorbringen.

Ohne viel Hoffnung klingelte Alexa erneut bei dem Schild, auf dem *T. W.* vermerkt war.

Dann trat sie zu den Kollegen und schaute nach oben. Sie hoffte, jemanden auf einem der bewachsenen Balkone zu sehen, den sie fragen konnte, welche Gewohnheiten Wilms hatte. Wann er gewöhnlich von seinen Unternehmungen zurückkam, ob er in einem Stammlokal zum Essen ging.

Krammer kickte einen Stein weg. Er konnte keine Sekunde stillstehen und sah aus, als hätte er kein Auge zugemacht. Seine Begrüßung war äußerst knapp gewesen. Die angespannte Stimmung schien sich bereits auf sie beide zu übertragen, denn auch Huber beobachtete jetzt unablässig die Wege, die sie von ihrem Standort aus sehen konnten.

Plötzlich fiel Alexa etwas ein, das die Bedienung des Cafés gesagt hatte. Sie ging um das Gebäude herum und hoffte, dort zu einer Tiefgarage zu gelangen.

Krammer folgte ihr auf die Rückseite des Hauses, wo es tatsächlich ein paar Stellplätze gab. Doch keines der geparkten Fahrzeuge hatte einen Dachträger oder ein Frankfurter Kennzeichen.

Etwas weiter hinten war ein groß gewachsener Mann gerade damit beschäftigt, seinen SUV zu beladen. Die Heckklappe stand offen, deshalb konnte sie das Nummernschild nicht sehen.

»Entschuldigung«, begann sie, als sie nahe genug bei ihm war. »Können Sie uns vielleicht weiterhelfen?«

Der Mann drehte sich um, und sie konnte sich sparen, ihm zu erklären, wen sie suchten. Es war Tobias Wilms selbst, der vor ihr stand.

Krammer hatte bereits aufgeschlossen, sie hörte seine Schritte hinter sich, die sich eilig näherten.

»Was kann ich für Sie tun?«, fragte Wilms und hob eine mittelgroße Reisetasche aus dunklem Leder in den metallicblauen Range Rover. Er schob mit einer knappen Geste seine

Haare aus dem Gesicht. An seiner Linken trug er einen breiten Siegelring mit dunklem Stein. Einen Ehering konnte Alexa nicht entdecken. Alles an dem Mann hatte Klasse: die Jeans einer Edelmarke genauso wie der Kaschmirpullover. Aber er hatte nicht nur Geld, sondern auch Geschmack, wusste genau, was ihm stand.

Sie zog ihren Ausweis hervor. Er sah ihn kurz an, veränderte seine Haltung dabei aber nicht.

»Kriminaloberkommissarin Alexa Jahn von der Kripo Weilheim. Und das sind meine Kollegen Florian Huber und Bernhard Krammer. Ich habe Ihnen bereits eine Nachricht auf Ihrer Mailbox hinterlassen, dass wir eine Auskunft benötigen. Wir sind auf der Suche nach dieser Frau hier.« Alexa hielt ihm das Bild von Roza hin. »Uns wurde gesagt, dass Sie sie vorgestern Abend gesprochen haben. Können Sie das bestätigen? Sie sind doch Tobias Wilms?«

Wilms musterte sie interessiert. »Woher wissen Sie das?«

»Jemand, der zu dem Zeitpunkt im Strandcafé war, hat das Gespräch beobachtet und Sie beschrieben«, erklärte sie. Obwohl sie den Zeugen nicht an den Pranger stellen wollte, hielt sie es in diesem Fall für besser, Wilms die Information zu geben, um ihn nicht misstrauisch zu machen. Das Phantombild hingegen verschwieg sie. Schnell fügte sie noch hinzu: »Wir sprechen mit einer ganzen Reihe von Leuten, die an dem Abend am See waren.«

Er betrachtete sie genauer. »Wenn Sie das bereits wissen, warum fragen Sie dann noch?«, meinte er und verschränkte die Arme.

Bevor Alexa dazu Stellung nehmen konnte, mischte sich Krammer in das Gespräch ein.

»Waren Sie dort mit ihr verabredet?«, fragte er in scharfem Ton.

»Nein«, antwortete Wilms nur und ließ seinen Blick von einem zum anderen wandern.

Alexa ärgerte sich. Immerhin hatten sie zuvor abgesprochen, dass sie das Gespräch führen würde. Mit Krammers impertinenter Art, die Alexa schon einmal erlebt hatte, riskierten sie höchstens, dass der Mann ihnen weitere Auskünfte verweigerte. Und offizielle Wege würden sie viel zu viel Zeit kosten, denn bislang hatte die Kripo Weilheim nichts mit dem Fall zu tun. Es gab ja nicht einmal eine Vermisstenmeldung von Roza Szabo. Und wenn Wilms erfuhr, wie sie auf seine Spur gekommen waren, würde er sicher alle Hebel in Gang setzen, um seine Persönlichkeitsrechte zu schützen.

Das hätte eigentlich auch Krammer klar sein müssen. Bevor er den Mann weiter durch die Mangel drehen konnte, kam sie ihm zuvor: »Wenn Sie so freundlich wären, uns den Ablauf dieses Zusammentreffens so genau wie möglich zu beschreiben«, bat Alexa ihn.

»Ich war gerade von einer Kanutour zurückgekommen und hatte angelegt. Ich kannte die Frau nicht, habe sie auch vorher noch nie gesehen.« Er warf Krammer einen Seitenblick zu. »Sie kam auf mich zu und hat mir eine hohe Geldsumme geboten, wenn ich sie mit meinem Boot fahre.«

»Was wollte sie Ihnen denn zahlen?«, unterbrach Krammer ihn erneut.

»Sie hielt mir ein paar Hunderter unter die Nase. Ich habe sie nicht gezählt, es waren mehrere Scheine, aber es kam für mich nicht in Frage, das Geld anzunehmen.« Wieder an Alexa gewandt fügte er hinzu: »Keine Ahnung, was sie dachte, damit erreichen zu können.«

»Wohin wollte sie denn? Hat sie Ihnen das gesagt?«, fragte Alexa, ohne Krammer anzusehen.

»Nein. Zumindest kann ich mich nicht daran erinnern. Ich wäre sowieso nie mit einer wildfremden Person aufs Wasser raus.« Er stockte kurz. »Ihr habe ich das natürlich in dem Moment nicht so gesagt. Wegen der aufziehenden Winde war es um die Zeit gefährlich rauszufahren, und ich riet ihr, an Land zu bleiben. Der Walchensee ist tückisch, was das anbelangt. Das unterschätzen viele. Ich bin schon ein paar Jahre regelmäßig hier, da lernt man das zwangsläufig.«

Alexa gab ihm durch einen Blick zu verstehen, mit seinem Bericht fortzufahren, und war froh, dass Krammer sich nun zurückhielt.

»Als ich das Boot vertäute, begann sie mich lautstark zu beschimpfen. Ziemlich derb, ich will das jetzt lieber nicht wiederholen. Ich ließ mich davon nicht provozieren, es bestärkte mich aber in meiner Meinung, dass mit der Frau etwas nicht stimmte … Wieso wird sie überhaupt gesucht? Ist sie irgendwo ausgebrochen?«

In gewisser Weise hatte der Mann mit dieser Vermutung recht. Aber Alexa überging die Frage.

»Und danach? Haben Sie gesehen, wo sie hingegangen ist?«

Er schüttelte den Kopf. »Was sie anschließend gemacht hat, kann ich Ihnen nicht sagen. Es war mir offen gestanden auch egal. Ich war nur froh, wieder meine Ruhe zu haben. Ich bin meist alleine hier und suche keine Gesellschaft. Deshalb fahre ich auch auf den See raus … Vermutlich hat sie es danach bei jemand anderem versucht. Sie wirkte ja wild entschlossen.«

»Und es an die Leitstelle zu melden, ist Ihnen nicht in den Sinn gekommen? Wo Sie doch so sicher waren, dass mit der Frau etwas nicht stimmte?«, hielt Krammer ihm in scharfem Ton entgegen.

Wilms drehte sich zu ihm und musterte Krammer von oben bis unten. »Wenn ich wegen jeder Person Anzeige erstatten wollte, die sich heutzutage idiotisch benimmt, dann wäre ein guter Teil der Gesellschaft schon in Polizeigewahrsam und ich ziemlich beschäftigt. Gutes Benehmen ist nicht gerade en vogue.«

Wilms zwinkerte ihm zu, vielleicht um den verbalen Seitenhieb in seine Richtung abzumildern.

Alexa konnte es ihm nicht verübeln. Immerhin hatte Krammer den Mann behandelt, als wäre er ein Verdächtiger.

»Gibt es sonst noch etwas?«, fragte Wilms nun an Alexa gewandt und schloss die Heckklappe. »Ich müsste langsam los. Der Verkehr wird sonst immer schlimmer.«

»Sie fahren schon so früh zurück? An einem Samstag?«, meldete sich Krammer wieder zu Wort.

Alexa warf ihm einen verärgerten Blick zu. Es gab keinen Grund, dem Mann derart auf den Zahn zu fühlen. Er hatte ihnen bereitwillig Auskunft erteilt. Sowohl Krammers Ton als auch diese Frage waren völlig deplatziert.

Wilms ignorierte den Einwand glücklicherweise, und Alexa hoffte, dass er nicht auf die Idee kam, sich bei der Inspektion zu beschweren. Alles, was sie taten, war rein freiwillig. Ein Freundschaftsdienst. Ohne offizielle Suche nach einer Beamtin würde das bei ihrem Chef sicher Fragen aufwerfen. Wegen des vorletzten Falles, in dem sie ermittelt hatte, war Alexa ohnehin noch in ein Untersuchungsverfahren verwickelt und konnte weitere Scherereien absolut nicht gebrauchen.

Sie trat einen Schritt zur Seite und baute sich direkt vor Krammer auf, obwohl dieser sie um einen halben Kopf überragte.

»Selbstverständlich. Wir wollen Sie nicht länger aufhalten, Herr Wilms. Wären Sie so freundlich, uns Ihre Privatnummer zu geben, damit wir Sie kontaktieren können, falls wir noch weitere Fragen haben?«

14.

Nachdem Wilms ihr seine Nummer und Adresse in Bad Soden genannt hatte, hatte Alexa sich bedankt und Krammer mit einem Blick zu verstehen gegeben, dass die Sache beendet war. Zügig war sie in Richtung Auto gegangen, Huber direkt neben ihr, und hatte gehofft, Krammer würde folgen und Wilms in Ruhe lassen.

Erst als sie um die Ecke außer Sichtweite waren, wandte sie sich um und stemmte die Arme in die Seiten.

»Kannst du mir bitte sagen, was das gerade sollte?«, stellte sie Krammer zur Rede. »Hatten wir nicht abgesprochen, dass ich das Gespräch führe?«

Huber stand dicht an ihrer Seite. Krammers Gesicht war stark gerötet, seine Lippen nur ein schmaler Strich. Er war genauso aufgebracht wie sie und deutete zurück zu dem Parkplatz.

»Hast du denn nicht hingesehen? Der hatte das ganze Auto voller Zeug. Da war auch eine Plastiktasche drin, die ganz und gar nicht zu dem Rest passte. Wir sollten ihn unbedingt festhalten und die Kriminaltechnik rufen.«

Alexa atmete tief ein. Natürlich hatte sie das bemerkt. Aber für sie gab es keinen Grund, dem Mann zu misstrauen. Immerhin war die Szene von der Bedienung beobachtet worden, und Wilms Beschreibung deckte sich haargenau mit dessen Version der Geschichte. Vor allem aber war die Begegnung mit Szabo schon 39 Stunden her. Er hätte also längst über alle Berge sein können, wenn er hätte flüchten wollen. Es kostete sie große Überwindung, ihren Vater nicht genauso anzuherrschen, wie er es gerade getan hatte. Sie fühlte sich zurückversetzt zu ihrem ersten Fall, bei dem sie mit Krammer gearbeitet hatte. Auch damals waren sie uneins gewesen und aneinandergeraten.

Doch da hatte sie noch nicht gewusst, dass er ihr Vater war.

Krammer schien nicht zu bemerken, dass sie mit sich kämpfte, sondern zeterte weiter: »Der Kerl lügt doch. Roza würde nie eine so auffällige Reaktion zeigen. Das ist völlig absurd. Weder wenn sie etwas mit dem Toten in ihrer Wohnung zu tun hat, noch wenn sie von jemandem verfolgt wird. Diese Sache mit dem Geld und den Beschimpfungen. Sie winkt ja geradezu mit dem roten Tuch nach Aufmerksamkeit.«

Die Bemerkung löste etwas in Alexa aus, aber sie konnte sich damit jetzt nicht beschäftigen. Etwas anderes war ihr wichtiger. »Du hättest vor zwei Tagen auch nicht für möglich gehalten, dass deine Kollegin ohne ein einziges Wort untertaucht.«

Krammer drehte sich zu ihr um. Er verstand es immer noch nicht. »Das ist nicht der Punkt. Es geht um …«

»Doch«, unterbrach ihn Alexa resolut. Sie sprach bewusst leise, aber mit Nachdruck. »Genau das ist der Punkt. Wir wissen zurzeit gar nichts mit Sicherheit, was deine Kollegin angeht.«

Krammer starrte sie an.

»Nur bei einem bin ich sicher: Wilms sagt die Wahrheit. Seine ganze Körpersprache, seine Bereitschaft, mit uns zu reden. Es gibt keinen Anlass, ihm etwas zu unterstellen.«

Sie leckte sich die Lippen, die plötzlich staubtrocken waren.

Schon einmal hatte sie irrtümlich einem Zeugen getraut, der die Unwahrheit sagte. Hatte es nicht erkannt. Sie wischte den Zweifel weg, der sich plötzlich in ihre Gedanken schlich wie ein Dorn, den man schmerzhaft unter der Haut spürt.

»Ich muss Alexa recht geben«, mischte sich jetzt Huber in das Gespräch ein.

»Na, bravo! Gut, dass ihr beiden euch einig seid«, sagte Krammer und riss theatralisch die Arme hoch. »Verratet ihr mir auch, warum er sein Wochenende so früh abbricht? An einem Samstag?«

»Weil ihm auf der Straße später zu viel los ist? Weil er zu Hause im Taunus etwas mit seiner Partnerin vorhat?«, hielt Alexa dagegen. »Es kann tausend Gründe dafür geben.«

Krammer schnaubte. Er war völlig taub für ihre Argumente. Krammer wollte ausschließlich das glauben, was in seiner Welt Sinn ergab. Und er würde einfach jede Person verdächtigen, die auch nur in der Nähe von Roza gewesen war.

Und daran würde sich nichts ändern. Er war befangen und alles andere als objektiv.

Alexa wusste, was zu tun war. Aber sie ahnte auch, dass es einen Schatten über ihre Beziehung zu Krammer werfen würde. Dennoch gab es keinen anderen Ausweg.

»Was, wenn er sie doch gefahren hat?« Krammer sah hektisch in Richtung See. »Vielleicht ist er später noch einmal zum Steg, als das Café dicht war und niemand mehr auf der Promenade, hat das Geld genommen und dann …«

Er brach mitten im Satz ab.

»Was dann? Hat er sie auf den See gefahren und aus dem Boot gestoßen? Ach, komm schon …« Alexa schloss kurz die Augen, sammelte sich und richtete sich dann zu voller Größe auf. Vorsichtig hob sie an: »Bernhard, ich möchte dir einen Vorschlag machen. Überlass uns die weitere Suche hier vor Ort. Du konzentrierst dich auf die Koordination der Dinge vom Büro aus.«

»Kommt gar nicht in Frage«, entfuhr es ihm. »Ich sehe ja, wie das geht. Gestern habt ihr erst in Ruhe gegessen, bevor ihr euch überhaupt in Bewegung gesetzt habt. Und heute haben wir den ersten Verdächtigen, und ihr holt ihn nicht aufs Revier, sondern glaubt bereitwillig jedes Wort und lasst ihn laufen! Das ist doch das kleine Einmaleins der Ermittlung, jede Aussage zu hinterfragen und nicht alles für bare Münze zu nehmen!«

Sie zuckte kurz unter seiner Kritik zusammen. Ja, ihr war einmal ein Fehler unterlaufen. Doch das hieß nicht, dass sie inkompetent war. Krammers Verhalten ging eindeutig zu weit. Und auch wenn er ihr Erzeuger war, musste sie sich nicht alles von ihm gefallen lassen.

»Er ist kein Verdächtiger. Er ist ein Zeuge. Genau wie der Mann aus dem Café.« Sie war lauter geworden, als sie gewollt hatte, aber Krammers Sturheit machte sie völlig verrückt. Sie bemühte sich wieder um einen gemäßigteren Ton. »Wir verlieren hier nur wertvolle Zeit. Wilms hat nichts mit Rozas Verschwinden zu tun, aber natürlich werden wir dort weitersuchen, wo sie zuletzt war. An dem Steg. Bloß, wenn du deinen Ausweis zeigen müsstest, würde das Fragen aufwerfen. Deshalb …«

Krammer versteinerte. Er blickte sie mit großen Augen an. Sie sah die Enttäuschung darin. Aber sie musste hart bleiben, wenn sie seine Kollegin finden wollten. Krammer stand sich selbst im Weg. Und den Ermittlungen genauso.

»Rozas letzte Spur verliert sich hier. Am Walchensee. In

unserem Kompetenzbereich«, wiederholte sie deshalb so ruhig wie möglich.

»Das wagst du nicht!«, brachte Krammer mit zitternder Stimme hervor.

Huber trat etwas näher an Alexa heran, so dass ihre Arme sich berührten und ihre Körper eine Einheit bildeten. Gegen Krammer.

Der konnte seine Augen nicht von ihr abwenden. Fassungslos starrte er sie weiter an.

Sekundenlang verharrten sie so, keiner sagte ein Wort. Alexa hielt seinem Blick ohne auszuweichen stand.

In dem Moment bog Wilms' SUV um die Hausecke und fuhr geschmeidig aus der Ausfahrt. Er beachtete sie nicht, aber Alexa merkte sich die Nummer. Für alle Fälle.

»Ausgerechnet von dir hätte ich das nicht erwartet«, murmelte Krammer und schüttelte ungläubig den Kopf.

»Gerade weil mir etwas an dir liegt, muss ich es tun«, sagte sie mit fester Stimme. »Du weißt doch, wie wir es bei Ermittlungen halten sollen: keine persönliche Betroffenheit.«

Noch während sie es aussprach, hätte sie sich am liebsten auf die Zunge gebissen. Die Doppeldeutigkeit wurde ihr schmerzhaft bewusst.

Krammers Mundwinkel zuckte kurz. Er hob schon an, etwas zu erwidern. Aber bevor sie der Mut verließ, hielt sie dagegen: »Zwing mich bitte nicht, offizielle Wege zu gehen, Bernhard. Wir halten dich natürlich auf dem Laufenden.« Dann nickte sie Huber zu und schritt in Richtung Auto.

Ihre Knie zitterten, obwohl sie von der Richtigkeit ihrer Handlung fest überzeugt war. Dennoch fragte sie sich, ob sie das je wieder einrenken konnte.

15.

»Alles in Ordnung?«, erkundigte sich Huber, als Alexa die Autotür hinter sich geschlossen hatte und beobachtete, wie Krammer mit energischen Schritten zu seinem Auto ging.

Sie nickte kurz. Dabei war rein gar nichts in Ordnung. Sie hatte einen Fall an sich gerissen, für den sie offiziell nicht einmal zuständig war. Und sie hatte ihrem Vater, den sie gerade erst kennenlernte, gewaltig vor den Kopf gestoßen. Es hatte weiß Gott bessere Tage in ihrem Leben gegeben.

Alexa hatte sich diese Entscheidung nicht leicht gemacht. Aber Krammer war übermüdet, angespannt und erschien ihr haltlos überfordert. Er steckte gedanklich in einem Tunnel fest, war so sehr fixiert darauf, Roza finden zu wollen, dass er einfach nicht klar denken und handeln konnte. All das war jedoch keine Entschuldigung dafür, wie er sich verhielt, und auch sie hatte sich etwas Respekt verdient. Erst recht, weil er mehr war als nur ein Kollege aus dem Ausland. Doch das machte die Sache nicht besser.

Im Gegenteil. Sie fühlte sich miserabel.

Was war nur los, seit sie in Weilheim ihren Dienst angetreten hatte? Immer wieder geriet sie in derartige Konfliktsituationen. Erst die Diskussionen mit Huber, jetzt mit Krammer. Aus ihrer vorherigen Stelle in Aschaffenburg kannte sie solche Probleme nur vom Hörensagen. Wenn sie nicht gerade erst mit Jan Rassner, ihrem früheren Partner, einen Fall ohne jeden Streit oder Misston bearbeitet hätte, würde sie sich fragen, ob der Weggang aus der Heimat doch etwas mit ihr gemacht hatte. Oder reagierte sie nur deshalb so stark auf Krammer, weil sie diese besondere Bindung zueinander hatten?

Sie musste unbedingt mit Line sprechen – gestern war diese leider schon verabredet gewesen. Alexa war froh, mit der Psychologin befreundet zu sein, die immer einen guten Rat für sie hatte. Doch jetzt blieb dafür keine Zeit. Das Gespräch musste warten. Denn ihre Bemerkung gegenüber Krammer war ihr ernst gewesen: Sie mussten weiter nach Roza suchen. Jede Stunde, die verging, würde es erschweren, sie zu finden.

»War es richtig, was ich gemacht habe?«, fragte sie Huber.

»Du warst schon ziemlich hart, wenn man bedenkt ...« Er verstummte kurz, dann fuhr er fort: »Aber seit gestern hast du ohnehin schon die Zügel fest in der Hand. Und wie er mit Wilms umgegangen ist ... Ich kann es dir nicht verdenken.«

Alexa schaute aus dem Seitenfenster, als Huber wendete und wieder zur Uferstraße zurückkehrte.

»Wie ist es überhaupt mit Krammer und dir?«, fragte er, nachdem sie eine Weile geschwiegen hatte.

Eine gute Frage. Auf die es keine einfache Antwort gab.

»Willst du das wirklich wissen?«, fragte sie deshalb lachend.

»Sonst hätte ich nicht gefragt.«

Sie seufzte. »Ganz offen: Ich weiß es nicht. Ich habe keine Ahnung, was Krammer von mir erwartet. Ich hatte ja nie einen Vater, und im Grunde habe ich auch nie etwas vermisst.

Ich weiß, das klingt seltsam, aber ich kannte es nicht anders. Familie, das waren immer nur meine Mutter und ich. Sie war wirklich in jeder Lebenslage für mich da, und ich habe nie etwas vermisst. Wir reichten einander, kamen prima klar. Natürlich hatte ich auch Freundinnen in normalen Konstellationen. Doch da glänzten die Väter oft durch Abwesenheit. Wenn die Eltern nicht ohnehin ständig stritten, sich nichts mehr zu sagen hatten oder bereits in Scheidung lebten.«

Huber schürzte die Lippen.

Sofort bedauerte Alexa den letzten Satz. Sie hatte ihn schon länger nicht mehr gefragt, wie es eigentlich um seine Beziehung stand. Seine Frau war vor ein paar Wochen ohne ein Wort abgehauen und hatte die beiden Kinder, die noch sehr klein waren, einfach alleine gelassen. Sie war zwar wieder zurückgekehrt, aber mehr wusste Alexa nicht. Genau wie sie selbst erzählte Huber von sich aus kaum private Dinge.

»Familien sind nie leicht«, entfuhr es ihm.

»Wie ist es bei dir?«, gab sie sich einen Ruck. »Hat sich das wieder eingerenkt mit dir und deiner Frau?«

»Das weiß ich selbst nicht so genau. Wir sind gerade in einer schwierigen Phase. Wegen der Kinder geben wir beide unser Bestes. Aber ob das reichen wird, bleibt abzuwarten.«

Alexa musterte ihn im Profil. Seine offensichtlichen Sorgen merkte man Huber nicht an. Seine braun gebrannte Haut täuschte immer Frische und Lebensfreude vor. Wie es wirklich in ihm aussah, konnte sie nur erahnen.

»Warum will dann eigentlich jeder eine Familie haben?«, fragte Alexa und versuchte das Thema auf eine allgemeine Ebene zu heben. »Wenn das Modell *Trautes Heim, Glück allein* ausgedient hat, warum bleibt man nicht einfach alleine?«

»Ist das wirklich besser?«, antwortete er lachend. »Ich komme schon gerne nach Hause, wenn da Leben ist. Die gemeinsamen Essen, Unternehmungen am Wochenende – ich mag das. Meine Eltern wohnen im Ort gleich um die Ecke, meine Cousine mit ihrem Mann schräg gegenüber. So ganz alleine, das wäre nichts für mich. Und wenn man dann so wird wie Krammer ...«

Alexa stimmte in sein Lachen ein, und auf einmal fühlte sich alles viel leichter an. Möglicherweise sah sie Beziehungen anders, weil sie diese Seite von Familie niemals kennengelernt hatte. Das Verhältnis zu ihrer Mutter hatte durch die Geheimniskrämerei um ihren Vater allerdings Risse bekommen. Dennoch war Alexa nach der ersten Wut nicht so weit gegangen, den Kontakt völlig abzubrechen. Worüber sie mittlerweile froh war, denn Susanna würde stets ein wichtiger Teil ihres Lebens bleiben. Dennoch ließ sie die Geschichte immer noch nicht kalt, und sie konnte nicht sagen, in welche Richtung sich ihre Verbindung langfristig entwickeln würde.

Sie seufzte und blickte aus dem Fenster.

Wenn sie einen Weg suchte, um sich wieder mit ihrem Vater zu versöhnen, war es sicher das Einfachste, Roza Szabo mit heiler Haut zu ihm zurückzubringen. Außerdem konnte sie sich auf diese Weise dafür revanchieren, dass Krammer sie schon zweimal aus einem argen Schlamassel herausgeholt hatte.

Dann wären sie wieder auf Augenhöhe und könnten noch einmal von vorne beginnen.

16.

Krammer umklammerte fest das Lenkrad und hielt den Blick starr auf die Straße gerichtet, ohne die Landschaft wahrzunehmen, die er sonst so genoss. Gerade passierte er Mittenwald.

Er fuhr viel zu schnell. Krammer konnte nicht sagen, was ihn mehr aufbrachte: dass seine Tochter ihn ohne mit der Wimper zu zucken des Platzes verwiesen hatte oder die Tatsache, dass er sie zu diesem Schritt getrieben hatte. Denn er wusste genau, dass er den Bogen überspannt hatte. Sein Verhalten Alexa gegenüber war nicht zu entschuldigen. Sie für sein eigenes Unvermögen und seine Fehler verantwortlich zu machen, war so ziemlich das Dümmste, was er hatte tun können.

Seit dem Vortag hatte sie ihm zur Seite gestanden und war nicht müde geworden, neue Hypothesen zu entwickeln, was passiert sein könnte. Obwohl sie noch immer krankgeschrieben war. Und obwohl sie gerade eine anstrengende Ermittlung hinter sich hatte. Ihre Kraft und ihr Wille hatten ihm nicht nur Zuversicht gegeben, Alexa hatte auch verhindert, dass er sich im LKA zum Narren machte. Und all das, obwohl der Fall nichts mit ihr oder ihren Aufgaben zu tun hatte.

Sie hatte es für ihn getan.

Und ihm war nichts Besseres eingefallen, als sie zu kritisieren und anzuherrschen. Wieder einmal benahm er sich total daneben. Ausgerechnet seiner Tochter gegenüber. Wie schon zuvor bei Roza hatte er es geschafft, dass sie sich von ihm distanzierte und seine Einmischung zurückwies. Und das völlig zu Recht.

Dennoch nahm er Alexa ihr Verhalten übel. Ihn gleich komplett auszubooten, war ein Schritt zu viel gewesen. Sie hätte ihn hart zurechtweisen, ihm sein Verhalten spiegeln oder einfach die Brocken hinwerfen können. Auch sie war damit eindeutig zu weit gegangen, hatte ihn behandelt wie einen dummen Schuljungen. Und das vor Huber.

Krammer presste die Lippen zusammen, streckte die Arme, griff das Lenkrad fester und trat das Gaspedal weiter durch. Viel zu eng schnitt er die nächste Kurve und konnte gerade im letzten Moment noch ausweichen, als ihm ein Fahrzeug entgegenkam.

Der Fahrer hupte, Splitt spritzte unter den Rädern weg, als er ein Stück über die Rabatte hinwegschoss.

Sofort drosselte Krammer das Tempo. Er setzte den Blinker, fuhr rechts ran und machte den Motor aus.

Sein Atem ging stoßweise, und seine Handflächen hatten zu schwitzen begonnen. Kopfschüttelnd rieb er sie sich an der Hose trocken. Das war verdammt knapp gewesen. Haarscharf war er einer Kollision entgangen.

Er starrte blicklos aus dem Fenster, musterte die Autos, die an ihm vorüberfuhren. Dann lief ihm eine Träne die Wange hinunter. Resolut wischte er sie weg und schüttelte den Kopf.

Die Schuld, die er sich an Rozas Verschwinden gab, fraß ihn innerlich auf. Er konnte kaum einen klaren Gedanken fassen. Aber heute fragte er sich obendrein, ob er überhaupt noch in den aktiven Dienst gehörte.

Alexa hatte recht, was Wilms anbetraf. Es gab zunächst keinen Grund, ihm zu misstrauen. Er war kooperativ gewesen. Krammer hatte ganz grundsätzlich Vorbehalte gegen Typen, die glaubten, mit Geld die Welt kaufen zu können. Doch zum einen hätte er diese Empfindungen als guter Polizist ausblenden müssen, und zum anderen war der Mann nicht wirklich verdächtig. Das alleine war seiner Erfahrung und seines Amtes unwürdig.

Aber viel schlimmer war, dass er sich unkollegial benahm, und das nicht erst seit vorhin. Er war ohne Schutzkleidung in Rozas Wohnung gerannt, hatte jeden, der mit dem Fall zu tun hatte, angeschnauzt. Und durch die Kapazitätsprobleme in der Rechtsmedizin büßten sie nun ebenfalls wertvolle Zeit ein. Vielleicht hätte er die Leiche besser in ein anderes Bundesland überstellt, seine alten Kontakte in Wien genutzt. Andererseits vertraute er Hellinger blind und wusste, dass er nichts übersehen würde.

Vielleicht hätte er auch längst eine groß angelegte Fahndung einleiten müssen, um mit einer Truppe von zwanzig oder dreißig Leuten schnell Fortschritte zu machen. Für eine Kollegin arbeiteten alle doppelt hart. Aber da war diese Angst, dass Szabo knietief in irgendeinem Problem steckte. Und er fürchtete die Konsequenzen, wenn es aufflog. Er konnte sie nicht einfach ans Messer liefern, sondern musste erst herausfinden, worum es ging. Und dann entscheiden. Oder ihr die Möglichkeit geben, gesichtswahrend aus der Geschichte herauszukommen. Es gab schon genug schlechte Presse über die Polizei. Und er wollte nicht, dass auch sein Bereich durch den Dreck gezogen würde.

Doch egal wie plausibel die Gründe für sein Handeln sein

mochten: Wäre er sein eigener Chef – er hätte sich mit sofortiger Wirkung beurlaubt. Und obendrein empfohlen, über den baldigen Ruhestand nachzudenken.

Alexa hatte zwar überzogen reagiert, aber völlig recht damit, ihm einen Spiegel vorzuhalten. Seine besten Dienstjahre lagen eindeutig hinter ihm.

Dabei war er immer stolz auf das gewesen, was er erreicht hatte. Darauf, den Opfern wenigstens die Genugtuung zu geben, dass derjenige, der Leid über sie oder über einen Angehörigen gebracht hatte, seiner gerechten Strafe zugeführt wurde. Seine persönliche Aufklärungsquote lag bei 93 Prozent. Es gab nur wenige ungelöste Fälle in seiner Laufbahn. Beziehungsweise solche, bei denen er dem Schuldigen nicht nachweisen konnte, was er getan hatte. Roland Perski führte diese Liste an.

Was immer in seinem Privatleben auch schiefgelaufen war, im Job war er stets auf der Höhe gewesen, war Stufe um Stufe die Karriereleiter höher geklettert und für viele Kollegen ein geschätzter Ansprechpartner.

War er darüber selbstgerecht geworden? Oder wurde er einfach nur alt?

Er wischte sich übers Gesicht, spürte die Stoppeln auf seinem ungepflegten Kinn. Auch das wäre ihm früher nie passiert, so nachlässig zum Dienst zu erscheinen.

»Wer sich gehen lässt, der ist zu nichts sonst zu gebrauchen«, hatte seine Mutter immer zu sagen gepflegt.

Vielleicht sollte er tatsächlich abdanken. Um für Roza den Platz freizumachen, die dann noch ein paar gute Jahre vor sich hatte. Immerhin war sie um einiges jünger als er. Aber dafür musste er sie erst einmal finden. Und sicher sein, dass sie sich nichts hatte zuschulden kommen lassen.

Denn das war das andere, was immer stärker an ihm nagte: das Gefühl, dass Rozas Weste vielleicht nicht ganz so rein war, wie er es sich wünschte. Die aufkeimenden Zweifel an ihrer Person machten ihn verrückt. War er ihr gegenüber aus Loyalität tatsächlich vollkommen blind gewesen?

Im Grunde konnte es nur zwei Möglichkeiten geben, warum sie sich keine Hilfe von ihm geholt hatte: Entweder hatte sie selbst etwas getan, das nicht in Ordnung war. Oder sie hatte vor ihm erkannt, dass von ihm nichts mehr zu erwarten war. Er ihr keinerlei Unterstützung bieten konnte.

Er wusste nicht, welche der Möglichkeiten er schlimmer fand.

Krammer starrte die Windschutzscheibe an, auf der die Kadaver von einigen toten Insekten klebten.

Beide Varianten warfen ein ausgesprochen schlechtes Bild auf ihn. Sowohl seinen Charakter als auch sein kriminalistisches Gespür betreffend, auf das er sich bislang immer hatte verlassen können.

Was wollte jemand wie er einer jungen Polizistin wie Alexa denn noch beibringen? Warum sollte sie überhaupt je wieder ein Wort mit ihm sprechen? Seit er wusste, dass sie seine Tochter war, hatte er nichts getan, um den Kontakt zu intensivieren, sie besser kennenzulernen. Die Kinder- und Jugendbilder hatte er sich von Susanna schicken lassen. Hatte nicht den Schneid gehabt, Alexa selbst danach zu fragen. Nach ihrer Jugend. Ihren Träumen. Es wäre an ihm gewesen, Interesse an ihrem Leben zu zeigen. An dem, was er in 32 Jahren verpasst hatte.

Stattdessen hatte er die Sache mit Perski vorgeschoben. Alexa schützen zu wollen. Dabei war er in Wahrheit selbst sein größter Feind. Er hatte vielmehr Angst gehabt, sie könne ihn genauso sehen wie alle anderen, die ihn ein Stück seines Lebensweges begleitet hatten: als sturen Narr, der nichts zu geben hatte. Roza war die Erste gewesen, die das klar angesprochen hatte. Die ihm die Grenze aufzeigte, bis zu der sie bereit war zu gehen. Und Alexa hatte es ihr jetzt gleichgetan.

Wieder füllten sich seine Augen mit Tränen.

Er wäre nie ein guter Vater gewesen. Ihm fehlte Feingefühl, soziale Kompetenz genauso wie Mut. Und jetzt diente er nicht einmal mehr als Vorbild.

Kurzum: Er hatte es wieder geschafft, eine Beziehung an die Wand zu fahren.

Dann nimm dein Telefon in die Hand und entschuldige dich. Jetzt. Sofort. Worauf wartest du noch? Das hätte ihm Szabo geraten.

Sekundenlang starrte Krammer auf das dunkle Display des Handys, das in der Mittelkonsole lag. Doch er brachte es nicht über sich. Wahrscheinlich würde sie das Gespräch im Moment sowieso nicht annehmen. Er konnte sich gerade selbst nicht ausstehen, und vermutlich ging es ihr genauso.

Resolut startete er den Wagen, legte den Gang ein und fuhr zurück nach Innsbruck. Dieses Mal hielt er sich an die vorgeschriebene Geschwindigkeit.

Er würde nach Roza suchen. Und darauf musste er sich fürs Erste mit ganzer Kraft konzentrieren.

17.

Es gab nur einen Menschen, der sich jemals ernsthaft für mich interessierte. Ich wusste nicht, warum, aber sie glaubte mir. Auch sie hatte diese Dunkelheit im Blick, das erkannte ich schon bei unserer ersten Begegnung, als sie vor mir saß und ich ihre langen Haare kürzen sollte.

Ihre Geschichte ähnelte der meinen nicht. Aber auch sie war alleine. Zuerst sprachen wir kein einziges Wort über unsere Familien und darüber, was wir erlebt hatten. Warum wir uns an dem Abend trafen, konnten wir später nie sagen.

Aber wir beschlossen, einander die Schwestern zu sein, die wir uns immer gewünscht hatten. Eine Familie, wie wir sie nie gehabt hatten. Wir hielten einander an den Händen, gaben uns Halt.

So schafften wir es beide, nicht völlig zu verzweifeln.

Gemeinsam fühlten wir uns nicht länger als Opfer. Wir beide waren Überlebende.

Aber es sollten nur wenige Jahre werden.

Irgendwann mussten wir uns entscheiden, wohin wir im Leben wollten. Welchen Weg wir einschlagen würden. Denn da zu bleiben, wo wir waren, schied für uns beide aus.

Ich wollte nichts anderes als Liebe.

Sie wollte Gerechtigkeit. Weil der Mann, der ihr in Sekunden nicht nur die Schwester genommen, sondern auch ihr eigenes Leben in Dunkelheit getaucht hatte, mit allem davongekommen war. Sie wollte ihn finden. Ihn jagen. Und zur Rechenschaft ziehen.

Ihr Leben hatte sich an einem nebeligen Tag Ende November verdunkelt. Wie so oft musste sie ihre kleine Schwester zur Schule bringen. Sie hatte es gehasst, sagte sie.

»Weil die Kleine eine Träumerin war. Immer schon. Sie versank völlig in ihren Gedanken, vergaß die Zeit und alles um sie herum, saß nur da und lächelte. Ein Engel, das hatte unser Vater schon gesagt, als sie zur Welt kam. Als hätte er gewusst, was kommt.«

Wie so oft hatte die Kleine wieder getrödelt, und es war ihr nichts anderes übriggeblieben, als sie an der Hand mit sich zu ziehen. Sie wollte nicht zu spät kommen und erneut eine Tirade ihrer Lehrerin über sich ergehen lassen. Sie war immer eine gute Schülerin gewesen. Aber irgendwann würde sie wegen des ewigen Zuspätkommens einen Rauswurf riskieren.

Dabei konnte sie ja gar nichts dafür.

An diesem Tag war es noch schlimmer als sonst, die Kleine lief nur widerwillig mit, stolperte immer wieder. Sie stritten, weil sie sicher war, ihre Schwester würde das mit Absicht tun. Sie hätte sie einfach zurücklassen sollen, sagte sie später.

Aber stattdessen rannte sie unbeirrt vorneweg, drehte sich nicht ein einziges Mal um, stellte die Ohren auf Durchzug. Sie zog sie einfach immer weiter, während ihr eiskalter Regen ins Gesicht klatschte.

Die Sicht wurde immer schlechter, der Boden war rutschig.

Sie mussten ein kurzes Stück an einer befahrenen Straße entlang und über eine Brücke, um die Schule zu erreichen. Sie hielten sich dicht an der Leitplanke. Die dreckige Gischt der Autos spritzte ihnen ins Gesicht. Plötzlich hörte sie ein lautes Motorengeräusch. Ein langgezogenes Hupen. Dann das Kreischen von Bremsen, und schon wurde sie von Scheinwerfern geblendet. Sie hob die freie Hand, um ihre Augen zu schützen, und spürte im selben Moment, wie sie von etwas nach hinten gerissen wurde. Sie stürzte, konnte sich nicht mehr auf den Beinen halten.

Es war blitzschnell gegangen, hatte sie erzählt. Niemand hatte in dem trüben Licht genau sehen können, wie es passiert war.

Der Lastwagen war auf der nassen Fahrbahn ins Schleudern geraten, drehte sich, wurde schneller und durchstieß mit Wucht die Leitplanke. Die Kleine hatte er einfach mit sich gerissen.

Sie selbst lag da auf dem harten Asphalt, den Arm noch immer nach hinten ausgestreckt, und spürte die Wärme in ihrer Hand, die Sekunden zuvor die der Schwester gehalten hatte.

Sie hatte nicht einmal geschrien.

18.

»Wo fahren wir eigentlich hin? Wollten wir nicht wieder an den Steg nach Urfeld? Hätten wir hier nicht zu dem Parkplatz abbiegen müssen?«

»Programmänderung«, meinte Huber. »Ich kenne den Martin Buchwald von der Wasserwacht ziemlich gut. Er macht das schon seit ein paar Jahrzehnten. Und ich bin sicher, wenn jemand weiß, ob es irgendwelche Schwierigkeiten mit einem Boot gegeben hat, dann er. Der Martin ist eine echte Institution. Weil der nächste Rettungswagen mindestens zwanzig Minuten bis hierher braucht, wissen sie dort außerdem auch über alle Verkehrsunfälle Bescheid. Und über alles, was so geredet wird. Vertrau mir.«

Daran hatte Alexa gar nicht gedacht. Und war wieder einmal froh, dass Huber die Gegend wie seine Westentasche kannte. Genau wie die Menschen, die hier lebten.

»Wie viele Mitglieder hat denn die Wasserwacht hier am See?«

»Zwanzig Leute sind regelmäßig im Rettungsdienst im Einsatz. Im Sommer versuchen sie rund um die Uhr, sieben Tage die Woche erreichbar zu sein. Im Winter je nach Witterung etwas weniger.«

»Und das klappt? Ich meine, wir haben doch auch ständig Probleme, offene Stellen zu besetzen.«

»Sie versuchen es. Sprechen sich untereinander ab, wenn

mal jemand am Wochenende etwas vorhat. Für den Martin ist das hier sein Leben. Er würde alles andere hinter sich lassen, um seinen Dienst zu tun. Der lebt für seinen Beruf. Und er ist weit über den Landkreis hinaus dafür bekannt.«

»Und was sagt seine Familie dazu?«

»Seine Frau ist ebenfalls Teil der Truppe«, erklärte ihr Huber.

Alexa nickte und schaute aus dem Fenster. Auch sie hatte ihrem Beruf vieles untergeordnet. Aber sie hatte dennoch einigermaßen regelmäßige Arbeitszeiten. Anders als die Leute bei den Rettungsdiensten. Berg- und Wasserwacht hatten die meisten Einsätze dann, wenn alle anderen sich freinahmen. Am Wochenende oder während der Ferien. Und vermutlich besonders bei schönstem Sonnenschein.

»Passiert hier denn viel?«

Huber nickte. »Schon. Meist auf den kurvigen Uferstraßen. Die Leute fahren zu schnell oder haben getrunken. Vor allem Motorräder haben oft Unfälle, führen die Liste bei weitem an. Dabei kommen regelmäßig die Feuerwehren aus Walchensee und Kochel am See zum Einsatz. Auch der RTW und der Hubschrauber aus Murnau werden von hier aus gerufen. Dann gibt es natürlich Boots- und Tauchunfälle. Der See ist durch seine Tiefe besonders kalt. Im letzten Jahr im Februar hatten wir eine solche Ermittlung. Ein Mann war von Passanten tot im See aufgefunden worden. Das Wasser hatte zu dem Zeitpunkt höchstens vier Grad. Nach einer umfangreichen Suche im Gelände konnten persönliche Gegenstände sichergestellt werden – weshalb wir vermuten, dass er zum Eisbaden in den See gegangen ist und Kreislaufprobleme bekam. Ein schrecklicher Unfall, und der Mann war noch nicht einmal fünfzig

Jahre alt und absolut fit. Furchtbar für die Angehörigen. Wer rechnet schon mit so einer Nachricht, wenn jemand bloß einen kurzen Ausflug in die Berge unternimmt?«

Alexa schaute zum anderen Ufer hinüber, wo noch immer mehr als die Hälfte von dichtem Nebel verschluckt wurde. Das weiße Wolkenband wirkte beinahe wie eine weiche Decke, die über einen Teil der Landschaft gebreitet worden war. Das Wasser, das noch gestern in Türkistönen schimmerte, lag jetzt unergründlich in dunklem Blau und Grün vor ihr.

Huber parkte neben einem Holzhaus, an dessen Steg ein gelbes Boot der Wasserwacht vertäut war. Verschiedene blaurote Taucheranzüge hingen an der Regenrinne, und zwei Surfboards, die ebenfalls der Wasserwacht gehörten, lagen auf einer Wiese.

Sie betraten das Gebäude, in dem es offenbar auch einen Bereich für die Versorgung von Verletzten gab.

»Servus«, rief Huber hinein.

Schon kam ihnen ein Mann in einem roten Notfallsanitäter-Overall entgegen. Er war groß gewachsen, hatte einen direkten Blick und ein breites Lächeln auf den Lippen. Wie bei fast allen hier, die viel draußen arbeiteten, war auch seine Haut jetzt schon gebräunt.

»Der Florian!«, entgegnete der Mann erfreut. Offenbar handelte es sich um Martin Buchwald. »Was verschafft mir die Ehre?«

»Ich will dir meine neue Kollegin KOK Alexa Jahn vorstellen.«

Der Mann von der Wasserwacht begrüßte sie mit einem kräftigen Handschlag.

»Ist gerade viel los bei euch?«, fragte Huber und kam gleich zur Sache.

»Na, wegen des Nebels ist noch niemand auf dem Wasser. Für die nächsten Tage ist wechselhaftes Wetter gemeldet, da bleiben die Münchener lieber daheim.«

Huber erklärte ihm kurz, weshalb sie ihn aufgesucht hatten. Währenddessen musterte Alexa eine Wand, an der Fotos der Mitglieder der Wacht in vier Reihen hingen. Die drei Personen ganz zuoberst schienen schon älter und hatten vielleicht die Organisation ins Leben gerufen. Ansonsten waren es vorwiegend Männer mittleren Alters, was sie in Oberbayern nicht weiter verwunderte – immerhin war auch die Polizei hier im ländlichen Bereich männlich dominiert, was ein Grund dafür gewesen war, dass Brandl sie nach Weilheim geholt hatte.

Von einem verschwundenen Boot hatte Martin Buchwald nichts gehört, aber er konnte Wilms Aussage bestätigen, dass es zwei Tage zuvor gefährlich gewesen war, auf den See hinauszufahren.

»Es gab ab dem späten Nachmittag thermische Winde vom Jochberg her, da ist es immer riskant auf dem Wasser«, sagte er. »Ich fürchte, die Dame wird kein Glück gehabt haben, jemanden zu finden, der mit dem Boot rausfuhr. Und unsere Verleiher hier machen dann schon früher zu, da riskiert keiner einen Schaden. Wohin wollte sie denn überhaupt?«, erkundigte sich Martin Buchwald. »Doch wohl hoffentlich nicht auf die Insel?«

Huber wandte sich Alexa zu. »Es gibt auf dem See die Insel Sassau, die schon seit den späten Siebzigern unter besonderem Naturschutz steht und von der man mit dem Boot fünfzig Meter Abstand halten muss.«

Alexa horchte auf. »Ist denn dort etwas, das sie hätte interessieren können?«

Huber schüttelte den Kopf. »Es ist eine Brutinsel für Vögel. Ich denke eher nicht.«

Es sei denn, sie wollte sich an einem Ort versteckt halten, den garantiert niemand betrat. Alexa musterte eine Karte des Sees, die an der Wand hing.

»Ich kann ja mal bei den Rangern nachfragen«, schlug der Mann von der Wasserwacht vor. »Ich hatte an dem Nachmittag frei, aber vielleicht hat sich ja doch wieder jemand dorthin verirrt und behauptet, keines der Verbotsschilder gesehen zu haben.«

Huber bedankte sich, und Alexa gab Martin Buchwald noch ihre Karte, dann verabschiedeten sie sich.

Draußen verharrte sie einen Moment und schaute hinaus auf den See. Obwohl alles völlig ruhig wirkte, spürte sie eine unerklärliche Unruhe. Ob es an dem Fall, an diesem Ort oder an der Auseinandersetzung mit Krammer lag, vermochte sie nicht zu sagen. Sie starrte zum Ufer auf der anderen Seite, an dem nichts als Wälder zu sehen waren.

»Was geht dir gerade durch den Kopf?«, fragte Huber, der neben sie getreten war.

Sie zuckte mit den Achseln. »Was Martin sagt, bestätigt die Aussage des Steueranwalts. Und dennoch …«

»Was meinst du?«

Alexa drehte sich zu Huber um und schaute zu ihm hoch. »Dass sie sich so auffällig verhielt, gibt mir zu denken. Krammer hat das auch schon gesagt. Es passt nicht zu ihr.«

»Sie hat sicher nicht damit gerechnet, dass jemand sie hier beobachtet.«

»Wirklich nicht? Ich weiß nicht …« Sie drehte sich wieder zum See, sah zu, wie die Nebelwand langsam ihre Form veränderte. Je höher die Sonne stieg, umso lichter wurde sie. »Wenn Roza etwas mit dem Toten zu tun hatte, dann wusste sie doch, dass in der Maske ein Hinweis auf diesen Ort war.«

Huber drängte sie nicht, sondern ließ ihr Zeit, den Gedanken zu greifen, der ihr gerade gekommen war. Eine Eigenschaft, die sie sehr an ihm schätzte. Er handelte nie vorschnell – etwas, das ihr selbst im Überschwang schon häufiger passiert war.

»Aber wenn sie nichts mit dem Mann und der Maske zu tun hatte«, fuhr Alexa fort, »wieso war dann dieser Ort angegeben? Was könnte hier sein, das so eine große Rolle spielt?«

»Statt *was* könntest du auch *wer* fragen«, ergänzte Huber.

Alexa nickte. »Möglich. Genauso gut könnte es aber auch sein, dass sie sich ganz bewusst so auffällig verhielt, um eine falsche Spur zu legen. Vielleicht sollten wir nur denken, sie habe ein Boot genommen. Und sei auf den See gefahren.«

»Du meinst, sie will uns täuschen?«

»Oder ihren Verfolger. Der, der auch hinter der Bombe und dem manipulierten Auto steckt.«

»Aber was soll er denken? Dass sie übergesetzt hat?«, fragte Huber. »Was würde das bringen?«

Alexa schüttelte den Kopf. »Ich weiß nicht. Aber irgendwie habe ich das Gefühl, wir sind mit dem Boot einer falschen Fährte gefolgt. Vielleicht sollten wir glauben, sie hätte etwas damit vor. Sie hat alle Sachen im Büro zurückgelassen – und ist Hals über Kopf weggerannt. Krammer hat das fehlende Schlüsselbund als Hinweis gesehen, in ihrer Wohnung zu suchen. Als geheimes Zeichen. Aber was, wenn das bloß eine

Finte war, um ihn noch länger in Innsbruck zu beschäftigen? Mit einem Tag Vorsprung könnte sie mittlerweile überall in Deutschland oder sonst wo im Ausland sein.«

»Du meinst, sie will, dass wir hier suchen, um uns von etwas anderem abzulenken?«

»Genau. Du hast vorhin von dem Fall mit diesem Ertrunkenen erzählt. Die Ansiedlungen hier sind winzig, und es sind noch nicht so viele Feriengäste da. Dafür gibt es riesige Waldflächen. Hier nach ihr zu suchen würde Tage dauern, richtig?«

Huber nickte.

»In der Zeit kann sie an einen völlig anderen Ort verschwinden. Dass sie hier gesehen wurde, ist eine Tatsache, liegt aber auch schon wieder eine Weile zurück. Ruf doch bitte in der Inspektion an. Lotti soll alle Autoverleiher im Umkreis checken. Vielleicht hat sie das mit dem Boot nur inszeniert und in Wahrheit einen Wagen genommen ... Sag, es geht um einen Gefallen, den wir Krammer schulden.«

Alexa seufzte und hoffte, dass sie mit ihrer Intuition wirklich richtiglag. Denn die Österreicherin konnte genauso gut mit öffentlichen Verkehrsmitteln weitergefahren sein oder mit einem Taxi. Vielleicht hatte auch jemand Roza mitgenommen. Viele Straßen gab es jedenfalls nicht, die vom See wegführten.

Solange jedoch kein Hinweis existierte, dass sie tatsächlich einen Leihwagen genommen hatte, musste Alexa die Suche vor Ort fortsetzen. Möglicherweise hatten sie Glück.

Vor allem aber hoffte sie, dass Krammer sich vielleicht doch schneller melden und ihnen mitteilen würde, was es mit der Leiche auf sich hatte. Denn die Identität dieses Mannes war die einzig konkrete Spur, die sie weiterbringen konnte.

19.

Der Gang lag leer vor ihm, als Krammer die Glastür zur zweiten Etage des LKA Innsbruck aufschob. Seine Schritte hallten wider, sonst war alles still. Die meisten Kollegen waren heute bei ihren Familien. Wieso auch nicht, an einem Samstag. Er gönnte es ihnen. Und immerhin war es seine Entscheidung gewesen, die Suche nach Roza zunächst auf kleiner Flamme zu halten.

Er ging auf sein Büro zu, verweilte dann aber einen kurzen Moment und blieb in Rozas Tür stehen. Sie fehlte ihm. Er lief völlig unrund, seit sie weg war. Sie hatte ihm Stabilität gegeben. Erst jetzt wurde ihm klar, wie eng er sich mit ihr verbunden gefühlt hatte.

Er betrachtete ihren rostfarbenen Mantel, den sie an der Garderobe zurückgelassen hatte, der an den Ellenbogen schon ein wenig fadenscheinig war.

Er war wie ein Sinnbild ihrer Beziehung. Flüchtig betrachtet war alles in Ordnung, aber wenn man genauer hinsah, entdeckte man ein paar Unzulänglichkeiten. Er hatte Roza nie von Alexa erzählt. Davon, wie er von ihrer Existenz erfuhr, Jahrzehnte nach ihrer Geburt. Er fragte sich, warum er so ein Geheimnis daraus gemacht hatte. Schließlich war es nicht seine Schuld, dass Susanna ihm die Schwangerschaft von Anfang an verschwiegen hatte. Dennoch fühlte es sich wie ein Makel an. Dabei kannte Roza ihn gut und hätte sicher wertvolle Ratschläge für ihn parat gehabt. Vielleicht wäre es dann auch mit Alexa besser gelaufen.

Aber Roza hatte ebenfalls Dinge vor ihm verborgen, deren Tragweite er noch nicht kannte. Hatte er sich wirklich so in ihr getäuscht? Dabei war er immer stolz auf seine Menschenkenntnis gewesen.

Er schnaubte und schlug die Tür zu.

In seinem Büro warf er die Jacke achtlos über den Stuhl, dann trat er zum Sideboard. Rasch hatte er die CD gefunden, die er suchte. Es gab nur ein Stück, das seiner heutigen Stimmung entsprach: Gluck. Schon ertönten die ersten Töne des *Tanzes der Furien* aus der Oper *Orpheus und Eurydike*.

Krammer legte den Kopf in den Nacken und ließ die Musik durch sich hindurchfließen. Er atmete tief ein, spürte das schnelle Tremolo der Streicher, die immer wieder von den Bläsern aufgepeitscht wurden. Die Dramatik der Musik entsprach genau seiner inneren Gefühlslage.

Minutenlang stand er bloß da, bis das Stück nach knapp vier Minuten vorbei war. Dann machte er den Ton etwas leiser und trat an seinen Schreibtisch. Sein Nacken schmerzte nach der ungewohnten Haltung, war völlig verspannt.

Noch immer lag die Aufstellung der letzten Telefonate dort, die Roza von ihrem Apparat aus getätigt hatte. Er schob die Blätter zusammen und legte den Stapel zur Seite. Anschließend betrachtete er die Akten der alten Fälle, die Elly ihm bereitgestellt hatte. Mehrere Kisten standen in seinem Büro. Es würde Tage dauern, das ganze Material zu sichten.

Er nahm die erste Akte zur Hand, setzte sich auf seinen Stuhl und schlug sie auf.

Es handelte sich um den ersten Fall, in dessen Ermittlungen Roza involviert gewesen war. Über zehn Jahre war das her. Der Fall war durch alle Medien gegangen. Eine Studentin war in den frühen Morgenstunden in einer Telefonzelle am Rapoldipark mit zwei Messerstichen in Brust und Rücken getötet worden. Bis heute war der Täter nicht gefunden worden. Oft genug war der Fall neu aufgerollt worden, verschiedene Personen waren bei den Ermittlungen in Verdacht geraten, wurden jedoch wieder aus der Haft entlassen. Als das Mädchen 2005 verschwand, war Roza noch an der ungarischen Grenze tätig gewesen. Vor zehn Jahren, sie hatte gerade ans LKA gewechselt, war der Fall abermals in den Schlagzeilen, weil es neue DNA-Spuren gegeben hatte. Doch der Tatverdacht gegenüber einem Bekannten des Opfers war schließlich relativiert worden, und der Mann kam wieder auf freien Fuß, lebte mittlerweile aber nicht mehr in Österreich. Im Jahr darauf waren die Ermittlungen gegen den unbekannten Täter in dem Fall komplett eingestellt worden.

Krammer seufzte schwer. Auch in dieser Nacht hatte in der Innsbrucker Innenstadt niemand etwas Auffälliges gesehen. Oder Schreie gehört. Genau wie im Haus von Roza, wo niemand etwas mitbekommen haben wollte.

Er schob die Akte weg.

Was suchte er überhaupt?

Wie sollte er etwas finden, wenn er keine Ahnung hatte, wonach er Ausschau hielt? Den Namen Krisztina hatte Elly schon überprüft, aber keinen Treffer in der Datenbank erhalten. Zumindest nicht in dieser Schreibweise.

Aber irgendetwas musste er tun.

Er loggte sich im Computer ein und schaute, ob neue Erkenntnisse aus der Forensik vorlagen. Elly hatte ihm geschrieben, dass es unter dem Namen der Reinigungsfirma, den der Zeuge genannt hatte, keinen Eintrag gab. Die Beschreibung der Kleidung hatte sie ebenso wenig weitergebracht. Es konnte sich also um eine Scheinfirma handeln, oder der Zeuge hatte sich bei seinen Angaben getäuscht. Völlig zuverlässig war diese Auskunft somit nicht, würde allerdings eine gute Erklärung liefern, wie jemand unbemerkt im Haus herumspaziert sein könnte. Und wie er etwas Großes unauffällig transportieren konnte, falls der Tote nicht in Rozas Wohnung ums Leben gekommen war.

Was er immer noch hoffte.

Aus der Gerichtsmedizin war erwartungsgemäß nichts eingetroffen, Hellinger würde erst morgen Abend zurück sein. Auch sonst gab es keine einzige neue Nachricht in seinem Postfach.

Er zog die nächste Akte zu sich. Schlug sie auf, aber es gelang ihm nicht, sich darauf zu konzentrieren. Immer wieder glitten seine Gedanken ab.

Ob es am mangelnden Schlaf lag, dem misslungenen Vormittag am Walchensee oder an dieser verzwickten Ermittlung: Er war jedenfalls zu nichts mehr zu gebrauchen.

Er stand auf, öffnete das Fenster, hielt das Gesicht in die kühle Luft, die kein bisschen nach Sommer roch.

Im Hintergrund wurde die Musik nun sanfter. Er drehte sich um und trat wieder an den Schreibtisch. Sein Blick fiel erneut auf die Liste der Telefonnummern.

Er hatte nur geprüft, ob jemand von außerhalb angerufen hatte, aber nicht die Nummern, die Roza innerhalb des Hauses kontaktiert hatte.

Interessiert zog er die Liste zu sich heran und kontrollierte jeden internen Anruf. Die meisten erklärten sich von selbst. Immerhin kannte er die Fälle, die sie in den letzten Wochen behandelt hatten, wie seine Westentasche.

Aber da war eine Nummer, die plötzlich seine Aufmerksamkeit auf sich zog. Rainer Machat, der die Asservatenkammer des LKA betreute. Ein Urgestein, dessen private Nummer Krammer zum Glück hatte.

»Servus, Bernhard. Was verschafft mir die Ehre? Willst du mich etwa im CC treffen?«, fragte der Kollege, der mit einem rollenden R sprach.

»Servus, Rainer. Ins Café Central gehen wir ein andermal. Du, ich wollte nur kurz etwas nachprüfen. Die Roza war doch neulich bei dir?«

»Ja, freilich. Die wollte ein Foto von einer Waffe machen. Am Donnerstag war das. Die Deutschen wollten etwas überprüfen, hat sie gesagt. Muss mit eurem letzten Fall zu tun haben, aber ich hab offen gestanden nicht nachgefragt. Hat das weitergeholfen?«

»Die müssten noch eine weitere Pistole prüfen, die wir bei demselben Zugriff sichergestellt haben«, log Krammer und betete, dass es wirklich um den Fall ging, in dem mehrere Faustfeuerwaffen gefunden wurden.

»Heute?«, fragte Machat.

»Wenn's dir nichts ausmacht. Scheint wichtig.«

Er brummte missmutig, sagte aber zu, sich auf den Weg zu machen.

Nur eine knappe Stunde später hatte Krammer Gewissheit: Aus dem Eintrag ging hervor, dass die Waffe, die Roza fotografieren wollte, aus dem Lager eines Schlepperrings stammte, das die Kollegen von der Grenzpolizei vor ein paar

Monaten aufgestöbert und sichergestellt hatten. Ein bedeutsamer Fund, der der Mannschaft eine gute Presse eingebracht hatte, weil sich darüber neue Verbindungen zu verschiedenen, bis dahin ungeklärten Verbrechen herstellen ließen.

Plötzlich ergab alles einen Sinn: die Telefonate mit den Kollegen, die sie von ihrem Apparat aus geführt hatte. Er hatte den Kontakt zuvor auf ihre früheren Einsätze geschoben, bei denen sie auch grenzübergreifend gearbeitet hatten und über die sie sich vielleicht immer noch austauschten.

Warum Roza weitere Informationen gerade über diesen Fall gesucht hatte und ein Foto dieser Waffe brauchte, erschloss sich Krammer allerdings nicht.

Machat ließ ihn alleine in den Lagerraum, denn er hatte seine Enkelin dabei, mit der er auf dem iPad ein Musical anschaute. Das kleine Mädchen trug ein ebenso blaues Kleid wie die Hauptdarstellerin. Er müsse sich nicht beeilen, solange die Musik lief, sagte Machat und betrachtete stolz die Kleine, die ihm ein bisschen ähnelte.

Als Krammer zu dem angegebenen Regal ging, hörte er die Titelmelodie der *Eiskönigin* nur noch als Hintergrundrauschen. Es war wirklich ein beachtlicher Fund. Er betrachtete die Langwaffen, die in einem Regal standen. Auch ein mit Nägeln präparierter Baseballschläger stand dabei. Er machte ein Foto. Dann zog er eine große Kiste hervor, in der die restlichen Stücke des Falles gelagert wurden: Munition, Drogen, Tabletten, Pistolen.

Er überflog die Aufstellung, legte alles auf einem großen Tisch aus und machte wieder ein Foto. Auch die Liste selbst fotografierte er.

Aber er hatte keine Ahnung, was es damit auf sich hatte.

Roza war früher in der Schleierfahndung an der österreichisch-ungarischen Grenze eingesetzt worden, auch wegen ihrer guten Sprachkenntnisse. Doch das war über zehn Jahre her. Wenn sie bei diesem Fall hier als Zeugin involviert gewesen wäre oder sonst etwas mit den Ermittlungen zu tun gehabt hätte, wäre ihm das bekannt gewesen.

Trotzdem musste er die Kollegen noch einmal fragen. Aber genau wie mit der Autopsie würde er sich wohl oder übel bis Montag gedulden müssen, wenn alle wieder im Dienst waren. Noch mehr als 24 Stunden. Eine Ewigkeit, wenn Roza in Schwierigkeiten steckte. Warum passierte das nur ausgerechnet jetzt? An einem Wochenende?

Bleib bei der Sache, ermahnte er sich. Wofür könnte sie ein Foto von einer dieser Waffen brauchen? Womit standen sie in Verbindung?

Er konnte sich keinen Reim darauf machen, aber er würde nachher versuchen, im System irgendetwas zu finden. Über Zeitungsartikel würde er in der Sache vermutlich nicht weiterkommen.

»Brauchst du noch lange?«, rief Machat.

»Komme gleich! Ich dachte, dir pressiert es nicht!«, antwortete Krammer und räumte alles wieder sorgfältig ein.

»Die Marie hätte jetzt furchtbar gerne ein Eis«, erwiderte Machat.

Krammer fluchte vor sich hin, weil die Kinder von heute so verwöhnt wurden, und fragte sich, wieso das Mädchen an einem kalten Samstag im Mai ein Eis haben musste. Als er gerade die Kiste fest verschließen und in ihr Fach zurückschieben wollte, stutzte er.

Rasch fuhr er mit dem Finger noch einmal über die Liste.

Sechs Handfeuerwaffen des Modells Glock 17 hatte man sichergestellt. Das hatte er sich korrekt gemerkt.

Er blinzelte kurz.

Ungestüm riss Krammer den Deckel wieder herunter und holte alles, was in der Box lag, erneut heraus, ordnete die Beutel nach ihrem Inhalt, um sie durchzuzählen.

Als er fertig war, stöhnte er auf und zerrte an seinem Hemdkragen. Er brauchte Luft. Das konnte einfach nicht sein.

»Ich müsste dann jetzt zusperren«, rief Machat wieder.

Krammer ignorierte ihn hartnäckig. Er bückte sich, überprüfte jeden Winkel des Regalfachs, aus dem er die Kiste gezogen hatte. Öffnete auch alle nebenliegenden Boxen, schaute zuletzt sogar unter das Regal.

Aber es gab keinen Zweifel mehr: Es waren nur noch fünf Pistolen da. Und es fehlte jede Menge Munition.

20.

Nach dem Besuch bei der Wasserwacht kehrte Alexa mit ihrem Kollegen wieder nach Urfeld zurück. Obwohl sie sich immer häufiger fragte, ob Roza Szabo sie nicht bloß auf eine falsche Fährte führen wollte, würden sie pflichtbewusst ihre Befragungen fortsetzen. Beim Bootsverleih kamen sie allerdings nicht weiter. Tatsächlich hatte er am besagten Donnerstagnachmittag bereits früh geschlossen, wie Buchwald es schon vermutet hatte. Egal wen und wo sie fragten: Niemand schien etwas gesehen zu haben. Alle hielten sich wegen des Wetters in ihren Häusern auf.

Die Sonne kam zwischen den Wolken hervor, sogar ein paar Fetzen blauen Himmels waren zu sehen, und langsam verschwand der Morgennebel. Das klare Wasser lag völlig ruhig vor ihr, und sie konnte bis zum Grund blicken. Ein Eisvogel strich über den See. Zum ersten Mal sah Alexa ein Exemplar in freier Natur. Als sie Huber auf das Tier mit dem prächtigen blau-grünen Gefieder aufmerksam machen wollte, entdeckte sie am Ufer einen Angler, der gerade dabei war, sein schmales weißes Boot an Land zu ziehen.

Sie deutete zu ihm hinüber.

»Wann wird hier eigentlich geangelt, weißt du das?«, fragte sie ihren Kollegen.

»Mit einem Fischereischein im Grunde fast das ganze Jahr über. Die thermischen Winde, die der Martin erwähnt hat, lassen den See allenfalls in den Randbereichen zufrieren.«

»Das meinte ich nicht.« Alexa deutete zu dem Mann hinüber. »Wird hier auch am Abend gefischt?«, sagte sie und beeilte sich, ans Ufer zu laufen. Es konnte nicht schaden, ihn zu befragen.

Ohne seine Antwort abzuwarten, bat Alexa Huber, das Gespräch zu beginnen. Sie wusste inzwischen, dass es in dieser Gegend oft besser war, die wortkargen Männer miteinander reden zu lassen.

Der großgewachsene Angler, der in einer wasserdichten dunklen Latzhose, Gummistiefeln und einer dicken Fleecejacke steckte, hatte offenbar an diesem Morgen einen guten Fang gemacht: Der Eimer, den er gerade zu seinem Auto trug, schien schwer zu sein.

»Glück gehabt?«, begann Huber.

»Saiblinge gingen heute gut, aber die meisten waren noch zu klein. Aber eine recht stattliche Renke hat angebissen«, sagte der Mann und zeigte stolz seine Ausbeute. »Wenn der Wind vom Kesselberg kommt, fange ich hier das meiste.«

Alexa lugte kurz in den Eimer und sah einen großen Fisch darin, der sicher vierzig Zentimeter maß, und mehrere kleinere. Ihre eigenen Kenntnisse über Fische bezogen sich hauptsächlich auf gebratene, vor allem auf panierte. Deshalb hielt sie sich mit einem Kommentar zurück.

»Waren Sie zufällig vorgestern Abend auch auf dem Wasser?«, fragte Alexa, die sich nicht lang und breit über die Beißzeiten unterhalten wollte und sich deshalb doch einmischte.

»Freilich, jeden Abend diese Woche«, sagte der Angler.

»Wenn das Wetter so ist, bin ich mittlerweile am liebsten da heraußen.«

Alexa konnte ihn verstehen. Die zahlreichen Ausflügler waren für dieses Hobby, bei dem man Ruhe und Geduld brauchte, sicher ein regelrechter Fluch. Dennoch lebte die ganze Gegend vom Tourismus. Und gerade für die Leute am Walchensee war dies eine wichtige Einnahmequelle und damit gleichzeitig ein Segen. Wie so vieles heutzutage ein echter Spagat.

»Am Abend ist mittlerweile mehr Ruhe, vor allem wenn das Wetter wechselhaft ist. Meistens zumindest.«

Er unterbrach sich, weil Huber das Handy hochhielt, um Alexa zu zeigen, dass er gerade einen Anruf erhalten hatte.

Als er sich ein Stück entfernte, fuhr der Mann damit fort, die Sachen einzuladen.

»Was meinen Sie mit *meistens*?«, hakte Alexa nach.

»Na ja. Die Leute machen heute ja mittlerweile alles, was irgendwie im Trend ist. Wenn Eisbaden gesund sein soll, rennen alle im Winter ins Wasser. Auf den Brettern stehen sie jetzt auch ganzjährig und paddeln. Oder sie gehen nachttauchen. Dank Neopren ist ja alles möglich.«

»Ist das nicht gefährlich?«, fragte Alexa und erinnerte sich plötzlich daran, dass sie der Tauchschule noch einen Besuch abstatten mussten.

»Das ist doch das, was die Leute lockt: der Adrenalinkick. Die meisten kennen sich ja überhaupt nicht aus und scheren sich auch nicht darum, ob es jemanden stört. Die wissen nicht, dass Zugvögel hier ihre Winterruhezonen haben. Oder wo und wann die Fische laichen. Wenn sie ihr Ding machen wollen, ist ihnen die Natur und deren Bedürfnisse völlig egal.«

Alexa wollte mit dem Mann nicht über den Sinn oder Unsinn dieser Betätigungen diskutieren. Immerhin konnte man auch übers Angeln geteilter Ansicht sein. »Kann man da denn überhaupt etwas sehen? Beim Tauchen, meine ich?«, lenkte sie ihn auf ein anderes Thema.

Er zuckte die Schultern. »Ab einer bestimmten Tiefe ist es sicher nicht mehr so wichtig, da sieht man sowieso nichts ohne Leuchten, weder bei Tag noch bei Nacht. Es geht hier ja fast bis zweihundert Meter runter. Unser See hat ganz besondere Felsformationen, Überhänge und Abbruchkanten. Aber es gibt auch Wracks. Einen alten VW-Käfer und einen Ford, verschiedene Boote und Flugzeugwracks, die zum Teil aus dem Zweiten Weltkrieg stammen. Das fasziniert die Leute.« Dann deutete er über den See. »Und vor ein paar Jahren hat einer aus Lenggries einen Ein-Mann-Bunker gefunden. Damit sollte vermutlich das Wasserkraftwerk geschützt werden, aber so richtig weiß das keiner.«

Alexa schaute interessiert über den See. Unweigerlich fragte sie sich, was dort noch alles im Verborgenen lag.

»Und dann gibt es noch den riesigen Waller, der auf dem Grund schlafen soll. Ich glaub ja nicht an so was, aber die Alten hier, die sagen, man sollte bloß keinen Stein ins Wasser werfen, um ihn nicht zu wecken. Alter Aberglaube, wenn Sie mich fragen. Wobei die meisten Taucher behaupten, der See hätte wirklich etwas Mystisches an sich.«

Alexa lächelte. »Ich glaube auch nicht an so was«, bestätigte sie. Ohne viel Hoffnung hielt sie dem Mann dennoch das Foto von Roza hin. »Wir sind übrigens von der Kripo Weilheim und auf der Suche nach dieser Frau. Der sind Sie nicht zufällig in den letzten Tagen hier begegnet?«

Er schüttelte den Kopf. »Macht sie hier Urlaub?«, fragte er interessiert.

»Das wissen wir nicht«, antwortete Alexa wahrheitsgemäß. »Wir greifen einem Kollegen aus Österreich unter die Arme. Sie wurde zuletzt vorgestern Abend drüben an dem Steg beim Café gesehen und suchte eine Möglichkeit für eine Überfahrt.«

»Vorgestern, sagen Sie?«

Alexa nickte.

»Na, da ist aber schon spät jemand weggerudert.«

»Diese Frau?«

Er zuckte die Schultern. »Es war schon dunkel. Ich kann nicht sagen, ob das ein Mann oder eine Frau war, wegen der Kapuze. Ich war wieder hier am Ufer, und das Boot hat da hinten abgelegt.«

Alexa schaute zu Huber, der ein Stück abseits stand und gerade das Telefonat beendete. Seine Miene war ernst.

»Um welche Zeit war das?«

»Schon weit nach 21 Uhr. Es war ziemlich windig, und eigentlich hätte ich nicht gedacht, dass noch jemand rausfährt bei dem garstigen Wetter. Deshalb habe ich mich so gewundert.«

Alexa setzte Huber mit wenigen Worten in Kenntnis.

»Und dieses Boot«, fragte ihr Kollege. »Welche Farbe hatte das?«

»Grün oder blau, meine ich, so genau kann ich das nicht sagen. Aber der Rand war rot gestrichen. Wie die Boote drüben vom Verleih.«

Huber presste die Lippen aufeinander und nickte. Dann bedankte er sich, ließ sich die Handynummer des Mannes geben und zog Alexa mit sich.

»Der Martin hat was gefunden. Es gab einen Diebstahl. Ein grünes Boot mit rotem Außenrand ist vorgestern Abend gestohlen worden.«

»Nicht dein Ernst«, sagte Alexa verblüfft. Vielleicht hatte sie also doch falschgelegen mit der Vermutung, dass Roza längst über alle Berge war.

»Das Boot ist offenbar gekentert. Ein Anwohner hat es vor einer halben Stunde gemeldet. Und die Beschreibung des Anglers passt genau.«

»Du meinst, Roza hat das Boot gestohlen und ist auf dem Walchensee verunglückt?«

»Die Nächte sind Anfang Mai extrem kühl. Das Wasser erst recht, wie du ja schon weißt. Wenn sie das Ufer in dem Sturm nicht erreichen konnte …« Huber brach ab.

Er musste nicht mehr sagen. Sie erinnerte sich sofort an die Geschichte von dem Vermissten, von dem Huber zuvor berichtet hatte. Alexa warf einen Blick über die Schulter und betrachtete das Wasser, dessen sanfte Wellen sich an den Steinen am Ufer brachen. Alles wirkte so friedlich.

Nur eines war sicher: Was auch immer vorgestern Nacht hier geschehen war, der Waller unten auf dem Grund war es definitiv nicht, der Roza in die Tiefe gezogen hatte.

21.

Die Wasserwacht war mit ihrem Motorboot bereits vor Ort, als Alexa und Huber an der Stelle eintrafen, wo man das Boot gefunden hatte. Es lag in einer kleinen Bucht an der Halbinsel Zwergern, ungefähr sieben Kilometer von Urfeld entfernt.

Huber ging vorneweg und reichte ihr die Hand, als sie den Hang hinabstiegen. Alexa nahm seine Hilfe dankbar an, denn sie wollte nicht riskieren, sich erneut ein Problem an ihrer Schulter zuzuziehen, mit der sie immer noch vorsichtig sein musste.

Das Boot lag seitlich wie ein gestrandeter Fisch am steinigen Ufer unterhalb eines Waldsaumes. Von der Straße aus war es kaum auszumachen, erst recht nicht bei trübem Wetter oder wie heute bei Morgennebel. Sie konnten von Glück sagen, dass es überhaupt gefunden worden war.

Auf den ersten Blick wirkte es völlig intakt.

Einige Männer waren allerdings gerade dabei, Wasser aus dem Inneren abzuschöpfen, was zunächst der einzige Hinweis darauf war, dass derjenige, der sich darin befunden hatte, nicht freiwillig hier an Land gegangen war.

»Und sie sind sicher, dass es gekentert ist?«, fragte Alexa.

Huber nickte. »Die Ruder fehlen. Die wird der Dieb wohl kaum mitgenommen haben. Und auch sonst weist alles darauf hin.«

Sie traten zu Martin Buchwald, der seinen Männern weitere Anweisungen gab. »Wir leeren das Wasser aus, und dann schleppen wir es wieder zu seinem Liegeplatz«, erklärte er ihnen.

»Ihr seid euch also sicher, dass es sich um das gestohlene Boot handelt?«, fragte Huber.

Buchwald deutete auf die Nummer, die sich auf der Außenwand befand, an der Alexa jetzt auch Schrammen entdeckte, die von der Kollision mit den Steinen am Ufer stammten.

»Und was ist mit demjenigen, der es gestohlen hat?«, fragte sie.

»Ihr denkt, dass es etwas mit der Frau zu tun hat, nach der ihr mich gefragt habt«, bemerkte Buchwald etwas leiser, wohl damit die anderen es nicht hörten.

Alexa nickte, aber Huber kam ihr zuvor. »Ich habe schon einen Wassersuchhund angefordert. Sie müssten jeden Moment hier eintreffen.«

»Aber …« Alexa wollte einwenden, dass es keine offizielle Suche nach Roza gab.

»Ein Spezl von mir von der Rettungshundestaffel des Roten Kreuzes. Keine Sorge, das passt alles. Er schuldet mir noch einen Gefallen. Und der Martin fährt uns. Seine Leute sind hier schon die Umgebung abgelaufen, aber sie haben keine verletzte Person gefunden.«

Irritiert betrachtete Alexa die Wasseroberfläche. Der Nebel hing noch immer in Fetzen vor der Bergkulisse. Sie fragte sich, was ein Hund auf dem Wasser ausrichten wollte, hielt sich aber zurück. Einen anderen Weg, einen Menschen hier im See zu finden, gab es vermutlich nicht.

»Wir wissen zwar ungefähr, wie das Boot abgetrieben worden ist«, sagte Buchwald, »wenn wir davon ausgehen, dass es vorgestern Abend passiert ist. Aber wir können schlecht mehrere Quadratkilometer nach der Frau absuchen.«

Alexa achtete auf ihre Schritte auf dem steinigen Uferstreifen, um nicht auszurutschen, und trat näher an das Boot heran. Sie wollte einen Blick hineinwerfen, ohne zu wissen, wonach genau sie suchte.

Aber es gab darin nichts zu sehen. Dann drehte sie sich um, schaute zum Ufer hinauf, wo inzwischen ein weiterer Wagen hinter ihrem gehalten hatte. Und natürlich standen die obligatorischen Gaffer längst dort oben.

Sie fragte sich, ob das Boot nicht doch absichtlich hier an Land gegangen sein könnte. Roza war vielleicht keine geübte Bootsführerin, und der Schaden am Rumpf war erst beim ungeschickten Anlegen entstanden.

Womöglich hatte jemand oberhalb des Hangs bereits auf sie gewartet, um sie mit dem Auto mitzunehmen. In der näheren Umgebung gab es keine Häuser, also hätte es niemand bemerkt. Aber wozu der Umstand? Wieso war sie nicht gleich in Urfeld am Steg abgeholt worden?

Alexa strich sich die Haare aus dem Gesicht und drehte sich zur Seeseite um.

Immer wieder kam ihr der Gedanke, dass Roza vielleicht mit all dem bloß eine falsche Fährte legen wollte. Doch wovon wollte sie ablenken?

Huber schlüpfte gerade in eine orangefarbene Schwimmweste. Ein zweites Boot fuhr auf sie zu, in dem sie bereits den beigefarbenen Labrador sah, der ebenfalls eine solche Weste umgeschnallt hatte.

Sie beeilte sich, zu den anderen zu kommen, um sich auch

eine zu holen. Diese Fahrt wollte sie sich auf keinen Fall entgehen lassen.

Der Hund, der auf den Namen Sammy hörte, schnüffelte an dem gekenterten Boot herum, dann gab der Hundeführer ein Kommando, und er nahm seinen Platz ganz vorne am Bug ein. Die Rettungsweste war Alexa etwas zu groß, sehr steif und scheuerte am Hals.

Buchwald schob gemeinsam mit Huber das Boot wieder ein Stück vom Ufer weg, dann sprangen sie hinein, und der Außenmotor wurde angeworfen.

»Und der Hund kann wirklich auf dem Wasser riechen?«, erkundigte sich Alexa interessiert. Sie war froh, dass sie an diesem Wochenende Oskar bei ihrer Vermieterin lassen konnte, denn sie war sich nicht sicher, ob er sich auf einem Boot wohlgefühlt hätte.

Der Hundeführer, der sich als Rudi vorstellte, antwortete ihr, während sie langsam an Fahrt aufnahmen.

»Es ist nicht ganz klar, warum Hunde das können. Immerhin sind hier alle möglichen Hautschuppen und Haare im Wasser. Aber irgendetwas riecht Sammy. Wir haben schon einmal erfolgreich jemanden gefunden. In bis zu vierzig Meter Tiefe kann ein Hund Fährten aufnehmen. Er ist besser als jede Drohne aus der Luft oder als ein Sonar.«

»Für die Taucher wäre das Gebiet zu groß«, erklärte jetzt Buchwald. »Tauchgänge können sehr anstrengend sein, und wenn sie ihre Einsatzzeit hinter sich haben, dürfen sie erst am Folgetag die Suche fortsetzen. Da die Strecke von Urfeld bis hierher verdammt lang ist, wollen wir versuchen, das Gebiet erst einmal einzugrenzen, bevor wir jemanden runterschicken.«

Alexa starrte auf den Hinterkopf des Tieres, das seine Schnauze in Richtung der Wasseroberfläche hielt. Es hatte ihr im Grunde schon vorher klar sein müssen, aber nun begriff sie, dass Sammy nur eine einzige Spur aufnahm: den Verwesungsgeruch einer Leiche.

Sie musste das erst verdauen, ließ sich kurz nieder und hielt sich am Bootsrand fest. Schon zweimal hatte Krammer ihr geholfen. Es geschafft, sie lebend aus einer brenzligen Situation herauszuholen. Und nun stand ihr vermutlich bevor, ihm sagen zu müssen, dass Roza sich vielleicht nicht mehr meldete, weil sie Donnerstagnacht im Walchensee ertrunken war.

Kurz blitzte der Gedanke auf, ob die Furcht vor demjenigen, der ihr nach dem Leben trachtete, Roza zu so einem dramatischen Schritt gezwungen hat. Alexa hatte die Angst in ihrem Gesicht gesehen. War das der Grund, warum sie bei Sturm auf den See wollte? Dass sie ihrem Leben auf diese Art ein Ende setzen wollte, bevor er sie erwischen konnte? Alexa wurde flau im Magen, und rasch versuchte sie sich wieder voll auf das Tier zu konzentrieren.

In dem Moment wurde der Hund unruhig. Er richtete sich auf, verlagerte sein Gewicht nach vorne, setzte sich dann aber doch wieder hin. Martin Buchwald fuhr in engen Schleifen immer weiter auf den See hinaus.

In der Ferne konnte sie die Nordspitze erkennen und das Apartmenthaus, in dem Wilms eine Wohnung besaß. Der Mann hatte selbst gesagt, dass Roza kein Ziel genannt hatte. Was, wenn sie ihm nur deshalb eine so hohe Summe zahlen wollte, damit er sie mitten auf den See fuhr und sie von Bord springen konnte? War dieser Gedanke völlig absurd? Menschen taten die wunderlichsten Dinge, wenn sie keinen anderen Ausweg mehr sahen.

Sie hatte Krammer nie gefragt, ob Szabo mental gesund war. Wenn sie ohnehin unter Depressionen litt, wäre ein Freitod nicht ungewöhnlich. Und es gab häufiger Kollegen, die den Dienst quittierten, weil sie keine Perspektive mehr sahen. Weil die dunkle Seite des Lebens, mit der sie täglich konfrontiert wurden, sie mit hinunterriss.

Ein Motorengeräusch ließ Alexa aufmerken. Das andere Schiff der Wasserwacht passierte sie gerade, im Schlepptau das lädierte grüne Boot, das sie zu seinem Anlegeplatz zurückbrachten. Buchwald grüßte die Kollegen, als der Hund eine Reaktion zeigte.

Sammy gab Laut und stellte seine Vorderpfoten auf der Reling des Bootes auf, dann bellte er erneut, war voller Unruhe. Er hatte eindeutig Witterung aufgenommen.

Sein Führer gab Buchwald ein Zeichen, und der verlangsamte sofort seine Fahrt. Nun fuhr der Mann von der Wasserwacht immer kleinere Kreise, und wieder sprach das Tier darauf an, hielt die Schnauze dicht über dem Wasser.

Der Hund roch eindeutig etwas.

Alexa beugte sich über die Reling und starrte in die Tiefe.

»Verdammt«, sagte Buchwald. »Nicht ausgerechnet hier.«

Sie waren an der tiefsten Stelle des Sees angelangt, die zwischen Urfeld und dem Ort Walchensee lag: dem Kirchelgrund mit 190 Metern Tiefe.

22.

Sie war in einer Schockstarre, konnte tagelang nichts essen.

Sie wusch sich die Haut wund, spürte aber trotzdem weiter die Hand ihrer Schwester in der ihren, wie ein Phantom, das sie nicht mehr loswurde. Immer wieder schreckte sie in der Nacht hoch, konnte die grauenhaften Bilder nicht verjagen. Irgendwann versuchte sie sogar in ihrer Verzweiflung, sich ihre Hand abzuschneiden. Aber als sie das viele Blut sah, gab sie auf. Dann hatte sie auf der Brücke gestanden, wollte hinunterspringen. Sie konnte lange nicht sagen, was sie abgehalten hatte. Zunächst dachte sie, es wäre ihr Glaube, der sie zurückweichen ließ. Aber dann erkannte sie den wahren Grund: Ihre Strafe war, dass sie weiterleben musste. Mit der Last der Schuld, die sie sich selber an all dem gab. Und die ihre Tage genauso füllten wie ihre Nächte.

Doch das Schlimmste war, dass ihre Eltern sie ebenfalls dafür verantwortlich machten, was geschehen war. Dass sie nicht gut genug aufgepasst hatte. Sie sprachen es nicht aus, aber sie merkte genau, dass sie ihr Verhalten als Ursache dafür ansahen, dass die Jüngste nicht mehr am Leben war. Das Nesthäkchen. Der Liebling. Sie trug die Verantwortung an dem Geschehenen. Nicht der Betrunkene, der die Gewalt über den Lastwagen verloren hatte und sie in den Tod gerissen hatte.

Die Polizei hatte nicht einmal seinen Blutalkoholspiegel gemessen. Er war mit dem Schreck davongekommen und fast un-

verletzt. Er hatte das Mädchen nicht gekannt. Er würde sie nicht vermissen. Würde einfach weiterleben.

Doch sie wurde zu einem Schatten ihrer selbst.

Unbeachtet, ungeliebt, von den eigenen Eltern verstoßen, war sie immer weniger geworden. Wurde schmaler und schmaler, bis sie nur noch Haut und Knochen war. Ihre Haare waren ganz dünn geworden und gingen ihr in Büscheln aus.

Jeden Tag zündete sie in der Kirche eine Kerze an. Für ihre Schwester. Ansonsten pflegte sie ihre Mutter, wusch und fütterte sie. Sie lag seit dem Unfall im Bett, unfähig sich zu bewegen.

Sie war einsam. Bis wir uns getroffen haben.

Ich massierte ihr ein Mittel in die Kopfhaut ein, redete ihr gut zu, dass es sicher nachwachsen würde. Ich wusste nicht, ob es von selbst ausfiel – oder ob sie es sich herausriss, um sich zu bestrafen.

Bald trafen wir uns täglich.

Wir hielten uns an den Händen, flüsterten leise der anderen unsere Geschichten ins Ohr. Unsere Geheimnisse. Sie laut auszusprechen war uns nicht möglich.

Zu oft hatte man uns eingeredet, dass wir die Schuldigen waren. Etwas falsch gemacht hatten. Bis wir es selbst glaubten.

Sie wurde meine Seelenfreundin.

Die Einzige, die ich je wirklich hatte. Es fiel mir schwer, mich jemandem zu öffnen. Vertrauen war mir fremd.

Ich machte ihr die Haare, die zwar fein blieben, aber schon bald nachwuchsen. Sie brachte mir alles bei, was sie über das Rechtssystem herausgefunden hatte. Sie wollte irgendwann wieder zur Schule. Vielleicht Jura studieren.

So heilten einige der Wunden. Wir bekamen wieder Kraft.

Und Hoffnung. Dass wir alles irgendwann hinter uns lassen würden.

Bis mein Stiefvater seine Stelle verlor.

Und zu Hause die Hölle erneut über mich hereinbrach.

Er schlug mich nieder, als ich von der Arbeit kam. Ohne jeden Grund. Rannte einfach auf mich zu, hielt mich am Kragen fest und holte aus. Ein Schlag gegen den Kiefer, dann auf mein rechtes Auge, der letzte gezielt auf meine Schläfe. Als ich die Orientierung verlor und mir die Beine wegsackten, stieß er mich von sich, und ich fiel auf den nackten Boden. Dann stieg er über mich hinweg, ließ mich bewusstlos im Flur liegen. Ob es Stunden oder Minuten dauerte, bis ich zu mir kam, wusste ich nicht.

Im Hospital musste der Kiefer gerichtet werden. Ich sagte, ich sei auf der Treppe gestürzt, man müsse niemanden benachrichtigen.

Aber ich schwor mir, nie mehr in diese Wohnung zurückzukehren.

23.

Krammer parkte gegenüber von dem Haus, in dem Rozas Wohnung lag, und beobachtete die Passanten, die auf dem Trottoir entlangliefen.

Für alle schien es ein ganz normaler Tag zu sein. Nur für ihn nicht. Roza war nun schon seit zwei Tagen abgängig. Und er wusste, dass es mit jeder weiteren Stunde unwahrscheinlicher wurde, sie zu finden.

Er hatte stundenlang im Internet gesurft. Hatte jede Zeitungsmeldung zu dem Fall mit der Schlepperbande gelesen, den er auftreiben konnte. Um eine Verbindung zu einer Krisztina zu finden. Auf jedem Bild suchte er außerdem nach Ähnlichkeiten zu dem Toten, der in Szabos Wohnung gelegen hatte. Aber er fand nichts. Absolut nichts.

Also musste er davon ausgehen, dass Roza genau wie er bloß von dem Fall gehört hatte, es reiner Zufall war, dass sie sich ausgerechnet an diesem Fund bedient hatte. Vielleicht hoffte sie, dass ihr Diebstahl bei derart vielen Waffen noch lange unbemerkt blieb.

Er seufzte tief. Es beruhigte ihn kein bisschen, dass sie sich bewaffnet hatte. Im Gegenteil. So konnte sie sich zwar ihrer Haut wehren, falls sie bedroht wurde. Dass sie ihre eigene Waffe nicht mitgenommen hatte, bereitete ihm jedoch Sorgen. Sie versuchte ganz offensichtlich, etwas zu vertuschen.

Sein Blick richtete sich nach oben. Nur ein Fenster in dem Haus war beleuchtet.

Aber noch etwas fiel ihm auf. Etwas, das ihn unglaublich wütend machte. Kein Mensch schenkte ihm Beachtung, obwohl er schon eine ganze Weile im Auto saß und die Szenerie beobachtete. Weder der Mann, der gerade seinen Hund ausführte, noch das junge Mädchen an der Bushaltestelle, das gebannt auf sein Smartphone schaute und im Takt der Musik, die es über Kopfhörer hörte, mit dem Fuß wippte.

Er war sicher, dass er jeden Passanten befragen könnte. Niemand würde ihm mit Gewissheit sagen können, ob jemand häufiger hier gestanden hatte. Genauso wie er nicht wahrgenommen wurde, hätte auch jeder andere herumlungern können, um unbemerkt Rozas Gewohnheiten auszukundschaften: wann sie ein und aus ging, wohin sie wollte, wer sie besuchte. Ob sie alleine lebte oder in einer Gemeinschaft. Wann sie in der Nacht das Licht löschte und zu welcher Zeit sie am Morgen aufstand.

Wieder kam ihm der Gedanke an Perski, aber er verwarf ihn rasch. Wäre er es, der dahintersteckte, wäre Roza bereits tot.

Krammer stieg aus, betätigte die Zentralverriegelung und lehnte sich provokativ an den Wagen, ohne den Blick von dem Hauseingang abzuwenden.

Wie lange würde er sich hier aufhalten können, bis jemand daran Anstoß nahm? Er betrachtete eine junge Frau, die mit ihrem Handy in der Hand an ihm vorbeilief. Sie sprach laut mit einem Menschen, der ihr über Kamera zugeschaltet war.

Es störte sie nicht, dass alle anderen das Gespräch mithören konnten. Krammer verstand ihre Sprache ohnehin nicht.

Was konnte so wichtig sein, dass man nicht wartete, bis man daheim, in den eigenen vier Wänden war? Alles schien plötzlich brandeilig zu sein, musste sofort und ungefiltert in die Welt hinaus. Was man aß oder kochte, wo man lief, welches Buch man gerade kaufte, ob die Katze schlief. Alles fand seinen Weg ins Netz. Aber das echte Leben, das interessierte nicht mehr. So als wäre nur das real, worauf sich das Objektiv richtete. Und das sollte möglichst perfekt sein.

Niemand achtete auf den Nachbarn, das direkte Umfeld. Zu profan. Oder zu langweilig. Oder man nahm sich selbst zu wichtig.

Kein Wunder, dass sich immer mehr Menschen einsam fühlten. Das Handy würde nie einen Blick, eine freundliche Geste, ein Lächeln oder eine Berührung ersetzen.

Er schüttelte den Kopf.

Nicht verwunderlich, dass er so häufig keine brauchbaren Zeugen mehr fand. Nur wenn etwas Schreckliches passiert war, hielt jeder die Kamera darauf und wurde zum Sensationsreporter. Aber wenn man es wirklich gebraucht hätte, konnte sich keiner mehr an irgendetwas erinnern.

Sein Resümee war niederschmetternd: Ein weiterer Tag war vergangen, und er hatte weder den Toten identifiziert, noch war über die Auswertungen der Bilder und Dateien auf Rozas Mobiltelefon ein Anhaltspunkt aufgetaucht.

Er schaute auf sein Handy, hoffte auf eine Nachricht von Alexa. Aber sie war vermutlich schon längst daheim. Doch auch wenn sie ihn aus den Ermittlungen am Walchensee heraushaben wollte, war er dennoch sicher, dass sie ihn nicht hängen lassen würde. So war sie nicht. Vermutlich hatte sie einfach genausowenig erreicht.

Niedergeschlagen blickte Krammer an dem Wohnhaus hoch.

Mittlerweile wankte sein Glaube an Rozas Unschuld immer mehr. Was, wenn sie es gewesen war, die den Mann in ihrem Wohnzimmer mit der Waffe bedroht und ihn gezwungen hatte, die Maske aufzusetzen? Unter der er dann erstickt war. Und sie sah dabei zu …

Krammer starrte die Fassade an. Musterte jedes Fenster. Dann überquerte er die Straße.

Es half nichts. Die Wohnung war zwar versiegelt, aber das würde ihn nicht aufhalten. Er musste noch einmal hinein, um sich zu vergewissern, dass er nicht irgendetwas übersehen hatte.

Entschlossen eilte er auf die Eingangstür zu und klingelte im Erdgeschoss, wo er Licht gesehen hatte, um ins Haus zu kommen. Er grüßte die Frau freundlich, die ihn schon vom gestrigen Tag kannte. »Danke, dass Sie mir aufgemacht haben, ich muss noch mal hoch. Entschuldigung.«

Dann hastete Krammer ohne ein weiteres Wort die Treppe hinauf. Völlig aus der Puste wollte er gerade das Siegel wegreißen, als ihm etwas ins Auge fiel. Beinahe hätte er es übersehen.

Mit seinem Autoschlüssel berührte er ganz vorsichtig den Streifen. Das Siegel war mit einem feinen Schnitt zerteilt worden. Jemand war ihm zuvorgekommen.

Er zog Handschuhe über und drückte behutsam gegen den Türknauf. Sofort öffnete sich die Tür. Auch an dem Schloss hatte derjenige sich zu schaffen gemacht.

»Roza«, flüsterte er. »Ich bin es!«

Er schaltete das Flurlicht ein, zog seine Waffe und schloss

die Tür leise hinter sich. Langsam ging er weiter, eng an die Wand gedrückt, zielte nach vorne, falls sich dort etwas bewegte. Er versuchte, sein Keuchen in den Griff zu bekommen.

Hier schien alles unverändert. Er rief sich die Situation vom Vortag ins Gedächtnis. Er war sicher, dass nichts bewegt worden war.

Nur der Geruch, den er beim letzten Mal bereits im Flur wahrgenommen hatte, war kaum mehr vorhanden.

Erst nachdem er jedes Zimmer und jeden Schrank gesichert hatte, steckte er die Waffe weg und wagte es, laut zu atmen.

Dann sah er sich genauer um.

An den Türrahmen entdeckte er die Rückstände des Pulvers, das die Forensiker bei ihrer Suche nach Fingerabdrücken hinterlassen hatten. Die Kreidestriche, die die Lage des toten Körpers markiert hatten, waren noch auf dem Teppich zu erkennen.

Er fragte sich, ob Roza das tatsächlich so belassen hätte, wenn sie zurückgekehrt wäre. Vermutlich nicht. So, wie er sie kannte, hätte sie das keine Sekunde ertragen.

Aber kannte er sie wirklich? Oder machte er sich nur erneut etwas vor?

Reglos stand er in der Mitte des Raumes und spürte, wie die Traurigkeit sich wie ein schwerer Mantel auf seine Schultern legte.

Krammer ging zu Rozas Schlafzimmer und betrachtete das Bett, das gestern noch sorgfältig gemacht war. Die Tagesdecke war akkurat ausgerichtet und glatt gestrichen gewesen. Jetzt fehlten sämtliche textilen Auflagen, nur die nackte Matratze lag dort. Er rief das Foto auf, das er beim letzten

Mal gemacht hatte, und öffnete den Schrank. Die Lage der Kleidung war verändert, aber es schien alles da zu sein.

Seine Kollegen hatten gründlich gearbeitet, waren aber bemüht gewesen, keine zu arge Unordnung zu schaffen. Sicher waren sie respektvoller vorgegangen, weil sie wussten, dass es sich um die Wohnung einer Kollegin handelte. Oder weil sie hofften, Roza käme schnell unversehrt wieder zu ihnen zurück.

Er strich die Vorhänge zur Seite und schaute in den Hinterhof des Gebäudes. Nichts stach ihm ins Auge.

Dennoch. Jemand war hier gewesen. Was hatte diese Person in der Wohnung gewollt? Vermutlich hatte sie genau wie er nach etwas gesucht. Aber wonach?

Am liebsten hätte Krammer erneut die Forensiker gerufen. Aber er ahnte, dass der Eindringling genauso wenig Spuren hinterlassen hatte wie schon beim ersten Mal. Denn wäre ein relevanter Treffer dabei gewesen, hätten die Kollegen ihn längst informiert.

Er ging noch einmal von Zimmer zu Zimmer und verglich seine Fotos mit dem aktuellen Zustand der Räume, konnte aber auch jetzt keine Unterschiede erkennen. Nicht einmal im Bücherregal fehlte ein Titel.

Moment. Krammer hielt inne. Wenn er davon ausging, dass nicht Szabo noch einmal in die Wohnung zurückgekehrt war, dann bedeutete es doch, dass der Eindringling ebenfalls nach Hinweisen suchte. Und das konnte nur eines heißen: Roza war demjenigen, der sie verletzen oder töten wollte, entkommen. Und er wusste genauso wenig, wo sie war, wie Krammer selbst.

Er schloss kurz die Augen und ließ den Gedanken wirken.

Hatte Roza also diese Waffe entwendet, um jemanden zu töten – oder um sich vor ihrem Angreifer zu schützen?

Auch wenn er erneut keinen Hinweis gefunden hatte, der ihn weiterbrachte, fasste Krammer wieder Hoffnung, dass Roza nicht selbst in kriminelle Machenschaften verwickelt war, sondern nur so geheimnisvoll agiert hatte, weil sie allzu große Angst vor ihrem Verfolger hatte. Und davor, was ihr geschehen würde, wenn dieser sie erwischte. Das hatte Alexa von Beginn an vermutet.

Nachdenklich ging Krammer die knarzende Treppe hinunter und schob die schwere hölzerne Eingangstür auf. Er überlegte, noch einmal bei der Dame im Erdgeschoss zu klingeln und sie zu befragen, ob sie im Laufe des Tages einen Unbekannten gesehen hatte. Aber bei den vielen Kriminalbeamten, die sowohl vor als auch im Haus gewesen waren, hätte das nur wenig Sinn ergeben. Ein Fremder wäre da niemals aufgefallen.

Die abendliche Luft war bereits stark abgekühlt und ließ ihn frösteln. Krammer stellte den Kragen auf. Er verweilte noch einen Moment im Türrahmen, als ihm etwas ins Auge fiel.

Eine Karte lugte aus Szabos Briefkasten heraus. Neugierig zog er die Ärmel über die Fingerkuppen und beäugte sie: Es handelte sich um eine Paketbenachrichtigung.

Augenblicklich kam wieder Leben in ihn. Er dachte an die Briefbombe. Mit Erleichterung stellte er fest, dass er die Sendung noch bis 20 Uhr abholen konnte. Er musste sich allerdings beeilen.

Ohne weiter nachzudenken, schob er das Schreiben in seine Tasche. Er musste zuvor noch ins Büro, um eine Vollmacht zu erstellen und Rozas Unterschrift auf das Blatt zu kopieren.

Vielleicht würde er dieses Mal· endlich eine Spur finden. Jeder machte irgendwann einen Fehler. Dieses Paket blieb im Moment seine einzige Hoffnung. Er hastete auf die Straße und hielt kurz inne. War da gerade jemand in Deckung gegangen?

»Hallo! Kann ich Ihnen helfen?«, rief er und rannte schneller.

Als er die Straße überquert hatte, lag der Gehsteig allerdings leer vor ihm. Nirgends war jemand zu sehen. Dabei hätte er schwören können, dass sich kurz zuvor jemand hinter seinem Wagen verborgen gehalten hatte.

Krammer wartete, schaute nach rechts und links, aber nichts rührte sich. Vermutlich war es bloß eine Spiegelung gewesen, die ihn irritiert hatte. Oder er war einfach schon völlig überspannt.

Er entriegelte die Autotür und beeilte sich, zur Dienststelle zu fahren.

24.

Alexa aß gerade die Spiegeleier mit Speck, die sie sich auf die Schnelle gebraten hatte, nachdem sie die Suche am See abbrechen mussten, als jemand energisch klopfte. Ihre Klingel war noch nicht installiert, aber Oskar war besser als jede elektronische Anlage, denn bevor sie es gehört hatte, war er bereits bellend losgerannt und warf sich jetzt mit wedelndem Schwanz gegen die Tür.

»Du weißt also schon, wer da draußen steht?«, sagte Alexa und war gespannt, wer ihr unangekündigt einen Besuch abstatten würde.

»Hallo«, begrüßte Line sie strahlend. »Du hattest dich gemeldet, und ich dachte, ich schaue einfach mal vorbei. Ich hoffe, ich störe nicht?«

Alexa umarmte sie kurz. »Überhaupt nicht. Ich bin allerdings fix und fertig von der letzten Woche und war heute auch im Einsatz.«

»Solltest du dich nicht schonen?«, fragte Line und schaute streng.

»Ich weiß«, sagte Alexa. »Aber was soll ich tun? Ich kann nicht einfach hier herumlungern, wenn eine Kollegin verschwunden ist.«

»Jemand aus Weilheim? Ich habe gar nichts darüber gelesen.« Line zog die Jacke aus, hängte sie an die Garderobe und folgte ihr in die Küche.

»Nein. Schlimmer. Die Partnerin von Krammer.«

Alexa fasste kurz zusammen, was sie bisher herausgefunden hatten, berichtete von der Fahrt auf dem See, dem bevorstehenden Großeinsatz mit Tauchern am Folgetag und von ihrem Streit mit Krammer.

»Wow!«, meinte Line. »Damit habe ich nicht gerechnet. Ich dachte, ich muss dich trösten, weil dein früherer Kollege wieder weg ist.«

»Jan?« Alexa errötete. Es schien ihr schon Lichtjahre entfernt, dass sie sich von ihm verabschiedet hatte. Sie nahm eine Flasche Augustiner aus dem Kühlschrank und bot auch Line eine an, die erfreut nickte. »Da gibt es nicht mehr viel zu sagen. Die Zeit wird es richten. Fernbeziehungen sind nichts für mich.«

»Und Konstantin?«, fragte Line gerade heraus, prostete ihr zu und nahm einen Schluck aus der Flasche, bevor Alexa ihr ein Glas hinstellen konnte.

Wieder einmal hatte die Psychologin in wenigen Minuten all das angesprochen, was sie selbst erfolgreich zu verdrängen suchte.

»Sorry«, entschuldigte diese sich, als sie die Veränderung in Alexas Miene bemerkte. »Berufskrankheit.«

Oskar machte es sich unter dem Tisch gemütlich und gähnte mit einem langgezogenen Laut, als Alexa sich Line gegenübersetzte.

»Du musst dich nicht entschuldigen. Es ist nur, dass ich keine Ahnung habe, was ich tun soll. Wir sind für dieses Konzert in zwei Wochen verabredet. Und daraus sollte ja ein richtiges Date werden.«

»Aber?«

Alexa wusste, was das Problem war. Dass Konstantin ihr den Hof machte, hatte sie geschmeichelt. Er sah gut aus, war extrem nett, und die Eifersucht, die er sogar Huber gegenüber gezeigt hatte, sprach Bände über seine Absichten ihr gegenüber. Sie nahm einen Schluck des eiskalten Biers. »Es gibt nichts an ihm auszusetzen. Aber seitdem ich angeschossen wurde, bin ich ihm aus dem Weg gegangen.«

»Weil?«

Alexa musste lachen. »Deine Vernehmungstechniken sind wirklich gut.«

Line prostete ihr zu und stieß ihre Flasche klirrend gegen Alexas. Oskar hob kurz den Kopf, legte ihn dann aber wieder auf seine Vorderpfoten.

»Ich merke übrigens auch, wenn du mir ausweichst. Also?«

Alexa verdrehte die Augen. »Na schön. Seit Jan hier war, weiß ich wieder, wie es sich anfühlen muss, in jemanden verliebt zu sein. Dann braucht es keine großen Einladungen, keine tollen Dates. Man genießt einfach, bei dem anderen zu sein, in egal welcher Situation, will ihn ständig um sich haben. That's it.«

»Tust du Konstantin damit nicht unrecht? Immerhin kennst du ihn ja kaum.«

»Warst du nicht diejenige, die Vorbehalte gegen ihn hatte?«

»Schon«, gab Line zu. »Aber auch ich kenne ihn im Grunde nicht und sollte mich hüten, ihn vorschnell in eine Schublade zu stecken. Denn deine Menschenkenntnis ist auch nicht zu unterschätzen.«

Da war er wieder, ihr wunder Punkt. Alexa wischte die Feuchtigkeit von der Flasche. Wenn sie Menschen wirklich gut lesen könnte, hätte sie dann beständig solche Probleme?

Sie schob die Zweifel weg, versuchte sie genauso zu ignorieren wie das verrutschte Etikett der Flasche.

»Es geht dabei ja nicht um ihn. Es geht um mich. Ich glaube, ich habe keine Lust auf einen unverbindlichen Flirt. Und ich fürchte, mehr kann Konstantin für mich nicht werden.«

»Das solltest du ihm dann aber auch sagen, oder?«, meinte Line. »Wenn du dir ganz sicher bist.«

Damit hatte Line sicher recht. Doch solche Eingeständnisse machte man nicht am Telefon. Sondern direkt. Auge in Auge.

»Sobald ich weiß, was mit Szabo passiert ist«, versprach Alexa deshalb.

Line zog sich einen der Gartenstühle heran, die Alexa bis zur Ankunft ihrer eigenen Möbel von ihrer Vermieterin geliehen hatte, kickte die Schuhe von den Füßen und legte die Beine hoch.

»Dann lass uns gleich zum anderen wunden Punkt kommen«, sagte sie. »Wie wird es jetzt mit Krammer weitergehen?«

Alexa fuhr sich mit den Händen über die Wangen, die eine enorme Hitze hatten – einerseits dem Fahrtwind auf dem Boot geschuldet, aber natürlich auch wegen der Themen, die sie gerade besprachen.

»Von selbst wird er sich vermutlich nicht mehr bei mir melden. Was ich ihm nicht verdenken kann.«

»Du sagst das fast, als wäre es dir recht.«

Alexa spürte, wie Line sie beobachtete. Und zum ersten Mal fragte sie sich ganz ernsthaft selbst, was sie eigentlich wollte. Eine Frage, der sie bislang immer aus dem Weg gegangen war.

»Tue ich das?«, wich sie kurz aus. Dabei war ihr klar, dass sie damit bei Line nicht durchkäme. »Ich weiß einfach nicht, wie ich auf ihn zugehen soll. Er ist mir genauso fremd wie die meisten Kollegen hier. Aber müsste da nicht mehr sein? Eine Connection? Immerhin ist er mein Vater. Und er hat mir schon das Leben gerettet. Im wahrsten Sinne des Wortes. Und dabei seine eigene Unversehrtheit aufs Spiel gesetzt. Das rechne ich ihm hoch an. Dennoch geraten wir andauernd aneinander. Ganz ehrlich: Ich weiß einfach nicht, wie das funktionieren soll. Was er von mir erwartet.«

Line lachte. »Könnte das vielleicht daran liegen, dass ihr euch ähnlicher seid, als du wahrhaben willst?«

Verwundert betrachtete Alexa ihre Freundin. »Krammer und ich? Das halte ich für ein Gerücht.«

Lines Augenbraue zuckte kurz nach oben, und ein Lächeln umspielte ihre Mundwinkel. »Du musst wissen, was du tust. Ich sehe es als ein Geschenk an, dass du die Chance erhältst, ihn kennenzulernen. Um damit dich und deinen Charakter besser zu verstehen. Immerhin stammt die Hälfte deiner Erbmasse von ihm. Aber es ist natürlich deine Entscheidung, und verpflichtet bist du ihm gegenüber durch die bloße Verwandtschaft erst einmal zu nichts. Ich halte sowieso wenig davon, Blutsbanden zu viel Bedeutung beizumessen. Wenn ich daran denke, was sich in Familien abspielen kann … Aber das ist ein völlig anderes Thema. Auch seine riskanten Manöver, um dir zu Hilfe zu kommen, hat er aus eigenem Antrieb gemacht. Das liegt euch Kriminalisten aber wohl generell im Blut. Wenn ich daran denke, wie du dir die Schussverletzung zugezogen hast …«

Alexa hörte interessiert zu. Was Line gesagt hatte, arbeitete in ihr. Vielleicht war ihre Art tatsächlich das Problem. Die Freiheit im Kopf, den eigenen Weg zu gehen: Das war es, was ihre Mutter ihr beigebracht hatte. Auch Susanna hatte keinen Kontakt mehr zu ihrer Familie. Bis heute hatte Alexa sich nie gefragt, wieso. Aber war ihr diese Unabhängigkeit vielleicht im Weg, um eine echte Beziehung zu knüpfen? Auch Jan hatte sie vorgestern ziehen lassen, obwohl sie noch Gefühle für ihn hatte. Und er sie eindeutig erwiderte.

Sie saßen eine Weile schweigend beieinander, und die Psychologin ließ ihr Zeit, um ihre Gedanken zu sortieren. Line gelang es jedes Mal aufs Neue, bei Alexa mit ihren Fragen Denkprozesse in Gang zu setzen. Und obwohl sie ihr immer Raum ließ, blieb sie am Ball und gab sich nicht mit kurzen Antworten zufrieden, so wie Huber es getan hatte, als sie am Vormittag über dasselbe Thema gesprochen hatten.

»Ich hoffe, es ist in Ordnung, dass ich das so direkt anspreche?«, fragte Line nach einer Weile.

»Ist es. Sehr sogar. Ich bin dir wirklich dankbar. Ich kann nicht mit vielen Leuten darüber reden, weißt du.«

»Das könntest du schon«, hielt Line dagegen. »Du müsstest dafür nur Ross und Reiter benennen und das Thema offen angehen.«

Alexa legte den Kopf schief. Woher wusste Line, dass sie das nicht tat?

»Lass mich raten: Außer mit deiner Mutter, Huber und mir hast du mit niemandem darüber gesprochen. Weder mit Jan noch mit Konstantin oder Brandl?«

Sie errötete. Genau so war es. »Aber ich hatte die ganze Zeit so viel um die Ohren. Die letzten großen Fälle, der Umzug, meine Verletzung und jetzt das Verschwinden von Roza Szabo.«

»Ohne jedes Wort, hast du vorhin einmal gesagt, als du über das Verschwinden von Krammers Kollegin gesprochen hast. Aber Alexa, du weißt schon, dass du Offenheit nur erleben kannst, wenn du auch selbst dazu bereit bist? Mannomann, Krammer und du, ihr seid schon ganz besondere Fälle.«

»Wenn du jetzt noch ein *hoffnungslos* hinzufügst, muss ich mich heute hemmungslos betrinken«, witzelte Alexa. Aber sie verstand genau, was Line ihr sagen wollte. Dennoch wusste sie nicht, wie sie es anstellen sollte, über ihren Schatten zu springen.

»Nein. Hoffnungslos ist eher der Fall einer Patientin, die ich gerade habe. Bei euch ist noch nicht alles verloren, vor allem bei dir nicht. Nur muss jetzt einer von euch den ersten Schritt auf den anderen zu machen. Und ich bin sehr gespannt, wer das sein wird.«

Alexa presste die Lippen zusammen. Es ging ihr nicht anders. Aber sie brauchte erst Klarheit, was es mit dem gekenterten Boot auf sich hatte, bevor sie etwas in dieser Richtung unternehmen konnte. Sie hoffte bloß inständig, dass das alles nichts mit Szabo zu tun hatte.

»Wegen diesem anderen Fall bin ich übrigens hier«, fuhr Line fort. »Ich wollte dich fragen, ob ich mir wohl für ein paar Tage deinen Oskar ausleihen darf.«

Der Hund hob den Kopf, als er seinen Namen hörte, und wedelte mit dem Schwanz, nur um dann wieder mit einem Seufzen in einen seligen Halbschlaf zurückzugleiten.

»Verrätst du mir, was dieser Fall mit einem Hund zu tun hat?«

»Ach, es ist nur so eine Idee. Du würdest mir damit helfen, weißt du.«

Alexa setzte sich im Stuhl auf. Es war nicht Lines Art, auszuweichen. Und auch Alexa war Profi genug, um zu erkennen, wenn jemand eine Antwort verweigerte. »Raus mit der Sprache. Um was geht es dabei? Soll Oskar jemandem helfen, irgendein Trauma zu überwinden?«

Line schüttelte den Kopf. »Was? Nein. Überhaupt nicht. Er wird nichts mit meiner Patientin zu tun haben.«

Jetzt wurde es noch interessanter. »Aber du hast von deinem Fall gesprochen. Mit was hat er dann zu tun?«

Line wich ihrem Blick aus. Dieses Mal war es Alexa, die an dem Thema festhielt. Etwas stimmte nicht. Und erst jetzt merkte sie, dass Line unruhig mit einem Fuß wippte. Eine nervöse Geste, die völlig untypisch für sie war.

»Also gut«, begann sie. »Ich kann keine Namen und auch keine näheren Umstände nennen. Aber ich habe eine Patientin, die von einem Loverboy geködert wurde. Er hat sie jahrelang zu allem Möglichen gezwungen, sie war Drogenkurierin, Prostituierte, das ganze Programm, mehr muss ich dir dazu nicht sagen. Sie versucht nun, alles hinter sich zu lassen und ein neues Leben aufzubauen. Deshalb hat sie bei mir eine Traumatherapie begonnen.«

Das beantwortete nicht Alexas Frage, doch bevor sie erneut nachhaken konnte, was diese Geschichte mit Oskar zu tun hatte, fuhr Line fort.

»Sie war vor zehn Tagen zum ersten Mal bei mir. Sie kommt alle drei Tage, weil das Erlebte natürlich heftiger ist als bei vielen anderen Patienten. Auch das, was sie mir schildert, ist für mich absolut nicht alltäglich.« Sie stockte und

holte tief Luft. »Ich kann nicht sagen, ob es an dieser beson-
deren Belastung liegt, denn ihre Geschichte wühlt mich sehr
auf, aber ich fühle mich seit ein paar Tagen häufiger beobachtet. Das ist sicher nur Einbildung, vermutlich projiziere ich
da gerade etwas, aber wenn ich Oskar bei mir hätte, wäre mir
einfach wohler.«

»Natürlich darfst du ihn mitnehmen. Aber was verursacht
diese Eindrücke denn bei dir? Hast du jemanden bemerkt?
Oder war etwas in deiner Wohnung verändert? Gab es ungewöhnliche Anrufe?«

Line schüttelte nachdrücklich den Kopf. »Nein, nichts
dergleichen. Ich bin einfach in einer seltsamen Stimmung,
seit ich sie behandele. Diese Frau war unvorstellbarem Leid
ausgesetzt. Sie lebte unter unmenschlichen Bedingungen
quasi wie ein Masttier, von dem möglichst viele ein Stück ab-
bekommen sollten, um ihren Hunger an ihr zu stillen. Wann
immer es ihnen gefällt.«

Line atmete einmal tief durch und schob ihre Flasche ein
Stück von sich, so als wäre ihr gerade der Appetit vergangen.

»Das hört sich nicht gut an. Ich kann dich wirklich nur
warnen«, sagte Alexa. »Wenn ihr derjenige, der sie manipuliert hat, an den Fersen klebt, ihr womöglich zu deinen
Räumlichkeiten gefolgt ist … Solche Typen lassen ihre Beute
nicht einfach ziehen.«

»Schon gut, Alexa. Sie ist wirklich vorsichtig und würde
nach dem Erlebten kein Risiko eingehen, gefunden zu werden. Ich bin sicher, dass du dir in der Hinsicht keine Sorgen
machen musst. Es sind einfach meine Nerven.«

»Dafür ist es ein wenig zu spät«, gab Alexa zurück. »Soll
ich nicht zur Sicherheit bei der nächsten Polizeistation einen

Hinweis geben, dass sie häufiger bei dir Streife fahren? Wenn ich einen allgemeinen Verdacht äußere, es gäbe Probleme mit einem gewaltbereiten Patienten ...«

»Das ist lieb«, entgegnete Line. »Aber ich fürchte, ich bin nur etwas überarbeitet, und meine Phantasie spielt mir einen Streich. Es fällt mir bei der Geschichte schwer, emotionale Distanz zu wahren. Das passiert mir zum Glück selten genug. Du musst also wirklich niemanden damit behelligen. Ich weiß doch, wie eng eure Personaldecke ist. Mit Oskar in der Nähe würde ich mich einfach besser fühlen. Und sollte ich wirklich den Eindruck haben, dass etwas ungewöhnlich ist, werde ich sofort zur Wache gehen. Wenn du ihn vielleicht eine Woche entbehren könntest? Ich glaube, das würde schon reichen.«

Alexa nickte. Selbstverständlich würde sie ihr Oskar überlassen, auch wenn sie sich nach der kurzen gemeinsamen Zeit schon sehr an seine Gesellschaft gewöhnt hatte. Er würde ihr fehlen. Genau wie die morgendlichen Spaziergänge, wenn das Brauneck noch in dichten Nebel gehüllt war. Oder wenn sie am Abend den Sternenhimmel betrachtete, und Oskar mit seinem Leuchthalsband vor ihr herlief. Sie hatte noch keine Sekunde bereut, den Hund spontan zu sich genommen zu haben, denn auch für sie war es eine Wohltat, wenn das Tier sie freudig begrüßte. Oder den warmen Körper bei sich zu spüren, wenn sie von Zeit zu Zeit des Alleinseins überdrüssig war und sich nach Gesellschaft sehnte.

Aber sie war sich absolut im Klaren darüber, dass der Hund Line keinen Schutz bieten würde, wenn sie wirklich in den Fokus eines brutalen Zuhälterrings geraten war. Natürlich würde die Psychologin keine Namen oder Details aus den Sitzungen mit ihrer Patientin preisgeben. Das gebot ihr Berufsethos, und Alexa hatte volles Verständnis dafür, unterließ es deshalb auch, weiter nachzubohren. Dennoch würde sie die Kollegen der nächstgelegenen Inspektion bitten, etwas öfter durch Lines Straße zu fahren. Nur um ganz sicherzugehen, dass ihr nichts zustieß.

Wenigstens das hatte sie aus dem Verschwinden von Roza Szabo gelernt. Und aus dem, was Krammer ihr erzählt hatte: Vorsicht war besser als Nachsicht.

25.

Erst nach der Sperrzeit kam Krammer in der Museumsstraße an, wo er das Paket abholen wollte. Drinnen brannte zum Glück noch Licht, deshalb hoffte er, den Angestellten mit Hilfe seines Dienstausweises dazu zu bewegen, ihm dennoch zu öffnen.

Es war schwieriger als gedacht gewesen, die Vollmacht zu erstellen – selbst ein Blinder hätte erkannt, dass es sich um eine gefälschte Unterschrift handelte. Seine rechte Hand hatte immer wieder zu zittern begonnen, wenn er sich an Rozas Signatur versuchte. Er hatte viel zu wenig geschlafen in der letzten Zeit und erst recht, seit Roza verschwunden war. Wenn er einmal in den Schlaf fand, fuhr er schon bald wieder hoch, von wilden Träumen geplagt.

Er wusste, dass er erst wieder zur Ruhe kommen würde, wenn er endlich einen Anhaltspunkt für die weitere Suche hatte.

Energisch klopfte er erneut an die Scheibe des Postamtes, hoffte, dass es nicht schon die Nachtbeleuchtung war, die den Laden erhellte. Nach längerem Warten kam ein Mann zur Tür, zeigte auf seine Armbanduhr und schien keineswegs gewillt, ihm zu öffnen.

»Ich bin von der Polizei und hatte lange Dienst, tut mir leid«, rief Krammer laut und hielt seine Dienstmarke und die Abholkarte hin.

Zur Bekräftigung lupfte er die Jacke ein wenig und ließ sein Schulterholster sehen. Wenn er mit seinem Ausweis nicht durchkam, half das vielleicht.

Und tatsächlich: Schon zeigte der Beamte ihm an, dass er den Schlüssel holen würde.

Weitere Minuten verstrichen, als der Mann sich umständlich daran machte, das Schloss am unteren Rand der Glastür aufzuschließen.

Dann zog er missmutig die Türe einen Spaltbreit auf. »Ja?«, fragte er statt einer Begrüßung.

»Dieses Paket ist Teil einer Untersuchung«, erwiderte Krammer und gab sich erst gar keine Mühe, Höflichkeitsfloskeln auszutauschen.

Der Mann schaute auf die Karte, dann auf die Vollmacht. Er zog eine Augenbraue hoch. »Das wurde heute erst zugestellt. Abholung ist Montag.« Er tippte auf die Karte, auf der ein entsprechender Hinweis vermerkt war.

Krammer nickte. »Aber es wurde doch sicher bereits von dem Paketzusteller bei Ihnen abgegeben.«

»Ist aber nicht sortiert.«

»Hören Sie. Ich würde nicht hier stehen und Sie belästigen, wenn es nicht außerordentlich wichtig wäre. Nur in dringlichen Fällen arbeite ich am Samstag um diese Zeit. Ich habe genauso wenig Lust dazu wie Sie. Also bitte ...«

Der Postbeamte ließ die Tür wieder vor seiner Nase zufallen, machte sich schlurfend davon und stieß dabei permanent Flüche in seiner Landessprache aus. Türkisch, tippte Krammer.

Ungeduldig trat er von einem Fuß auf den anderen. Wenn er bis Montag warten müsste, wären noch einmal 36 Stunden vergangen.

Er versuchte durch die Glastür im Inneren etwas auszumachen. Anders als erwartet, suchte der Mann aber tatsächlich in einem Hinterraum nach der Sendung.

Nach einer gefühlten Ewigkeit kam er zurück und legte das Paket beim Schalter ab. Krammer erstaunte die Größe. Und gleichzeitig fühlte es sich bereits wie ein Rückschlag an. Es handelte sich um ein ganz normales gelbes Postpaket. Keine mysteriöse Sendung oder ein gebrauchter Karton.

Der Mann ließ Krammer nun ins Innere des Ladens.

»Einen Moment. Der Rechner muss hochfahren«, erklärte er. »Ihren Ausweis.«

Der Postbeamte nahm Krammers Ausweis und die Vollmacht entgegen. Offenbar kam er mit seinen maximal vier Worte umfassenden Sätzen gut durchs Leben.

In Krammers Wahrnehmung dauerte alles viel zu lange. Aber er bemühte sich um Geduld. Immerhin hatte der Mann ihm aufgesperrt und das Paket herausgesucht. Er durfte nicht denselben Fehler wie bei Alexa machen und ihn mit seiner Unruhe verärgern.

Krammer musste zuletzt noch eine Unterschrift auf einem Apparat leisten, die nicht im Entferntesten wie seine gewöhnliche aussah. Den Sinn und Zweck dieser unleserlichen Notizen mit einem Stift, der nur zeitversetzt die Daten übertrug – wenn überhaupt – oder mit dem Zeigefinger, was zu noch katastrophaleren Ergebnissen führte, blieb ihm ein ewiges Rätsel.

Am meisten irritierte ihn aber der Absender auf dem Paket. Denn auf dem ausgedruckten Aufkleber war Roza nicht nur als Adressatin aufgeführt worden. Sie wurde auch als Absenderin genannt – mit derselben Adresse.

Nun hatte er es besonders eilig, das Postamt zu verlassen.

»Nächstes Mal Montag«, murmelte der Mann noch, als er hinter Krammer die Türe wieder verriegelte.

Während er sich mit dem angesichts der Größe erstaunlich leichten Paket entfernte, löschte der Postbeamte im Inneren das Licht, wohl um auszuschließen, erneut von einem drängelnden Kunden behelligt zu werden.

Krammer hastete zu seinem Wagen und bugsierte das Versandstück vorsichtig auf den Beifahrersitz. Obwohl es einfacher und vor allem sicherer gewesen wäre, es im geöffneten Kofferraum zu prüfen, widerstrebte es ihm, das vor aller Augen zu tun. Am besten wäre natürlich das LKA, aber er wollte nicht noch mehr Zeit verlieren.

Er stieg auf der Fahrerseite ein und musterte das Paket von allen Seiten nach Auffälligkeiten. Aber das einzig Seltsame war zunächst, dass Roza es sich selbst geschickt hatte. Sofort kam ihm die Frage in den Sinn, ob sich darin vielleicht das Objekt befand, das der Eindringling in Rozas Wohnung gesucht hatte.

Die gelbe Pappkiste war mit den Klebestreifen verschlossen, die dem Bausatz gemeinhin angehörten. Nichts daran war anders als bei jedem anderen Paket.

Nachdem er seine Gummihandschuhe angezogen hatte, klappte er sein Schweizer Taschenmesser auf, das er gottlob immer im Wagen liegen hatte, um seine Hartwurst in Scheiben zu schneiden. Dennoch hielt er größtmöglichen Abstand und beugte sich so weit zurück, wie es im Inneren des Fahrzeugs möglich war.

Vorsichtig durchschnitt er die Klebestreifen, immer noch voller Angst, das Paket könne explodieren. Doch nichts geschah. Er legte das Messer weg und klappte die Schachtel auf.

Er konnte nicht sagen, was er erwartet hatte. Aber ganz sicher nicht das, was er nun darin erkannte: einen verwitterten Trauerkranz. Die verwelkten, bräunlichen Rosenknospen zerfielen unter seiner Berührung, als er versuchte, die Bänder herauszuziehen. Der Kranz war definitiv alt. Die einst weißen Bänder waren ergraut und die Schrift darauf von Sonne und Regen ausgewaschen und kaum mehr zu erkennen. Die Sprache konnte er nicht verstehen, doch er vermutete, es könne Ungarisch sein, wegen der vielen Akzente auf den Buchstaben.

Aber einen Namen konnte er eindeutig entziffern: *Krisztina*. Wie auf der Tauchermaske.

Rasch tippte er die Buchstabenfolge in sein Handy ein, die darauf geschrieben stand. *Az utolosó kíséretig* bedeutete »Zum letzten Geleit«. *Nagy szerelmemért* hieß »Für meine große Liebe«.

Verblüfft ließ er den Kranz sinken. Nein. Diesen Kranz hatte Roza sich wohl kaum selbst geschickt. Der Absender wollte nur nicht preisgeben, wer er war und wo er sich aufhielt. Aber Roza hätte sicher genau gewusst, um wen es sich dabei handelte. Und es musste jemand sein, den sie bereits längere Zeit nicht mehr gesehen hatte, der sie aber niemals vergessen hatte.

Krammer schloss das Paket und zog seine Handschuhe aus.

Ein alter Beerdigungskranz und ein wie aufgebahrt aussehender Toter – was sollte ihm das sagen? Trug Roza die Schuld am Tod dieser Frau?

Dann hatte er definitiv einen Fehler bei seiner Suche gemacht: Er hatte den Namen Krisztina nur bei den Lebenden gesucht – nicht jedoch bei den Verstorbenen. Endlich hatte er einen neuen Ansatzpunkt: Er musste herausfinden, wer diese Frau war – und wie sie gestorben war.

Wenigstens schien der Absender des Pakets, das erst am Vortag aufgegeben worden war, nicht zu wissen, dass Roza sich nicht mehr in Österreich aufhielt.

Vielleicht hatte er dann gar nichts in Rozas Wohnung gesucht, sondern geglaubt, dass sie sich dort versteckt hielt? Krammer hoffte, dass das gute Vorzeichen waren. Dann hätte sie mindestens einen Tag Vorsprung.

Aber noch etwas wurde ihm klar: Möglicherweise war der Streit mit Alexa letztlich doch hilfreich gewesen – denn Krammer hätte sonst weder diesen Kranz noch das geöffnete Siegel an der Wohnungstür gefunden.

Plötzlich fiel ihm wieder der Schatten neben seinem Auto ein. Mit einiger Sicherheit hatte er sich das nicht eingebildet – er hatte gute Antennen für diese Dinge. Nicht erst seit er ständig auf einen Angriff von Perski wartete. Aber das hieß, dass derjenige, der Rozas Wohnung beobachtete, nun eventuell auch auf ihn aufmerksam geworden war und ihm ebenfalls folgte.

Und seine Kollegin hätte nie eine Waffe aus dem Dezernat gestohlen, wenn derjenige nicht gefährlich wäre.

26.

Nachdem ich aus der Klinik entlassen worden war, holte ich meinen restlichen Lohn im Salon ab. Eine Kollegin erzählte mir von einer Bar und riet mir, dort nach Arbeit zu fragen. Das Trinkgeld würde mir helfen, schnell zu Geld zu kommen, sagte sie und musterte dabei meinen Körper.

Ich hielt den Zettel in der Hand.

Ich wusste, dass es nicht darum ging, dort zu bedienen.

Aber einen anderen Ausweg gab es für mich nicht. Mittellos, ohne Ausbildung. In dem Moment hätte ich alles dafür getan, wieder zur Schule zu gehen. Etwas zu lernen. Einen echten Beruf zu haben.

Ich verabschiedete mich weder von meiner Mutter noch von meinen Stiefgeschwistern.

Die erste Nacht verbrachte ich in der Wartehalle des Bahnhofs.

Tat kein Auge zu.

Zerlumpte Gestalten krochen mit der Dunkelheit aus den Gängen, genau wie die Ratten, die auf Futtersuche waren. Sie hielten ihre Nase in den Wind, musterten mich. Neugierig.

Ich entschied mich, nicht so zu enden. Nicht verdreckt und elend in Lumpen zu leben.

Alles war besser als die Straße.

Meine Freundin war die Einzige, die mich abhalten wollte. Sie ahnte, was mit mir passieren würde. Dass ich nie wieder etwas anderes tun würde.

Aber ich hörte nicht auf sie.

Auch wenn sie im Recht war.

Doch von Opa hatte ich gelernt, wo meine Talente lagen. Und wie ich meinen Geist von meinem Körper trennen konnte.

Sie stellten mich noch am selben Tag ein und gaben mir eine Kammer unter dem Dach. Niemand störte meine Verletzung und dass ich mit den zwei Schrauben im Mund kaum sprechen konnte.

Im Gegenteil.

Erst sollte ich nur als Tänzerin arbeiten. Doch das blieb bloß von kurzer Dauer. Als das Gesicht abgeschwollen war und die ersten Kerle mit den Scheinen winkten, ließ ich mich überreden.

Wieder war es nur meine Freundin, die mich warnte.

Aber es war längst zu spät.

Hunderte hatten bald alles mit meinem Körper gemacht, was man sich vorstellen kann. Und noch einiges darüber hinaus.

Für die Freier war ich nicht mehr als eine namenlose Puppe. Ohne Geschichte. Ohne Zukunft. Ohne Wert. Ein Ding, das man sich nahm und so formte, wie es einem gefiel. Es drehte und wendete. Knetete und kratzte und würgte und schlug. Dann ließen sie mich achtlos liegen in ihren Säften und meinem Blut.

Sie sahen mir dabei nicht einmal in die Augen.

Wie mein Stiefvater, wenn er mich schlug.

Sie hatten bezahlt. Forderten bloß, was ihnen zustand.

Es war nichts anderes als ein Geschäft.

Und dennoch hielt ich weiter fest an der Illusion der Liebe. Daran, dass einer bleiben würde.

Daran, dass einer mich erkennen würde.

Und bereit war, mich zu lieben.

27.

Es war gerade erst 7.30 Uhr am Sonntagmorgen, als sie sich wieder am Ufer des Walchensees trafen. Die Wasserwacht hatte Taucher der Bundeswehr hinzugezogen, die am Vortag bereits ein Ponton mitten auf dem See aufgebaut hatten. Von dort wollten sie auf die Suche nach dem gehen, was der Hund gewittert hatte.

Das Ganze würde sich hinziehen, denn das Auftauchen dauerte wegen der Tiefe an dieser Stelle extrem lange, hatte einer der Umstehenden Alexa erklärt. Wenn man so weit runterging, mussten die Taucher auf dem Weg zurück an die Oberfläche zum Druckausgleich immer wieder pausieren.

Alexa trank heißen Tee aus ihrem Thermobecher und trug eine dicke Jacke. Dennoch fror sie. Es war eine kalte Nacht gewesen. Sie hoffte, dass sie sich gestern von dem Fahrtwind auf dem Boot keine Erkältung zugezogen hatte. Huber war noch kurz bei der Tauchschule gewesen und hatte herausgefunden, dass die Maske, die der Tote aufhatte, zwar dort käuflich war, aber doch gerade im Sommer so viele über den Ladentisch gingen, dass man nicht nachvollziehen konnte, wer sie erworben hatte. Der Preis war nicht sonderlich hoch, weshalb die meisten Kunden in bar bezahlten.

Wieder eine Sackgasse.

Die Bundeswehr hatte aus der heutigen Suche eine größere Übung zur Gewässerüberquerung gemacht. Ein Trupp von sieben Leuten schwamm gerade mit Gepäck zu dem Ponton, und die nächste Gruppe Soldaten stand schon am Ufer bereit, die Gesichter wie in einem echten Manöver geschwärzt, was Alexa extrem auffällig erschien. Aber alles sollte so realistisch wie möglich aussehen. Huber hatte gemeint, dass es nur gut sei, denn damit würden die Passanten nicht erahnen, dass sie hier in Wahrheit nach einer toten Person suchten. Damit hatte er natürlich recht, und sie vermieden dadurch womöglich neugierige Fragen zu ihrem tatsächlichen Vorhaben, gerade am Wochenende, wo genug Ausflügler unterwegs waren, die schon ihre Handys gezückt hielten, um den Einsatz zu filmen.

Vor allem aber hoffte sie, dass die Presse nicht aufmerksam wurde.

Spätestens morgen würde sie mit Brandl sprechen müssen. Es war relativ unwahrscheinlich, dass sie am Montagmorgen im Dezernat sitzen würden, und ihr Chef wäre sicher nicht erbaut, über ihr Tun aus der Zeitung zu erfahren.

Ihr graute allerdings vor der Frage, warum Krammer nicht bei ihnen war, wenn es doch um eine Kollegin aus Österreich ging. Noch immer hatte sie keinen blassen Schimmer, was sie darauf antworten sollte. Dass Krammer ihr Vater war, ging schließlich niemanden etwas an. Aber sie wusste, dass genau diese Tatsache verantwortlich dafür war, dass sie so harsch und unnachgiebig reagiert hatte.

Es hatte sie verletzt, dass gerade Krammer ihr Handeln anzweifelte. Dass ihr eigener Vater ihr nicht zutraute, einen Zeugen richtig einzuschätzen. Sie hatte ihm einen Gefallen tun wollen. Und dann hatte er nur rumgemeckert und sie ständig kritisiert.

Natürlich war sie sich im Klaren darüber, dass sie auch selbst in letzter Zeit immer wieder an ihren Fähigkeiten gezweifelt hatte. Rückblickend schien in Aschaffenburg jede Ermittlung wie am Schnürchen gelaufen zu sein, während hier in Oberbayern alles nur kompliziert war. Sowohl was die Zusammenarbeit mit dem neuen Team anbelangte, als auch ihre eigene Ermittlungsarbeit. Oft genug hatte sie Gegenwind bekommen. Zuletzt hatte Brandl sie sogar vom Dienst suspendiert.

Zwar war es ihrer Meinung nach wichtig, sein Handeln immer wieder kritisch zu prüfen. Das galt im Beruf wie auch für das Leben im Allgemeinen. Selbstgefällige Menschen waren Alexa schon immer ein Gräuel gewesen. Ganz anders verhielt es sich mit Unsicherheit. Die barg in ihrem Beruf ein erhebliches Risiko: Wenn man zögerte, weil man Dinge zu sehr in Frage stellte, wurde man handlungsunfähig. Und damit angreifbar.

Vielleicht hatte Huber eine Idee. Sie musterte ihn, und erst dabei fiel ihr auf, dass sein Hemd nicht wie sonst ordentlich gebügelt war. Auch war er auf der Fahrt sehr schweigsam gewesen und wirkte angespannt. Sie hoffte, dass er nicht wieder Probleme mit seiner Frau hatte, und zog es vor, ihn nicht vor den Umstehenden mit dieser Sache zu behelligen.

Plötzlich kam Leben in die Truppe, die auf dem Ponton stand. Auch Huber war darauf aufmerksam geworden. Ein Taucher erschien an der Oberfläche. Außerdem sah Alexa, wie Martin Buchwald, der den Einsatz leitete, sein Boot zu ihnen ans Ufer lenkte.

Gespannt warteten sie, bis er nah genug war, um mit ihnen zu sprechen. Er machte den Motor aus. Sofort fiel Alexa die unwirkliche Stille auf. Nur das Klatschen der Wellen gegen die Steine war zu hören.

»Die Taucher haben etwas gefunden. In der Nähe der Galerie.«

Alexa verstand nicht.

»Das ist eine Felswand hier im See«, erklärte ihr Huber. »Ähnlich einer Abbruchkante im Gebirge, nur eben unter Wasser. Sie fällt hundert Meter steil ab. Gerade deshalb tauchen auch so viele hier.«

»Und das ist der Grund, warum es immer wieder zu tödlichen Unfällen kommt«, ergänzte Buchwald. »Die Leute unterschätzen das Gewässer, haben oft gerade so viele Tauchgänge, wie du für den Schein machen musst. Hier bist du aber rasch auf dreißig oder vierzig Meter runter.«

»Ist das besonders schwierig?«, fragte Alexa, die sich mit Tauchen nicht auskannte.

»In dieser Tiefe ist es stockdunkel. Wenn einer dann seinen Tauchpartner nicht mehr sehen kann, gerät er leicht in Panik und taucht womöglich zu schnell auf. Man muss dabei aber immer wieder Pausen machen, sonst kann das im schlimmsten Fall zu Lähmungserscheinungen oder Embolien führen. Wer nur in Ägypten oder anderswo im Urlaub im warmen Wasser getaucht ist, der unterschätzt die Besonderheiten unserer Alpenseen schnell. Es ist eben ein Unterschied, die Geräte mit Handschuhen oder mit bloßen Händen zu bedienen. Der Walchensee ist ja nicht nur tief, sondern auch extrem kalt. Es kann hier an manchen Tagen durchaus passieren, dass der Druckminderer vereist. Dann kommt aus dem Atemregler gar nichts mehr. Oder viel zu viel. Beides ist gefährlich. Deshalb rate ich generell, nicht tiefer als zwanzig Meter runterzugehen. Oder einen erfahrenen Taucher mitzunehmen, der sich hier auskennt. Da gibt es ja einige hier in der Gegend.«

»Und in den Fällen geht ihr auch raus und helft?«

Er schüttelte den Kopf. »Rettungstaucher bin ich nicht. Da müssen wir andere rufen.«

Alexa musste an den Toten mit der Tauchermaske denken. Ob ein solcher Defekt für seinen Tod verantwortlich gewesen war? Sie warf einen Blick auf ihr Handy. Vielleicht hatte Krammer schon eine Meldung aus der Rechtsmedizin. Aber im Grunde war es dafür zu früh, schließlich war Sonntag. Außerdem wusste sie nicht, ob er ihr überhaupt noch etwas schicken würde, nach allem, was passiert war.

»Kannst du schon sagen, was genau die Taucher unten gefunden haben?«, wollte Huber wissen.

»Zunächst mal eine Lederjacke«, erklärte Martin und zeigte ihnen ein Bild. »Sie hatte sich da unten verhakt und wirkte wie eine Fahne. Aber sie glauben, noch etwas anderes im Schlamm entdeckt zu haben. Ungefähr dreißig Meter tief. Es sieht wie eine Jeans aus.«

»Roza trug eine Jeans«, brachte Alexa mit zitternder Stimme hervor. Doch eine Lederjacke passte nicht zu ihr. Der Angler hatte außerdem von einer Kapuze gesprochen. Sie hoffte immer noch, dass der Fund nichts mit Roza zu tun hatte. Dass Huber recht behielt und sie vielleicht völlig umsonst hier waren. Dennoch konnte sie die Vorstellung, dass Szabo in dem eiskalten Wasser um ihr Leben gekämpft hatte, kaum ertragen. Das wäre ein furchtbarer Tod.

»Lass uns erst einmal abwarten. Die Sachen kann auch einfach jemand hineingeworfen haben«, meinte Buchwald, so als hätte er ihre Gedanken gelesen.

»Im Ernst? Bei der Jeans gebe ich dir recht. Aber eine Lederjacke? Die womöglich teuer gewesen ist?«

»Es gibt hier einen Taucher, der schon seit vielen Jahren den Unrat einsammelt, den er auf dem Boden des Sees findet. Du glaubst gar nicht, was die Menschen hier alles entsorgen. Neulich erst hatten wir einen Haufen Reifen, den jemand wohl in der Nacht einfach ins Wasser geworfen hat. Wenn ich so einen mal erwische, dem ziehe ich die Hammelbeine lang.«

»Und was hat das mit der Lederjacke und der Jeans zu tun?«, hakte Alexa nach, der die Antwort nicht ausreichte.

»Ein Taucher aus München hat in den letzten Jahren dort unten auf ungefähr dreißig Meter Tiefe eine echte Attraktion aus Müll geschaffen. Er legte zum Beispiel einige hundert Flaschen in ein Boot, bis es komplett voll damit war. Dann hat er unzählige Holzstämme zusammengetragen. Das entstandene Gebilde haben die Leute *Mikado* getauft. Einige entsorgte Gartenstühle hat er um einen Sonnenschirm herum drapiert, was man jetzt nur die *Sonnenterrasse* nennt. Und alte Fässer hat er zu einer Pyramide gestapelt. Die wird aber immer wieder von Witzbolden umgeworfen.«

»Du denkst also, die Sachen könnten auch Teil eines solchen Kunstwerkes sein?«, fragte Alexa.

»Möglich. Er hat an einer Stelle auch schon Schuhe fein säuberlich aufgereiht, die er gefunden hat. Ich war mal unten, ein Paar war da nie dabei. Warum sollten also nicht auch Hosen oder Jacken da unten herumliegen.«

»Wie viele Leute tauchen hier denn?«, wollte sie von Buchwald wissen. Die Vorstellung, dass einer der aufgereihten Schuhe womöglich einem Ertrunkenen gehört haben könnte, fand sie nicht sonderlich beruhigend.

»Das kommt darauf an. Um diese Sachen zu sehen, ist der Winter besser. Bis April ist das Wasser besonders klar. Aber da kommen die wenigsten. Im Sommer können schon mal bis zu 150 Taucher im See sein. Immerhin zählt die Galerie zu einem der hundert schönsten Tauchplätze der Welt. Das lockt schon eine ganze Menge Menschen an.«

Alexa sah nachdenklich ins Wasser. Sie hatte nun alles Mögliche gehört, was in dem See verborgen war. Kunst, Tiere und geheimnisvolle Mythen. Es wirkte beinahe, als würde sich am Walchensee unter der Wasseroberfläche mehr tun als an Land. Roza war aber bestimmt nicht deshalb hergekommen.

Und der Hund war Leichenspuren gefolgt. Sie zweifelte keine Sekunde daran, dass es einen Grund gab, warum er am Vortag angeschlagen hatte. Die Jeans hatte vielleicht wirklich jemand im Übermut in den See geworfen. Oder sie war weggeweht oder einfach vergessen worden.

Aber das, was das Tier gerochen hatte, war etwas anderes. Etwas Totes lag da unten. Dessen war sie sicher. Auch wenn sie nur zu gerne das Gegenteil geglaubt hätte.

28.

Krammer hatte eine Kollegin von der Spurensicherung ins LKA gebeten, um sich umgehend dem Paket
und seinem Inhalt zu widmen. Sie war alles andere als begeis-
tert über diesen Einsatz am Sonntagmorgen gewesen.

Da sich mit der Aufschrift auf den Kranzbändern die Hinweise auf Ungarn immer mehr verdichteten, machte er sich
im Internet auf die Suche. Er hatte in der letzten Nacht endlich wieder Schlaf gefunden und konnte sich besser konzentrieren. Dennoch blieben alle seine Bemühungen ohne Erfolg.
Es existierte eine Autorin mit dem Vornamen Krisztina, die
aber noch bei bester Gesundheit war. Und es hatte vor mehr
als zehn Jahren eine Ungarin mit diesem Vornamen gegeben,
die als Venusfalle bezeichnet wurde, da sie in Wien Männer
mit intimen Versprechen geködert, mit K.-o.-Tropfen betäubt und ausgeraubt hatte. Krammer erinnerte sich an den
Fall, konnte sich aber nicht vorstellen, dass diese Frau etwas
mit Roza zu tun hatte.

Er schob die Tastatur von sich. Ohne den Nachnamen der
Toten konnte er nichts ausrichten. Elly sollte sich Montag die
sozialen Netzwerke ansehen.

Dennoch wurde es zunehmend wahrscheinlicher, dass die
ganze Geschichte ihn weiter zurück in Rozas Vergangenheit
führte: als sie noch in der Grenzregion tätig war.

Er suchte sich den Zeitraum heraus und versuchte, Akten

einzusehen, aber da sie vor allem undercover eingesetzt worden war, blieb ihm der Zugriff verwehrt.

Telefonisch konnte er am Sonntag auch nichts erreichen. Vermutlich war es am besten, wenn er sich gleich selbst auf den Weg ins Burgenland machen würde.

Das Problem war nur, dass er erst am späten Montagvormittag losfahren konnte, denn er musste zuvor noch gegen einen Kollegen aus Hall in Tirol aussagen, der wegen seines letzten Falls unter Anklage stand. Er war es der psychisch angeschlagenen Frau schuldig, deren Situation der Beamte schamlos ausgenutzt hatte, dies so schnell wie möglich zu tun. Absagen war deshalb keine Option.

Er ließ sich gegen die Lehne fallen.

Vielleicht stellte es sich auch genauso als Sackgasse heraus wie der Walchensee. Er hatte nichts mehr von Alexa gehört und ging deshalb davon aus, dass sie ebenfalls keinen Schritt weitergekommen war. Für einen Moment spielte er mit dem Gedanken, sie anzurufen und sich bei ihr zu entschuldigen. Sein Verhalten war falsch gewesen. Er hatte überspannt reagiert und hätte seine Zweifel auch in anderer Weise äußern können. Konstruktiv.

Den ersten Schritt zu machen, fiel ihm ungemein schwer. Die Art, wie seine Tochter ihn ohne mit der Wimper zu zucken des Platzes verwiesen hatte, nagte noch an ihm.

Er pochte mit dem Finger auf den Schreibtisch und fragte sich, was er als Nächstes tun könnte.

Erneut die Akten durchzusehen, um nach einer Toten namens Krisztina zu suchen, ergab wenig Sinn, aber es war besser als nichts.

Doch auch seinen knurrenden Magen konnte er nicht länger ignorieren. Das CC war am Sonntag geschlossen, deshalb musste er wohl oder übel ein anderes Lokal aufsuchen. Er würde sich die Füße vertreten und schauen, wo er etwas Essbares finden könnte.

Als er das LKA verließ, riss die Wolkendecke auf, und ein Streifen blauer Himmel kam zum Vorschein. Gerade noch rechtzeitig, damit er die Sonnenbrille aus dem Wagen holen konnte.

Er ging zu seinem Parkplatz und überlegte, welchen Weg er einschlagen könnte, als ihm etwas auffiel. Er blieb stehen und kniff die Augen zusammen. Es sah aus, als würde unterhalb seines Wagens etwas hängen.

Irritiert ging er näher darauf zu und bückte sich. Er hatte sich nicht getäuscht. Ein kleiner schwarzer Kasten war kurz vor dem Radkasten des Hinterreifens zu sehen. An der Beifahrerseite.

Der Wagen war noch brandneu. Er hatte ihn erst seit zwei Wochen. Aber er war ganz sicher, dass sich dieser Kasten zuvor nicht dort befunden hatte.

Sofort fiel ihm ein, dass er am Vortag noch gemeint hatte, jemand habe sich hinter seinen Wagen geduckt.

»Herrschaftszeiten«, entfuhr es ihm.

Ihn hatte schon zuvor eine Ahnung beschlichen, dass es vermutlich gut war, dass Alexa nicht direkt mit ihm an dem Fall arbeitete und weit weg von Innsbruck war. Mit einigem Glück war auch vor ein paar Tagen niemand Hubers Wagen gefolgt. Die Festnahme in den Bergen war groß durch die Presse gegangen, es war also nicht verwunderlich, dass deutsche Beamte im Zuge dessen noch einmal ins LKA kamen. Zumindest war das Krammers stille Hoffnung, der den Gedanken nicht ertrug, womöglich Alexa ins Visier eines Täters und damit in Gefahr zu bringen. Die Sache mit Roza reichte ihm gerade völlig.

Krammer betrachtete erneut den schwarzen Kasten. In Verbindung mit der Briefbombe an Szabo und ihrem mysteriösen Autounfall in der vergangenen Woche war sonnenklar, was er bedeuten konnte: Im besten Fall war darin ein Peilsender. Im schlechtesten wollte jemand ihn und seinen Wagen in die Luft jagen.

Beides hieß aber, dass ihm dieselbe Person, die die Anschläge auf Szabo verübt hatte, auf den Fersen war. Und dass er nun selbst in ihr Visier geraten war.

Dieses Mal zögerte er nicht lange und rief die Zentrale an, um zu berichten, was er gefunden hatte – immerhin nicht nur unter seinem Auto, sondern sogar hier, auf dem Gelände des Tiroler Landeskriminalamtes. Falls es sich doch um einen Anschlag auf die Polizeibehörde handelte.

Vielleicht war es übertrieben, aber er musste auf Nummer sicher gehen. Vermutlich würde der Entminungsdienst des Bundesheeres anrücken. Oder zumindest jemand, der mit seinen Gerätschaften erkennen konnte, was es mit diesem Kasten auf sich hatte.

Nachdem er alles veranlasst hatte, blieb er vor dem vierstöckigen grünen Gebäude stehen und schaute sich noch einmal genauer um. Durch die Bauarbeiten für das neue Polizeizentrum waren hier täglich viele Menschen unterwegs. Nicht aber am Wochenende. Eine Windböe rüttelte an einer Absperrung, die einen Teil der Front abdeckte. Natürlich hätte sich dort jemand verbergen können. Zwischen den Handwerkern fiel ein Fremder ohnehin kaum auf.

Er hoffte nur, dass die Untersuchung schnell gehen würde, denn er benötigte den Wagen spätestens morgen wieder. Von seiner geplanten Tour würde er sich durch diesen Zwischenfall definitiv nicht abbringen lassen.

Während die Kollegen sein Auto checkten, würde er die Kameraaufnahmen der letzten Stunden vom Eingangsbereich prüfen. Obwohl er schwören könnte, dass ihm dieser schwarze Kasten am Vorabend unter den Wagen montiert worden war. Vor Szabos Wohnhaus. Vermutlich von derselben Person, die das Siegel an ihrer Tür aufgebrochen hatte. Er war also tatsächlich nicht der Einzige gewesen, der die Umgebung beobachtet hatte.

Automatisch ging er im Kopf jedes einzelne Gesicht durch, das er vor Rozas Wohnhaus gesehen hatte. Doch er erinnerte sich an nichts Verdächtiges.

Was ihm jedoch keine Ruhe ließ, war der Gedanke an Alexa. Was, wenn er ihm schon an den Walchensee gefolgt war? Er musste sie kontaktieren. Sie vorwarnen.

Aber zuerst brauchte er einen Schnaps. Irgendwo in seinem Schrank war noch eine Flasche mit Hochprozentigem.

Auf diesen Schreck musste das sein.

Danach würde er die Videoaufnahmen sichten und umgehend seine Tochter über den Vorfall informieren, nahm er sich vor – sobald er genau wusste, was es mit dem Kasten auf sich hatte.

Er lief die sieben Stufen zum Eingang im Eiltempo hinauf und verschwand hinter den Glastüren der Polizeidirektion.

29.

Alexa und Huber standen auf dem Ponton und warteten gespannt auf den nächsten Taucher. Sie waren mit Martin Buchwalds Boot hinübergefahren, um genau mitzubekommen, was passierte.

Huber war so nervös wie sie selbst, hatte Fotos der Jeans gemacht, die allerdings von der Größe her nicht zu einer schmalen, kleinen Person wie Roza passte.

Dennoch konnte diese Tatsache Alexa nicht beruhigen. Im Gegenteil. Vielleicht schwemmte eine Unterströmung im Wasser an einem bestimmten Platz verschiedene Dinge zusammen. Denn nach allem, was Martin Buchwald und der Angler ihr erzählt hatten, schien es ja nicht ungewöhnlich zu sein, seltsame Sachen im See zu finden.

Die Kollegen auf dem Ponton hielten die Uhr im Blick, checkten genau, wie lange die beiden Taucher unter Wasser waren, und auch jede Bewegung des Seils, das sie mit sich geführt hatten. In der Tiefe, in der die Männer tauchten, bestand die akute Gefahr eines Tiefenrausches, der als Folge einer Stickstoffvergiftung auftreten konnte. Außerdem durfte die Nullzeit nicht überschritten werden, also die Zeit, nach der ohne Dekompressionsstopp eine Rückkehr an die Oberfläche nicht mehr möglich war. Sie riskierten bei dem Einsatz ihr Leben.

Alexas Geduld wurde auf eine schwere Probe gestellt, und

sie merkte, dass sie immer wieder nervös an ihrer Unterlippe kaute. Sie starrte auf die Wasseroberfläche, konnte aber nichts erkennen. Sie hielt sich bewusst im Hintergrund, um niemanden in seiner Konzentration zu stören, und war nur froh, dass sich so schnell jemand gefunden hatte, der diese schwierige Aufgabe übernehmen konnte.

Endlich tat sich etwas unter der Oberfläche des Sees.

Die Männer gingen an den Rand und starrten auf das Wasser, um das, was der erste Auftauchende gefunden hatte, sofort entgegenzunehmen.

Es handelte sich um einen Schuh. Alexa kannte die Marke, hatte sie selbst schon getragen: ein Nike Blazer. Weiß mit schwarzem Logo.

Sie atmete auf. Nachdem schon die Hose nicht zu passen schien, war sie beinahe sicher, dass Roza Szabo niemals solche Sneakers tragen würde. Erst recht nicht in dieser Größe, die eher ein Mann trug. Denn auch wenn Roza Szabo sich andere Kleidung hätte leihen oder kaufen können, um sich zu tarnen, hätte sie sie bestimmt in ihrer Passform bevorzugt.

»Ist in den vergangenen Monaten ein junger Mann hier in der Gegend vermisst worden?«, fragte sie Huber.

Der überlegte kurz. »In diesem Jahr? Nein. Nicht, dass ich wüsste.«

Alexa entsann sich, dass bei ihrem letzten Vermisstenfall bei einem Schneeeinbruch die aktuelle Liste der Abgängigen vor ihr gelegen hatte. Auch sie erinnerte sich an niemanden, zu dem diese Sachen passen könnten. Die meisten Vermissten waren älter gewesen. Und sie trugen zumeist Funktionskleidung und Wanderschuhe.

Huber deutete auf die Wasseroberfläche, wo sich erneut

etwas regte. »Lass uns erst noch sehen, was uns der andere Taucher bringt.«

Sie trat zu Buchwald hinüber und stellte ihm noch eine Frage, die sie interessierte. »Du hattest erzählt, dass es bei den Tauchern oft Unfälle gibt. Wie sieht es denn bei den Badenden aus?«

Buchwald musterte sie interessiert. »Du nimmst es sehr genau in deinem Beruf, richtig?«

»Ist das ein Fehler?«

»Überhaupt nicht. Im Gegenteil.« Er lächelte. »Es ist tatsächlich so, dass Bayern im bundesdeutschen Durchschnitt die meisten Badetoten zu beklagen hat. Im Jahr 2022 zum Beispiel sind 69 Menschen in hiesigen Gewässern gestorben.«

»Im Ernst? So viele?«

»Leider. Immerhin haben wir aber auch bundesweit die meisten Seen, Flüsse und Weiher. Die Mehrzahl der Opfer sind dabei männlich. Nur vierzehn Ertrunkene waren Frauen.«

»Woran liegt das? Ich hätte eher gedacht, dass die männliche Physis kräftiger und ausdauernder ist und sie es eher zurück an Land schaffen.«

»Oft sind es Senioren, die ertrinken, das relativiert deine Annahme. Und tragischerweise werden es immer mehr Kinder. Der Anteil der Nichtschwimmer in der Bevölkerung geht weiter nach oben. Bei den Grundschulkindern sind es schon fast zwanzig Prozent, Tendenz steigend. Und dennoch nehmen die Eltern ihre Kinder mit ins Wasser. Niemand würde einen jungen Erwachsenen ohne Führerschein hinters Steuer lassen. Aber viele begreifen einfach nicht, welche

Gefahr Wasser birgt, und haben keine Vorstellung davon, wie schnell und grausam das Ertrinken abläuft. Wenige Sekunden können entscheidend sein. Die Bergung dieser Opfer vergessen im Übrigen auch die Helfer nicht so schnell ... Dir muss ich das nicht erklären, aber die Bilder wird man lange nicht los.«

Alexa war froh, dass die gefundene Kleidung nicht auf ein Kind hindeutete.

Gerade gab es wieder Bewegung an der Oberfläche, und der zweite Taucher kam zum Vorschein.

Er hatte den anderen Schuh in der Hand. Dieses Mal war es also ein Paar, anders als bei dem Kunstwerk, von dem Buchwald erzählt hatte.

Allerdings gab es noch etwas, das der Taucher gefunden hatte: zweifelsohne ein menschlicher Knochen. Alexa tippte, dass es sich um den Unterschenkel handelte.

Plötzlich kam Leben in Huber. »Jetzt erinnere ich mich doch an etwas. Letzten Herbst wurde ein junger Bursche nach einem Volksfest vermisst. Zuletzt hatte man ihn ziemlich angetrunken gesehen, danach fehlte jede Spur von ihm. Er war Ausländer, deshalb habe ich nie mitbekommen, ob er nicht doch irgendwann in seine Heimat zurückgekehrt ist, ohne es uns zu melden. Zum Oktoberfest reisen ja immer Hunderttausende aus aller Welt hier an, und wegen der Hotelpreise übernachten einige weit draußen oder campen. Und gehen dann auch zu kleineren Festen in der Umgebung. Ich bin mir nicht ganz sicher, aber die Schuhe ... Die könnten zu der Beschreibung von damals passen.«

»Du meinst, jemand hat ihn mit dem Boot mitgenommen, und er ging über Bord?«

»Das würde mich wundern. Die Sache war hier damals tagelang in der Presse. Die Wirtin der Pension hatte ihn als vermisst gemeldet. War eine große Suche, erst nur im direkten Umfeld des Volksfestes, dann zusätzlich in allen umliegenden Ortschaften, deshalb waren wir überhaupt involviert. Ich kann mir kaum vorstellen, dass das jemand nicht mitbekommen hat.«

Der Meinung konnte sich Alexa allerdings nicht anschließen. Ihrer Erfahrung nach gab es gerade bei den jungen Leuten extrem viele, die keine Fernsehnachrichten schauten oder Zeitung lasen, sondern allenfalls die Meldungen, die der Newsticker über das Handy einspielte oder was über Instagram verbreitet wurde. Und dass dabei auch über lokale Neuigkeiten berichtet wurde, hielt sie für fraglich.

»Mach doch mal einen Abgleich mit den Daten, die Schuhgröße müsste ja leicht herauszufinden sein. Und über die DNA-Probe wissen wir dann schnell Bescheid.«

Sie beobachtete, wie der letzte Fund vorsichtig in Plastikfolie gepackt wurde.

»Wieso ist die Leiche eigentlich nicht wieder aufgetaucht?«, fragte Alexa den Mann von der Wasserwacht.

»Wenn die Gase aus dem Körper nach dem Tod entwichen sind, sinkt eine Leiche nach unten ab. Das dauert nicht viel länger als dreißig Minuten, dann ist sie an der Oberfläche nicht mehr zu sehen. Dann hängt es davon ab, wie tief sie sinkt. Bis fünfzehn oder zwanzig Meter gibt es unter bestimmten Bedingungen die Möglichkeit, dass sie später durch die Fäulnisgase wieder an die Oberfläche getrieben wird. Ob und wann das passiert, hängt aber von vielen Faktoren ab: dem Körpergewicht, dem Wasserdruck und natürlich von der Temperatur. Die Kleidung kann sich auch irgendwo verhaken. Aber tiefer unten kann der Wasserdruck das Auftauchen verhindern, dann gibt der See die Leiche nicht wieder her.«

Also wäre Roza, wenn sie denn in dem Boot gesessen hätte, längst irgendwo in den Tiefen verschwunden. Und bei mehreren hundert Metern vielleicht nie wieder auffindbar. Denn auch diese Leiche hatte man fast neun Monate nicht entdeckt. Nachdenklich blickte Alexa wieder auf den See hinaus, der im gleißenden Licht der Sonne vor ihr lag und den sie nun mit völlig anderen Augen sah. Er schien nichts als Ruhe auszustrahlen. Aber diese Idylle war genauso trügerisch wie die Bergwelt.

Huber trat zu ihnen und erklärte, dass sich sein Verdacht erhärtet hatte. Der ertrunkene Engländer hatte tatsächlich eine Jeans der Marke Levi's und ein Paar der besagten Sneakers getragen. Die Größen stimmten ebenfalls überein.

»Wenigstens wissen wir jetzt, wieso der Hund gerade hier angeschlagen hat«, erklärte Martin Buchwald.

»Wie geht es jetzt weiter?«, fragte Alexa ihn. »Geben wir einfach auf? Das gestohlene Boot hat sich ja nicht von alleine gelöst, und wir wissen immer noch nicht, wo derjenige ist, der darin saß. Vielleicht finden wir ja die Ruder irgendwo. Dann könnten wir Fingerabdrücke nehmen.«

»Ich verstehe deinen Unmut«, sagte Buchwald. »Aber das macht aus meiner Sicht nicht viel Sinn. Wir haben die Leiche gefunden, die die Suche ausgelöst hat. Die Männer sind außerdem so tief getaucht, wie es ohne Probleme mit ihren Geräten möglich ist. Sie gehen jetzt noch ein letztes Mal runter, um zu schauen, ob sie weitere Reste des Leichnams finden und bergen können. Dann müssen wir für heute aufhören.«

»Und wenn unsere Vermisste noch tiefer abgesunken ist als dieser Mann? Weil sie noch schwerer war?«, hielt Alexa dagegen. »Du sagtest, ihr seid nur bis vierzig Meter runter.«

»Morgen werden die Jungs weitere Ausrüstung mitbringen, wie Sonargeräte und Unterwasser-Drohnen und Kameras, die mit Scheinwerfern zusammen runtergelassen werden. Das hat die Crew im Sommer 2021 zuvor schon einmal im Starnberger See gemacht. Dort gab es ebenfalls in großer Tiefe eine Leiche, die nicht gefahrlos geborgen werden konnte. Mit den Aufnahmen wurde der Tote jedoch eindeutig identifiziert, damit die Verwandten Klarheit über das Schicksal des Vermissten hatten. Bei der Lebensversicherung gilt das dann als zuverlässiger Beweis für die Auszahlung. Was zwar kein Trost für den Verlust ist, aber immerhin wirtschaftliche Probleme abfedern konnte. Dennoch muss ich zugeben: Wenn diese Frau Szabo hier mit dem Boot gekentert ist, dann haben wir kaum eine Chance, sie zu finden. Versteh mich nicht falsch, ich habe dir die Problematik ja bereits geschildert: Es ist einfach ein riesiges Areal. Ich gehe auch nicht davon aus, dass sie dann noch am Leben ist. Diese Kälte hätte sie niemals überstanden.«

Obwohl sie mit dem Vorgehen nicht glücklich war, bedankte Alexa sich und entschied, mit Huber zusammen die gefundenen Überreste an Land zu begleiten und dann in die Inspektion zu fahren, um die Daten des Vermissten noch einmal genau zu überprüfen, bevor sie das britische Konsulat informierten.

Noch einmal betrachtete sie den See, der ruhig und dunkel

vor ihr lag. Sie konnte den Gedanken nicht abschütteln, was alles in den Tiefen dieser Gewässer verborgen war. War der See wirklich zu Rozas Grab geworden? Sie hatten zwar keine Spur von ihr, aber dass noch ein anderer als sie an diesem stürmischen Abend Interesse an einem Boot gehabt haben sollte, sowie die Motivation, eines zu stehlen, schien Alexa zu weit hergeholt.

Ihr graute schon vor dem Gespräch mit Krammer. Denn wie sollte sie ihm das nur beibringen?

30.

Krammer hatte sämtliche Aufzeichnungen der Eingangskamera gecheckt. Ohne Erfolg. Wie er vermutet hatte, war keine Person auch nur in die Nähe seines Wagens gekommen, solange er vor dem LKA geparkt hatte. Nur ein grauer Kater war herumgestrichen, hatte an den Reifen gerochen und dann eine Duftmarke an die Felge gesetzt.

Also war das Ganze entweder vor seinem eigenen Wohnhaus passiert oder vor dem von Szabo. Was wiederum hieß, dass dieses Ding nicht zufällig an der Unterseite seines Autos hing. Wohl oder übel musste er nun abwarten, was die Untersuchung des kleinen schwarzen Kastens ergab.

Er stand am Fenster und schaute nach draußen. Das Wetter hatte sich wieder verschlechtert. Es war der wechselhafteste Mai, den er je erlebt hatte. Dabei stand bald sein Geburtstag bevor, an dem eigentlich immer schönes Wetter war. Doch ihm war ohnehin nicht nach Feiern. Der Gedanke, wieder älter geworden zu sein, deprimierte ihn eher, und er zog es schon seit Jahren vor, den Tag zu ignorieren.

Plötzlich hörte er das Signal einer eingegangenen Mail. Er hastete zu seinem Handy, gespannt, wer sich bei ihm meldete. Vielleicht hatte er Glück, und jemand in der Forensik hatte noch etwas Brauchbares bei der Analyse der Faser- oder Hautspuren in Rozas Wohnung herausgefunden. Oder einer der Kollegen auf der Straße hatte sie irgendwo gesichtet.

Aber die Nachricht enthielt etwas völlig anderes, und er musste sich hinsetzen, als er sah, worum es sich handelte. Die Mail stammte von Susanna, Alexas Mutter. Er hatte ihr vor einigen Tagen geschrieben und sie darum gebeten, sie möge ihm Bilder von Alexa als Baby und Heranwachsende schicken.

Sein letzter Fall, in dem es um ein verstorbenes Kind ging, hatte ihn sehr angerührt. Nicht nur, weil es sich um eine wirklich tragische Familiengeschichte handelte, sondern vor allem, weil es in dem gesamten Haus kein einziges Abbild des Jungen gegeben hatte.

Krammer scrollte durch die Fotos, sah Alexa mit einem bunten Sonnenhut als Kleinkind am Strand, mit einer riesigen Schultüte im Arm an ihrem ersten Schultag, an dem ein dickes Pflaster ihr Knie zierte, und dann als Teenager mit schulterlangem Haar und gerunzelter Stirn auf ihrem Bett liegend, völlig versunken in einem Buch.

Mehr als dreißig Aufnahmen hatte Susanna ihm zusammengestellt. Auch eines, auf dem beide zusammen zu sehen waren: beim bestandenen Abitur. Alexa hielt strahlend das Zeugnis in der Hand, Susanna den stolzen Blick auf ihre Tochter gerichtet.

Das allerletzte Bild zeigte sie als Polizistin in ihrer ersten Uniform. Sie sah schon aus wie heute, nur um einiges jünger.

Ihr Anblick entlockte ihm ein Lächeln. Das alles jetzt zu sehen, machte ihn auch nachträglich unfassbar stolz. Alexa war etwas ganz Besonderes. Und gleichzeitig bedauerte er zutiefst, es nur konserviert zu erleben. Gebannt auf Papier, digital übermittelt. Zu gerne hätte er gewusst, wie damals ihre Stimme geklungen hatte oder ihr Lachen.

Krammer leckte sich die trockenen Lippen und legte das Handy weg. Dann trat er ans Fenster und starrte hinaus.

Er war nichts anderes als ein Betrachter. Ein Fremder. Ein Außenstehender. Er gehörte nicht zu Alexas innerem Kreis.

Sofort bedauerte er seine anmaßende Art vom Vortag noch mehr. Er hatte schon so furchtbar viel von Alexas Leben verpasst. Zeit, die er nie würde nachholen können.

Durch solche Aktionen war er auf dem besten Wege, ihre jetzige Beziehung zu ruinieren. Weil er wieder einmal seine Arbeit vor alles andere stellte – so wie er es auch zuvor schon getan hatte. Seine Frau hatte irgendwann die Geduld verloren und ihn einfach sattgehabt. Genauso wie das Warten auf Zeiten, in denen alles anders wurde.

So durfte es ihm mit Alexa nicht ergehen. Und es half rein gar nichts, ihr das Leben zu retten. Auch dabei war er wieder nur in seinem Raster geblieben. Bei dem, was er immer schon gemacht hatte, dem, was er konnte. Sich für jemanden oder für eine Sache einzusetzen, auch wenn er dabei sein eigenes Leben riskierte.

Gestern hatte er nichts Besseres zu tun gehabt, als sein schlechtes Gewissen gegenüber Roza auf Alexa und Huber zu übertragen. Hatte sie zum Sündenbock seiner eigenen Unzulänglichkeiten gemacht. Schon wie er in dem Café genervt und wie eine mahnende Statue vor ihrem Tisch gestanden hatte, war unmöglich gewesen.

Er hatte Alexa nie gesagt, wie froh er war, dass sie existierte. Wie sehr er hoffte, dass sie ihm eine Chance gab, Teil ihres Lebens zu werden. Sie kennenzulernen.

Seine Tochter war eine selbstbewusste, eigenständige Frau. In den wenigen Wochen in Oberbayern hatte sie bereits erste

Freundschaften geschlossen. Und die Beziehung zu ihrem früheren Kollegen Jan war weit mehr als nur eine Partnerschaft gewesen, das hatte er in ihrer Art und in ihren besorgten Blicken gelesen. Sie würde schnell Fuß fassen und Karriere machen. Vielleicht irgendwann auch eine eigene Familie gründen.

Sie brauchte ihn nicht. Aber er konnte sich einen Platz in ihrem Leben erkämpfen. Nur nicht, indem er sie immer und immer wieder vor den Kopf stieß.

Plötzlich klopfte es an der Tür, und ein Kollege aus der forensischen Chemie schaute herein. »Wir haben das Ding gerade mit dem Röntgengerät gecheckt. Und wir können Entwarnung geben.«

»So schnell?«, fragte Krammer erstaunt.

»Schau selbst. Es war mir wichtig, es dir zu zeigen.«

Der Mann legte ihm das Kästchen hin, das unter seinem Auto befestigt gewesen war und jetzt in einer Beweismitteltüte steckte.

»Sieht nicht gefährlich aus«, bemerkte Krammer, als er es näher in Augenschein nahm.

»Ist es auch nicht. Eine simple rechteckige Box aus einem 3D-Drucker. Das kann jeder anfertigen, der die entsprechenden Geräte besitzt.«

»Das heißt?«, fragte Krammer ungeduldig nach, erinnerte sich aber sofort an seinen Vorsatz, sich kollegialer zu verhalten. »Wenn es nur eine Attrappe ist, dann tut es mir leid, dass ich euch den Sonntag vermiest habe. Aber das konnte ich natürlich nicht wissen …«

»Schon gut«, beschwichtigte ihn der Kollege. »Wir haben in der vergangenen Woche ja auch die Sache mit der Briefbombe mitbekommen.«

Der Mann zeigte ihm einen zweiten Beutel, in dem ein winziger Zettel steckte.

Krammer zog ihn zu sich und las die Nachricht, die darauf stand. Es war nur ein Wort in Großbuchstaben: *BOOM!*

Er hielt einen Moment inne, dann lachte er. Er wusste nicht, womit er nach der besorgten Miene des Kollegen gerechnet hatte. Aber dieser Zettel löste in ihm keine beunruhigenden Gedanken aus.

»Du findest das lustig?«, fragte der Kollege entgeistert.

Er bemühte sich um Ruhe und erklärte: »Wie Roza sagte: vermutlich ein Scherzbold, der sich einen Witz daraus macht, die Leute zu beschäftigen. Oder ein Wutbürger.«

Der Kollege nahm die beiden Tüten wieder an sich. »Ich sehe das nicht so: Jemand hat dir dieses Ding unter das Auto montiert, um dir zu zeigen, dass er auch ganz anders gekonnt hätte. Das ist für mich eindeutig eine Demonstration dessen, wie es hätte laufen können. Denn wäre das Ding echt gewesen …«

Krammer verstummte für einen Moment. Sein Kollege hatte recht. Natürlich war auch das durchaus denkbar. Jemand hatte ihm am helllichten Tag gezeigt, dass er ihn jederzeit vernichten konnte.

Wenn er es wollte.

Und womöglich sollte Krammer genau das wissen: dass sein Tun nicht unbeobachtet blieb. Dass er auf der Abschussliste stand. Nur von wem?

»Ich entschuldige mich. Du hast natürlich recht mit deinen Bedenken. Ich werde auf der Hut sein.«

Der andere nickte. »Die Kollegen wollen zur Sicherheit noch den Rest des Fahrzeugs checken. Morgen früh dürften wir damit fertig werden. Wir wollen nur absolut sicher sein, dass nichts anderes manipuliert wurde.«

Krammer bedankte sich, und der Kollege verließ das Büro.

Für einen Moment überlegte er, ob er einen anderen Wagen anfordern sollte. Der Gedanke an Szabo ließ ihn einfach nicht los. Und er verlor wertvolle Zeit.

Aber dann zögerte er. Vermutlich war es klüger, seinen Wagen zu nehmen. Und damit seinen Verfolger zu ködern – jetzt, wo er wusste, dass es diesen gab.

Er würde die unverhoffte Pause allerdings anders nutzen. Erneut sah er sich die Bilder an, die ihm Susanna geschickt hatte, und sicherte sie dann in der Foto-App auf seinem Handy.

Krammer war klar, dass er Alexa um Verzeihung bitten musste. Nur ein verdammt schlechter Ermittler ließ sich derart von seinen Gefühlen mitreißen. Rozas Verschwinden hatte ihn zunächst geschockt, dann gelähmt und schließlich komplett aus der Bahn geworfen. Doch das durfte nicht passieren. Und schon gar nicht jetzt. Er musste seine Gefühle in den Griff bekommen, sich wieder auf sein Handwerk konzentrieren. Er ging sogar noch weiter: Wenn es ihm nicht mehr gelang, rational zu handeln, ihm Wut oder Trauer völlig den Verstand vernebelten, dann war es an der Zeit, seinen Posten zu räumen.

Aber erst, wenn Roza wieder da war.

Er starrte auf sein Handy. Sein Finger schwebte über ihrem Namen. Nur wusste er beim besten Willen nicht, wie er Alexa all das sagen sollte.

In seinem Beruf war er stets kühl und sachlich an die Dinge herangegangen. Und in den letzten Jahren hatte sein Alltag bei der Polizei jeden Raum in seinem Leben eingenommen. Er wusste einfach nicht, wie er seine Gefühle ausdrücken sollte. Als hätte er keine Worte mehr für alles Zwischenmenschliche. Das schien generell sein größtes Manko zu sein. Und vielleicht der Kern des Problems, warum die Beziehung zu seiner Tochter so furchtbar kompliziert war.

Denn sie war Ermittlerin, genau wie er selbst.

Aber sich nach Roza auch noch mit Alexa zu überwerfen, wäre der allerdümmste Fehler, den er machen konnte.

Es war wichtig, sie zu warnen. Sie musste unbedingt auf ungewöhnliche Dinge in ihrer Umgebung achten. Einen Mann, der sie zu lange anstarrte. Schatten, die plötzlich hinter einer Ecke verschwanden. Sachen, die vielleicht an anderer Stelle lagen als zuvor. Ein Knacken in der Leitung.

Oder würde Alexa bei einem solchen Hinweis denken, dass er an ihr zweifelte? Vielleicht. Obwohl das absolut nicht der Fall war. Im Gegenteil. Er hatte bloß Angst um sie, gestand er sich ein.

Wie um Roza. Doch dieses Mal durfte er sich nicht erneut aus den falschen Gründen zurückhalten. Aber zuvor musste er sich bei Alexa für sein Verhalten am Morgen entschuldigen.

Krammer starrte weiter auf das Handy. Seine Hand hatte schon begonnen zu schwitzen. Dann hatte er plötzlich eine Idee.

Eilig trat er zu seiner Anlage, suchte die CD heraus, die ihm sofort in den Sinn kam, und nahm die ersten beiden Sätze der *Pathétique* von Beethoven auf.

Was Worte nicht vermochten, konnte er vielleicht mit Musik sagen.

Ohne weiter darüber nachzudenken, schickte er Alexa die Datei und hoffte, sie würde diese Art, sie um Entschuldigung zu bitten, verstehen.

31.

Alexa saß in ihrer Küche und googelte sämtliche Einträge zum Walchensee. Sie hoffte immer noch, dass ihr etwas auffallen würde. Etwas, das sie weiterbrachte bei der Suche. Ihr eigener Hinweis auf die Zeitungsmeldungen hatte sie darauf gebracht: Vielleicht war in den letzten Jahren irgendetwas geschehen, das erklären würde, warum Szabo ausgerechnet hierhergekommen war.

Huber hatte relativ nüchtern auf ihre Bedenken reagiert. Er schien wie Buchwald der Auffassung zu sein, dass Roza vorgestern Schiffbruch erlitten hatte, es aber Tage und Wochen dauern würde, ihre Leiche zu finden. Wenn sie überhaupt je wieder auftauchte …

Die Vorstellung, dass der leblose Körper von Krammers Kollegin irgendwo in die Tiefen abgesunken war, machte Alexa weiterhin unfassbar traurig.

Leider entsprach alles, was ihr der Mann von der Wasserwacht gesagt hatte, den Tatsachen. Sie hatte in einer der örtlichen Tageszeitungen einen Artikel gefunden, in dem es hieß, dass im Starnberger See fast dreißig unentdeckte Leichen lagen.

Abgesehen von der Tatsache, dass sie vermutlich nie mehr freiwillig einen Fuß in einen See setzen würde, beschäftigte sie aber noch etwas anderes: was ihr Anteil daran war, dass all das geschehen war. Denn hätte Krammer sich am Freitag nicht gemeinsam mit Huber auf die Suche nach ihr machen müssen, um ihr auf der Alm zu Hilfe zu kommen, wäre er im Büro geblieben. Vielleicht hätte Roza dann doch das Gespräch gesucht oder ihm wäre früher etwas aufgefallen. Denn jede verlorene Stunde machte die Suche schwieriger.

Alexa seufzte. Sie hatte ihrem Vater bislang nicht viel Glück gebracht. Ganz im Gegenteil.

Resolut klappte sie den Laptop zu und trommelte ungeduldig mit den Fingern auf der Tischplatte.

Nach wie vor gab es ihr Rätsel auf, warum Roza Szabo so plötzlich verschwunden war. Und was sie am Walchensee gewollt haben könnte. Die Ansiedlungen an seinem Ufer waren klein. Kaum vorstellbar, dass sie einer großen Sache auf der Spur gewesen war. In dieser Gegend kannte jeder jeden, und ein Fremder fiel sofort auf. Zwar kamen an manchen Tagen Touristen im vierstelligen Zahlenbereich an den See. Aber das Wetter war derzeit nicht gut, so dass man noch nicht davon ausgehen konnte, in den Massen ungesehen unterzutauchen. Außerdem waren die Fluchtwege extrem schlecht. Die Mautstraße in die Jachenau war schmal und häufig gesperrt. Auf der B 11 waren wegen eines Steinschlags längerfristige Bauarbeiten im Gange. Niemand würde sich dort aufhalten, der eventuell Hals über Kopf die Flucht ergreifen musste.

Was war es dann?

Roza war Ermittlerin. Ihr dürfte völlig klar gewesen sein, dass Krammer den Aufkleber in der Maske bemerken und dieser Spur folgen würde. Entweder wollte sie genau das – dann musste es hier etwas geben, das sie nur noch nicht entdeckt hatten. Eine Verbindung zu einem alten Fall. Einen gesuchten Verbrecher, der sich am Walchensee verschanzt hatte. Oder aber, sie wollte Krammer bewusst weglotsen. Vom LKA oder vielleicht sogar aus Innsbruck.

Nur wieso, das wollte Alexa einfach nicht einleuchten.

Oder hatten sie sich bloß verrannt? War sie vielleicht hierher abgehauen, nachdem sie den Mann in ihrer Wohnung getötet hatte? Hielt sie sich in den angrenzenden Wäldern versteckt? Dann wäre es ein Leichtes gewesen, in dieser verrückten Nacht ihre Spur zu verwischen – mit dem Boot irgendwo an Land zu gehen, die Ruder zu lösen, um es anschließend wieder zurück in den See zu stoßen und wegtreiben zu lassen. Denn dass Roza so leichtsinnig wäre, bei Sturm auf den See zu rudern, schien ihr immer unwahrscheinlicher. Ein Suizid ebenso. Ihr auffälliges Gehabe an dem Steg hatte sie zuvor schon einmal an eine falsche Fährte denken lassen, doch als der Wassersuchhund anschlug, hatte sie den Gedanken verworfen.

Diese Theorie würde auch erklären, warum sie nichts in den Tiefen des Sees gefunden hatten. Nicht jedoch, wieso das alles geschah. Oder warum sie sie hierhergeführt hatte.

Alexa legte die Füße auf den Stuhl gegenüber. Trotz der dicken Wollsocken und der Decke um ihre Schultern war ihr immer noch eiskalt. Obwohl es schon Anfang Mai war, sanken die Temperaturen in der Nacht weiterhin unter fünf Grad.

Eigentlich wollte sie die Heizung nicht noch höher drehen, aber sie benötigte heute Trost. Und Wärme. Und da Oskar nicht da war, der seinen Körper an sie schmiegte, brauchte sie heute ein paar Grad mehr.

Dann würde sie sich noch einen heißen Kakao machen.

Mit Schlagsahne. Sie öffnete den Kühlschrank, aber die Sahne war bereits abgelaufen. Sie nahm einen winzigen Probierschluck.

»Pfui Teufel«, entfuhr es ihr. Die war nicht mehr zu retten. Und wenn sie heiße Milch machte, hätte sie morgen früh keine für ihren Kaffee.

Kurz überlegte sie, noch zu Frau Messerer raufzugehen. Doch dann entschied sie sich für einen Tee. Mit Ingwer. Die Knolle war nicht mehr taufrisch, aber davon würde ihr auch warm werden.

Da sie keine Lust hatte, sie noch zu schälen, wusch sie sie bloß ab, schnitt sie in Scheiben und goss heißes Wasser darauf. Dann stellte sie den Timer auf dem Handy, setzte sich auf ihren Stuhl und zog die Decke wieder eng um sich.

Alexa sah sich in ihrer spartanisch eingerichteten Wohnung um. Zwangsläufig fragte sie sich, was Polizisten denken würden, wenn sie diese Zimmer in Augenschein nahmen, sollte ihr jemals etwas zustoßen.

Vermutlich würden sie als Erstes feststellen, dass sie keinen Geschmack hatte. Oder einer seltsamen Sammelleidenschaft folgte und von Flohmärkten jedwedes Zeug nach Hause trug. Natürlich würde sie als Kriminalbeamtin niemals in Räumlichkeiten wie aus Schöner Wohnen leben, aber so schäbig, wie es bei ihr gerade aussah, musste es auch nicht sein.

Sie erinnerte sich an die Wohnung von Roza Szabo, die wirkte, als hätte sie ihrer Großmutter gehört. Die schweren Möbel passten absolut nicht zu der energischen Person, die Krammer ihr beschrieben hatte.

Und diese Einrichtung hier passte ebenso wenig zu ihr.

Also nahm Alexa sich einen Zettel und schrieb auf, was sie alles brauchte: ein Bett, schön breit und geräumig, mit einem Kopfteil aus Stoff. Eine große Kommode. Kleiderschränke mochte sie nicht, und für die wenigen Stücke in ihrer Garderobe, die man aufhängen musste, reichte eine Kleiderstange.

Die Regale aus ihrer alten Wohnung hatte sie behalten. Und auch einen Lieblingssessel, den ihr Susanna damals zum Einzug geschenkt hatte. Aber eine Couch wäre nötig, am besten zum Ausklappen, falls mal jemand übernachten wollte.

In dem Moment fiel ihr ein, dass sie sich noch immer nicht bei Konstantin gemeldet hatte.

Erst zögerte sie. Doch dann schrieb sie ihm eine Nachricht. Ohne lange nachzudenken fragte sie, ob sie sich am kommenden Wochenende sehen könnten. Sie schlug den Samstagmittag vor. Bei Fisch Witte auf dem Viktualienmarkt in München. Sie wusste längst, dass die Geschichte zwischen ihnen nichts brachte. Obwohl sie gar nicht richtig begonnen hatte. Aber eine Affäre war gerade nichts für sie. Line hatte recht: Das musste sie ihm sagen. Alles andere wäre feige. Es grenzte ohnehin an Ghosting, was sie mit Konstantin machte. Aber da sie ihn nun schon so lange hinhielt, konnte er sicher ahnen, dass etwas im Busch war. Immerhin hatten sie sich seit seiner netten Konzerteinladung nur ein einziges Mal gesehen. Jedem weiteren Treffen war sie ausgewichen. Und im Gegensatz zu ihm, der wirklich jede Nachricht mit einem Herz kommentierte, beschränkte sie sich auf das Nötigste.

Ein Echolot erklang. Seine Antwort war schneller gekommen, als sie gedacht hatte. Es schien, als hätte er bereits darauf gewartet. Eine Minute später ertönte erneut der Signalton einer eingegangenen Nachricht.

Alexa goss sich erst einmal einen Tee ein. Aber anders als gedacht, waren die Nachrichten nicht von Konstantin.

Die eine war von Krammer. Die andere von Jan.

Beide hätte sie am liebsten ignoriert. Sie war noch immer sauer auf ihren Vater.

Aber vermutlich hatte er Neuigkeiten von Roza Szabo. Sie klickte darauf und sah zu ihrem Erstaunen, dass es eine Sprachnachricht war.

»Oha!«, entfuhr es ihr. Dass ein Mann seines Alters Sprachnachrichten verschickte, war ihr neu. Und dann gleich über zehn Minuten. Sie wusste nicht, ob sie heute in der Laune für Vorträge war. Denn dass er sich darin auf die Auseinandersetzung bezog, war ziemlich sicher. Bei Neuigkeiten seine Kollegin betreffend hätte er definitiv angerufen.

Also öffnete sie die Nachricht von Jan Rassner, dem sie erst vor ein paar Tagen Lebewohl gesagt hatte.

Die Beweise gegen Voss sind erdrückend, und ihm wird schon bald der Prozess gemacht. Der Afghane hat es geschafft und wird in den nächsten Tagen aus der Klinik entlassen. Ich habe ihn besucht und mich auch in deinem Namen bei ihm entschuldigt.

P.S. Und ich habe Urlaub gebucht. Pfingsten am Achensee. Ein Katzensprung von Lenggries. Ich wollte nur, dass du das weißt.

»Na großartig!«, kommentierte sie die Nachricht lautstark. Sie musste ihren Gefühlen freien Lauf lassen. Normalerweise wäre sie jetzt mit Oskar nach draußen gegangen, um runterzukommen und an der frischen Luft ihre Gedanken zu sortieren. Aber der Hund war ja bei Line.

Wohl oder übel musste sie alleine damit fertig werden.

Denn erneut warf sie die Nachricht von Jan aus der Bahn.

Sie hatte gedacht, sie sei deutlich genug gewesen. Nicht ohne Grund hatte sie ihre Entscheidung getroffen und sie ihm mitgeteilt. Sie war jetzt hier in Oberbayern zu Hause. Fernbeziehung waren ohnehin schwierig, in ihrem Job jedoch absolut keine Option. Und auch sonst nicht das, was sie sich fürs Leben erhoffte. Dann blieb sie lieber alleine.

Aber Jan war ein hartnäckiger Mensch. Diese Tatsache hatte sie für einen Moment vergessen. Und ihre Reaktion zeigte ihr, dass sie ihre Entscheidung offenbar nur mit dem Kopf getroffen hatte. Ihre Gefühle sprachen eine ganz andere Sprache.

Sie seufzte entnervt.

Während sich das berufliche Leben etabliert hatte, die Kämpfe mit Huber der Vergangenheit angehörten, blieb ihr Privatleben ein einziges Chaos. Dabei reichte ihr die Sache mit ihrem Vater im Grunde schon.

Resolut drehte Alexa die Heizung wieder runter, goss ihren Tee in den Ausguss, der ohnehin nur nach warmem Wasser schmeckte. Dann tauschte sie die Decke über ihren Schultern gegen einen Rollkragenpullover und fuhr sich einmal mit den Fingerspitzen durch ihre Haare.

Krammers Nachricht musste bis morgen warten. Es geschah ihm völlig recht, dass sie ihn noch ein wenig schmoren ließ.

Sie brauchte jetzt kurzfristig einen Tapetenwechsel. Und ihre Seele dringend Kaiserschmarrn mit Apfelmus.

32.

Natürlich wurde ich schwanger. Mehr als einmal. Genauso oft hatte ich Fehlgeburten. Vermutlich, weil ich selbst dann keine Pause machen durfte. Ich brauchte das Geld.

Ein Dutzend Kerle musste ich empfangen. Mindestens. An jedem Tag der Woche. Auch an den Feiertagen. Da brauchten sie es noch mehr, um die scheinheilige Harmonie zu kompensieren.

Mit ihrer Lust. Mit meinen Schreien.

Dann erst gingen sie zu Frau und Kindern zurück. Trautes Heim, Glück allein.

Bei mir hingegen endete jedes neue Leben in der Kloschüssel. Mal nach vier Wochen, mal nach sechs.

Mein Körper machte sich keine Illusionen, wie die Geschichte enden würde: dass ich niemals eine gute Mutter sein könnte. Keine Familie haben würde.

Nicht hier. Nicht in diesem Leben.

Jedes Mal brach es mir das Herz. Bis ich nichts mehr fühlte dabei. Resigniert wischte ich das Blut weg und das, was Freude, vor allem aber Liebe versprochen hätte. Ein Heim.

Ich wusste genau, was alles schieflaufen konnte, wo Gefahren lauerten. Deshalb wäre ich wachsam geblieben. Hätte mein Kind gehütet wie meinen Augapfel. Damit ihm nie etwas Böses widerfahren wäre.

Aber das Leben hatte andere Pläne mit mir.

An diesen Tagen rief ich meine Freundin an. Um zu trauern.

Jedes Mal flehte sie mich an, etwas anderes zu tun. Sie würde mir helfen, einen Job zu finden. Sie hatte zwar nicht Jura studiert, hatte aber einen Beruf ergriffen und kannte jede Menge Leute.

Doch ich wusste, was die Menschen über mich dachten. Wer einmal in der Scheiße lag, dem haftete der Geruch ewig an, so gut er sich auch versuchte zu waschen. Und bisher hatten sie recht behalten. Ich war nichts anderes als eine dreckige Hure.

Opas kleines Wunder.

Irgendwann stumpfte ich sogar gegen den Schmerz ab, und die Tage glichen sich wie vergilbte Laken im Wind.

Und dann traf ich ihn wieder. Eines Abends kam er mit seinem Gefolge in den Club, in dem ich inzwischen arbeitete. Ich hatte ihn zuvor nicht gesehen, erst als das Scheinwerferlicht auf der Bühne kurz über die Köpfe unter mir strich.

Für einen Moment drohte ich zu erstarren. Aber dann fasste ich mich.

Ich tanzte, wand mich, strich über meine Haut.

Ich lockte.

In dieser Nacht gab ich alles für ihn.

Und dieses Mal war er es, der seine Augen nicht mehr von mir abwenden konnte. Der jede meiner Bewegungen verfolgte. Für den ich alles im Raum überstrahlte.

Dann ging der Scheinwerfer aus, und ich verschwand hinter der Bühne.

Denn im Hinterzimmer warteten sie schon auf mich.

Ich schloss die Augen, öffnete die Schenkel weit und ließ es geschehen. Aber während sie stöhnend in mich stießen, dachte ich bloß an ihn.

Es war das erste Mal, dass ich dabei gelächelt habe.

33.

Krammer hatte gleich in der Frühe die Aussage gegen seinen Kollegen Baumgartner gemacht. Hochkonzentriert hatte er die Fragen der Staatsanwaltschaft beantwortet und den Hergang der ganzen Geschichte aus seiner Sicht geschildert. In der Nacht hatte er wild geträumt, und er ahnte, dass seine innere Unruhe erst dann weichen würde, wenn er Roza aufgespürt hatte. Eigentlich hatte er am Vorabend noch einmal den Browserverlauf und sämtliche Dokumente auf Szabos Rechner genau durchsehen wollen, doch irgendwann brannten ihm die Augen so sehr, dass er abbrechen musste. Heute hatte er sogar gefrühstückt und fühlte sich endlich wieder wie er selbst. Wenn auch in einer abgeschwächten Version.

Der Staatsanwalt war ein Profi und kam schnell zum Punkt. Bereits nach einer Stunde waren sie fertig, und Krammer hörte mit Wohlwollen, dass der angeklagte Kollege seine Beteiligung sowohl an der Beseitigung der Leiche wie auch an der Manipulation der Beweise mittlerweile gestanden hatte. Natürlich wollte der Staatsanwalt danach mit Szabo sprechen. Da Krammer Rozas Verschwinden nicht erwähnen wollte, er ihm aber auch keine Lüge auftischen mochte, hatte er sich im Vorfeld eine Ausrede zurechtgelegt.

Wahrheitsgemäß berichtete er von einem dubiosen Mordfall, der gerade sämtliche Kräfte bündelte und bei dem eine

Spur ins Ausland führte, wo sich seine Kollegin momentan aufhielt. Außerdem betonte er, dass ihre Aussage sich nur auf sehr wenige Begegnungen mit Baumgartner beschränken würden, so dass ihre Ausführungen weitgehend mit seinen identisch wären. Alleine habe Roza weder den Täter noch andere relevante Beteiligte jemals getroffen.

Zum Glück gab er sich damit zufrieden, bat nur darum, dass sie sich nach ihrer Rückkehr so schnell wie möglich melden möge.

Bevor Krammer sich endlich auf den Weg ins Burgenland an die österreichisch-ungarische Grenze machen konnte, musste er noch kurz im Büro vorbei. Er hoffte, dass sein Auto bereits fertig war. Er wollte allerdings auch persönlich mit Elly besprechen, wie sie intern mit Rozas Verschwinden umgehen sollten. Sie würde sicher argumentieren, dass sie den Oberen reinen Wein einschenken müssten. Schon allein um eine große Suchmannschaft zusammenstellen zu können. Aber das wäre der falsche Weg. Auch wenn er bereits häufiger an seinem Urteilsvermögen in dieser Sache gezweifelt hatte, war er sich zumindest bei dieser Entscheidung sicher. Um Elly auf seine Seite zu ziehen, musste er ihr allerdings erzählen, dass Roza eine Waffe gestohlen hatte. Sie würde verstehen, dass er erst Klarheit brauchte, bevor auch gegen sie interne Ermittlungen geführt wurden.

Jedenfalls hoffte er, dass sie in diesem Punkt seine Meinung teilen würde. Und natürlich war ihm völlig klar, welche Konsequenzen es hätte, wenn er ein Dienstvergehen vertuschte. Doch das nahm er in Kauf. Wie er mit all dem umgehen würde, konnte er sehen, wenn Roza wohlbehalten zurück war und er ihre Version der Geschichte kannte.

Sie war seine Kollegin. Und er war ihr gegenüber loyal, egal auf was oder wen sie sich eingelassen hatte.

Außerdem wollte er die Forensiker um schnellstmögliche Ergebnisse bitten. Denn bisher hatte er keinerlei Rückmeldung mehr erhalten – weder zur Spurenlage in Rozas Wohnung noch zu dem ominösen Paket. Natürlich war die Chance gering, aber er hoffte weiterhin auf irgendeinen Anhaltspunkt.

Als er gerade die Fallmerayerstraße entlanglief, klingelte sein Handy. Krammer stellte sich an eine Hausecke, ein Stück abseits vom Gehweg, um sich voll auf das Gespräch konzentrieren zu können. Aber anders, als er dachte, war es nicht Alexa, sondern Rudi Hellinger, der Gerichtsmediziner.

»Grüß dich, Rudi«, nahm Krammer den Anruf an. »Ich kann dir gar nicht sagen, wie froh ich bin, dass du wieder zurück bist. Hast du schon etwas für mich?«

»Erzähl mir erst einmal, was es mit dieser Sache auf sich hat, denn seltsam ist es schon.«

Krammer überlegte. Er arbeitete nun schon seit Jahren immer wieder mit Hellinger, und sie verstanden sich großartig. Der Medizinalrat trank ebenfalls gerne seinen Kaffee im CC, und dort hatten sie so manchen Roten zusammen genossen. Er konnte ihm vertrauen. Also umriss Krammer die näheren Hintergründe des Leichenfundes und warum es ihm so pressierte.

»Mehr kann ich dir derzeit nicht sagen«, antwortete Krammer ausweichend, beschämt darüber, wie wenig er seit dem Verschwinden von Roza herausgefunden hatte. »Aber nun red schon.«

Es blieb still am anderen Ende, so als überlege Hellinger

noch, wie diese Informationen zum bisherigen Bild passten. Krammer wippte unruhig auf die Zehenspitzen, ließ dem Mediziner aber seine Zeit.

»Nun verstehe ich wenigstens, warum du die Leiche nicht an ein anderes Institut überstellt hast. Zunächst kann ich dich in einer Sache absolut beruhigen: Der Mann ist keinesfalls unter dieser Maske erstickt. Ich habe die Untersuchung gerade erst begonnen, gehe aber schon jetzt davon aus, dass er eines ganz natürlichen Todes gestorben ist. Du hast es also nicht mit einem Mordfall zu tun.«

»Moment«, hakte Krammer irritiert ein. »Wie kannst du dir da so sicher sein, wenn du ihn noch nicht obduziert hast? Ich würde es vorziehen, dass du eine vollständige Leichenschau machst. Ich muss unbedingt wissen, was die genaue Todesursache war.«

Hellinger schnaufte. »Die werde ich machen, wenn du darauf bestehst. Aber nur weil du es bist und wegen der Umstände. Obwohl ich denke, es ist den Aufwand nicht wert.«

»Ich verstehe nicht, Rudi. Wieso nicht?«

»Wo auch immer ihr ihn gefunden habt – in dem Wohnzimmer, das ich auf dem Foto sehe, ist er definitiv nicht verstorben. Dass man allerdings das Kissen, die Blumen und den restlichen Tamtam ebenfalls geklaut hat, finde ich ziemlich makaber. Da muss deine Kollegin jemandem ordentlich auf die Füße getreten sein.«

Krammer verstand immer weniger, was ihm Hellinger eigentlich sagen wollte.

»Der Körper war desinfiziert, der Mund mit einer Ligatur sowie sämtliche Körperöffnungen mit Watte verschlossen.

Dein Toter war allem Anschein nach schon von einem Bestatter versorgt worden«, erklärte Hellinger.

Krammer fiel ein gewaltiger Stein vom Herzen. Damit konnte er die Frage, ob Roza etwas mit dem Tod des Mannes zu tun hatte, endlich mit großer Wahrscheinlichkeit mit einem klaren Nein beantworten. Doch die Erleichterung war nur von kurzer Dauer, denn schon ratterten hundert neue Fragen durch seinen Kopf.

»Du meinst, jemand hat die Leiche irgendwo vor ihrem Begräbnis entwendet?«, brachte Krammer mit gedämpfter Stimme hervor. Er hoffte, dass niemand dem Gespräch lauschte.

»Exakt. Oder der Täter hat ihn sehr professionell vorbereitet und hat genaue Kenntnis darüber. Ich denke, du wüsstest längst davon, wenn irgendwo ein Leichenwagen gestohlen oder ein Grab exhumiert worden wäre. Oder wenn einem Bestatter ein Toter fehlte. Das wäre definitiv ein gefundenes Fressen für die Presse. Und würde dicke Schlagzeilen machen.«

Dem hatte Krammer nichts entgegenzusetzen. Bei seinem letzten Fall in der vergangenen Woche hatte er einiges über Kremierung gelernt. Und er erinnerte sich, dass sowohl die Kontrollen wie auch die Sorgfalt immer wieder betont worden waren. Bei Bestattern war Pietät ein hohes Gut. Er fragte sich allerdings, ob ein solcher Vorfall nicht gerade deswegen um jeden Preis vertuscht worden wäre. Dennoch würde er Elly bitten, so schnell wie möglich sämtliche Beerdigungsinstitute in Tirol zu kontaktieren, während er zur Grenze fuhr. Vielleicht würde es doch jemand zugeben, wenn sie direkt danach fragten und Verschwiegenheit gegenüber der Öffentlichkeit zusicherten.

»Das heißt, wir suchen nach jemandem, der die Kenntnisse besitzt, einen Leichnam wie für eine Beerdigung herzurichten«, sagte Krammer mehr zu sich selbst als zu Hellinger.

»Wer ist denn eigentlich der Mann? Verrätst du mir das jetzt?«

Krammer atmete tief durch. Es war klar gewesen, dass diese Frage kommen würde. Er beschloss, sich eng an die Tatsachen zu halten.

»Das würde ich gerne. Aber wir wissen es nicht. Der Mann ist in Rozas Wohnung vorgefunden worden. Wieso man ihn dort abgelegt hat und was diese Tauchermaske soll, können wir noch nicht erklären.« Er hielt kurz inne. »Wegen dieser seltsamen Umstände wäre es mir eben auch wichtig, dass du den Mann genau in Augenschein nimmst. Vielleicht wollte jemand ja auch einen Mord vertuschen. Wenn einer das herausfindet, dann du. Ich weiß, wie gründlich du arbeitest.«

»Danke für die Blumen«, antwortete Hellinger. »Zum Todeszeitpunkt würde ich sagen, dass der Mann bereits vor mehreren Tagen verstorben ist. Vor maximal fünf, denke ich, er war aber die längste Zeit kühl gelagert, weshalb die Verwesung noch nicht fortgeschritten ist. Reicht dir das fürs Erste?«

Krammer bedankte sich und bat darum, ihm alle weiteren Erkenntnisse unmittelbar telefonisch und nicht wie üblich über sein Büro zukommen zu lassen, weil er in den nächsten Tagen verreist sein würde.

Dann beendete er das Gespräch und starrte noch einen Moment auf das Display, so als könne er dort mehr über diesen stündlich seltsamer werdenden Fall erfahren. Er schaute an dem schönen Altbau gegenüber hoch, in dem einst die Hauptpost untergebracht gewesen war.

Durch die rechtsmedizinische Untersuchung hatte er sich Klarheit erhofft. Doch nun war alles eher noch rätselhafter als zuvor: Denn wieso lag ein längst Verstorbener derart präpariert ausgerechnet in Rozas Wohnung?

Alexa hatte zu Beginn der Untersuchung mal geäußert, der Tote könne eine Art Voodoo-Puppe sein. Diese Vermutung schien ihm nun nicht mehr ganz so abwegig.

Vor allem aber fragte er sich, woher die Leiche stammte.

34.

Huber fuhr gerade am Dorfladen in der Jachenau vorbei, in dem sie vor einigen Wochen Ermittlungen geführt hatten. Anders als damals bedeckte heute kein Schnee die Landschaft, aber erneut lag ein Teil des Tals in dichtem Nebel. Auf der anderen Seite war die Natur schon viel weiter, das Gras saftig, und die Sonne tauchte die sanften Hügel in ein weiches Licht. Alexa dachte an das junge Paar, das hier ermordet worden war – vor allem aber an den beherzten Einsatz von Krammer, um ihr Leben zu retten.

Am Vorabend hatte Alexa noch seine Nachricht abgehört. Zunächst hatte sie gedacht, er wäre versehentlich an eine Taste gekommen. Aber dann erinnerte sie sich, dass Krammer ihr im Krankenhaus von seiner Liebe zur klassischen Musik erzählt hatte. Und als die Nachricht mit dem letzten Ton des Stückes endete, war sie sicher, dass es kein Zufall war, dass sie diese Aufnahme erhalten hatte.

Ihr waren Tränen in die Augen gestiegen, als sie erkannte, dass Musik vermutlich der einzige Weg war, mit dem Krammer seine Gefühle auszudrücken vermochte.

Sie hatte die Nachricht erneut laufen lassen und gleich danach noch ein drittes Mal. Immer wieder ergriff sie die Intensität des Stückes, die leichten Läufe des Klaviers genauso wie die Wärme des Cellos. Die Melodie ließ sie nicht los, klang in ihren Ohren wider, als sie längst verstummt war.

Unmittelbar hatte Alexa verstanden, was ihr Vater ihr damit sagen wollte. Es gelang ihm sogar weit besser als mit jedem gesprochenen Wort, in dem stets so viel Bedauern, Verpasstes oder Unsicherheit mitschwang.

Diese Seite von Krammer wusste er im Dienst sehr gut zu verbergen. Aber es gab sie.

Eine empfindsame Seite. Mit einer großen Intensität. Und der Bereitschaft, diese auszuleben. Nichts zurückzuhalten. Zum ersten Mal begann Alexa zu erahnen, warum ihre Mutter sich damals so sehr zu Krammer hingezogen fühlte.

Mehr noch: Sie bekam Lust, diesen Charakterzug ihres Vaters ebenfalls kennenzulernen.

Doch trotz dieser Neugier hatte sie ihn am Abend nicht zurückgerufen. Es war viel zu spät gewesen, und sie hoffte, er würde endlich den Schlaf finden, den er so dringend brauchte. Seine Nachricht bloß mit einem Herz zu kommentieren, schien ihr völlig deplatziert.

Eine Antwort hinterließ sie zunächst ebenso wenig. Nicht nur, weil ihr die richtigen Worte fehlten. Sie wollte Krammer in die Augen sehen, wenn sie sich bei ihm entschuldigte. Und dabei ging es ihr nicht um die Sache vom Vortag. Da sah sie sich nach wie vor im Recht.

Vielmehr wollte sie ihm sagen, dass sie es bedauerte, ihm keine Chance gegeben zu haben, sich näher kennenzulernen. Dass sie immer nur ihre Seite gesehen hatte und sich nie die Mühe gemacht hatte, seinen Blickwinkel einzunehmen.

Natürlich hatte sie sich gefragt, ob sie einen Vater brauchte. Mehr als einmal. In jedem Gespräch mit Line war das ein Thema gewesen. Die Antwort war eindeutig ausgefallen: Ihr hatte es nie an etwas gefehlt. Und einen Mentor oder Coach für ihren Beruf brauchte sie genauso wenig. Davon gab es bei der Arbeit genug – und Brandl hatte bereits diese Rolle eingenommen.

Aber etwas hatte sie übersehen, das Line neulich erwähnt hatte: Krammer war ein Teil von ihr. Es gab mehr Parallelen zwischen ihnen, als sie bereit war, sich einzugestehen. Nicht nur die Wahl des Berufes. Auch wegen ihrer Dickköpfigkeit waren sie beide bei der Arbeit schon aneinandergeraten. Durch die Gänge mit Oskar hatte sie schnell gemerkt, wie gut ihr das Laufen tat, wie sie dabei zur Ruhe kam und ihre Gedanken ordnen konnte. Zuvor war sie oft stundenlang Auto gefahren, wenn sie nachdenken wollte, meist nachts durch die menschenleeren Straßen von Aschaffenburg. Und immer wieder war sie vor dem Haus von Jan Rassner gelandet – was der eigentliche Grund für diese nächtlichen Touren war, wie sie nun zugeben musste.

Sie wusste bereits, dass auch ihr Vater seine Entspannung in der Natur fand und regelmäßig in die Berge ging. Vielleicht existierten noch weitere Ähnlichkeiten zwischen ihnen. Und die würden ihr sicher helfen, sich selbst besser zu verstehen. Allein deshalb durfte sie ihn nicht weiter auf Distanz halten, wie sie es bisher getan hatte.

Und dieses Musikstück, das er ihr geschickt hatte, hatte sie berührt. Sie spielte kein Instrument und war nie groß mit Klassik in Berührung gekommen. Aber die Ausdruckskraft des Klaviers, der Wechsel zwischen leisen Tönen und schnellen Passagen hatte in ihr eine Saite zum Klingen gebracht, die sie bisher nicht kannte. Und am Ende des zweiten Satzes, der wesentlich ruhiger war, hatte sie sich seltsam getragen gefühlt. Selbst ihre Atmung hatte sich verändert.

Danach hatte sie ein schlechtes Gewissen gehabt, ihm die Tür zu ihrem Leben nicht weiter geöffnet zu haben. Sie hatte Krammer bislang nicht einmal in ihre neue Wohnung eingeladen. Genauso wenig war sie auf die Idee gekommen, ihn außerhalb des Dienstes in Innsbruck zu besuchen.

Das musste sich ändern. Und es reichte nicht, bloß in einem Fall mitzumischen, der nicht in ihre Zuständigkeit gehörte.

Er hatte es sich mehr verdient. Sie musste ihre zwiespältigen Gefühle in den Griff bekommen. Ihm eine Chance geben.

Doch noch bevor ihr Wecker geklingelt hatte und sie sich mit Krammer in Verbindung setzen konnte, erhielt sie einen Anruf von Huber, der berichtete, dass die Wasserwacht, die Feuerwehr Jachenau und Walchensee sowie die Polizei Bad Tölz zu einem schweren Unfall gerufen worden waren. Er wollte sich die Stelle sicherheitshalber einmal ansehen. Alexa konnte zwar nicht begreifen, warum ihm das so wichtig war, aber ihr Rückruf, den sie in Ruhe führen wollte, musste wohl oder übel warten, denn sie war noch immer auf Huber als Fahrer angewiesen.

Während sie zügig über die Mautstraße zum Walchensee fuhren, erzählte ihr Kollege, was er bisher wusste: Ein Wagen hatte am Südufer die Absperrung durchbrochen und war erst im Wasser zum Stehen gekommen.

Alexa verstand immer noch nicht, was dieser Unfall mit ihren Ermittlungen zu tun hatte, aber da es ohnehin auf ihrem Weg lag, konnten sie dort auch kurz anhalten. Schaden würde es sicher nicht.

Der Unfallbereich war von verschiedenen Einsatzfahrzeugen gesäumt. Da er sich im Morgengrauen ereignet hatte, waren große Scheinwerfer auf den Uferabschnitt gerichtet.

Ein älterer roter Ford Fiesta lag auf der Seite wie ein Fisch auf dem Trockenen. Sämtliche Scheiben waren zerborsten, die Front war kaum mehr als solche zu erkennen, und bei dem Aufprall auf die Leitplanke war die Motorhaube weggerissen worden. Alexa erspähte sie ein Stück entfernt im Wasser. Der Fahrer konnte durch die Seitentür geborgen werden, die die Feuerwehrleute herausgeschnitten hatten. Er war sofort in die nächstgelegene Klinik gebracht worden, denn er war nicht bei Bewusstsein gewesen, und es stand nicht gut um ihn.

»Wow, der muss Tempo draufgehabt haben«, murmelte Alexa, als sie nach unten stiegen, um sich mit den Kollegen der örtlichen Polizei zu unterhalten. Neun Menschen standen dort, auch Feuerwehrleute und einige Männer von der Wasserwacht. Alle betrachteten das, was von dem Fahrzeug übrig war. Es hatte nicht viel gefehlt, und es wäre direkt im See gelandet.

»Der Kerl hatte verdammtes Glück. Wären nicht die Teenager gewesen, die den Unfall gesehen haben und uns sofort alarmierten ...« Der Mann deutete auf vier Jugendliche, die oben auf der Straße standen und denen man wärmende Decken um die Schultern gelegt hatte. Die drei Jungs und ein Mädchen, das sich eng an seinen Freund schmiegte, starrten auf den Fiesta, an dem nun orangefarbene Zugseile befestigt wurden, um ihn aus dem Wasser zu ziehen. Vermutlich wollte man verhindern, dass noch mehr Flüssigkeiten in das Gewässer gelangten.

»Wisst ihr, um wen es sich handelt? Stammt der Mann hier aus der Gegend?«, wollte Huber wissen.

»Nein. Er war zu keiner Zeit ansprechbar, und bislang haben wir weder bei ihm noch im Wagen Papiere gefunden.«

Über das Kennzeichen hatten sie den Halter des Wagens ausfindig machen können. Dabei handelte es sich allerdings um eine Frau, eine Anja Nickl aus dem Ort Walchensee.

»War noch jemand in den Unfall verwickelt?«

Der Uniformierte schüttelte den Kopf.

»Was denkst du?«, raunte Alexa Huber leise zu. »Alkohol oder Tempo?«

»Vermutlich beides«, antwortete ihr Kollege und deutete zu den Jugendlichen hinüber. »Komm, wir unterhalten uns mal mit den Augenzeugen.«

Alexa blickte noch einmal auf den Fiesta zurück und fragte sich, ob man es wirklich als Glück bezeichnen konnte, einen derartigen Unfall zu überleben. Vor allem, wenn der Fahrer die alleinige Schuld für seine Verletzungen trug, die sein Leben vielleicht völlig aus der Bahn werfen würden. Genauso wie das seiner Familie.

Sie schloss sich Huber an, der bereits zu der Gruppe hinübergegangen war. Der süßliche Geruch von Cannabis stieg Alexa in die Nase. Sie schätzte die Jungs auf ungefähr 17 oder 18 Jahre, das Mädchen noch etwas jünger.

»Grüß euch«, sagte Huber und zeigte seinen Ausweis. »Das war sehr geistesgegenwärtig, sofort Hilfe zu rufen.«

Erst reagierte keiner von ihnen. Sie schienen noch immer unter Schock zu stehen. Schließlich meldete sich der Kleinste aus der Gruppe zu Wort, der einen Seitenscheitel trug. »Das war total krass, wie das ablief. Insane. Wie im Kino.«

»Habt ihr das zufällig gefilmt?«, fragte Alexa und zwinkerte dem Mädchen freundschaftlich zu.

»Never«, winkte der Kleine ab. »Das ging viel zu schnell. Als wir die Scheinwerfer gesehen haben, war es schon zu spät. Bumm – und schon schoss der über die Uferstraße und bretterte noch ein paar Meter weiter. So ist der geflogen.« Er deutete die Bewegung mit den Händen an.

Das Mädchen senkte den Blick und starrte auf den Asphalt zu seinen Füßen. Es wirkte blass und hatte dunkle Ringe unter den Augen.

Vermutlich hatte die Clique die Nacht durchgemacht und war völlig übernächtigt. Zeuge eines Unfalls zu werden, zerrte außerdem mehr an der Psyche, als man sich gemeinhin vorstellen konnte. Und vielleicht hatten sie auch Angst davor, dass die Polizei ihnen Ärger wegen des Kiffens machen könnte.

»Wir sind sofort los«, sagte der Größte, der eine schwarze Brille trug und seine schwere Akne unter einem dürftigen Bartwuchs und überlangem Pony zu verstecken suchte. »Aber wir wussten nicht, was wir tun sollten. An den Fahrer kamen wir ja nicht ran, der lag unten. Und wir hatten Angst, dass der Wagen kippt, denn im Wasser …«

Er versuchte mit einer seitlichen Kopfbewegung seine Haare aus dem Gesicht zu bekommen und wiederholte die Geste einige Male, so dass es beinahe wie ein Tic wirkte.

Alexa wandte ihren Kopf Richtung Uferstraße. Vielleicht war der Fahrer auf dem Heimweg gewesen und hatte die Mautstraße genommen, um einer potenziellen Polizeikontrolle zu entgehen, weil er etwas getrunken hatte. Was auch erklären würde, wie es zu dem Unfall kam.

»Aber dass der andere nicht geholfen hat, dieser Honk«, meinte der Junge, der seinen Arm schützend um die Schultern des Mädchens gelegt hatte, das bei seiner Aussage weiter betroffen nach unten blickte. »Der wäre ja viel schneller da gewesen.«

»Welcher andere?«, fragte Alexa neugierig.

»Na der, der dem entgegenkam«, erklärte der Kleine.

»Und das konntet ihr sehen?« Alexa spürte, wie ihr augenblicklich eiskalt wurde.

»Logisch. Der hat doch gehalten. Ohne seine Scheinwerfer hätten wir das ja nie so gut erkennen können. Die waren direkt auf den Fiesta gerichtet, als er da durchschoss. Es sah aus, als würde der fliegen. Der muss das safe gesehen haben. Aber als wir ankamen, war der Typ dann weg.«

Noch einmal ließen sich Alexa und Huber genau beschreiben, was sie gesehen hatten und aus welcher Richtung die beiden Fahrzeuge gekommen waren. Leider konnten sie zu dem anderen Auto keinerlei Angaben machen. Aber dass sie Scheinwerfer gesehen hatten, davon waren alle vier fest überzeugt. Insofern könnte auch ein zweiter Wagen an dem Unfall beteiligt gewesen sein. Dann hatten sie es nicht nur mit unterlassener Hilfeleistung, sondern mit Fahrerflucht zu tun. Wenn der Mann im Fiesta es nicht überlebte, wäre es sogar fahrlässige Tötung – mit bis zu fünf Jahren Freiheitsentzug als Strafe.

»In diese Richtung ist er danach? Seid ihr euch ganz sicher?« Sie deutete nach Westen.

»Ganz sicher. Der hätte uns ja sonst auch entgegenkommen müssen.«

Ein Stück weiter westlich hatten sie auch das gekenterte Boot gefunden. Doch Alexa wischte den Gedanken weg. Sie maß dem Unfall womöglich zu viel Gewicht bei.

»Das habt ihr alles bei den Kollegen zu Protokoll gegeben?«, fragte Alexa dennoch zur Sicherheit.

Die Jungs zuckten mit den Schultern. Nur das Mädchen sah immer noch betroffen zu Boden.

Während Huber weiter Fragen stellte und alles genau notierte, folgte Alexa dem Blick des Mädchens. Offenbar konnte es nicht fassen, was es gesehen hatte. Immer wieder hob es den Kopf, starrte auf die vom Aufprall zerborstene Leitplanke, deren zerfetzte Kanten mit den roten Lackspuren daran wie frische Wundränder aussahen.

Alexa ging ein Stück näher an den Rand des Uferwegs und blickte zu der Stelle, wo der verbeulte Fiesta gerade von einem Abschlepper langsam über das steinige Ufer aus dem See gezogen wurde.

Dann drehte sie sich wieder um. Irritiert stellte Alexa fest, dass es keinerlei Bremsspuren auf der Straße gab. Sie eilte ein Stück weiter. Betrachtete den Asphalt. Nichts. Es sah aus, als wäre der Wagen völlig ungebremst in das Hindernis gerast. Sie hätte daraufhin auch einen Suizid vermutet – wenn nicht dieses andere Auto gewesen wäre, das dann spurlos verschwunden war. Ohne Hilfe zu rufen.

Huber war noch in das Gespräch mit den Jugendlichen vertieft, deshalb ging sie erneut ein paar Meter.

Sie waren sicher, dass der Ford Fiesta aus Richtung Westen gekommen war. Sie hatten das Fernlicht zuvor durch die Bäume gesehen. Vielleicht hatten die beiden Fahrer sich gegenseitig geblendet. Oder einer von ihnen hatte die Kurve geschnitten und sie hatten einander touchiert. Aber würde man nicht hart bremsen, wenn einem ein anderes Fahrzeug auf der eigenen Spur entgegenkam? Und erst recht, wenn man mit Tempo auf das Ufer zufuhr?

Alexa drehte sich um. Die Straße war nicht gerade breit und auch einigermaßen kurvig, die Gegenfahrbahn war an diesem Abschnitt allerdings deutlich zu erkennen. Wenn der andere Licht anhatte, erst recht. Der Fahrer des Fiestas konnte ihn im Grunde nicht übersehen haben. Es sei denn, die Jugendlichen hätten sich getäuscht.

Irritiert blickte sie noch einmal in die Richtung, aus der der rote Ford Fiesta gekommen sein sollte. Erneut ging sie ein paar Schritte, als sie auf der Seite etwas entdeckte: eine schmale Spur einer gelben, schmierigen Flüssigkeit. Einige Meter weiter kniete sie sich hin. Wieder fand sie derartige Tropfen.

Sie machte ein Foto.

Sofort schoss ihr ein Satz von Krammer durch den Kopf. Wäre Roza nur etwas schneller gefahren, hätte sie es nicht überlebt, hatte er gesagt. Nachdenklich kehrte Alexa zum Ufer zurück und spähte durch die Bäume auf das Wrack, an dem der rechte Reifen schräg auf der Achse hing. Es war nur eine vage Idee. Aber sie mussten das Fahrzeug näher untersuchen.

Huber verteilte gerade seine Karte an die Jugendlichen, also hatte er die Befragung beendet. Gut so. Sie brannte darauf, zum Haus von Anja Nickl, der Besitzerin des Fiestas, zu fahren.

Könnte jemand gewollt haben, dass der Mann verunglückte? Denn sie hielt es für möglich, dass der Wagen manipuliert worden war. Genau wie bei Roza. Dann hatte der Fahrer vielleicht bremsen wollen, es aber gar nicht gekonnt.

Doch dieses Mal war die Rechnung aufgegangen. Und ohne die aufmerksamen Jugendlichen hätte keiner von dem anderen Fahrzeug gewusst und niemand je Verdacht geschöpft.

35.

Als Krammer im Büro alles erledigt hatte, war sein Auto endlich freigegeben worden, und er war mit ein paar Sachen zum Übernachten losgefahren. Denn der Punkt, über den er immer wieder stolperte, war Rozas Verbindung zu Ungarn. Und es war der einzige, den er noch nicht ausreichend bearbeitet hatte.

Nachdem er den Chiemsee und Salzburg passiert hatte, hielt er an, um einen Kaffee zu trinken, und vertrat sich kurz die Beine, um frische Luft zu schnappen. Außerdem musste er Alexa von Hellingers Anruf erzählen.

Doch er haderte mittlerweile mit seiner spontanen Aktion vom Vorabend. Immer wieder waren seine Gedanken bei der Fahrt um diesen Punkt gekreist. Alexa hatte die Nachricht zwar abgehört, aber bislang nicht darauf reagiert.

Natürlich, hörte er Szabo deutlich in seinem Ohr. *Sie ist jung und braucht keinen alten Dodl, der ihr auf die Pelle rückt.*

Was hatte er sich bloß dabei gedacht, ihr ein Musikstück aufzunehmen, ohne ein Wort der Erklärung? Dann auch noch Klassik. Er wusste nicht einmal, ob Alexa damit etwas anfangen konnte.

Tief sog er Luft in die Lungen. Dann schüttelte er den Kopf, so als könne er damit die negativen Gedanken verjagen, die ihm durchs Hirn spukten.

Wie sehr er seine Kollegin brauchte, wurde ihm gerade

jetzt wieder schmerzlich bewusst. Szabo hatte ihn auf Kurs gehalten, wie ein Echolot, das verhinderte, dass er Schiffbruch erlitt. Im Beruf genauso wie im Leben.

Er starrte zu den Fahrzeugen, die an der Raststätte ankamen. Zu den Paaren und Gruppen, die zu ihren Reisen aufbrachen. Er war der Einzige, der alleine unterwegs war.

Rasch schaute er seine Mails durch. Die Forensiker hatten inzwischen herausgefunden, dass die Schleifspuren auf der Treppe metallischen Ursprungs waren. Auch Gummiabrieb hatten sie entdeckt. Den Abmessungen nach schienen sie von einer Sackkarre zu stammen, mit der möglicherweise die Leiche ins Haus geschafft worden war.

Krammer machte sich allerdings wenig Hoffnung. Genauso gut konnten damit Getränke geliefert worden sein. Oder andere schwere Waren. Die Leute bestellten heute alles online: vom Kleiderschrank über Medikamente bis hin zu Nahrungsmitteln. Statt in einen Laden zu gehen, sich die Dinge vor Ort anzusehen und anschließend bei einem schönen Essen den Kauf zu feiern, fläzte man lieber mit seinem mittelmäßigen Fast Food von Lieferando in der Jogginghose auf der Couch, um in Online-Shops einzukaufen und Serien zu streamen.

Er seufzte. Er schien immer weniger in diese Welt zu passen. Entschlossen drehte Krammer auf dem Absatz um. Er musste weiter, damit er am frühen Nachmittag im Burgenland sein konnte. Wenigstens spielte das Wetter mit.

In Innsbruck hatte es nichts gegeben, was ihn auf Szabos Spur gebracht hätte. Keine Fasern, keine Fingerabdrücke. Die Kollegen aus der Forensik hatten zwar noch eine Tannennadel und einen winzigen Erdklumpen sichergestellt, der womöglich von einem Schuhprofil rührte. Doch die Untersuchung der pflanzlichen DNA oder forensischer Bodenkunde war langwierig, und er würde sich gedulden müssen. Wieder einmal.

Aber Krammer befürchtete ohnehin, dass beides von Szabo selbst stammte, die noch vor wenigen Tagen mit ihm in der Gegend von Gnadenwald unterwegs gewesen war.

Besser, er machte sich endlich auf den Weg.

Während er seine Schritte beschleunigte, spürte er deutlich das Gewicht des Handys in seiner Hosentasche. Schließlich blieb er nach wenigen Metern abrupt stehen.

Er war ein verdammter Feigling. Im Job zögerte er nie. Ging alles direkt an. Dabei hatte er doch gesehen, was geschah, wenn er nicht schnell genug reagierte: Er hatte Roza verloren. Wenn er nicht wollte, dass ihm dasselbe mit Alexa passierte, dann musste er jetzt handeln.

Krammer wartete, bis sich sein Atem etwas beruhigt hatte. Dann wählte er ihre Nummer, die ohnehin als allererste in seinem Verzeichnis stand.

Er hielt den Atem an und lauschte dem Klingelton. Ungeduldig schaute er auf die Uhr. Natürlich war sie in ihrem Büro und längst zur Tagesordnung übergegangen. Sie war in der Probezeit und konnte es sich nicht leisten, noch mehr Zeit auf einen Fall zu verwenden, der nicht in ihre Zuständigkeit fiel. Außerdem hatte sie sicher einiges aufzuarbeiten, nachdem sie fast drei Wochen nicht mehr an ihrem Platz gewesen war.

Doch als er beim sechsten Klingeln gerade abbrechen wollte, ging sie ran.

»Bernhard«, begann sie das Gespräch. »Was für ein Zufall. Ich wollte dich auch gerade anrufen.«

Unvermittelt stiegen ihm Tränen in die Augen. Er war so erleichtert, dass sie sein Gespräch angenommen hatte, offenbar nichts zwischen ihnen stand und Alexa ihm sein Verhalten vom Samstag nicht nachtrug.

»Was gibt es denn?«, fragte er heiser, froh, nicht den Anfang machen zu müssen, wischte mit dem Handrücken eine Träne weg und bemühte sich um einen normalen Ton.

Mit knappen Worten fasste sie die Ergebnisse der Recherche am Walchensee zusammen. Sie berichtete von dem gestohlenen Boot, dass der Dieb offenbar im Sturm gekentert war, von der Suche der Taucher, die schließlich Kleidungsstücke und Überreste einer Leiche gefunden hatten.

»Es ist nicht Roza«, beeilte sie sich zu sagen. »Der Ertrunkene ist männlich. Es handelt sich dabei um einen jungen Mann, der im letzten Herbst nach einem Volksfest spurlos verschwunden war. Die Untersuchung der Skelettreste ist mittlerweile abgeschlossen, und der Rechtsmediziner konnte keine Anzeichen äußerer Gewalteinwirkung finden. Die Taucher suchen noch, aber wir nehmen an, dass es die Überreste dieses Mannes waren, die der Hund gerochen hat.«

»Und wie geht es jetzt weiter?«

»Das war noch nicht alles«, fuhr sie fort.

Krammer hielt die Luft an, starrte auf das Pflaster zu seinen Füßen und bemerkte zwei Spielkarten, die jemand auf dem Gehsteig hatte fallen lassen. Ein Pik-Ass und die Zwei der Herzen. Er wusste nicht, was die Karten bedeuteten, nahm sie aber einfach als gutes Zeichen.

»Es hat heute in der Dämmerung einen Autounfall am Walchensee gegeben. Ein junger Mann ist schwer verletzt worden. Er liegt in der Klinik in Murnau und musste ins künstliche Koma versetzt werden.«

»Ist er mit Roza gesehen worden?«

Alexa verneinte. »Es war nicht sein Wagen. Laut den Papieren ist die Halterin eine Frau, die in Walchensee wohnt. Wir wissen noch nicht, wer er ist.«

»Die Halterin heißt nicht zufällig Krisztina?«, fragte er, obwohl er sicher war, dass sie es verneinen würde.

»Nein, sie heißt Anja Nickl. Der Fahrer trug weder Führerschein noch Ausweispapiere bei sich. Das ist jedoch nicht das Einzige, das mich an der Sache irritiert: Eine Gruppe Jugendlicher will beobachtet haben, dass ein zweiter Wagen auf der Gegenfahrbahn unterwegs war. Ich konnte aber nirgends Bremsspuren finden. Der Kleinwagen ist offenbar mit Tempo durch die Absperrung gekracht und im See gelandet. Und der Entgegenkommende ist nach dem Unfall einfach verschwunden.«

»Ich verstehe nicht. Was hat das mit Szabo zu tun?«, fragte Krammer.

»Ich habe ein paar Tropfen gefunden. Bremsflüssigkeit, würde ich tippen. Wenn die Bremsleitung beschädigt war und der Fahrer die Kontrolle über den Wagen verloren hat, als er ein Ausweichmanöver machen musste, würde das den Unfallhergang erklären. Ich habe noch keine Beweise, aber sagtest du nicht, dass auch Szabos Wagen manipuliert worden war? Der Reifen an der einen Seite hing auch ganz seltsam auf der Achse. Was natürlich auch von dem Aufprall rühren kann. Das müssen wir erst überprüfen, dennoch habe ich ein komisches Gefühl bei der Sache.«

Sofort kam wieder Leben in Krammer. Auch er glaubte

nicht an solche Zufälle. War das endlich der Durchbruch? Sie hatten also doch richtig gehandelt, den Walchensee aufzusuchen. Es galt nur noch herauszufinden, wie das alles mit Roza zusammenhing. Er überlegte, umzudrehen und sofort zu Alexa zu fahren.

Doch dann hielt er inne. Er würde riskieren, dass sie erneut aneinandergerieten. Alexa kam gut ohne ihn klar. Außerdem war die Spur in Ungarn weiterhin wichtig. Denn er wurde das Gefühl nicht los, dass dort der Schlüssel zu allem lag.

»Genau«, bestätigte er Alexas Vermutung, nachdem er sich wieder gefangen hatte. »Jemand hatte an Rozas Wagen die Radmuttern gelöst. Ob die Bremse ebenfalls manipuliert war, kann ich nicht sagen, werde das aber sofort bei der Werkstatt erfragen. Roza hat sich nach dem Unfall selbst darum gekümmert ...«

Und er hatte nicht nachgehakt. Krammer ballte die Fäuste in seiner Tasche. Dann wischte er den Gedanken weg und gab sich einen Ruck. Er konnte die Vergangenheit nicht mehr ändern. Aber die Zukunft. In vielerlei Hinsicht.

Rasch fügte er deshalb hinzu: »Das hast du gut gemacht, Alexa.«

Auf der anderen Seite blieb es still. Sie kommentierte sein Lob nicht. Doch dieses Mal verstand er: Seine Tochter war im Grunde wie sein Spiegelbild. Er hätte sich genauso in Schweigen gehüllt und nicht sofort eingelenkt. Aber er wusste auch, dass sie es zur Kenntnis genommen hatte. Und dass sie darauf reagieren würde. Irgendwann.

»Ich habe auch einiges zu berichten«, fuhr er deshalb rasch fort, damit die Pause sich nicht zu sehr in die Länge zog. »Für Roza ist ein Paket eingetroffen, in dem ich einen Trauerkranz gefunden habe. Auf den Schleifen steht etwas in Ungarisch, und er scheint von der Beerdigung dieser Krisztina zu stammen. Deshalb mache ich mich jetzt auf den Weg zu Rozas früherer Einsatzstelle. Ich bin sicher, dass es etwas mit ihrem Dienst an der Grenze zu tun hat. Ihr ehemaliger Kollege lebt noch dort – vielleicht erinnert er sich an etwas, das uns weiterbringt. Denn es macht den Anschein, als sei diese Krisztina vor längerer Zeit gestorben. Die Schleifen sind ausgeblichen und brüchig. Unsere Leute untersuchen sie gerade, und ich hoffe, sie finden etwas, das uns weiterhilft.«

»Und du denkst, Roza hat etwas mit dem Tod der Frau zu tun?«, fragte Alexa.

»Ganz ehrlich: Ich weiß es nicht. Es scheint nur so, dass in der ganzen Geschichte Beerdigungen immer wieder irgendeine Rolle spielen.«

»Wegen des aufgebahrten Toten in ihrer Wohnung, meinst du?«

»Nicht nur. Rudi Hellinger, unser Gerichtsmediziner, hat angerufen. Du hast ihn ja schon kennengelernt.«

»Hat er herausgefunden, wie der Mann ums Leben kam?«

»Nein, das noch nicht. Aber er war schon tot, bevor er in Rozas Wohnung kam. Wie und wann er genau verstorben ist, untersucht er noch. Aber der Leichnam ist für eine Beerdigung hergerichtet gewesen. Das ist sicher.«

»Dann hat Roza also nichts mit seinem Tod zu tun«, resümierte Alexa.

Das blieb zu hoffen. Krammer wog ab, ob er Alexa auch von seiner anderen Entdeckung berichten sollte. Sicher würde sie sein Geheimnis hüten. Alexa hatte denselben Ehrenkodex, ihre Partner betreffend. Das hatte er deutlich gesehen, als er sie mit ihrem Kollegen aus Aschaffenburg erlebt hatte. Aber auf einer offenen Leitung über einen innerpolizeilichen Waffendiebstahl zu berichten, war ihm zu heikel. Vor allem, weil er durch die Box unter seinem Auto wusste, dass ihm jemand folgte. Und wer es schaffte, Leichen ungesehen in Wohnungen zu befördern und zivile Fahrzeuge von Ermittlern zu manipulieren, dem traute er auch zu, sich in das Netz der Polizei zu hacken.

»Bei der Spurensicherung in Rozas Wohnung haben sie ein paar Dinge gefunden, die eventuell auf die Herkunft des Toten hindeuten. Aber in Tirol wurde definitiv keine Leiche aus einem Beerdigungsinstitut oder einer Leichenhalle gestohlen. Elly prüft jetzt gerade noch die anderen Bundesländer.«

»Ich lasse das sofort auch bei uns checken. Immerhin führte uns Roza hierher. Vielleicht kam der Tote ja von unserer Seite der Grenze. Und sie wollte, dass wir hier ermitteln.«

Ein guter Einwand.

»Wir werden jetzt diese Anja Nickl aufsuchen«, fuhr Alexa fort, »um ihr mitzuteilen, dass ein Mann mit ihrem Wagen verunglückt ist und im Krankenhaus liegt. Gestohlen gemeldet wurde der Wagen bisher nicht, deshalb gehen wir davon aus, dass sie ihn kennt.«

»Du solltest unbedingt prüfen, ob der Fahrer oder diese Anja Nickl Feinde haben. Vielleicht galt der Anschlag eigentlich ihr. Oder ob einer von beiden in einer Beziehung zu Ungarn steht.« Krammer biss sich auf die Lippe. Er musste lernen, sich zu zügeln. Er brauchte seiner Tochter nichts mehr beizubringen.

Weder im Job noch im Leben.

Am liebsten hätte er sie jetzt obendrein um Vorsicht gebeten. Darum, gut auf sich aufzupassen. Aber auch das konnte Alexa ganz gut alleine. Sie war als Polizistin ohnehin wachsam. Außerdem waren Huber und Oskar bei ihr. Also verkniff er sich einen derartigen Kommentar, obwohl er ihm auf der Zunge lag.

Wichtiger war, zu seiner Nachricht vom Vortag Stellung zu beziehen. Vielleicht sollte er vorgeben, zu viel Wein getrunken zu haben oder etwas in dieser Art.

Doch Alexa kam ihm zuvor.

»Ich muss jetzt los, Bernhard. Lass uns bitte in engem Austausch bleiben«, schloss sie bereits das Gespräch, fügte aber noch hinzu. »Nicht nur in beruflicher Hinsicht.«

Es folgte eine kurze Pause, dann legte sie auf.

Krammer atmete tief durch, als er das Handy wegsteckte. Alexa hatte die Tür nicht zugeschlagen. Im Gegenteil: Sie hatte sie ein Stück für ihn geöffnet.

Mehr konnte er nicht erwarten. Es war ein erster Schritt, den er zu schätzen wusste.

Er beeilte sich, zu seinem Wagen zu kommen. In vier Stunden konnte er am Zielort sein. Wenn er Liszts *Ungarische Rhapsodien* hörte, wäre er vielleicht noch etwas schneller.

36.

Am nächsten Abend kam ich zum Dienst runter. Die Musik lief, bunte Lichtkegel strichen rastlos durch den Raum, aber keine Kollegin war da. Nur der Barkeeper stand am Tresen.

Ein Tisch in der Mitte war gedeckt mit weißem Leinentuch und edlem Geschirr, daneben ein Buffet mit dampfenden Schüsseln, Salaten und Käse.

Davor stand er. In Jeans und weißem Hemd, ganz schlicht, aber wieder umspielte ihn ein Hauch von Klasse und Eleganz, die den Look zu etwas Besonderem machte.

»Ich wusste nicht, was du gerne isst. Deshalb habe ich einfach alles bestellt.«

Er wies auf einen Wagen, auf dem Säfte, Weinflaschen und Spirituosen standen. Wasser in blauen Flaschen. Mit und ohne Kohlensäure.

»Aber Champagner magst du ganz sicher, oder?«

Ich nickte, brachte kein Wort heraus. So etwas hatte noch nie jemand für mich getan. Und dass das Aufgebot mir galt, stand außer Zweifel.

Mit einem sanften Lächeln ließ er den Korken knallen, nur ein kurzes Ploppen, dann goss er das sprudelnde Getränk gekonnt in die schlanken Kelche ein und reichte mir mein Glas.

»Dom Pérignon. Für dich nur das Beste.«

Er hatte die ganze Bar gekauft.

Und mich.

Von diesem Tag an war ich seine einzige Beschäftigte. Der Barkeeper hatte an dem Abend seine letzte Schicht. Für den Fall, dass mir nach einem Cocktail war.

Er wolle nichts erzwingen, sagte er. Ich könne weiter im Club arbeiten, wenn ich das wolle. Oder auch nicht.

Er überließ mir die Wahl.

Nur mich mit anderen zu teilen, dazu sei er nicht bereit.

Ich prostete ihm zu und trank das Glas in einem Zug. In meinem Kopf drehte sich alles. Ich hatte nichts gegessen. Doch ich war trunken vor Glück.

Die Liebe hatte mich doch endlich gefunden.

Meine Hoffnung war nicht umsonst gewesen.

Ich antwortete nicht sofort, obwohl ich mich längst entschieden hatte. Zu leicht wollte ich es ihm dennoch nicht machen.

Heute weiß ich, dass ich mich nicht von seinem Äußeren, seinen Worten und von seinem Geld hätte einnehmen lassen sollen. Aber er wollte mich. Nichts anderes. Ich war ihm etwas wert.

Und er war bereit, mehr zu zahlen als jeder Freier zuvor. Er gab mir die Chance, endlich alles hinter mir zu lassen. Über die zu triumphieren, die mein Leben in die falsche Richtung gelenkt hatten.

Doch weil mir so sehr schmeichelte, was er für mich tat, vergaß ich zu prüfen, wie er wirklich war.

Vor allem aber, wer er war.

37.

Wenig später waren Alexa und Huber bereits auf dem Weg zur Adresse der Halterin des verunglückten Ford Fiesta, nur wenige Minuten von der Unfallstelle entfernt.

Von unterwegs hatte Alexa sich bei Brandl gemeldet, als klar war, dass sie in den nächsten Stunden nicht in die Inspektion zurückkommen würden. Huber hatte ihr das Gespräch abnehmen wollen, aber es war an der Zeit, dass sie selbst mit Ludwig Brandl sprach. Immerhin war ihr letztes Zusammentreffen nicht allzu erfreulich gewesen. Zwar hatte ihr Chef Alexas Suspendierung bereits aufgehoben, dennoch war es ihr wichtig, direkt mit ihm zu reden.

Er hatte geduldig zugehört, bis sie die näheren Umstände des Unfalls geschildert hatte.

»Verkehrsunfallflucht mit lebensgefährlicher Verletzung. Ich verstehe nicht ganz, warum das ein Thema für euch ist. Können das nicht die Kollegen von der Polizeistation Kochel am See übernehmen?«

»Das könnten sie sicher. Aber es gibt eine Ähnlichkeit zu einem Fall in Österreich, die uns interessiert.«

»Wie das?«

»Es hat mit der Kollegin von Chefinspektor …« Alexa räusperte sich. »Mit der Kollegin von Bernhard Krammer zu tun. Ihr Auto wurde vor einer Weile manipuliert, und bei dem Unfall sind wir auf dieselbe Vorgehensweise gestoßen.«

Alexa war froh, dass ihr Chef endlich Bescheid wusste. »Wir waren am Freitag in Innsbruck«, fuhr sie fort, »wegen der Sache mit Voss. Doch es hat sich noch eine weitere Suche ergeben. Roza Szabo, die Kollegin, auf die zuvor zwei Anschläge verübt worden sind, wurde seit dem Vorabend vermisst. Florian und ich haben gleich unsere Hilfe angeboten.«

»Das habe ich gar nicht gewusst. Die Suchmeldung muss an mir vorübergegangen sein.«

Alexa leckte sich die Lippen. »Ist sie nicht. Es wird nicht offiziell gefahndet.« Sie zögerte, dann gab sie sich einen Ruck. »Krammer befürchtet, dass Roza in irgendetwas verwickelt ist. Eine alte Sache, die sie vielleicht eingeholt haben könnte«, versuchte sie die Geschichte ein wenig plausibler klingen zu lassen.

»Verstehe. Dann meldet euch, wenn ihr die Hintergründe des Unfalls genauer kennt, und berichtet an Krammer. Danach kommt bitte sofort zurück. Es ist eine ziemlich beunruhigende Meldung über einen Stalker eingegangen. Möglicherweise könnte der gefährlich werden. Er stellt einer Prominenten nach, die in Pähl in der Nähe des Ammersees wohnt. Ich schicke euch die Adresse.«

»Könnte sich nicht Stein darum kümmern?« Es gab keinen anderen Weg, als die Wahrheit zu sagen. »Der Fall in Österreich treibt mich aus einem bestimmten Grund um. Etwas Persönliches.«

»Jetzt machst du mich aber neugierig.«

Sie schaute zur Seite. Huber nickte ihr zu. »Krammer hat so oft etwas für mich getan. Deshalb würde ich mich gerne bei ihm revanchieren, auch wenn es vielleicht nicht direkt in unser Ressort gehört. Und ein Hinweis, den man gefunden hat, führt sogar hier nach Deutschland. Du würdest mir damit einen Gefallen tun.«

Alexa ließ heftig Luft ab. Sie brachte es nicht fertig. Sie wollte ihm sagen, dass Krammer ihr Vater war und sie keine Ahnung davon gehabt hatte. Doch im letzten Moment zögerte sie und hatte diese Ausrede benutzt, in der ebenfalls viel Wahrheit steckte.

»In Ordnung«, entgegnete Brandl, dem das Ganze jedoch nicht recht zu gefallen schien. »Aber wenn ihr dort fertig seid, nehmt ihr euch bitte umgehend der anderen Sache an. Oder du schickst mir den Florian rüber, wenn du alleine klarkommst. Stein ist für diesen Job nicht der Richtige.«

Alexa sagte es ihm zu und legte dann auf. Sie hatte es einfach nicht gekonnt. Weil sich die Geschichte zwischen ihr und Krammer in ihren eigenen Ohren völlig verrückt anhörte. So wie sie es definitiv auch war.

»Du musst dem Chef nicht sagen, dass Krammer dein Vater ist«, entgegnete Huber. »Von mir erfährt das jedenfalls keiner, wenn du das nicht willst.«

Alexa hüllte sich für einen Moment in Schweigen.

Was war nur mit ihr los? Jeder andere hätte in die Welt hinausgeschrien, was für ein Glück es war, den Vater gefunden zu haben. Endlich zu wissen, woher sie kam, wo ihre Wurzeln lagen. Nur sie schien diesen Familienvirus nicht in sich zu tragen. Zwar hatte sie durchaus seit gestern das Gefühl, mehr über Krammer wissen zu wollen. Aber sie brauchte weiterhin Zeit, um diese ganze Sache für sich einzuordnen, bevor sie anderen davon erzählte. Was nicht ungewöhnlich für sie war. Alles Persönliche wollte wohl überdacht sein. Sie scheute sich ja sogar davor, Konstantin, dem sie im Grunde nichts schuldig war, zu sagen, dass sich zwischen ihnen etwas verändert hatte. Ganz zu schweigen von Jan, bei dem sie es über Jahre nicht geschafft hatte. Gefühlsdinge lagen ihr einfach nicht. Und das meiste trug sie eben mit sich selber aus.

»Danke für dein Verständnis«, sagte sie nach einer Weile und musterte Huber, dessen blonde Haare am Hinterkopf verstrubbelt waren. Sie fühlte sich immer wohler neben ihm. »Wir sind übrigens gleich da. Vorne rechts die Einfahrt, das müsste es sein.«

Huber stoppte den Wagen vor dem letzten Haus in einer Nebenstraße, einem zweigeschossigen Bau im typischen Stil der Gegend: dunkles Holz an Dachüberstand und Balkon, braune Holzfenster und lindgrün gestrichene Fensterläden. Das Gebäude war zwar in die Jahre gekommen, aber eine Holzbank im selben Ton der Läden und ein Topf mit bunten Frühlingsblumen neben der zweistufigen Treppe, die zum Hauseingang führte, sorgten für eine heimelige Atmosphäre.

Es gab zwei Gartentüren, und es schien, als sei das Gebäude in späteren Jahren umgebaut worden, um eine zweite Wohnung zu schaffen. *Familie Nickl* stand in krakeligen bunten Buchstaben auf dem linken der beiden Schilder zu lesen, so als hätte es ein Kind geschrieben. Ob der Verunglückte Anja Nickls Mann war?

Eine riesige Fichte im Vorgarten nahm dem Gelände viel Licht. Doch außer einer Rose, die sich an der Außenwand nach oben rankte, und einem schmalen Beet entlang der etwas erhöht liegenden Terrasse, in dem Flieder gepflanzt war, gab es nur Rasenflächen und rundum eine brusthohe Hecke, deren Substanz schon holzig war. Das Haus stammte vermutlich aus den Achtzigern und hatte immer dieselben Menschen beherbergt, die irgendwann auf kleinerer Fläche zusammengerückt waren und eine zweite Familie aufgenommen hatten. Genau wie Alexa nun in Lenggries bei der alten Dame wohnte, weil diese nicht mehr die Kraft hatte, sich um alles zu kümmern und sich obendrein alleine ängstigte.

Das zweiflügelige Tor zur Garage, die im Stil des Hauses gebaut war, war auf einer Seite offen. Ein auffälliges pinkfarbenes Fahrrad mit einem Pokémon-Schriftzug und ein Trekkingrad standen darin. Letzteres gehörte vermutlich Anja Nickl, denn es war ein Damenrad, das andere wegen der Farbe und Größe ihrem Kind, vermutlich einem Mädchen. Dunkle Reifenspuren am Boden zeigten, dass hier normalerweise ein Wagen geparkt war. Sie hätte gerne nachgesehen, ob dort ebenfalls Spuren einer Flüssigkeit zu finden waren. Aber bevor die genaue Analyse des Unfallhergangs vorlag, hielt sie sich zurück und betrat nicht unbefugt ein fremdes Grundstück. Zunächst war das alles ja nur eine vage Vermutung.

Alexa nickte Huber zu, der bereits den Klingelknopf drückte.

Außer einer Krähe, die über den Rasen hüpfte und immer wieder in der Erde pickte, rührte sich nichts.

Huber sah auf die Uhr. »Wahrscheinlich ist sie schon bei der Arbeit und die Tochter in der Schule.«

»Wusste jemand von den Rettungskräften, wo sie arbeitet?«, erkundigte sich Alexa. Hier am See wohnten nur wenige Menschen, daher konnte es gut sein, dass sie sich kannten.

»Nein«, sagte Huber. »Der Name war keinem der Männer ein Begriff. Vielleicht arbeitet sie im Umland, hat das Kind zur Schule gebracht und ist erst am späten Nachmittag oder Abend wieder da.«

Alexa drehte sich um die eigene Achse und schaute sich

um. Das Haus lag am Ende des Ortes, dahinter erstreckte sich bereits dichter Wald, der bis zum Gipfel reichte. Die Nachbarhäuser waren teils etwas neuer und hatten rote Dächer und helles Holz, andere waren ebenso alt wie das, in dem Anja Nickl lebte.

Bis auf das Gezwitscher der Vögel war es absolut still. Alexa war vom Landleben zu ihrer Überraschung sehr angetan, aber so schön der See und der Ort waren – hier wollte Alexa nicht einmal tot über dem Gartenzaun hängen. Im Sommer zu voll, im Winter zu abgelegen. Vor allem für eine junge Frau. Der Verunglückte war auf Mitte dreißig geschätzt worden, hatte es geheißen, und sie vermutete, dass Anja Nickl ungefähr ebenso alt war. Aber vielleicht reichte ihr das Landleben, das Gärtnern und die Familie, und sie brauchte keine Kinos, Museen oder Konzerte in ihrer unmittelbaren Nachbarschaft.

Huber klingelte noch einmal und deutete dann an dem Haus vorbei. »Ein Stück weiter fließt der Deiningbach. Im Februar 2022 gab es dort einen Unfall – eine 23-Jährige wurde tot im Wasser aufgefunden. Beim Klettern verunglückt.« Er seufzte. »Der Bachlauf führt durch eine Schlucht. Wenn man dort durchläuft, gibt es einen Wanderweg zum Herzogstand hoch. Die Aussicht von oben ist einfach phantastisch, deshalb zieht der Berg viele Menschen an. Kurz bevor sie oben angekommen war, hatte die junge Frau eine Sprachnachricht und ein Foto verschickt, deshalb wussten die Rettungskräfte, wo sie zu suchen war«, meinte er und musterte dann die Häuser ringsum. »Aber sie konnte nur noch tot geborgen werden. Ein Hubschrauber entdeckte ihren Körper.«

Alexas Bedarf an derartigen Wanderungen war fürs Erste gedeckt. In der vergangenen Woche hatte sie diverse Hütten im Umland besucht und dabei auch eine Schlucht durchquert. Die Erinnerung daran war für sie nicht sonderlich verlockend, aber sie kannte nun die Risiken und wusste, wie schnell in den Bergen ein Unfall passieren konnte.

»Es ist also nicht nur paradiesisch hier«, entgegnete sie und betastete ihre Schulter, die zum Glück immer seltener schmerzte.

Tote in den Bergen, in den Bächen und im See. Zwar handelte es sich nicht immer um Morde, aber die Zahl ließ sie erneut an der Romantik der bayerischen Alpen zweifeln. Es war gefährlich hier und die Natur nicht zu unterschätzen: Neben Wind, Stürmen, Schnee und Lawinen barg auch die Beschaffenheit des Bodens und der Felsen ein Risiko. Und wenn man in Probleme geriet, gab es zudem oft genug keinen Handyempfang.

»Was machen wir jetzt?«, fragte Huber schließlich. »Sollen wir noch einmal zu den Tauchern fahren und es später wieder versuchen?«

Bevor sie ihm sagen konnte, dass Brandl vorher wegen eines Promi-Stalkers nach ihnen verlangt hatte, klingelte ihr Telefon. Sie kannte die Nummer nicht.

»Spreche ich mit Kriminaloberkommissarin Alexa Jahn?«, fragte ein Mann mit einer tiefen, wohlklingenden Stimme. »Hier Dr. Peters vom Unfallklinikum Murnau. Man hat mich in der Polizeidirektion direkt an Sie verwiesen. Sie sind doch die ermittelnde Beamtin des heutigen Verkehrsunfalls am Walchensee, richtig?«

»Korrekt. Was kann ich für Sie tun?«

»Haben Sie die Angehörigen des Verletzten verständigen können? Wissen wir jetzt, wer er ist? Das wäre im Hinblick auf seine Krankengeschichte hilfreich für uns.«

»Nein«, erwiderte sie, »leider nicht. Wir stehen gerade vor der Tür der Frau, die als Halterin des Fahrzeugs gemeldet ist, haben sie aber nicht angetroffen. Wir bemühen uns.«

»In Ordnung. Für Sie aber schon einmal ein paar Fakten: Der Mann wird noch für eine Weile im Koma bleiben müssen. Seine Verletzungen sind heftig, und wir wissen nicht, ob er bleibende Schäden davontragen wird. Da müssen wir abwarten und können nur das Beste hoffen. Aber mit dem Drogenschnelltest, den wir durchgeführt haben, konnten wir eindeutig feststellen, dass er unter dem Einfluss von Kokain gestanden hat.«

»Und das ist sicher?«

»Kein Zweifel. Andere Drogen oder Alkohol wurden bei dem Screening allerdings nicht angezeigt.«

»Ich danke Ihnen. Das hilft uns für unser Gespräch mit Frau Nickl und natürlich bei den Ermittlungen zum Unfall. Könnten Sie mir die Auswertungen per Mail zuschicken?«

Alexa gab ihm die Adresse durch und bedankte sich bei dem umsichtigen Arzt.

»Wir haben uns beide vertan«, sagte sie dann an Huber gewandt. »Es war kein Alkohol im Spiel und nicht bloß das Tempo. Der Mann war zugedröhnt. Kokain. Umso wichtiger, dass wir versuchen, denjenigen zu finden, der uns etwas zum Unfallhergang sagen kann.«

»Sofern das überhaupt stimmt, was die Jugendlichen uns erzählt haben.«

»Wie meinst du das?«

»Na ja, ob sie sich unter dem Einfluss von Cannabis an alles richtig erinnern konnten, ist für mich fraglich. Manches an der Geschichte schien mir sehr übertrieben. Warten wir ab, ob sie morgen immer noch darauf pochen, ein Licht von einem anderen Wagen gesehen zu haben. Für mich klang die Geschichte eher wie aus einem Actionfilm.«

Huber hatte recht mit diesem Einwand. Das alles war nur ein vager Bericht nach einer durchzechten Nacht.

Alexa blickte noch einmal zu dem Haus der Nickls zurück. Es wirkte alles so idyllisch hier. Vielleicht sogar etwas zu sehr. Eine junge Familie, die an diesem schönen und friedlichen Ort ein Kind großziehen wollte. Aber oft täuschte der Schein. Vielleicht gab es finanzielle Probleme, die der Mann mit Drogen kompensieren wollte, Streit in der Ehe oder psychische Erkrankungen. Tausend Gründe waren möglich. Oder das Paar gönnte sich gemeinsam eine Line für umwerfenden Morgensex. Heutzutage war nichts undenkbar.

Ein Drogenrausch würde auch erklären, warum der Fahrer nicht gebremst hatte. Wenn er so high gewesen war, dass er sich und seine Fahrkünste völlig überschätzt hatte. Oder er geglaubt hatte, er würde fliegen.

Ein Seufzer entrang sich ihr. Dabei war sie so sicher gewesen, auf der richtigen Spur zu sein. Dennoch: Sie mussten wissen, wer der Mann war, und würden hoffentlich bei Anja Nickl Näheres über ihn erfahren.

»Gibt es hier eine Schule?«, fragte Alexa.

Huber nickte. »Eine Grundschule.«

Sie deutete mit dem Zeigefinger auf das Kinderfahrrad in

der Garage. »Dann lass uns da mal unser Glück versuchen. Wenn die Tochter dort unterrichtet wird, haben die sicher die Mobilnummer der Mutter. Oder wissen sogar, wo sie arbeitet.«

38.

Sie waren zu Fuß zur Dorfschule in der Kastanienallee gegangen, die nur etwas mehr als fünf Minuten entfernt lag. Um diese Uhrzeit wirkte der kleine Ort wie ausgestorben. Die Urlauber waren sicher schon unterwegs zu ihren Wanderzielen, und diejenigen, die hier lebten und nicht im Tourismus beschäftigt waren, mussten längst bei ihrer Arbeitsstelle sein.

Der wunderschöne See und dieses hübsche, gepflegte Örtchen wirkten dadurch auf Alexa eher wie eine Kulisse aus einem Film: zu perfekt, um wahr zu sein.

Einmal mehr fragte sie sich, warum Roza Szabo ausgerechnet hierhin geflüchtet war. Wenn die Österreicherin nicht auffallen wollte, hätte sie sich doch besser in einer Großstadt oder weiter draußen in den Bergen verschanzt. In einem abgelegenen Schuppen, einer unbewohnten Hütte.

Etwas an der Sache fühlte sich immer wieder falsch an. Vielleicht sollten sie doch eine Drohne über die Insel Sassau schicken, von der Buchwald und Huber berichtet hatten.

Alexa war so sehr in Gedanken vertieft, dass sie ohne Huber fast an ihrem Ziel vorbeigelaufen wäre. Allerdings auch, weil sie in dem alten, schön restaurierten Gebäude keine Schule vermutet hätte.

Eine Frau in Tracht öffnete ihnen auf ihr Klingeln hin die Tür, offenbar die Sekretärin.

»Grüß Gott«, empfing sie sie und setzte ein breites Lächeln auf. »Sie haben keinen Termin vereinbart, richtig? Wenn Sie Ihr Kind hier anmelden möchten, sind Sie leider etwas zu spät. Unsere Schnuppertage waren schon im Februar, und die Auswahl für das kommende Schuljahr ist bereits erfolgt.«

Alexa schüttelte lächelnd den Kopf, denn der Gedanke, dass sie Huber und sie für ein Paar hielt, amüsierte sie. Dann zog sie ihren Ausweis heraus, den die Frau jedoch nur flüchtig ansah. »Wir sind auf der Suche nach jemandem, der hier in Walchensee wohnt.«

Die Sekretärin zog die Augenbraue hoch. »So?«

»Anja Nickl heißt sie«, fügte Alexa hinzu, da sie das Misstrauen der Frau deutlich spürte. »Wir vermuten, dass ihre Tochter hier zur Schule geht.«

»Die Kinder sind auf einer Exkursion, tut mir leid. Aber wir geben generell keine Auskünfte über unsere Schützlinge heraus.«

»Um die Tochter geht es uns auch gar nicht«, erklärte Alexa schnell.

»Und warum sind Sie dann hier?« Der Ton der Sekretärin war nicht mehr so süßlich wie zu Beginn des Treffens. Ihr Blick zeigte deutlich, dass sie die Nachfragen seltsam fand.

»Leider können wir Ihnen dazu keine näheren Angaben machen. Es würde uns aber schon reichen, wenn Sie uns mit der Handynummer von Frau Nickl aushelfen könnten.«

Die Sekretärin musterte Alexa und Huber kritisch. »Wird ihr etwas zur Last gelegt?« Die Frau ließ sie keinen Moment aus den Augen.

»Nein«, erwiderte Alexa wahrheitsgemäß.

Bevor sie fortfahren konnte, redete die Frau bereits weiter:

»Dann tut es mir leid. Wir sind an den Datenschutz gebunden und können nicht einfach Details über die Kinder, ihre Privatadressen und Telefonnummern herausgeben. Auch nicht an die Polizei. Sie haben sicher Mittel und Wege, Ihre Informationen über andere Stellen zu beziehen.«

»Aber ...«

»Ich richte Frau Nickl aus, dass sie sich bei Ihnen melden soll, Frau Jahn. Wenn das also alles ist – Sie entschuldigen mich.«

Mit diesen Worten schlug die Frau ihnen die Tür vor der Nase zu.

Alexa und Huber schauten sich verblüfft an.

»Was war das denn?« Alexa fand als Erste ihre Sprache wieder und war kurz davor, erneut den Klingelknopf zu drücken.

Doch Huber hielt sie zurück. »Sie hat leider recht, Alexa. Nur weil wir von der Polizei sind, haben wir keinen Anspruch auf diese Daten. Es gibt immer mehr Verrückte und leider auch immer mehr Betrüger, die sich als Polizisten ausgeben. Lass uns noch mal zurückgehen und die Nachbarschaft abklappern. Wir kommen auch so an die Infos, die wir brauchen.«

Nur widerwillig folgte Alexa ihrem Kollegen, der bereits den Rückweg angetreten hatte.

»Das können wir doch so nicht stehen lassen«, stieß Alexa hervor, als sie ihn eingeholt hatte. »Die spielt sich hier auf, als wäre sie die Datenschutzbeauftragte des Bundes. Und warum? Denkt die etwa, wir würden die Kinder entführen? Im Keller ihr Blut trinken, oder was?«

Jetzt konnte sich Huber nicht mehr zurückhalten. Er lachte

los. Und eindeutig nicht über ihren Kommentar, sondern über sie.

»Weißt du eigentlich, wie du gerade klingst?«, fragte er.

Sie hob kurz auffordernd das Kinn.

»Genau wie Krammer. Der Spruch hätte eins zu eins von ihm kommen können.«

Alexa wollte widersprechen, aber im Grunde musste sie Huber recht geben. Statt die Sache auf sich beruhen zu lassen, hatte sie losgepoltert und war aus der Haut gefahren. Natürlich wäre es leichter gewesen, wenn die Schulsekretärin ihnen die Nummer von Anja Nickl gegeben hätte. Andererseits war Datenschutz ein heikles Thema – und dazu da, die Persönlichkeitsrechte zu wahren.

»Entschuldige. Du hast recht«, meinte Alexa, während sie um die nächste Straßenecke bogen. Und etwas leiser fügte sie hinzu: »Gibt es sonst noch Ähnlichkeiten? Sehe ich eigentlich aus wie er?«

»Nein. Das nicht gerade. Aber manchmal überspringen Gene eine Generation. Meine Frau sieht zum Beispiel ihrer Großmutter zum Verwechseln ähnlich und hat nur charakterliche Ähnlichkeiten mit ihrem Vater.«

»Dann hätte ich mir von Krammer eher die langen Beine gewünscht, damit ich mit dir mithalten kann«, neckte sie Huber. »Und nicht sein knorriges Gemüt.«

»Ach, komm. Er ist zwar etwas unbequem, aber ein ehrlicher, hilfsbereiter und wirklich guter Polizist mit einem hervorragenden Gespür. Wenn du das geerbt hast, dann muss ich mich in Zukunft schwer ranhalten, um nicht blitzschnell von dir rechts überholt zu werden.«

»Dann mach mal!«, sagte Alexa, beschleunigte ihren Schritt

und deutete auf die Haustür auf der anderen Straßenseite. »Ich übernehme die geraden, du die ungeraden Hausnummern? Wenn wir uns aufteilen, sind wir schneller durch. Wir fragen, wo sie arbeitet und ob sie einen Partner hat, der bei ihr wohnt, richtig?«

»Ich mache erst noch eine Abfrage beim Melderegister. Vielleicht ist ja auch ein Herr Nickl unter der Adresse gemeldet. Dann kommen die im Krankenhaus schon einmal weiter.«

Alexa nickte, ging zu der nächsten Pforte und klingelte. Dicke Gardinen versperrten bei dem Fenster neben der Tür die Sicht ins Innere. Aber sie hörte eindeutig ein Telefon schellen.

Sie drückte erneut den Klingelknopf, dieses Mal ungeduldiger. Nichts bewegte sich. Nun verstummte auch das Telefon. Dennoch hatte sie ein seltsames Gefühl bei diesem Haus. So als würde jemand sie beobachten. Sie trat ein paar Schritte zurück und musterte die Fassade. Für einen Moment hatte sie den Eindruck, unterhalb der Gardine eine Bewegung zwischen den Blumentöpfen gesehen zu haben. Aber als sie ihren Blick länger darauf gerichtet hielt, blieb alles ruhig.

Vielleicht nur eine Spiegelung aus dem Inneren.

»Das ist jetzt seltsam«, sagte Huber im Näherkommen. »Im Melderegister ist der Eintrag von Anja Nickl gesperrt.«

Alexa wandte sich von dem Haus ab. »Das höre ich zum ersten Mal«, sagte sie. »Ich meine, dass es das gibt, ist mir schon klar. Aber bei einer Abfrage ist mir das noch nie untergekommen.«

War es vielleicht gar kein Zufall, dass die Sekretärin ihnen die Telefonnummer nicht genannt hatte? Hätte sie ihnen jede andere Nummer gegeben, nur nicht die von Frau Nickl? Langsam wurde die Sache interessant.

»Hier gibt es das von Zeit zu Zeit. Bei Prominenten. Die wollen natürlich ihre Ruhe, und bei den Meldebehörden kannst du Sperrungen beantragen. Aber was mich wundert: Wieso war die Adresse dann nicht auch bei der Kfz-Stelle gesperrt? Die Kollegen hatten ja offenbar keine Probleme, über das Kennzeichen die Daten zu erhalten.«

Eine berechtigte Frage.

Plötzlich hörten sie aus dem Wald einen spitzen Schrei. Den einer Frau.

Ohne nachzudenken rannte Alexa den Weg entlang in die Richtung, aus der der Hilferuf zu kommen schien. Schon nach wenigen Schritten drang kaum noch Licht durch die Baumkronen, und sie lief mitten durch dichten Wald. Etwa hundert Meter entfernt sah sie eine Person auf dem Boden sitzen. Eine Frau mit grauen Haaren rieb sich den aufgeschürften Arm. An ihrer Schläfe war eine kleine Platzwunde zu sehen.

»Ein Kerl hat sich da vorne im Gebüsch herumgedrückt.« Sie deutete auf die Stelle. »Als ich ihn angesprochen habe, rannte er auf mich zu und stieß mich um! So was ist mir noch nie passiert.«

Während Huber bereits losstürmte, reichte Alexa der Frau ein Taschentuch, um es auf die Wunde zu pressen und die Blutung zu stoppen. Trotz ihres fortgeschrittenen Alters war sie schnell wieder auf den Beinen.

»Können Sie den Mann beschreiben?«, fragte Alexa.

Die Frau zuckte die Schultern, wischte ein paar Steinchen und Tannennadeln aus der Wunde am Arm.

»Es ging so schnell. Er war groß, dunkel angezogen, schlank. Aber ich …« Sie blickte auf die Armbanduhr. »Jessas, es ist schon spät. Meine Enkelin kommt heute Mittag zum Essen, und ich muss mich jetzt sputen.«

»Aber der Mann …«

»Ach, es ist ja nichts weiter passiert«, sagte die Frau. »Lassen Sie's gut sein. Aber vergelt's Gott, dass Sie mir geholfen haben. Und für das Taschentuch.«

Mit diesen Worten drehte sie sich um und schritt hastig zur Siedlung zurück, ließ Alexa einfach stehen. Verblüfft schaute sie der Frau nach, die schon bald aus ihrem Blickfeld verschwunden war.

Auch von Huber war nichts zu sehen. Einem Impuls folgend ging sie in die Richtung, aus der der Mann gekommen sein sollte, der die Frau so brüsk weggestoßen hatte.

Was hatte er da eigentlich zu suchen?

Sie stieg über ein dorniges Gebüsch, dann ein Stück weiter in das Unterholz. Der Bewuchs war hier recht dicht und schien ein gutes Versteck zu bieten. Sie spähte durch die Bäume und konnte das Haus von Anja Nickl ausmachen. Es von hier genauer zu beobachten, würde aber nicht gelingen.

»Alexa«, rief jetzt Huber, der wieder zurückeilte. »Leider nichts. Ich hatte keine Chance mehr, den Kerl zu erwischen, der war wie vom Erdboden verschluckt. Aber wo ist denn die Frau hin?«

»Zurück nach Hause. Sie hatte sich nichts getan.«

Vorsichtig bahnte sie sich einen Weg, achtete auf ihre Schritte, um nicht zu stolpern, und stieg gerade über einen Baumstamm, als sie etwas auf dem Boden bemerkte. Ungläubig bückte sie sich.

»Was ist?«, fragte Huber.

Alexa hielt einen Spaten hoch, den der Flüchtende offenbar fallengelassen hatte. Doch jetzt sah sie noch etwas: Hinter dem Stamm war der Grund aufgeworfen. Erst auf den zweiten Blick erkannte sie die Umrisse eines rechteckigen Lochs in der moosbewachsenen Erde – in das definitiv ein Mensch passen würde.

Sie schaute dorthin, wo der Mann verschwunden war. Ihn zu verfolgen war aussichtslos, das wusste sie.

Nur für wen war diese Grube ausgehoben worden, die sie verdammt an ein Grab erinnerte?

39.

Huber stellte keine Fragen, als Alexa eilig zum Wohnhaus von Anja Nickl zurückkehrte. Sie musste dort etwas überprüfen, was sie sich schon viel früher hätte ansehen sollen. Vielleicht war ihre erste Intuition am Unfallort doch richtig gewesen.

Es konnte tausend Gründe geben, warum die Frau dafür gesorgt hatte, dass man nicht ohne Weiteres an ihre Adresse kam. Aber einer davon war definitiv, dass sie Angst vor jemandem hatte. So wie auch Roza, als sie fluchtartig das LKA verlassen hatte. Und vielleicht war ihr Auto nicht ohne Grund von der Straße abgekommen. Nur dass nicht Anja Nickl hinter dem Steuer saß.

»Klingele doch bitte noch mal«, bat sie Huber und beeilte sich, in die Garage zu kommen. Dieses Mal waren ihr die möglichen Konsequenzen egal. Sie schob das Tor auf und leuchtete mit dem Handylicht auf den Boden. Der war seit geraumer Zeit nicht gereinigt worden. Aber vielleicht war genau das ihr Glück.

Und wie sie es vermutet hatte, fand sie, was sie suchte. Auf dem Beton war eine kleine Lache derselben gelben Flüssigkeit, die sie zuvor auf der Straße gefunden hatte. Sofort machte sie ein Foto.

»Niemand da«, informierte Huber sie und trat zu ihr.

»Hier.« Sie rief das erste Foto auf. »Das habe ich heute

Morgen am Unfallort gefunden. Und wenn du mich fragst, ist das dieselbe Flüssigkeit. Wegen der Drogen hatte ich den Gedanken erst verworfen. Aber jetzt fürchte ich, dass dieser Unfall bewusst herbeigeführt wurde.«

»Was machen Sie da?«, herrschte sie plötzlich ein Mann an, der völlig unbemerkt von hinten an das Garagentor getreten war.

Sein Hund hatte die Lefzen hochgezogen, knurrte aber nicht. Offenbar hatte der Ton seines Herrchens ihn jedoch in Alarmbereitschaft versetzt. »Kommen Sie sofort da heraus, oder ich rufe die Polizei«, drohte er und zückte bereits demonstrativ sein Handy.

Huber zog seinen Ausweis hervor und ging dem Mann entgegen. »Halten Sie bitte Ihren Hund fest. Die Mühe können Sie sich sparen. Florian Huber von der Kripo Weilheim. Und das hier ist meine Kollegin Alexa Jahn.«

»Sitz!«, befahl der Mann seinem Hund, der daraufhin sofort gehorchte. Dann kam der Mann näher und musterte kritisch den Ausweis. Er war mittelgroß und drahtig, Alexa schätzte ihn auf ungefähr siebzig.

»Bitte entschuldigen Sie«, sagte der Mann schon weit weniger forsch. »Aber heutzutage kann man nicht vorsichtig genug sein. Die Leute stecken ja mittlerweile überall ihre Nase hinein, und bevor etwas wegkommt ...«

»Es ist immer gut, wachsam zu sein«, beruhigte ihn Alexa. »Frau Nickl wäre sicher froh, wenn sie wüsste, wie gut Sie auf ihre Dinge achtgeben.«

Er nickte. »Ist denn etwas passiert? Ich meine, wenn Sie hier sind ...«

Alexa warf Huber einen Blick zu, und er bestätigte mit

einem Nicken, dass auch er der Meinung war, dass sie den Mann einweihen sollten.

»Vermutlich werden Sie es ohnehin in der Zeitung lesen. Es hat einen Unfall gegeben. Auf der Uferstraße, nicht weit von hier.«

Er nickte. »Deshalb die Sirenen in der Frühe. Ich hatte mir schon so etwas gedacht. Passiert ja leider immer wieder hier bei uns.« Dann legte er die Stirn in Falten. »Das wird der jungen Frau einen ganz schönen Strich durch den Urlaub machen.«

Alexas Augenbraue schnellte nach oben.

»Urlaub?«, hakte sie sofort nach. »Wir versuchen sie schon den ganzen Morgen zu erreichen. Wissen Sie mehr darüber?«

Er schüttelte den Kopf. »Na, des net. Aber heute Früh, als ich hier langgekommen bin, da ist die Frau mit ihrer kleinen Tochter weggefahren. Sie grüßt immer so freundlich, aber ich kenne sie nicht näher. Und das Mädchen ist auch eine ganz Nette. Wir gehen jeden Tag hier vorbei, der Bruno und ich.« Der Hund bellte einmal kurz, als er seinen Namen hörte.

»Wissen Sie noch, um welche Uhrzeit das war?«

»Das dürfte so gegen sechse gewesen sein. Ich bin immer früh unterwegs mit dem Bruno. In meinem Alter ist es nicht so weit her mit dem Schlaf.«

»Und wie kommen Sie darauf, dass sie in den Urlaub gefahren ist?«, fragte Huber.

»Na, wegen der Reisetaschen, die sie mit dem Fahrer in dem Kombi verstaut haben. Die Kleine hatte einen Rucksack dabei, knallbunt mit lustigen Tieren darauf.«

Alexa versuchte sich nichts von ihrer Aufregung anmerken zu lassen.

»Sie meinen, Frau Nickl ist ohne ihren Partner weggefahren? Stand ihr Fiesta noch in der Garage?«

Er überlegte. »Das kann ich nicht sagen. Man will da ja nicht so hinschauen. Geht mich alles nichts an, was die Leute tun. Aber den Mann kannte ich nicht. Sah auch nicht aus, als käme er von hier, definitiv ein Ausländer. Und ich würde meinen, das Tor war zu.«

»Würden Sie uns den Fahrer näher beschreiben?«

»Na, wie die halt alle aussehen: dunkle Haut, dunkle Haare. Er war leicht untersetzt und nicht besonders groß.« Er deutete die Höhe an, wonach der Mann kaum größer als Alexa war.

»Können Sie uns noch mehr über das Fahrzeug sagen? Die Marke, Farbe oder vielleicht sogar das Kennzeichen?«

»Denken Sie etwa, ich spioniere den Leuten nach?« Er wirkte verärgert.

Alexa konnte ihre Enttäuschung nicht verbergen, denn mit diesen Angaben würde die Suche schwer werden. Bei dem Wagen konnte es sich um ein Taxi handeln, aber es könnte auch irgendein Bekannter sein, der sie gefahren hatte, der nicht aus dem Ort stammte.

»Aber dunkel war der Kombi«, schob der Mann rasch nach, so als hätte er ihre Gedanken gelesen. »Alleine war sie allerdings nicht, die junge Frau. Da war noch eine andere dabei. Vielleicht ihre Mutter?«

Ohne Zögern hielt Alexa dem Mann das Foto von Roza hin. Er deutete mit dem Finger darauf und nickte.

»Das ist die Frau! Ganz sicher. Die roten Haare.« Dann wurde er nachdenklicher. »Ich hoffe, ich habe der Frau Nickl jetzt keine Scherereien gemacht.«

Doch Alexa beruhigte ihn. »Ganz im Gegenteil. Sie haben

uns sehr geholfen. Jetzt wissen wir wenigstens, wer im Krankenhaus liegt, denn Herr Nickl hatte keine Papiere dabei.«

Alexa und Huber wechselten einen Blick. Nun waren sie endlich einen wichtigen Schritt vorwärtsgekommen: Sie konnten sicher sein, dass Roza nicht am Grunde des Sees lag, sondern noch am Leben war. Und es gab eine konkrete Spur – wenngleich der Zeuge ihnen nicht viel gesagt hatte, was sie weiterbrachte.

»Verheiratet waren die aber nicht«, warf der Mann ein. »Also, das hat zumindest die Frau Danner gesagt, die hier ein paar Häuser weiter wohnt.« Er deutete die Straße hinunter. »Die junge Frau ist damals alleine hergekommen. Hat das Mädchen ohne den Vater großgezogen. Aber so ganz alleine zu bleiben, das ist ja auch nichts für eine junge Frau.«

»Wie der Mann heißt, das wissen Sie nicht zufällig?«, fragte Alexa voller Hoffnung.

Doch er zuckte die Schultern und wandte sich zum Gehen. »Fragen Sie doch mal bei der Grundschule nach. Die können Ihnen sicher mehr sagen. Da geht das Madel ja hin.«

Die Aussicht, die Sekretärin wiederzutreffen, reizte Alexa absolut nicht. Aber die Tatsache, dass Anja Nickl mitten im Schuljahr mit ihrer Tochter wegfuhr, war definitiv merkwürdig. Wenn sie darüber hinaus von Roza begleitet wurde, handelte es sich bei dieser Reise definitiv nicht um einen Urlaub. Sie waren auf der Flucht. Offenbar waren sie demjenigen, der dort oben die Grube gegraben hatte, im letzten Moment entkommen. Nur wer war hinter ihnen her?

Ihre einzige Chance war jetzt, denjenigen zu finden, der sie weggefahren hatte. Huber telefonierte bereits mit der Inspektion in Weilheim und veranlasste eine Befragung der

Taxidienste und bei Uber. Sie hoffte inständig, dass es nicht irgendein Bekannter war, der sie chauffiert hatte.

In dem Moment klingelte Alexas Telefon. Als sie ranging, meldete sich der Arzt mit der angenehmen Stimme, mit dem sie kurz zuvor bereits gesprochen hatte. Sie trat näher an Huber heran und hielt das Telefon so, dass er mithören konnte.

»Entschuldigen Sie, dass ich mich erneut bei Ihnen melde«, sagte Dr. Peters. »Vielleicht ist dieses Detail gar nicht relevant, aber ich wollte, dass Sie das beurteilen können. Als der Anästhesist vorhin Zugänge gelegt hat, ist ihm ein frisches Hämatom in der Armbeuge des Verletzten aufgefallen. Das kann natürlich von dem Unfall herrühren. Aber wir sehen dort ganz deutlich eine Einstichstelle.«

Alexas und Hubers Blicke trafen sich. Er war genauso angespannt wie sie.

»Wir können es natürlich nicht beweisen, aber wir haben die Vermutung, dass er sich das Kokain gespritzt hat. Was sehr ungewöhnlich ist, das muss ich Ihnen nicht sagen. Wir haben daraufhin das Screening noch einmal wiederholt, aber alle anderen Drogentests waren weiterhin negativ. Ich wollte nur, dass Sie das wissen.«

Alexa bedankte sich und legte auf. Sie hielt einen Moment inne. Alles an diesem Unfall war seltsam. Zu seltsam, für ihren Geschmack.

Ein frisches Grab. Ein unter Drogen gesetzter Mann in einem manipulierten Auto. Und Roza auf der Flucht mit Anja Nickl und ihrer Tochter. Wie zum Teufel passten diese Puzzlesteine zusammen?

40.

Er kaufte mir eine große Wohnung im besten Viertel der Stadt. Er hatte einen Fahrer geschickt, der mich abholte und mir den Schlüssel übergab.

Am nächsten Morgen würde er mich wieder zum Club bringen.

Das Wenige, was ich besaß, hatte er bereits dorthin schaffen lassen. Es passte in einen Koffer. Ich packte nichts aus. Meine Kleider hätten in den riesigen Einbauschränken lächerlich ausgesehen.

Das Bett war gigantisch. Deshalb schlief ich auf der Couch. In der ersten Nacht schreckte ich ständig hoch, fand keinen Schlaf, tapste barfuß über den taubenblauen Teppichboden, auf dem man keinen meiner Schritte hörte.

Doch er tauchte nicht auf.

Jeden Tag fuhr ich zur Bar. Machte die Musik an, polierte die ohnehin sauberen Gläser, reinigte sogar die Toiletten fast täglich, auch wenn sie nicht benutzt wurden.

Ich war es nicht gewohnt, mit mir allein zu sein, und konnte die Zeit nicht genießen. Immer wieder holten mich die Dämonen aus meiner Vergangenheit ein. An einem Tag trank ich so viel, dass ich kaum noch zu dem Wagen kam.

Irgendwann wurde es besser. Nach einer Woche überlegte ich, meine Freundin anzurufen. Sie in meine neue Bleibe einzuladen. Doch ich wusste, was sie sagen würde. Und verwarf den Gedanken wieder.

Mir war klar, dass die Sache einen Haken haben musste. Aber in diesem Moment war es mir egal. Was konnte er schon von mir verlangen, was ich nicht zuvor tausendfach anderen gegeben hatte?

Mich schreckten weder Prügel noch Vergewaltigung.

Aber mich lockte die Sorglosigkeit.

Die Unabhängigkeit.

Und die Macht, die er vom ersten Moment an ausgestrahlt hatte. Er behielt den Club nur, damit ich weiter dort arbeiten konnte. Einfach, weil er es konnte. Außerdem wusste er, was er wollte, und sorgte dafür, dass er es bekam. Und ganz offensichtlich wollte er mich.

Irgendwann beschloss ich, den Kontakt zu meiner Freundin ganz abzubrechen. Obwohl sie mir immer eine Stütze gewesen war. Aber ich wusste, dass sie mein jetziges Leben genauso wenig gutheißen würde wie das davor. Etwas in mir gab ihr recht. Doch ich blendete alle Bedenken aus.

Viel zu schnell hatte ich mich an den Luxus gewöhnt. Nahm am Morgen ein langes Bad, genoss, dass der Kühlschrank jeden Abend wieder voll war. Wie von Geisterhand. Was wohl meine Familie sagen würde, wenn ich sie aus dem Fond der Limousine grüßen würde?

Ich lachte laut, ließ mich mit einem Glas Rotwein auf die Couch fallen und genoss den Blick auf die Fischerbastei, die in goldenen Lichtern angestrahlt war.

Er hatte mich gekauft.

Aber er hatte weiß Gott genug auf den Tisch gelegt.

Ich hatte mich schon für ihn entschieden, bevor er überhaupt in mein Leben zurückgekehrt war. Ich würde zu allem ja sagen, was er verlangte, denn endlich stand ich auf der besseren Seite des Lebens.

41.

Rund vier Stunden später hatte Krammer endlich Steinfurt im Burgenland erreicht. Szabos früherer Kollege, mit dem sie einige Jahre an der österreichisch-ungarischen Grenze gearbeitet hatte, war vorzeitig in den Ruhestand gegangen. Krammer brannte darauf, ihm ein Bild des Toten aus Szabos Wohnung zu zeigen und ihn nach einer möglichen Verbindung zu einer Frau namens Krisztina zu fragen. Außerdem hoffte er, durch Georg Holzner mehr über Roza zu erfahren. Vor allem über die Zeit, bevor sie vor einigen Jahren nach Innsbruck gekommen war. Es musste einfach eine Verbindung geben.

Er fuhr über die Hauptstraße, die mehr schlecht als recht mit frischem Asphalt geflickt worden war, und passierte eine hübsche Kirche. Sämtliche Häuser waren maximal zweigeschossig und hatten nicht die alpenländischen Holzfassaden, wie er sie aus Innsbruck und Umgebung gewohnt war, aber die meisten waren dennoch reich mit Blumen geschmückt, sowohl in üppigen Beeten als auch mit zahlreichen Balkonkästen. Der kleine Ort war ein typisches Angerdorf, bei dem zwischen der Hauptstraße und den Häusern zu beiden Seiten gut zehn Meter Grünfläche angelegt war. Trotz der nur knapp über hundert Einwohner gab es der Ortschaft eine angenehme Weitläufigkeit.

Es dauerte nicht lange, bis Krammer die Adresse von Georg Holzner gefunden hatte. Er hielt neben der Zufahrt zur Garage und stieg aus. Die kniehohe Berberitzenhecke, die das Grundstück umfasste, war perfekt geschnitten, genauso wie der dichte, saftig grüne Rasen. Vermutlich war es das neue Hobby des Polizeibeamten, von dem Krammer nur erfahren hatte, dass er wohl aus psychischen Gründen seinen Dienst niedergelegt hatte. Er und Szabo hatten auch undercover gearbeitet, und sicher hatten sie eine Menge zusammen erlebt.

Die Zufahrt zur Garage war tadellos gefegt. Aber obwohl man sehen konnte, dass die Bewohner ihr Haus pflegten, strahlte es eine gewisse Traurigkeit aus. Die dunklen Jalousien waren halb heruntergelassen, die Gardinen dahinter ließen keinen Blick ins Innere zu.

Er klingelte und wartete einen kurzen Moment. Ein Hüsteln erklang, dann wurde ihm geöffnet. Es musste sich um Holzners Frau handeln, die ganz in Schwarz gekleidet war.

»Krammer mein Name, LKA Innsbruck. Ich hoffe, ich komme nicht ungelegen, aber könnte ich vielleicht mit Ihrem Mann sprechen?«

Wie auf Kommando brach die Frau in Tränen aus und schüttelte den Kopf. »Tut mir leid, Sie kommen zu spät. Mein Georg ist vor zwei Wochen verstorben.«

Krammer presste die Lippen zusammen. Damit war er die ganze Strecke umsonst gefahren und ärgerte sich, nicht vorher angerufen zu haben.

»Aber Sie haben einen weiten Weg hinter sich.« Frau Holzner wischte sich die Tränen weg und hielt die Tür weiter auf. »Darf ich Ihnen vielleicht eine Tasse Kaffee anbieten? Und ein Stück Kuchen?«

»Ich möchte Ihnen keine Umstände machen.«

Sie schüttelte den Kopf. »Machen Sie nicht. Meine Nachbarn scheinen der Meinung zu sein, man könne Kummer mit Essen lindern. Alleine schaffe ich das alles niemals. Und ich würde gerne mit Ihnen über meinen Mann sprechen.«

Krammer säuberte seine Schuhsohlen auf der Fußmatte und folgte der Frau ins Innere des Hauses.

Tatsächlich stand in der großen Wohnküche ein Sammelsurium von Salatschüsseln, Kuchen- und Tortenplatten. Die Frau breitete die Arme aus.

»Sehen Sie? Ich hatte schon befürchtet, sie würden mir noch einen Auflauf bringen. Die bisherigen habe ich in der Tiefkühltruhe, genau wie die Eintöpfe. Es ist nett gemeint, aber für mich alleine? Wie soll ich das je alles aufessen?«

Sie holte eine Kanne mit Blumendekor und dazu passende Tassen auf Untertellern, in die man kaum mehr als zwei Schluck Kaffee füllen konnte. Dann reichte sie Krammer einen Teller und bat ihn, sich selbst etwas auszusuchen. Eigentlich hatte er Appetit auf etwas Deftiges, hielt sich aber an die Einladung zum Kuchen und wählte ein Nusskipferl und ein Stück Mohnstrudel.

Dann setzten sie sich, und Frau Holzner schenkte ihm eine Tasse Kaffee ein. Sie selbst nahm sich weder ein Getränk noch lag etwas auf ihrem Teller. So schmal, wie sie war, hatte sie vermutlich noch nie viel gegessen, aber Krammer irritierte es dennoch.

Vorsichtig teilte er mit der Kuchengabel ein Stück Strudel ab, bemüht, dabei kein Geräusch zu verursachen. Es schien ihm irgendwie nicht schicklich – auch wenn das vielleicht lächerlich war. Dann führte er vorsichtig die Gabel zum Mund und war erstaunt, wie gut der Strudel schmeckte. Nicht trocken und auch nicht zu süß.

»Woher kennen Sie eigentlich meinen Mann? Haben Sie zusammengearbeitet? Ich wusste nicht, dass er mit Innsbruck zu tun hatte.«

Krammer hatte den Mund noch voll und kaute schneller, um ihre Frage zu beantworten.

»Ehrlich gesagt kannten wir uns nicht. Ich arbeite aber mit einer früheren Kollegin Ihres Mannes zusammen, und im Zusammenhang mit einem alten Fall wollte ich ihn etwas fragen.«

Sie nickte und fuhr mit dem Finger an dem Rand der Untertasse entlang.

»Roza Szabo. Ich weiß nicht, ob Sie sie kennengelernt haben.«

Frau Holzner lächelte. »Das nicht, leider. Es lag an dem damaligen Einsatzbereich. Das wurde ja strikt getrennt, zum Schutz der Angehörigen. Der Georg kam oft wochenlang nicht her. Aber er hat sie sehr geschätzt. Ich würde sogar sagen, sie war seine Lieblingskollegin.«

Krammer nickte. Das konnte er verstehen.

»Und ihre Lebensweisheiten haben sich klammheimlich in unser Vokabular geschlichen. Wie geht es ihr denn? Hat sie in Innsbruck die Karriere gemacht, die ihr nach Meinung meines Mannes längst zugestanden hätte?«

Krammer überlegte, von Rozas Verschwinden zu erzählen. Aber er hielt es für besser, es sein zu lassen. Es tat schließlich nichts zur Sache.

»Sie wissen ja, wie das ist, Frau Holzner. Für Frauen ist es immer noch schwer bei der Polizei, trotz aller Fortschritte in Sachen Gleichberechtigung.«

»Interessant, dass Sie das sagen.« Ihr Blick hob sich und sie musterte sein Gesicht. »Das war auch Georgs Meinung. Ich hielt aber immer dagegen, dass der, der wirklich etwas will, auch an sein Ziel kommt. Ich denke, das unterschätzt ihr Männer immer: Frauen entscheiden sich meist sehr bewusst gegen eine Karriere. Weil sie dem zu viel opfern müssten. Oder weil ihnen der Preis insgesamt zu hoch erscheint. Oder – auch das könnte ich mir bei Roza Szabo vorstellen – weil sie einfach zu viel gesehen haben. Und sie den Glauben daran verloren haben, mit all ihren Bemühungen eine echte Besserung zu erreichen.«

Sie unterbrach kurz und seufzte tief.

»Entschuldigen Sie, aber es fällt mir schwer, über meinen Mann zu sprechen, als wäre er nicht mehr da. Ich denke immer noch, er müsste gleich zur Tür reinkommen.«

»Sie müssen sich nicht entschuldigen, Frau Holzner. Das ist völlig verständlich, wenn man so lange mit einem Menschen zusammengelebt hat.«

»Sie sind auch verheiratet?«

»Geschieden.«

»Haben Sie Kinder?«

Er zögerte. Dann nickte er und spürte, wie die Röte seinen Hals hinaufkroch. »Eine Tochter. Alexa.«

»Sie scheinen ein gutes Verhältnis zu haben, das sehe ich Ihrem Blick an.«

Krammer nahm rasch ein weiteres Stück Strudel. Es war das erste Mal, dass er in dieser Art über Alexa sprach. Und das ausgerechnet mit einer völlig Fremden.

»Wir hatten keine Kinder. Das war für uns nicht vorgesehen. Aber in den letzten Jahren war ich froh darüber. Es war nicht immer leicht mit Georg, und ich weiß nicht, wie Kinder mit so etwas umgehen.«

Interessiert legte Krammer den Kopf schief und schaute Frau Holzner aufmerksam an. Er war sicher, dass sie früher eine bildhübsche Frau gewesen war. Eine ganz natürliche Schönheit, die keine auffälligen Kleider oder Make-up brauchte. Entfernt erinnerte sie ihn an jemanden, aber er kam nicht darauf. Auch heute noch war ihre Haut trotz ihres Alters beinahe ohne Falten. Gute Gene, hätte Szabo dazu gesagt.

»Georg ist nicht ganz freiwillig ausgeschieden. Nach einem heiklen Einsatz ging es ihm psychisch nicht gut, er hatte starke Depressionen, kam manchmal den ganzen Tag nicht aus dem Bett. Wenig verwunderlich nach dem, was passiert ist. Sie sind zu fünft rein – und nur zwei aus dem Team haben es überlebt. Er fühlte sich schuldig, hat sich immer wieder gefragt, ob er anders hätte reagieren können. Ob er den Einsatz früher hätte abbrechen müssen. Georg war der Einsatzleiter, wissen Sie?«

»Davon hatte ich keine Ahnung.«

Frau Holzner zuckte die Schultern. »Wie denn auch? Diese Dinge werden gut unter Verschluss gehalten, selbst intern. Roza Szabo war zu dem Zeitpunkt schon längst weg. Sie hat es richtig gemacht, sie hat das Ganze nach einem gefährlichen Undercover-Einsatz abgebrochen. Auch da ist etwas passiert, ich habe aber keine Ahnung, was genau. Wie ich vorher schon sagte: Frauen kennen ihre Grenzen und ziehen die Reißleine, wenn sie sich zu viel zumuten. Georg wurde zwei Jahre später befördert. Sie dürfen jetzt selbst urteilen, ob es sich gelohnt hat.«

Wieder machte die Frau eine Pause. Als sie bemerkte, dass Krammer nichts von seinem Kaffee getrunken hatte, schenkte sie ihm ein Glas Wasser ein.

»Ich glaube, Georg war auf eine Art froh, als bei ihm Alzheimer diagnostiziert wurde«, setzte sie ihre Erzählung fort. »Immerhin gab es damit eine Erklärung für diese misslungene Aktion. Ich wäre damals froh gewesen, wenn es sich nur um eine waschechte Depression gehandelt hätte. Immerhin hätte es dabei Hoffnung auf eine Heilung gegeben. So hingegen ...«

Sie brach ab. Krammer kannte den Verlauf dieser tückischen Krankheit, allerdings war er noch nie jemandem begegnet, der davon betroffen war. Aber im wahrsten Sinne des Wortes seinen Verstand zu verlieren, vergesslich, verwirrt und orientierungslos zu werden, war für Krammer die allerschlimmste Vorstellung. Mit dem körperlichen Verfall im Alter umzugehen, war schon schwer genug. Nur noch ein Schatten seiner selbst, eine lebende Hülle zu sein, die vor sich hinvegetierte, war in seinen Augen jedoch kein Leben mehr. Von der Belastung für die Familie ganz zu schweigen.

»Das muss auch für Sie eine schwierige Zeit gewesen sein«, sagte er und meinte es so.

»Ach, ich weiß nicht. Das ist es doch, was man sich verspricht, wenn man vor den Altar tritt: in guten wie in schlechten Zeiten zueinander zu stehen. Und von den guten Jahren hatten wir genug. Die haben die schwierigen bei weitem aufgewogen.«

Sie griff zu ihrer Tasse, hielt sie einen Moment, so, als wolle sie das kalte Porzellan spüren. Dann setzte sie sie wieder ab und legte die Hände im Schoß zusammen.

Georg Holzners Frau wirkte zerbrechlich, hatte aber eine innere Stärke, um die er sie ein wenig beneidete. Er wüsste nicht, ob er es so stoisch hätte hinnehmen können, wäre seine Frau damals schwer erkrankt. Zumal ja auch die Jahre davor nicht unbedingt leicht gewesen sein konnten, als eine Depression den Geist ihres Mannes verdunkelt hatte.

Plötzlich wusste er auch, an wen ihn die Frau erinnerte. Sie hatte etwas von Susanna, Alexas Mutter. Sie war ebenfalls auf eine sanfte, weibliche Art immer stark und unabhängig gewesen. Und gerade das hatte ihn vom ersten Moment an ihr fasziniert.

»Ihr Mann kann froh sein, Sie an seiner Seite gehabt zu haben, als er starb«, sagte Krammer.

Sie zuckte bei seinen Worten zusammen und starrte ihn mit großen Augen an. Sofort bedauerte er die Bemerkung und wünschte, er könnte sie zurücknehmen.

Ihr Blick wanderte zu dem beigen Ohrensessel, der in der Fernsehecke stand. Sicher hatte ihr Mann dort immer gesessen. Ihre Augen suchten noch immer nach ihm.

»Es war ein Verkehrsunfall. Vor zwei Wochen. Er ist mit seinem Wagen auf die andere Fahrbahn geraten und frontal mit einem entgegenkommenden Fahrzeug zusammengestoßen. Der junge Mann in dem BMW war nur leicht verletzt, Georg verstarb gleich am Unfallort. Seine Kollegen vermuten, es könne ein technischer Defekt gewesen sein. Ich sehe das allerdings anders: Georg war nicht angeschnallt. Ich denke, er könnte den Unfall absichtlich herbeigeführt haben. Er haderte schon länger mit dem Leben, seine Krankheit schritt massiv voran. Dazu noch seine Depression … Er sah ja manchmal gar kein Licht mehr.«

Krammer wurde hellhörig – denn auch Roza wäre vor wenigen Tagen beinahe mit dem Auto verunglückt. Und Alexa hatte am Morgen den Verdacht geäußert, dass am Walchensee ebenfalls ein Wagen manipuliert worden war.

Er versuchte ruhig zu bleiben und leerte mit einem Zug die Kaffeetasse, damit Holzners Witwe seine Erregung nicht bemerkte. Sie trauerte zwar um ihren Georg, hatte seinen Tod aber offensichtlich bereits akzeptiert. Er wollte keinesfalls mit seiner Vermutung Wunden aufreißen, ihr nicht vermitteln, dass sie vielleicht noch viele Jahre mit ihm gehabt hätte, wenn er nicht in diesen Wagen gestiegen wäre. Oder besser gesagt, wenn er nicht in früheren Zeiten mit Roza in irgendein Wespennest gestochen hätte, was sich nun, mit fast einem Jahrzehnt Verzögerung, rächte.

Denn dass es mit dieser früheren Tätigkeit zu tun hatte, stand für Krammer nun fest. Etwas war schiefgelaufen, das hatte die Witwe zuvor erwähnt. Roza hatte daraufhin den Dienst im Burgenland quittiert, ihr Kollege war depressiv geworden.

Krammer musste unbedingt mehr über die Arbeit des Duos, vor allem über diesen letzten Auftrag herausfinden. Von Innsbruck aus war er an keine der Akten von damals gekommen. Da Roza und Holzner als Schleierfahnder tätig waren, standen sie unter Verschluss. Auch für Kollegen.

Aber er brauchte mehr Informationen. Vielleicht über alte Weggefährten oder den früheren Leiter der Einheit. Wenn, dann würde er hier vor Ort fündig werden. Also war es doch gut gewesen, dass er die Fahrt auf sich genommen hatte.

Zuerst sah er sich allerdings verpflichtet, seinen Kuchen aufzuessen. Während er kaute, kam ihm plötzlich noch ein anderer Gedanke. Einer, der ihn für einen Moment schockierte: Alexa hatte einmal von einer menschlichen Voodoo-Puppe gesprochen.

»Frau Holzner, haben Sie vielleicht ein Foto von Ihrem Mann?«

42.

Dieses Mal war die Sekretärin der Schule auskunftsbereiter gewesen. Wohlweislich hatten sie Brandl gebeten, sie zuvor telefonisch über die Rechtmäßigkeit ihrer Fragen sowie über die Dringlichkeit des Anliegens aufzuklären. Sie machte zwar erneut ein verkniffenes Gesicht und antwortete ausgesprochen knapp, aber sie erfuhren, dass das Mädchen zuvor nur äußerst selten in der Dorfschule gefehlt hatte. Für diesen Vormittag war es von seiner Mutter telefonisch krankgemeldet worden. Ebenso erfuhren sie nun endlich den Namen des Verunglückten: Paul Hartmann wohnte am Ortsrand von Bichl, ungefähr eine halbe Stunde vom Walchensee entfernt im Voralpenland. Er und Anja Nickl waren seit einigen Monaten ein Paar, und auch er hatte seit kurzem die Erlaubnis, das Mädchen, das auf den Namen Emily hörte, abzuholen, wenn die Mutter länger im Friseurladen in Garmisch-Partenkirchen arbeiten musste.

Eine Telefonnummer von Anja Nickl stand ihnen jetzt ebenfalls zur Verfügung, aber wie nicht anders zu erwarten, ging sie nicht ran. Alexa hinterließ dennoch eine Nachricht auf der Mailbox.

Hartmanns Eintrag im Melderegister war nicht gesperrt, aber es gab auch nicht viel über ihn zu erfahren: Seit seiner Geburt lebte er bei seinen Eltern, besaß dort eine eigene

Wohnung und war Inhaber einer ebenfalls unter dieser Adresse ansässigen Schreinerei.

Auf der Stelle machten sich Alexa und Huber auf den Weg zu Hartmanns Elternhaus, um diese über den Unfall zu informieren.

Gerade hatte sich die Sonne durch das dichte Wolkenband gekämpft, das in den letzten Tagen ständig den Himmel verdunkelt hatte. Sogar ein paar Fetzen strahlendes Blau waren zu sehen. Sofort wurde es warm im Auto, die Sonne hatte bereits Kraft. Alexa schloss kurz die Augen und sammelte sich für das bevorstehende Gespräch.

Huber fuhr im Schritttempo direkt auf den Hof, auf dem sich zu beiden Seiten Stallungen befanden. In einer kleinen Hütte am Rande der Zufahrt konnte man in einem Automaten frische Eier kaufen. Hühner und Gänse liefen frei herum, und als Alexa die Wagentür öffnete, trottete ein Schäferhund mit ergrauter Schnauze schwanzwedelnd auf sie zu.

Ein Lieferwagen mit der Aufschrift der Schreinerei stand ein paar Meter weiter, daneben ein grüner Suzuki Jimny.

Es roch nach Stallung und nach Tieren, und der Mann, der aus dem Haus trat, war entsprechend in einer blauen Latzhose, einem alten Fleecepulli und dreckverkrusteten Gummistiefeln gekleidet.

Er war riesengroß und grobschlächtig, hatte aber ein gewinnendes Lächeln und viele Lachfalten um die Augen.

»Servus«, begrüßte ihn Huber. »Sprechen wir mit Hartmann senior?«

Der Mann nickte. »Servus«, sagte er und hielt zuerst Alexa seine Hand hin. Was ihr sofort an ihm auffiel, war nicht nur die ungewöhnliche Größe, die perfekt zu seiner Statur passte, sondern wie gepflegt sowohl die Hände als auch seine Fingernägel waren.

Ohne langes Zögern informierte Alexa ihn, dass sein Sohn am Vormittag verunglückt war, und fasste die näheren Umstände des Unfalls zusammen.

Hartmann senior hörte aufmerksam zu, seine Miene veränderte sich kaum, nur sein Mund wurde zusehends schmaler.

»Koma«, wiederholte er ungläubig. »Wird er ... wird er wieder gesund?«

»Die Ärzte konnten bisher noch nicht viel sagen, tut mir leid.« Alexa sah deutlich, wie der Mann mit seinen Gefühlen kämpfte. Aber die Tragweite der Nachricht war noch nicht bei ihm angekommen.

»Ich muss das meiner Frau sagen«, meinte er bloß. »Sie ist drinnen, macht gerade Mittagessen. Sie hat sich schon Sorgen gemacht, weil der Pauli ...«

Alexa nickte. »Natürlich. Tun Sie das, Herr Hartmann, ich verstehe, wenn Sie so schnell wie möglich zu Ihrem Sohn wollen. Aber könnten Sie uns zuvor noch ein paar Fragen beantworten? Das würde uns sehr bei unseren Ermittlungen in der Sache helfen.«

Er nickte und machte keine Anstalten, sich zu entfernen, doch die Sorge zeichnete sich immer stärker in seinen Zügen ab und ließ sein Gesicht beinahe versteinert wirken.

»Ihr Sohn ist ja mit Anja Nickl befreundet. War sie oft hier? Kennen Sie sie gut?«

Hartmann schüttelte den Kopf. »Sie waren meist bei der Anja. Wegen der Kleinen. Obwohl die Emily unsere Tiere gernhatte. Vor allem die Hühner.«

Ein kurzes Lächeln huschte über sein Gesicht, das seine Züge wieder entspannte. Alexa bedauerte, dass die kleine Emily nicht mehr Zeit hier verbracht hatte. Sie selbst hätte jedenfalls gerne einen Großvater wie diesen gehabt und die Welt auf einem solchen Bauernhof entdeckt.

»Sind die beiden schon lange ein Paar?«

»Ungefähr ein Jahr«, antwortete Hartmann.

»Und sie verstanden sich gut?«

»Das nehme ich an, sonst wären sie wohl nicht mehr beieinander, würde ich sagen. Heutzutage trennen sich die Leute ja recht schnell, wenn es erste Schwierigkeiten gibt.«

Auch wieder wahr.

»Gab es irgendjemanden, der Ihrem Sohn etwas Böses wollte?«, fragte Alexa weiter. »Oder hatte er gerade Streit mit jemandem?«

»Der Pauli? Der versteht sich mit jedem«, erklärte Hartmann senior. »Er ist hier im Fußballverein, trainiert die Junioren. Und im Geschäft ist er auch immer zuverlässig. Liefert beste Qualität für seine Kunden. Der hat sich nie was zuschulden kommen lassen.«

Alexa wechselte einen Blick mit Huber. Zur Sicherheit zeigte sie Hartmann ein Foto von Roza, doch er kannte sie nicht.

»Bitte nehmen Sie es uns nicht übel, aber wir müssen Sie noch etwas fragen: Hat Ihr Sohn schon einmal Probleme mit Drogen gehabt?«

Jetzt veränderte sich das Gesicht von Hartmann senior. Was Alexa nicht wunderte, denn niemand wollte derartige Dinge über seinen Sohn hören.

»Ich verstehe nicht, was diese ganzen Fragen sollen«,

platzte es aus ihm heraus. »Was hat das alles mit dem Unfall zu tun?«

Alexa nahm sich ein Herz, obwohl sie wusste, wie sehr es den Mann treffen würde. Aber spätestens im Krankenhaus würde er es ohnehin erfahren. »Eine Blutprobe hat ergeben, dass Ihr Sohn bei seiner Einlieferung eindeutig unter dem Einfluss von Kokain stand.«

Hartmanns Miene verdüsterte sich noch mehr. »Das kann nicht sein. Der Paul trinkt ja nicht einmal ein Bier. Nie. Mit seinem Sport geht das nicht zusammen. Er ist da ganz strikt, lässt sich nicht mal von seinen Kumpels beim Fußball überreden. Die müssen sich irren.«

Alexa versuchte das Thema zu wechseln. Sie wollte Hartmann nicht mehr aufregen als nötig. »Noch eine letzte Frage: Ihr Sohn ist heute Morgen mit dem Auto seiner Freundin verunglückt. Kam es häufiger vor, dass er den Wagen von Frau Nickl nahm?«

»Nein«, antwortete Hartmann und deutete zu den Fahrzeugen hinüber. »Eigentlich nicht. Das da drüben sind seine. Mein Sohn ist gestern am Abend mit einem Kumpel weggefahren. Wohin weiß ich nicht. Seitdem haben wir ihn nicht mehr gesehen.«

Huber notierte sich den Namen des Freundes, der Paul Hartmann abgeholt hatte. Dann wollte er noch etwas fragen, aber Alexa hielt ihn zurück. Sie hatten den Mann schon lange genug aufgehalten. Alles Weitere mussten sie später klären. Sie übergab Hartmann ihre Karte und bat ihn, sich zu melden, falls er noch weitere Informationen für sie hätte. Er würde seiner Frau sicher von der Befragung erzählen, und sie hoffte, dass dabei vielleicht noch mehr ans Licht käme.

Ihr Handy vibrierte in ihrer Tasche, aber da sie die angezeigte Mobilnummer nicht kannte, nahm sie das Gespräch zunächst nicht an, sondern verabschiedete sich erst ordentlich von Herrn Hartmann und dankte ihm für seine Zeit.

»Ich hätte zu gerne einen Blick in die Wohnung von diesem Pauli geworfen«, sagte Huber im Weggehen.

»Ich glaube, das brauchen wir gar nicht. Denk doch an das, was der Arzt uns vorhin gesagt hat: Es gab eine Einstichstelle in der Armbeuge. Und einen Bluterguss. Ich könnte mir vorstellen, dass der nicht von dem Unfall stammt. Vielleicht hat Hartmann das Kokain gar nicht selbst genommen.«

»Du meinst …« Huber dämmerte, worauf Alexa hinauswollte.

Nach allem, was sie jetzt wussten, lag der Verdacht nahe, dass man Paul Hartmann Drogen verabreicht hatte, um alles wie einen Unfall aussehen zu lassen. Sollte er es überleben, war seine Angst vor denen, die ihm das angetan hatten, sicher groß genug, um über die Hintergründe zu schweigen. Erst recht, wenn er in Anja Nickl verliebt war und sie schützen wollte.

Aber wovor? Und was verband Anja Nickl und Paul Hartmann mit Roza?

Als sie gerade wieder im Wagen saßen, erreichte Huber ein Anruf aus Weilheim. Zwar hatte die Anfrage bei den Beerdigungsinstituten, ob eine Leiche abhandengekommen sei, nichts ergeben – aber an diesem Morgen waren Teile eines Sarges gefunden worden, die sich in den Treibholzrechen des Lainbachs verfangen hatten.

»Bei der weiteren Suche haben die Kollegen in der Nähe des Steingrabens einen Leichenwagen entdeckt, der mitten im Wald abgestellt worden war. Von der Leiche selbst fehlte aber jede Spur«, erzählte Ott. »Als ich die Meldung reinbekam, dachte ich sofort an eure Anfrage. Die Kollegen durchsuchen gerade die Umgebung nach der fehlenden Leiche. Aber bis auf den Wagen haben sie bisher nichts gefunden.«

Alexa nickte Huber zu. »Wir sind schon unterwegs.«

Eine Minute später hatte Ott ihnen die Adresse geschickt.

»Wo liegt denn dieser Leinbach?«, fragte Alexa.

»Das ist ja das Interessante«, antwortete Huber. »Wir sind gerade daran vorbeigefahren. Die Stelle liegt kurz vor Benediktbeuern, vom Walchensee aus gesehen. Und den Wagen haben sie ungefähr auf halber Strecke zwischen dem Hof der Hartmanns und dem Haus von Anja Nickl gefunden.«

Er tippte auf die Karte des Navis, in das er die Adresse eingegeben hatte. Alexa dachte noch ein Stück weiter: Nach Innsbruck waren es gerade einmal eineinhalb Stunden.

43.

Für einen Moment hatte Krammer geglaubt, die Leiche in Szabos Wohnung wäre Georg Holzner gewesen. Hätte sie von seinem Unfall erfahren und Parallelen zum Anschlag auf ihren Wagen gesehen, hätte es endlich einen plausiblen Grund dafür gegeben, warum sie wie von der Tarantel gestochen aus dem Büro gerannt war. Aber er ähnelte dem Toten nicht einmal entfernt.

Dennoch hatte er Frau Holzner gebeten, das Foto mitnehmen zu dürfen. Als Erinnerung für Szabo. Denn er hoffte immer noch, sie zu finden, bevor ihr Verfolger sie aufgespürt hätte. Denn dass es den gab und dass es bei ihrer Flucht um Leben und Tod ging, dessen war er jetzt sicher.

Der andere war ihm bisher immer eine Nasenlänge voraus gewesen. Aber Roza hatte eine Waffe, sie konnte sich wehren. Anders als Georg Holzner, der vermutlich nichts von all dem geahnt hatte.

Als Nächstes stand für Krammer ein Besuch bei der Landespolizeidirektion in Eisenstadt an. Er hatte von unterwegs angerufen und bereits sein Anliegen erklärt, woraufhin ihm verschiedene Namen von Personen genannt worden waren, die Holzner besser gekannt hatten.

Nach dem verhängnisvollen letzten Einsatz hatte er allerdings vorwiegend alleine gearbeitet, deshalb schien niemand Krammer helfen zu können. Die Kollegen kannten Georg

Holzner zwar, beschrieben ihn aber nur zurückhaltend. Krammer hatte allerdings den Eindruck, dass der Mann insgesamt nicht den besten Ruf zu haben schien. Er ließ sich davon jedoch nicht beirren. Man war schließlich nicht bei der Polizei, um gemocht zu werden. Und Roza hatte ihm gegenüber nie etwas Negatives über ihren früheren Partner gesagt. Den Gedanken, dass sie ihm so einiges verschwiegen hatte, schob er rigoros zur Seite.

»Es ging um einen Drogentransport«, berichtete einer der Kollegen. »Mehrere Tonnen Kokain sollten von Ungarn her über die Grenze gebracht worden sein und lagen angeblich in einer Halle, in der normalerweise Getreide gelagert wurde. Woher der Tipp kam, konnte nie aufgeklärt werden. Als die verdeckte Einheit die Lagerhalle betrat, entpuppte sich der Hinweis als Falle. Kaum hatten sie die Tür aufgeschoben, wurde das Feuer eröffnet. Zwei unserer Leute waren auf der Stelle tot, ein weiterer Kollege verstarb später im Krankenhaus. Niemand hatte das Gebäude zuvor untersucht oder länger beobachtet. Es müsse schnell gehen, hatte es geheißen, bevor die Ware wieder weg sei.«

Die drei Beamten aus der Fremden- und Grenzpolizeilichen Abteilung, mit denen er sprach, senkten den Blick, und Krammer spürte allzu deutlich, dass sie dafür nur eine einzige Person verantwortlich machten: Holzner.

»Woran hat er denn damals gearbeitet?«

»Immer wieder an derselben Sache: Drogen-, Waffen- und natürlich Menschenhandel. Illegale Migranten. Das Übliche halt.«

Krammer nickte. Zwar hatte Ungarn im Herbst 2015 durch den Bau eines bis zu drei Meter hohen Zauns an der Grenze zu Serbien den Flüchtlingsstrom zunächst weitgehend eingedämmt, um die Schengen-Außengrenze zu sichern. Seit der Pandemie häuften sich jedoch Hinweise, dass diese Balkanroute erneut genutzt wurde. Obwohl der Stacheldraht stets verstärkt wurde und die ungarischen Grenzschützer, die als »Grenzjäger« galten, für ihr rigoroses Vorgehen bekannt waren, fehlte es auch dort an Kräften – wie inzwischen überall. Zum anderen gab es Gerüchte über bestechliche Offiziere.

Trotz aller Maßnahmen versuchten die Migranten immer aufs Neue, den Zaun mit Schneidzangen und Leitern zu überwinden. Denn wer es einmal ins Landesinnere schaffte, hatte gute Karten, unentdeckt durch das Land zu kommen und dann weiter nach Österreich und von dort nach Deutschland, Belgien oder in die Niederlande.

»Nicht zuletzt die grüne Grenze wird von Schleppern und illegalen Migranten überschritten. So kommen weiterhin mehrere tausend Menschen pro Jahr über Ungarn nach Österreich«, fügte ein anderer hinzu. »Die meisten werden immer noch in Neusiedl am See aufgegriffen. Zumindest lauten so die offiziellen Berichte.«

Mit gemischten Teams beider Länder wurden permanent Schwerpunktaktionen sowohl an der ungarischen wie auch an der serbischen Grenze durchgeführt. Darüber hinaus lieferte Österreich Material zur Unterstützung Ungarns: Drohnen, Wärmebildkameras und Geländefahrzeuge. Mittlerweile waren in der Strafvollzugsanstalt in Szeged bereits über zwanzig Prozent der Inhaftierten in den Handel mit Menschen und in grenzüberschreitende Kriminalität verwickelt. Und die Tendenz stieg weiter.

»Solange das Geschäft derart lukrativ bleibt, wird es immer skrupellose Ausbeuter geben, die vorwiegend Frauen und Mädchen aus Osteuropa sowie aus Südostasien, China, Nigeria und Südamerika durch Menschenhandel versklaven. Auch die Ströme aus Afghanistan, Syrien und afrikanischen Staaten reißen nicht ab, genauso wenig wie die aus Indien und Pakistan. Die Schlepper werben mit Stellenangeboten in Restaurants, Geschäften oder in der Pflege, oder die Frauen werden durch Loverboys geködert und in Zwangsprostitution oder Sexhandel gezwungen. Aber wir wissen alle, dass auch Männer ausgebeutet werden und unter unwürdigen Bedingungen im Baugewerbe, in der Landwirtschaft oder im Gesundheitswesen arbeiten. Die Nachfrage nach billigen Arbeitskräften lässt nicht nach. Ganz im Gegenteil. Laut offiziellen Berichten ist mittlerweile jedes dritte identifizierte Opfer von Menschenhandel minderjährig. Und auch dabei ist Österreich sowohl Transit- wie auch Zielland. Ein verdammter Teufelskreis.«

Krammer senkte den Kopf. Er kannte das Problem aus Wien, wo landesweit die meisten Rotlichtbetriebe gezählt wurden: sei es als Bordelle, Laufhäuser, Saunaclubs, Table-Dance-Lokale, Studios, Animierlokale, Bars oder Peep-Shows.

Immer neue Initiativen wurden vom Bundeskriminalamt gestartet, um die Situation in den Griff zu bekommen, doch es gestaltete sich extrem schwierig, der Schleppermafia auf die Schliche zu kommen. Zudem wurden die Gruppierungen ihrerseits skrupelloser und gefährlicher und fochten untereinander Kämpfe aus, bei denen zunehmend auch Migranten ihr Leben lassen mussten.

»Während im Darknet beim Drogen- und Waffenhandel immer wieder Ermittlungserfolge erzielt werden können, ist es beim Menschenhandel weitaus schwieriger«, erklärte einer der Beamten weiter. »Soziale Netzwerke, Dating-Plattformen, Foren und Nachrichten-Apps müssen genauestens beobachtet werden. Europol versucht ständig Opfer ausfindig zu machen und sie zu einer Aussage zu bewegen, um die Ringe zu identifizieren. Doch die Beweisführung ist kompliziert, und zumeist werden nur die Handlanger ermittelt, während die Köpfe der Organisationen ihre Finger in Unschuld waschen und unbeschadet weitermachen.«

Zwei der Kriminalbeamten erinnerten sich noch gut an Roza – was sich damals zugetragen hatte, konnte ihm allerdings keiner sagen. Ihnen war nichts über Unregelmäßigkeiten bekannt. Was Krammer seltsam schien, denn Holzners Witwe hatte zuvor ja angedeutet, dass es auch in dieser Zeit einen Vorfall gegeben haben musste. Aber bei einer verdeckten Ermittlung wurde durch strikte Geheimhaltung versucht, die Beamten auch nach ihren Einsätzen zu schützen – und somit drang so gut wie nichts an die Oberfläche.

»Wurde Holzners Unfall eigentlich untersucht?«, wollte Krammer zuletzt noch wissen und ließ es beiläufig klingen.

Die Kollegen zuckten die Schultern. Es schien aber auch niemanden wirklich zu interessieren. Diese Untersuchung gehörte nicht in ihr Ressort, und durch Holzners Vorerkrankung hatte jeder dasselbe angenommen wie seine Witwe: dass er einen Weg gefunden hatte, seinem Leben ein vorzeitiges Ende zu setzen.

Krammer bedankte sich und bat die Männer um Rückmeldung, falls ihnen später irgendetwas einfallen sollte.

Er hatte viel erfahren, und das ganze Thema zog ihn noch mehr herunter. Dass Zwangslagen ausgenutzt, Krieg und Not als Basis für Geschäfte betrachtet wurden, zeigte, wie tief die Menschheit gesunken war. Zwar war ihm nichts von dem Gehörten fremd – er verstand nun aber besser, wieso Szabo sich irgendwann aus den Ermittlungen gegen die organisierte Kriminalität zurückgezogen hatte.

Doch auch die Tatsache, dass er nach vier Tagen intensiver Nachforschungen erneut keinen Durchbruch erzielen konnte, frustrierte ihn. Der Kick, den er noch am Morgen verspürt hatte, war verpufft. Und auch von Alexa hatte er nichts mehr gehört. Vermutlich hatte sich ihr Verdacht also nicht bestätigt.

Er trat einen Stein weg und stemmte die Arme in die Seite. Es blieb die vage Ahnung, dass jemand im Hintergrund unbemerkt agierte. Denn dass zunächst Holzner verstarb und dann mehrere Anschläge gegen Szabo erfolgten, konnte er nicht ignorieren. Und für Krammer stand außer Frage, dass diese Person mit der organisierten Kriminalität zu tun hatte. Doch er konnte schlecht eine Sargöffnung bei Holzner veranlassen. Und die Befugnis, das Unfallfahrzeug einer näheren Untersuchung zuzuführen, hatte er ebenfalls nicht.

Desillusioniert stand Krammer vor der dreigeschossigen Direktion. Er hatte sich so viel von dieser Reise erhofft. Im Nachhinein betrachtet, hätte er die Anfrage auch von Innsbruck aus machen können. Aber auf die Distanz war es ihm weit schwieriger erschienen. Und wieder hatte er bloß Zeit verloren.

Er sah auf die Uhr. Wenn er sich beeilte, würde er es schaffen, noch vor Mitternacht zurück in Innsbruck zu sein.

Aber er brauchte nach dem süßen Zeug bei Holzners Witwe dringend etwas Herzhaftes. Gegenüber entdeckte er einen Supermarkt und beschloss kurzerhand, sich dort für die Fahrt mit Getränken und Lebensmitteln einzudecken. Er hatte Kopfweh, vermutlich hatte er zu wenig getrunken.

Als er die Straße überquerte, hörte er hinter sich jemanden seinen Namen rufen. Eine junge Frau lief auf ihn zu, die zuvor in einem der Zimmer am Schreibtisch gesessen hatte. Sie hielt einen Zettel in der Hand.

»Ich habe mitbekommen, dass Sie nach Roza Szabo gefragt haben. Ich hatte gerade meinen ersten Tag hier, als sie ihren Abschied nahm. Ich kenne sie insofern nur flüchtig. Aber ich habe in unseren Unterlagen ihre alte Adresse gefunden. Versuchen Sie es doch dort einmal«, meinte sie und lächelte ihm zu. »Viel Glück!«

Dann kehrte sie wieder nach drinnen zurück.

Krammer schaute ihr nach und war gerührt. Rozas frühere Bleibe befand sich ebenfalls in Eisenstadt.

Was konnte es schaden? Sie war zwar schon viele Jahre weg, aber vielleicht erinnerte sich jemand aus der Nachbarschaft an sie. Oder hatte irgendetwas mitbekommen.

44.

Die Jahre vergingen. Und es gab keinen Tag, an dem er mir nicht sagte, dass ich die schönste Frau für ihn war. Er trug mich auf Händen, kaufte mir alles, was ich mir wünschte.

Nur durfte ich kein eigenes Leben führen. Er wollte nicht, dass ich arbeiten ging, nicht, dass ich Freunde traf. Er sperrte mich nicht ein, war aber abweisend, wenn ich seinem Willen nicht Folge leistete.

»Wozu auch, du kannst jeden Film hier sehen, den du magst. Und wenn du reden willst, dann rede mit mir. Ich höre dir zu. Immer.«

Ich lächelte. Und fügte mich.

Worüber wollte ich mich auch beschweren?

Ich hielt mich fit und trieb täglich Sport. Genoss den Masseur, den Friseur, die Kosmetikerin, die wöchentlich ihre Aufwartungen machten.

Bald wohnten wir auf dem Land in einem großen Haus. Das Zentrum des Gartens war ein Teich mit einem riesigen Gewächshaus daneben. Ich zog Tomaten, Paprika, Kräuter und pflanzte Blumen und Sträucher. Selbst Pfaue besorgte er, als ich ihm sagte, dass ich diese Tiere mochte.

Als ich Jahre später meiner Seelenfreundin wiederbegegnete, glaubte ich meinen Augen nicht zu trauen. Sie war genauso verblüfft wie ich.

Es war bei einem großen Empfang im Haus eines Geschäftspartners.

Ich trug ein Designerkleid in Türkis. Der Farbe meiner Augen. Der Rückenausschnitt endete knapp über meinem Steißbein. Ein Hauch von nichts.

Sie stand am Eingang, sprach mit einem Mann, der die Häppchen servierte. Sie trug die Haare kürzer, war nicht elegant gekleidet wie alle anderen. Und sie war noch dünner geworden.

Aber es war eindeutig sie. Ich suchte einen Weg durch die Menge, nickte freundlich nach rechts und links.

Bald war ich nahe bei ihr.

Jemand machte ein Foto, wir lächelten, er legte wie immer seinen Arm um meine Schultern. Ich war sein Besitz.

Doch bevor ich auf sie zugehen konnte, drängte er mich, wieder nach Hause zu fahren. Er habe genug von den Leuten, flüsterte er mir ins Ohr und strich sanft mit seinem Zeigefinger über meinen Hals.

Ich konnte nichts dagegen tun, dass bei dieser Geste jedes Mal eine Gänsehaut über meine Arme lief. Und dass meine Nippel hart wurden und sich deutlich in dem Kleid abzeichneten, unter dem ich nichts trug als einen Tanga.

Ich zögerte, dann nickte ich ihr kurz zu.

Er warf die Stola um meine nackten Arme und zog mich in den Garten, weg von den Menschen, die mich mit ihren Augen förmlich auffraßen. Was ihn wütend machte.

»Alle begehren dich«, sagte er.

Es klang wie Bewunderung.

Ich lächelte geheimnisvoll und beschloss, die Begegnung mit ihr zu vergessen.

Wir lebten in unterschiedlichen Welten.

Und sie würde meine nicht gutheißen.

45.

»War der Verstorbene denn irgendwie auffällig geworden? Hatte er Vorstrafen? Eine Verbindung nach Österreich?«, fragte Alexa den Polizeibeamten, der die Untersuchungen leitete.

Sie standen am Kiesufer des Lainbachs, der sich türkisfarben durch das Tal zog. Zwischen den Schwemmholzrechen, die vor dem Schluchtausgang verhindern sollten, dass Treibholz weitergetragen wurde, machten sich einige Männer daran, die restlichen schwarz lackierten Bretter aus dem Wasser zu holen, die sich dort verkantet hatten und einem Forstwirt aufgefallen waren. Die Männer hatten keine Schutzkleidung an, was Alexa übel aufstieß. Aber sie hielt sich zurück, das zu kommentieren – denn immerhin hatte niemand bis vor ein paar Minuten ahnen können, dass es hier um weit mehr als einen Autodiebstahl ging. Sie hatten ein Foto des Toten aus Rozas Wohnung an den Bestatter geschickt, um zu erfragen, ob es sich bei der Leiche in dem Sarg um diesen Mann gehandelt hatte, und warteten noch auf dessen Rückmeldung.

»Bislang nichts in dieser Richtung«, antwortete der Kollege. »Keine Vorstrafen. Die Ex-Frau und die Kinder wollte ich damit nicht behelligen. Das versteht ihr sicher … Aber es wäre schon ein komischer Zufall, wenn wir hier einen gestohlenen Leichenwagen mit einem leeren Sarg hätten und ihr von einem präparierten Leichnam auf der anderen Seite der Grenze wisst und beide nichts miteinander zu tun hätten.«

»Wie hat der Bestatter diese Sache denn der Familie des Verstorbenen überhaupt beigebracht?«, fragte Huber. »*Wir müssen Ihnen leider sagen, dass wir Ihren Mann verloren haben?* Ganz schön makaber.«

Der Polizist schwieg. Was Antwort genug war.

Alexa stieß heftig Luft aus, denn Huber hatte das ja nur scherzhaft gemeint und nicht im Traum daran gedacht, dass jemand so etwas machen würde.

Aber eines war klar: Welcher Bestatter würde schon zugeben wollen, dass ein Leichenwagen gestohlen worden war – inklusive Leiche? Niemand würde je hinterfragen, wer oder was in der Holzkiste lag – so lange es nur genug wog. Geöffnet wurde ein Sarg nach der Beerdigung schließlich in den seltensten Fällen.

In dem Moment ertönte ein Signalton auf dem Handy des Beamten. Der Bestatter hatte nicht nur ihre Vermutung bestätigt, er hatte auch ein Foto des Verstorbenen aus der Andachtskarte beigefügt. Es handelte sich dabei definitiv um den Mann aus Rozas Wohnung. Nun hatten sie endlich einen Namen: Leo Stadler hieß der Tote mit der Tauchermaske.

»Damit könnt ihr die Suche nach der Leiche abbrechen«, knurrte Alexa. »Lasst bitte den Leichenwagen und alles, was darin war, genauestens von den Kriminaltechnikern untersuchen und mit den Faserspuren abgleichen, die in Innsbruck vorliegen. Vielleicht finden wir dieses Mal etwas, das uns auf die Spur desjenigen bringt, der den Wagen gestohlen hat.«

Dann trat sie mit Huber den Rückweg an. Er gab Ott telefonisch den Namen durch und bat darum, sich den Totenschein des Mannes anzusehen. Und alles über ihn herauszufinden.

Während sie das Ufer hinaufstiegen, warf Alexa noch einen Blick zurück auf den zerschellten schwarzen Sarg. Ohne diesen Fund wäre womöglich nie ans Licht gekommen, wer der Tote war. Denn der Bestatter hatte sicher nicht erwähnt, dass der Wagen eine Leiche enthielt, als man ihn gestohlen hatte.

Als sie wieder im Auto waren, zog Alexa ihr Handy hervor. Der letzte Anrufer – dessen Nummer sie nicht kannte – würde sich gedulden müssen. Wichtiger war, dass Krammer erfuhr, um wen es sich bei dem Toten handelte, dessen Leiche nun von Österreich überführt werden musste. Sie brannte darauf, ihm zu berichten, dass Roza noch einmal am Walchensee gesehen worden war – erst am Morgen dieses Tages und lebend!

Schon nach dem ersten Klingeln meldete er sich, und ohne Umschweife berichtete Alexa ihm, was sie bislang über die vermisste Leiche wussten und was sie sonst in Erfahrung gebracht hatten.

»Ich gehe deshalb davon aus, dass der Anschlag nicht diesem Paul Hartmann galt«, schloss sie, »sondern entweder Anja Nickl oder Roza. Du hast den Namen wirklich noch nie von ihr gehört? Oder von einer Verwandten hier in Deutschland?«

Krammer verneinte. »Der Nachname ist nicht häufig. Das wäre mir im Kopf geblieben. Überhaupt hat Roza nur Verwandtschaft in Ungarn. Von einer Schwester weiß ich.«

»Hast du denn im Burgenland etwas herausgefunden?«

»Nur, dass ihr früherer Kollege bei einem Autounfall ums Leben kam.«

Alexa verkniff sich den Hinweis, dass das nun schon der dritte Anschlag auf ein Fahrzeug war. Und der zweite mit Erfolg. »Glaubst du nicht, es würde Zeit, dass wir eine Fahndung herausgeben?«, brachte sie stattdessen hervor.

Huber neben ihr nickte zufrieden. Ihm war schon seit längerem schleierhaft, wieso Krammer immer noch zögerte, offiziell nach Roza zu suchen.

Doch zu ihrem Erstaunen widersprach Krammer vehement.

»Aber wieso nicht?«, fragte sie. »Sie könnte mit dem Auto überall sein. Vielleicht sind sie auch mit der Bahn weiter oder geflogen? Und vermutlich hat sie keine Ahnung, dass Anja Nickls Freund verletzt im Krankenhaus liegt. Jetzt, da klar ist, dass sie vermutlich nichts mit dem Tod des Mannes in ihrer Wohnung zu tun hat, sehe ich keinen Grund mehr, die Fahndung zurückzuhalten. Immerhin hat Roza keine Waffe dabei. Nichts, um sich zu verteidigen. Bernhard, du musst endlich etwas tun.«

Es blieb still am anderen Ende. Sie vernahm Geräusche, die von der Freisprechanlage kamen, und meinte auch, ihn heftig atmen zu hören.

»Bernhard?«, fragte sie nach. Und wieder einmal merkte sie, wie seltsam sie es fand, ihn bei seinem Vornamen zu nennen.

»Es geht nicht«, brachte er gepresst hervor.

Alexa konnte sich im letzten Moment zügeln, um nicht laut loszuschimpfen. Sie legte den Kopf in den Nacken und zählte von zehn herunter.

»Sag mir bitte wieso«, hakte sie nach und bemühte sich um einen beherrschten Ton. »Ich verstehe einfach nicht, warum du es uns weiter schwer machst. Ich habe langsam den Eindruck, du willst sie gar nicht finden!«

Zunächst blieb es still auf der anderen Seite. Doch dann gab er sich wohl einen Ruck und fuhr fort: »Roza ist bewaffnet. Bevor sie verschwunden ist, hat sie eine Glock aus der Asservatenkammer gestohlen.« Krammer berichtete ihr, wie er auf die Spur gekommen war und dass es sich um ein Waffenarsenal aus dem Schleppermilieu handelte.

»Bist du sicher?« Jetzt war es Alexa, die kaum glauben konnte, was sie da hörte. »Seit wann weißt du das?«

»Ich habe es am Wochenende herausgefunden. Als ich ihre letzten Schritte überprüft habe. Aber ich bin nicht bereit, ihr Verhalten jetzt schon zu verurteilen. Ich muss erst wissen, wie alles zusammenhängt, bevor ich sie dafür an den Haken hänge. Ich hoffe, du verstehst das.«

Alexa wusste nicht, was sie darüber denken sollte.

Huber bemerkte sofort den Wandel des Gespräches, aber ehe Alexa ihn einbeziehen konnte, redete Krammer schon weiter.

»Und es gibt noch etwas, das ich dir bisher nicht erzählt habe: Jemand hat eine Bombenattrappe unter meinem Auto befestigt. Derjenige wollte, dass ich weiß, dass er mir folgt.«

Alexa schürzte die Lippen. Plötzlich ergab Krammers Handeln einen Sinn. Hätten sie eine Suchmeldung herausgegeben, hätte derjenige, der Roza finden wollte, nur abwarten und ihnen folgen müssen.

Rasch klärte sie Huber darüber auf. »Bernhard hatte gestern eine Bombenattrappe unter seinem Auto. Wir sollten

unseren Wagen künftig nicht mehr unbeaufsichtigt lassen.«
Über den Waffendiebstahl schwieg sie. Nicht, weil sie Huber
nicht vertraute. Aber Alexa war es wichtig, dass Krammer
wusste, dass er sich auf sie verlassen konnte. Genau wie sie
sich auf ihn.

Sie ließ sich berichten, wo ihr Vater als Nächstes sein Glück
versuchen wollte, dann sagte sie: »Und wir bemühen uns
weiter, über sämtliche Taxi- und Uberzentralen in der Umgebung herauszufinden, wo Roza sich hat absetzen lassen.
Sobald ich von der Forensik die Rückmeldung habe, ob die
Fasern aus dem Leichenwagen mit denen aus eurem Fall
übereinstimmen, melde ich mich wieder.« Dann verabschiedete sie sich.

Huber schaute verwundert zu ihr hinüber, als sie aufgelegt
hatte.

»Ich dachte, du würdest ihm endlich klarmachen, wo der
Hase langläuft. Roza ist doch vermutlich schon längst über
alle Berge! Wir müssen handeln! Wie sollen wir denn ohne
eine offizielle Vermisstenmeldung weiterkommen?«

»Keine Ahnung«, herrschte sie Huber an. Sie war unfair
und bereute ihren Ton sofort. »Sorry, das war nicht so gemeint. Ich weiß, was ich vorhin gesagt habe. Aber Krammer
hatte jetzt dieses Ding unter dem Auto, was heißt, dass sie ihn
bereits im Auge haben. Wir können nur hoffen, dass der Täter
noch nicht ahnt, dass wir hier am See ebenfalls nach Roza
suchen. Alles andere würde ihn doch sofort auf unsere Fährte
bringen – oder gäbe ihm das Signal, dass es jetzt an der Zeit
ist, sich schnell abzusetzen. Denk an den Typen im Wald …«

Hubers Missmut verschwand sofort. »Verstehe.«

»Vermutlich glaubt jeder, wir sind wegen des Unfalls hier.

Und je länger niemand ahnt, dass wir in Kontakt zum LKA Innsbruck stehen, desto besser.« Sie räusperte sich. »Aber wir müssen herausfinden, was diese Anja Nickl und Roza miteinander zu tun haben. Woher können sie sich nur kennen? Wenn wir doch bloß die vorherige Adresse dieser Frau Nickl herausfinden könnten! Es muss irgendeine Verbindung geben – entweder zu Stadler, dem Toten mit der Maske, oder zu Roza. Oder vielleicht hat sie früher in Innsbruck gelebt.«

»Also, ich hab da einen Spezl, dessen Frau arbeitet beim Einwohnermeldeamt in Weilheim.«

Alexas Kopf fuhr herum. »Du meinst …«

Er zuckte die Schultern. »Versprechen kann ich nichts. Aber ein Versuch hat noch nie geschadet, oder?«

Als Huber sie vor dem Haus absetzte, erkannte Alexa ein Stück weiter Kati Messerer, die Tochter ihrer Vermieterin. Sie ließ die Schultern hängen und hatte ganz offensichtlich geweint.

»Was ist denn da los?«, fragte Alexa und verabschiedete sich von Huber, der sich schnellstmöglich wieder bei ihr melden wollte.

Einige Nachbarn, die sie schon vom Sehen kannte, standen um Kati herum. Eine raunte Alexa zu, dass Katis Mutter in der Nacht zuvor unerwartet verstorben sei. Sofort schossen Alexa Hunderte von Fragen durch den Kopf: Wie war es passiert? Wer hatte sie gefunden und wo? Wurde eine Autopsie veranlasst?

Nur mit Mühe konnte sie sich zurückhalten, doch die Tatsache, dass hier noch eine Leiche auftauchte, machte sie nervös, und sie hoffte, dass das alles nichts damit zu tun hatte, dass sie in das Haus der alten Dame eingezogen war.

Aber Kati informierte sie, dass offenbar der Hausarzt gerade da gewesen war, ihre Mutter untersucht und bereits den Totenschein ausgestellt hatte. Ihr Leichnam war wenige Minuten zuvor vom Beerdigungsunternehmer abgeholt worden.

»Das ist das Leben«, sagte Kati. »Jeder von uns muss früher oder später gehen. Ich hätte mir allerdings gewünscht, wir hätten noch ein paar Jahre zusammen gehabt. Aber sie ist friedlich eingeschlafen, meinte der Arzt. Sie hatte schon länger Probleme mit dem Herzen, aber mir hat sie kein Sterbenswort gesagt. Das war so typisch für sie. Alles wollte sie immer alleine schaffen. Niemandem zur Last fallen.«

Alexa presste die Lippen zusammen und verkniff sich die Frage, was nun mit dem Haus passieren würde. Vielleicht war es gar nicht so schlecht, dass sie noch nicht vollständig eingerichtet war. Sie würde es allerdings bedauern, ausziehen zu müssen, denn sie fühlte sich unfassbar wohl in der kleinen Wohnung. Und erst recht in Lenggries, was sie wenige Wochen zuvor nicht für möglich gehalten hätte.

»Sei mir nicht böse, aber ich habe jetzt eine Menge für die Beerdigung zu organisieren. Mein Bruder kommt nachher vorbei und wird in Mamas Wohnung schlafen, da soll er nicht in der Bettwäsche, in der sie ...«

Sofort liefen Kati Messerer wieder die Tränen hinab.

»Lass mich das machen«, bot Alexa an. »Ich ziehe sie ab, wasche alles durch, hänge Oberbett und Kissen raus und klopfe auch die Matratze aus. Sonst noch was?«

Kati Messerer wischte sich die Tränen weg und schüttelte

den Kopf. Als Alexa ein leises »Bitte« hinzufügte, ließ sie sich aber schließlich erweichen.

»Das würdest du wirklich tun? Könntest du ihm dann vielleicht auch gleich den Schlüssel geben? Er soll später zum Essen zu mir rüberkommen. Dann mache ich schnell eine Suppe und kaufe noch ein Brot. So bin ich flexibel und kann mich darauf einstellen, wann immer ihm danach ist.«

Alexa sagte es zu, verabschiedete sich von Kati und beeilte sich, in die Wohnung im ersten Stock zu kommen. Zwar war sie es gewohnt, die Räumlichkeiten von Verstorbenen zu betreten, aber das hier war kein Tatort und sie war ganz alleine. Immerhin konnte sie sich nun selbst vergewissern, dass das alles wirklich nichts mit ihr zu tun hatte.

Als sie die Wohnungstür hinter sich schloss, die noch weit offen gestanden hatte, fühlte sie sich wie ein Eindringling. Sie war zuvor nur ein einziges Mal hier oben gewesen, um sich Katis Mutter vorzustellen. Damals hatten sie in der Wohnstube am Esstisch gesessen, der jetzt penibel aufgeräumt war. Bei einem Blick in die Küche sah es genauso aus: Es stand nichts herum, kein Geschirr, keine Zeitung. Im Wohnzimmer waren alle Kissen frisch aufgeschüttelt, und in jedem war in der Mitte eine Vertiefung. Es wirkte beinahe so, als hätte die Frau gewusst, dass sie den folgenden Tag nicht mehr erleben würde, und als wolle sie alles besonders ordentlich hinterlassen.

Nur im Schlafzimmer war das Bett zerwühlt. Alexa zögerte einen Moment, denn sie fragte sich, was die Verstorbene dazu gesagt hätte, wenn eine völlig Fremde sich hier herumtrieb. Vermutlich wäre es ihr nicht recht gewesen, denn die Frau hatte eine starke und stolze Persönlichkeit besessen.

Dennoch nahm sie sich ein Herz und tat, was sie Kati versprochen hatte. Als sie alles erledigt hatte und das nackte Bettgestell mit dem Lattenrost in dem Zimmer stand, überkam sie eine seltsame Melancholie.

Das, was ein Mensch einst sein Heim genannt hatte, das Nest, das er sich über die Jahre schuf, mit all den Erinnerungen, war für die Hinterbliebenen irgendwann nur noch alter Plunder. Ein paar Erinnerungsstücke würden Kati, ihr Bruder und die anderen Verwandten sicher aufheben, aber Alexa kannte die hübsche Wohnung, in der Kati lebte. Sie würde wohl kaum diese altertümlichen Möbel haben wollen, die dann sicher bald entrümpelt würden. Ein ganzes Leben, das am Ende in irgendeinem Container landete.

Bis sich irgendwann niemand mehr daran erinnerte.

Sie rieb sich die Arme und seufzte tief.

Dann trat Alexa zu einem Stuhl, über dessen Lehne ein hellblauer Morgenmantel mit Blumenmuster hing. Kurz überlegte sie, auch diesen zu waschen. Aber vielleicht haftete ihm noch der Geruch der Verstorbenen an und würde Kati in den nächsten Tagen trösten, wenn sie ihn fand.

Alexa hängte ihn ordentlich in den Schrank, zu den Kleidern und Blusen, die nach dem geblümten Lavendelkissen rochen, das Frau Messerer gegen die Motten dort hineingelegt hatte. Zuletzt schloss Alexa die Schranktür sorgfältig.

Irgendwann würde jede Erinnerung verblassen: der Klang der Stimme, der ganz eigene Geruch, den jeder Mensch besaß, die Art zu sprechen, sich zu bewegen, zu denken und zu handeln. Nur ein paar Fotos würden bleiben. Und die Geschichten, die man zusammen erlebt hatte.

Dann war es zu spät, gemeinsame Erinnerungen zu schaffen.

Rasch griff sie nach ihrem Handy und schickte, ohne weiter nachzudenken, eine kurze Nachricht an Krammer. *Pass bitte gut auf dich auf.*

Sie schob das Handy in die Hosentasche, packte das Wäschebündel unter den Arm und zog leise die Tür hinter sich zu.

46.

Krammer brauchte einen Moment, bis er das Haus der früheren Vermieterin in Eisenstadt gefunden hatte. Der Eingang war völlig überwuchert von einem Rosenbogen, der längst einen Schnitt nötig gehabt hätte. Vom Zaun blätterte die hellblaue Farbe ab. Bienen und Hummeln tummelten sich in den Beeten, die reich an üppigen Pflanzen und Blüten waren. Ganz anders als bei dem Haus von Holzners Witwe, das er zuvor besucht hatte. Wenn auch alles verwildert war, so wirkte es dennoch gemütlich und als fühle sich ein Mensch hier wirklich wohl.

Krammer klingelte an der Tür, deren Schild vergilbt und ziemlich unleserlich war. Eine Frau mit einem ausgeprägten Witwenbuckel öffnete ihm. Nun verstand er, warum der Bogen am Eingangstor so tief hing. Die Frau hatte eine extrem stark gebeugte Haltung, deshalb konnte sie selbst problemlos darunter durchgehen.

Irmi Zeitler reichte ihm nur bis knapp unter die Brust. Ihre welligen grauen Haare trug sie in einem Dutt, und sie schaute ihn mit einem neugierigen Blick über den Rand ihrer Brille an, was ihn sofort an Roza denken ließ, die das auch oft tat.

»Ich hoffe, ich komme nicht ungelegen, Frau Zeitler. Bernhard Krammer mein Name, vom LKA Innsbruck. Ich arbeite mit Roza Szabo zusammen. Ich habe von Kollegen in Eisenstadt gehört, dass sie früher hier gewohnt hat.«

Sofort hellte sich das Gesicht der Frau auf. »Die Roza …
Wie geht es ihr denn? Schön, dass sie Sie hergeschickt hat.
Kommen Sie doch herein, Herr Inspektor.«

Krammer hielt sich zurück, die Frau zu korrigieren.
»Danke, das ist sehr freundlich«, sagte er nur und folgte ihr
in das Innere des Hauses. Verwundert stellte er fest, dass sie
trotz ihrer Skoliose äußerst schnell auf den Beinen war.

In dem Wohnzimmer, in das sie ihn führte, stand alles voller Nippes, und auch hier war das riesige Fenster zum Garten
hinaus von Grünpflanzen fast völlig zugewachsen. An den
Wänden zogen sich raumhohe Regale entlang, die voll-
gestopft mit Hunderten von Büchern waren. Irmi Zeitler
räumte eine Tageszeitung von einem geblümten Sessel und
bat Krammer, sich zu setzen. Sie selbst nahm auf einem Stuhl
ihm gegenüber Platz.

»Nun sagen Sie schon, wie ist es ihr ergangen? Ist die Roza
glücklich in Innsbruck? Hat sie endlich jemanden kennengelernt? Ach, das habe ich ihr immer so gewünscht. Es will
doch niemand für immer alleine sein.«

Krammer war froh um diese Wendung des Gespräches,
damit er nicht sofort erzählen musste, was es wirklich mit
seinem Besuch auf sich hatte.

»Nein, sie hat leider niemanden kennengelernt. Aber in
unserem Beruf … Die Arbeitszeiten werden nicht geringer.«

Sie nickte vielsagend. »Um die Zeit sollten Sie auch schon
längst Feierabend haben. Sie sind auch nicht mehr der
Jüngste.« Bei diesen Worten hob sie mahnend den Finger.
»Sie hat oft auch am Wochenende gearbeitet, die Roza. So
oft. Das war ein Kreuz mit diesen Ermittlungen. Geheim war
alles, hat sie gesagt. Streng geheim. Aber ob es das dann am

Ende wert ist?« Sie atmete tief durch. »Sie sehen das alles sicher anders. Werden jetzt von Geld oder von Karriere sprechen. Aber wissen Sie, mit 92 Jahren hat man einen anderen Blick auf die Dinge. Die Zeit kann man nie mehr zurückdrehen, wissen Sie? Wenn man sich nur auf eine Sache konzentriert, rücken andere zwangsläufig aus dem Blickfeld. Erst viel zu spät erkennt man diesen toten Winkel im Leben.«

Krammer mochte die alte Dame auf Anhieb. Ihre Falten um die Augen wirkten wie Sonnenstrahlen, wenn sie lächelte. Und sie war genauso geradeheraus wie Roza. Die beiden hatten sich sicher glänzend verstanden.

»Aber was rede ich«, fuhr sie lachend fort. »Hören Sie nicht auf das Geschwätz einer alten Frau. Was führt Sie zu mir?«

»Ich wollte gerne von Ihnen wissen, ob Sie sich noch erinnern, warum Roza damals eigentlich von hier weggegangen ist.«

»Ach, mein lieber Inspektor. Da haben Sie den weiten Weg gemacht – und ich kann Ihnen so gar nichts dazu sagen. Nicht, dass ich meinem Gedächtnis nicht trauen könnte.« Sie tippte mit dem Zeigefinger an ihren Kopf. »Hier oben ist noch alles in bester Ordnung. Aber die Roza Szabo, die redet nicht viel über sich selbst. Wenn Sie mit ihr arbeiten, haben Sie das sicher schon bemerkt.«

In diesem Punkt konnte Krammer ihr nur zustimmen, war aber gleichzeitig erleichtert, dass es offenbar ein Wesenszug von Roza zu sein schien.

»Gab es denn zuletzt irgendwelche Schwierigkeiten? Hatten Sie den Eindruck, dass sie Sorgen hatte? Oder dass jemand sie bedrohte?«

»Tut mir leid«, sagte Irmi Zeitler. »Auch darüber kann ich nichts sagen. Wobei sie natürlich manchmal unruhig war. Sie schaute oft zum Fenster, wenn sie ein Geräusch hörte. Aber das kann auch einfach so ein Tic von ihr gewesen sein.«

Krammer merkte dennoch auf. Denn ihm sagte diese Wesensart nichts. Roza war zwar energetisch und auch oft nervös. Diese Beschreibung deutete in seinen Augen jedoch schon auf eine gewisse Beunruhigung hin. Vielleicht konnte Roza sie erst in Innsbruck abstreifen.

Irmi Zeitler hielt einen Moment inne. »Aber eines ist mir schon aufgefallen.«

Krammer merkte auf.

»Könnte es vielleicht mit ihrer Familie zusammenhängen, dass sie hier weggegangen ist? Die Roza ist ja in Österreich geboren, ganz hier in der Nähe. Doch als die Eltern ihrer Mutter Pflege bedurften, ist sie mit der ganzen Familie in die Nähe von Budapest umgezogen. Das ist doch nur zwei Stunden von hier, aber in all den Jahren haben sie sie nie besucht. Sogar an Weihnachten war sie immer alleine hier in ihrer Wohnung. Die hatten den Kontakt komplett abgebrochen, deshalb ist sie auch nie hingefahren.« Frau Zeitler bekreuzigte sich. »Wer tut denn so was?«

Irritiert hakte Krammer ein: »Aber mit ihrer Schwester stand sie doch noch in Verbindung, oder nicht?«

»Geschwister? Davon weiß ich nichts. Sie hat immer nur ihre Mama und ihren Papa erwähnt.«

»Das ist seltsam«, meinte Krammer. »Mir hat sie einmal von einem Ausflug in die Puszta, nach Szeged erzählt. Ihr Vater hatte Wein probiert, und niemand bemerkte, wie sich ihre kleine Schwester weggeschlichen hat. Die Familie war in

Aufruhr wegen der wilden Hunde, die dort in den Ebenen herumzogen.«

Frau Zeitler hatte ihm sehr aufmerksam zugehört und lächelte. »Eine schöne Geschichte. Das erklärt Rozas Liebe zum Rotwein. Wenn ihr Vater einen guten Tropfen zu schätzen wusste, hat sie das sicher von ihm. Und kochen konnte sie. Haben Sie schon einmal ihr Gulasch probiert? Sie tut immer einen Schweinsfuß hinein und lässt es richtig lange köcheln. Vorzüglich!«

Sie machte eine Kusshand und seufzte tief.

»Darauf werde ich sie auf jeden Fall ansprechen! Das hat sie mir bisher vorenthalten.« Krammer hoffte jedenfalls, dass er das in Zukunft noch tun könnte. Doch leider hatte ihn der Besuch nicht weitergeführt. Er rieb sich die Oberschenkel und beschloss wieder aufzubrechen.

»Darf ich wohl kurz Ihre Toilette benutzen?«, fragte er.

Irmi Zeitler nickte und wies ihm den Weg.

In dem winzigen Raum konnte man sich kaum drehen. Nachdem er sich erleichtert hatte, schaute er in den Spiegel. Die alte Dame hatte recht: Er war nicht mehr der Jüngste und sollte längst Feierabend machen. Die Anstrengung der letzten Tage hatte sich tief in seine Züge gegraben. Womöglich war es vernünftiger, heute nicht mehr die ganze Strecke zurückzufahren, sondern sich besser zuvor in einer Pension auszuruhen.

Als er wieder ins Zimmer kam, stand Irmi Zeitler am Wohnzimmertisch und blätterte in einem Fotoalbum.

»Ach, das waren schöne Tage, als die Roza noch hier wohnte«, sagte sie. »Sie hat mir immer im Garten geholfen. Sehen Sie.« Sie deutete auf ein Bild, auf dem eine deutlich jüngere und nicht ganz so dünne Roza auf einen Rechen gestützt in die Kamera lächelte. Krammer musterte die anderen Schnappschüsse, die eine Reihe von Leuten zeigten, deren Gesichter ihm jedoch fremd waren.

»Sagt Ihnen der Name Krisztina vielleicht etwas?«, fragte er und schaute sich neugierig die nächste Seite an.

»Freilich«, antwortete Irmi Zeitler sofort. »Sie war eine alte Freundin von Roza aus Ungarn, die sie ganz zufällig bei einem ihrer Einsätze wiedergetroffen hat.«

»Sind Sie sicher?«, fragte Krammer. Ihm stockte der Atem, als die Frau ihre Behauptung bekräftigte und weiterblätterte. Dann tippte sie mit ihrem Finger auf ein Foto, das lose in dem Album lag.

»Das ist bei diesem Empfang entstanden. Schauen Sie, wie elegant die aussah. Bei ihrem Besuch hier war sie aber ganz normal gekleidet, in Jeans und Sweatshirt. Dennoch eine echte Schönheit.«

Die Frau stand ein Stück von Roza entfernt, mehrere Männer waren dazwischen. Aber sie fiel auf, denn sie war tatsächlich eine überaus attraktive Erscheinung. Sie hatte langes, goldblondes Haar und trug ein hautenges türkisfarbenes Abendkleid. Dass es sich dabei um eine Freundin von Roza handeln könnte, hätte er nie vermutet.

»Und Sie sagten, sie war hier zu Besuch?«

»Ja. Sie kam an einem Abend spontan vorbei. Wir haben im Garten noch zusammen etwas getrunken und geredet. Ich wollte ja nicht stören, aber das Fräulein Krisztina hat darauf bestanden, dass ich mich dazusetzte. Dann hat die Roza sie zu ihrem Auto gebracht. Sie wollte hier wohl nur etwas abholen.« Sie überlegte, schien sich aber nicht zu erinnern, worum es sich handelte. »Die Roza war den ganzen Abend so gut aufgelegt und wirkte richtig befreit. So unbeschwert habe ich sie nur selten gesehen, wissen Sie? Man konnte spüren, wie gut es ihr tat, jemanden an ihrer Seite zu haben, den sie von früher kannte. Seine Wurzeln kann man nicht einfach kappen, denke ich. Sonst findet man keinen Halt mehr im Leben.«

»Wissen Sie zufällig auch den Nachnamen dieser Krisztina?«

Doch Irmi Zeitler verneinte. »Aber sie wohnte nur ungefähr eine halbe Stunde entfernt. In einer Stadt nahe der Grenze.«

»In Sopron?«, warf Krammer in den Raum, denn es war die einzige ungarische Stadt in der Nähe, die er kannte.

»Ja, genau, Sie haben recht! Ödenburg, das hatte sie gesagt.«

Er bat Irmi Zeitler um Erlaubnis, das Bild für Roza mitnehmen zu dürfen, was sie ihm gerne erlaubte, denn sie hatte es ohnehin in Rozas Wohnung gefunden. »Es war wohl hinter die Kommode gerutscht. Ich habe es all die Jahre aufbewahrt.«

Krammer wusste, was sie verschwieg: Sie hatte es in der Hoffnung getan, Roza würde sie deshalb noch einmal aufsuchen. Er versprach ihr, Roza beste Grüße auszurichten, und versicherte, sie auf das Gulasch anzusprechen und Frau Zeitler das Rezept zu schicken, sobald er es hätte. Sie strahlte über das ganze Gesicht, als er sich verabschiedete.

Dann eilte Krammer zu seinem Wagen, froh, endlich eine echte Spur zu haben. Ein Puzzlestein war gelöst, und so war es doch richtig gewesen, ins Burgenland zu fahren.

Als er eingestiegen war, bemerkte er, dass er sein Handy in der Mittelkonsole vergessen hatte. Hellinger hatte schon mehrfach angerufen und ihm dann eine Nachricht auf der Mailbox hinterlassen.

Der Tote aus Rozas Wohnung war an einer Überdosis Tabletten gestorben. Hellinger würde tippen, dass es sich um einen Suizid handelte. Warum auch immer er etwas genommen hatte: In jedem Fall war der Mann keines natürlichen Todes gestorben.

Krammer betrachtete nachdenklich noch einmal das Foto, dann verstaute er es in seinem Handschuhfach und machte sich auf den Weg, um eine Pension für die Nacht zu finden.

47.

Nachdem sie die Waschmaschine angestellt hatte, wollte Alexa gerade die unbekannte Handynummer zurückrufen, als es an der Tür klopfte. Das musste Katis Bruder sein, dem sie den Hausschlüssel übergeben sollte.

Doch zu ihrem Erstaunen war es der DHL-Bote, der ihr ein großes Paket überreichte. Alexa hatte nichts erwartet und war zunächst erstaunt, dann sah sie aber, dass es von ihrer Mutter kam. Ein Lächeln huschte über ihr Gesicht, während sie den Empfang bestätigte.

Susanna hatte es offenbar per Express geschickt. Sie wollte Frieden mit Alexa schließen, das wurde mehr als deutlich.

Mit einem Messer schlitzte Alexa das Paket auf und bestaunte die je vier Becher, Schüsseln und Teller, die ihre Mutter ihr getöpfert hatte. Sie waren außen in tiefdunklem Blau glänzend glasiert, innen jedoch matt, in einem hellen Grauton. Genau die Farbkombination, die Alexa auch für ihre Küche vorgeschwebt hatte.

Vorsichtig räumte sie die Sachen in ein offenes Regal und staunte, wie wunderschön sie sich dort machten. Ihre Mutter hätte auch Designerin werden können statt Heilpraktikerin. Niemand würde ihr glauben, dass die Sachen nicht aus einem Kunsthandwerkerladen stammten. Leider hatte Alexa dieses Talent nicht geerbt.

Nachdenklich setzte sie sich auf einen Stuhl. Was hatte sie

überhaupt von Susanna? Sie sahen sich kein bisschen ähnlich, und plötzlich fragte sich Alexa, nach wem sie optisch kam. Susanna hatte nur eine Halbschwester. Aber auch auf den Fotos der Großeltern hatte sie nie Ähnlichkeiten gefunden. Nur die Größe hatte sie von ihrer Mutter.

Ob es auf Krammers Seite jemanden gab, der ihr ähnelte?

Rasch verstaute Alexa die Luftpolsterfolie, in die Susanna das Geschirr eingeschlagen hatte, im gelben Sack, dann räumte sie das Paket weg, in dem sie noch eine Karte fand.

Melde dich, wenn du mehr brauchst.

Kein Wort zu viel, dachte Alexa. Noch immer blieb ihre Mutter vorsichtig und ließ ihr den Raum, den sie nach dem schlimmen Streit eingefordert hatte, der auf die Eröffnung, Krammer sei ihr Vater, gefolgt war. Das musste sie ihr zugutehalten. Zwar sehnte Susanna sich offensichtlich nach Kontakt, aber sie hatte begriffen, dass es einfach Zeit brauchte, bis Alexa mit all dem klarkam.

Doch der Tod der alten Frau Messerer hatte Alexa vor Augen geführt, dass Zeit in jedem Zusammenleben endlich war, und stimmte auch sie heute milde. Natürlich konnte sie ihrer Mutter noch bis ans Ende aller Tage grollen. Aber Line hatte ihr geraten, dennoch im Gespräch zu bleiben. Vermutlich war es wirklich das Beste.

Alexa sah auf die Uhr. Kurz nach 17 Uhr.

Vermutlich war Susanna jetzt noch in einem Termin, denn der späte Nachmittag war eine beliebte Behandlungszeit in ihrer Praxis. Aber sie konnte ihr wenigstens eine Sprachnachricht auf WhatsApp hinterlassen, dass das Paket heil angekommen war, und sich für die schönen Sachen bedanken. Damit gewann sie ein wenig Zeit bis zum nächsten längeren

Telefonat. Zusätzlich nahm sie noch ein Bild von dem Geschirr auf, damit ihre Mutter sah, wie es sich an Ort und Stelle machte.

Gerade als sie die Nachricht aufgesprochen und sich noch eine große Schüssel mit demselben Dekor gewünscht hatte, klopfte es draußen erneut. Sie eilte zur Tür und stand einem völlig Fremden gegenüber.

Er überragte sie fast um einen Kopf, trug ein verwaschenes Jeanshemd, eine dunkelblaue Jeans und Sneakers. Das Auffälligste an ihm waren neben der dicken, schwarzrandigen Kunststoffbrille seine extrem gepflegten weißen Zähne. Er lächelte sie an, und Alexa erkannte sofort die Ähnlichkeit zu seiner Schwester.

»Ah! Du musst Kristoph sein! Kati hatte mich gebeten, dir den Schlüssel zu geben. Einen Moment.«

Sie eilte in die Küche, um den Schlüssel zu holen. Während sie zurückging, fiel ihr auf, dass sie sowohl vergessen hatte, sich ihm vorzustellen, als auch ihrem Bedauern über den Tod seiner Mutter Ausdruck zu verleihen.

Sie reichte ihm den Schlüssel und holte ihr Versäumnis schnell nach: »Mein aufrichtiges Beileid zu deinem Verlust. Wenn ich irgendetwas tun kann … Ich bin übrigens die neue Untermieterin. Alexa Jahn.«

Er reichte ihr die Hand, die groß und dicht behaart war. Sein Händedruck war ebenso angenehm wie seine samtene Stimme.

»Danke. Du kannst ruhig Kris sagen. Alle nennen mich so. Na ja, bis auf meine Mutter.« Er zog die Augenbraue hoch. »Das heißt dann ja wohl, dass ab jetzt mein voller Name nur noch auf den Papieren existiert.«

Er machte keine Anstalten, zu dem anderen Eingang zu gehen, aber so recht wusste Alexa nicht, wie sie reagieren sollte. Sie schob die Hände tief in ihre Hosentaschen und fügte hinzu: »Kati hat gemeint, sie würde für euch etwas zu essen machen. Du sollst zu ihr rüberkommen, wenn du dich oben eingerichtet hast.«

Er schüttelte den Kopf, betrachtete aber lächelnd den Schlüssel in seiner Hand. Auf seiner Wange zeigte sich ein Grübchen. Genau wie bei seiner Schwester. Die Ähnlichkeit der Geschwister nahm Alexa sofort für ihn ein.

»Kati. Sie denkt immer an alles«, meinte er.

Alexa nickte. »Das ist mir auch schon aufgefallen. Ich habe die Bettwäsche noch in der Maschine. Aber wenn du mit dem Essen fertig bist, ist sie bestimmt gewaschen und trocken. Soll ich sie dir später bringen?«

»Keine Eile«, sagte er. »Mutter hatte von allem die zehnfache Anzahl. Bestimmt ist noch eine Garnitur im Schrank. Vermutlich sogar originalverpackt. Wird ein ganz schöner Akt, das alles zu sortieren.«

Alexa nickte. Da er von seinem Verlust nicht so getroffen schien wie zuvor Kati, wagte sie, sich nach dem zu erkundigen, was ihr seit dem Nachmittag unter den Nägeln brannte.

»Es ist sicher zu früh, das zu fragen, aber wisst ihr schon, was mit dem Haus passieren wird? Habt ihr noch mehr Geschwister? Denn hier in der Gegend etwas zu finden, ist nicht gerade leicht, habe ich gehört …«

Sie hielt ihre Daumen in den Hosentaschen fest gedrückt.

»Ach, du meinst wegen deiner Wohnung? Da musst du dir erst einmal keine Gedanken machen. Kati würde das Haus nie verkaufen. Und ich muss sowieso überlegen, was ich künftig tun will.«

Sie wagte nicht nachzufragen, immerhin ging sie das alles nichts an, doch schon hielt er seine rechte Hand hoch und deutete auf den Ringfinger, an dem noch eine Einkerbung zu sehen war.

»Frisch geschieden«, meinte er. »Allerdings haben wir eine gemeinsame Praxis. Ich hätte das normalerweise noch eine Weile laufen lassen. Aber manchmal gibt uns das Schicksal einen Wink und hält neue Optionen bereit.«

Er schob ebenfalls die Hände in die Taschen und lächelte.

Alexa wusste nicht, was sie darauf erwidern sollte.

Für einen Moment standen sie wortlos voreinander.

Dann deutete Alexa hinter sich. »Ich müsste jetzt mal wieder weitermachen.« Obwohl sie erleichtert war, dass die Sorge um ihre Bleibe sich so schnell in Luft aufgelöst hatte, gab es noch eine Menge zu tun. Aber künftig mit Kris unter einem Dach zu leben, konnte sie sich auf Anhieb gut vorstellen.

»Stimmt. Entschuldige, ich wollte dich nicht aufhalten. Du bist Kommissarin, richtig?«

Zuerst war Alexa verdutzt, dass er etwas über sie wusste. Doch vermutlich hatte Kati sich mit ihm abgesprochen, als sie vor ein paar Wochen eine Fremde ins gemeinsame Elternhaus geholt hatte.

Er schien ihre Verwunderung bemerkt zu haben und meinte: »Kati hat mir schon viel von dir erzählt.«

Ohne es zu wollen, stieg Alexa die Röte ins Gesicht. Einer ihrer Makel, den sie hasste, weil sie es nicht unter Kontrolle hatte.

»Dann will ich mal hoch«, sagte er und deutete nach oben. »Danke, dass du Kati geholfen hast. Für sie ist das heute ein ziemlicher Schock gewesen. Sie und Mutter hatten immer ein extrem enges Verhältnis, und …« Abrupt brach er ab. »Jetzt komme ich schon wieder ins Plaudern, sorry. Ich will dich nicht länger aufhalten.«

Mit diesen Worten drehte er sich um und ging zurück zur Straße, um eine braune Ledertasche aus seinem schwarzen Porsche 911 zu holen, der so gar nicht in diese Gegend zu passen schien. Zu Kris Messerer passte er allerdings wie die Faust aufs Auge, und Alexa schloss daraus, dass die Gemeinschaftspraxis gut lief, wenn er so ein Auto fuhr. Es war ein G-Modell mit braunen Ledersitzen, vermutlich eines der letzten von 1989. Alexa hätte allzu gerne eine Runde mit dem Boliden gedreht.

Doch bevor Messerer merken konnte, dass sie ihn beobachtete, schloss sie schnell die Tür hinter sich.

Einen Moment blieb sie im Flur stehen und musterte die Wände mit der geblümten Tapete, die sie unbedingt neu streichen musste. Wenn sie am Samstag das Treffen mit Konstantin hinter sich hatte, würde sie das gleich in Angriff nehmen und einen cremefarbenen Ton auswählen, der gut zu dem Holz passte.

Aber jetzt waren andere Dinge zu erledigen.

Erst einmal rief sie die unbekannte Nummer an, die sie bislang ignoriert hatte. Sie hatte in den letzten drei Tagen so oft ihre Karte herausgegeben, dass es durchaus ein Zeuge mit einem neuen Hinweis sein konnte.

»Ja?«, meldete sich eine glockenhelle Stimme, die definitiv zu einem sehr jungen Menschen gehörte.

»Alexa Jahn. Sie hatten versucht, mich zu erreichen?«

»Okay. Ja. Moment.« Die Person am anderen Ende hielt den Hörer ein Stück weg, zischte jemandem etwas zu, kurz darauf hörte man eine Tür schlagen. »So. Jetzt«, sagte sie danach laut und deutlich. Doch dann war wieder Stille.

Irritiert wartete Alexa ab. Zwar hatte die Anruferin es am Vormittag bei ihr probiert, schien nun aber darauf zu warten, dass Alexa das Gespräch eröffnete.

»Also«, ließ sich die Person nach einer gefühlten Ewigkeit vernehmen. »Sie hatten ja gesagt, wir sollten uns melden, wenn uns noch etwas einfällt.«

Langsam dämmerte es ihr. Es musste sich um das Mädchen handeln, das mit der Clique den Unfall beobachtet hatte. Alexa konzentrierte sich, dann fiel ihr der Name wieder ein.

»Josefine, bist du das?«

»Jo«, sagte das Mädchen.

»Jo«, wiederholte Alexa. »Was kann ich denn für dich tun? Wenn es wegen der Joints ist … da musst du dir keine Sorgen machen.«

»Ich kiffe nicht«, erwiderte Jo. »Ich trinke auch nicht. Bin doch nicht blöd. Die Jungs … na, Jungs sind eben so. Aber ich mach da nicht mit.«

Gute Einstellung, dachte Alexa.

»Es ist nur so …« Wieder zögerte das Mädchen. »Ich habe noch etwas gesehen.«

Alexa verkniff sich, ungeduldig nachzufragen, und wartete angespannt, dass Jo fortfuhr.

»Die Jungs, die waren so aufgeregt, die haben das gar nicht mehr gecheckt. Die haben unsere Sachen zusammengesucht. Aber der andere Fahrer, der ist noch ausgestiegen.«

Alexa überlegte fieberhaft. Die Jungs hatten ausgesagt, der Wagen habe gestoppt, aber sie war davon ausgegangen, dass der Fahrer im Auto geblieben war.

»Du meinst, du hast ihn gesehen?«

»Das nicht. Also nicht so, dass ich ihn wiedererkennen würde. Aber er stand da. In der Lücke von der Leitplanke, die der Ford Fiesta gerissen hatte. In seinem Scheinwerferlicht konnte man das deutlich sehen. Und dann ist er noch runter zu dem Wagen.«

Alexa hielt die Luft an. Sofort schoss ihr wieder der Gedanke an Perski durch den Kopf. Hatten sie diese Spur zu früh fallen lassen? Irgendetwas kam noch, das spürte sie deutlich.

»Und dann habe ich kurz ein Licht gesehen. Wie ein Blitz.«

»Bist du sicher?«

»Absolut. Der hat ein Foto gemacht.«

Eine Gänsehaut lief Alexa über die Arme. Sofort musste sie daran denken, was Krammer vorhin erzählt hatte: dass die Waffe, die Roza gestohlen hatte, aus dem Arsenal eines Schlepperrings stammte. Wenn jemand ein Auto manipulierte und anschließend den Verletzten fotografierte, hatten sie es eventuell mit einem Auftragsmord zu tun. Dann würde auch die Grube im Wald in dieses Bild passen …

»Kriege ich jetzt Ärger?«, fragte das Mädchen, das die Stille am anderen Ende der Leitung verunsicherte. »Ich meine, weil ich das vorher nicht erwähnt habe? Die anderen hatten nichts davon gesagt, und ich wusste nicht … Ach, verdammt, es ließ mir einfach keine Ruhe. Weil, das ist doch weird, oder? Wer macht so was?«

Jemand, der eiskalt ist, dachte Alexa, sparte sich jedoch

einen Kommentar. Krammer hatte richtig gehandelt, keine offizielle Fahndung einzuleiten. Und vielleicht waren sie jetzt dem Jäger einen Schritt voraus.

»Ich danke dir, Jo, dass du mir das erzählt hast. Und du wirst ganz sicher keinen Ärger bekommen. Ganz im Gegenteil: Du hast mir sehr geholfen.«

Denn nun wusste Alexa genau, was zu tun war.

48.

Schon bald sollte ich sie wiedersehen. Auf dem gekörnten Schwarz-Weiß-Bild des Monitors, der unsere Pforte überwachte. Nur eine Woche später.

Sie war in Begleitung eines Mannes.

Wie ein Stachel drängte sich ein Gedanke in meinen Kopf. Ließ mich aufstöhnen. Die Erkenntnis, vor der ich mich jahrelang gefürchtet hatte.

Sie hatte damals die Gerechtigkeit gewählt – und sie ganz offensichtlich gefunden. Auch wenn sie keine Uniform trug – ich war sicher, dass sie zur Polizei gegangen war. Oder zu einer anderen Ermittlungsbehörde.

Und nun stand sie hier. Und ich ahnte, was sie von mir erwartete.

Ich war so verdammt naiv gewesen. Hatte mir eingebildet, ich hätte endlich die Liebe gefunden, die ich immer gesucht hatte. Dabei hatte ich nur die dreckigen, hässlichen Laken vieler Freier gegen ein einziges blütenweißes gewechselt. Hatte mich kaufen lassen.

Um Gefühle war es dabei nie gegangen. Nur um Besitz.

Ich war ein weiteres Stück in seiner Sammlung. Eine Trophäe, genau wie die teuren Luxuskarossen in seiner riesigen Garage, die er nie fuhr. Die goldenen Uhren, die er nie trug.

Ich war die Nutte, die er aus der Gosse gezogen hatte. Ein weiteres Stück in seiner Sammlung. Er würde mich erst gehen lassen, wenn er meiner überdrüssig wurde.

Im Grunde war mir das immer klar gewesen. Und doch hatte ich mir jahrelang eingeredet, ich sei glücklich.

Ich wusste nicht, was sie wollten, aber ich konnte sicher sein, dass sie nicht ohne einen konkreten Grund gekommen waren.

Ich öffnete nicht.

Gab unseren Bediensteten zu verstehen, dass ich niemanden empfangen wollte.

Doch von diesem Moment an konnte ich nicht mehr vor den Spiegel treten, ohne mich vor meinem Anblick zu ekeln.

Weil ich mich von jetzt an mit ihren Augen sah.

Ihr hatte ich nie etwas vormachen können.

Und jetzt gelang es mir auch vor mir selbst nicht mehr.

Ruhelos begann ich Fragen zu stellen. Erst bei der Frau in der Küche. Dann beim Gärtner. Zuletzt fragte ich seinen Fahrer, dessen Waffe am Knöchel mir schon früher aufgefallen war.

Ich erhielt keine Antworten. Alle wichen mir aus.

Am Abend stellte er mich zur Rede. Was in mich gefahren sei? Ob es mir je an etwas gefehlt habe? Ich konnte ihm darauf keine Antwort geben. Stand nur da, mit gesenktem Blick.

Und spürte, dass ich ihn nie wieder nahe bei mir haben wollte.

Bis zu diesem Tag war er kein einziges Mal laut geworden. Doch er machte unmissverständlich klar, was er von mir erwartete.

Gestern, heute und in aller Zukunft.

Als ich weiter schwieg, aber trotzig den Kopf hob, ließ er es mich spüren. Er war der Herr im Haus. Und ich hatte mich zu fügen.

Jetzt sah ich nicht mehr die Blütenpracht im Garten, sondern nur noch die hohen Mauern. Die Kameras und Monitore. Die Männer und Frauen, die in unseren Haushalt kamen, aber nie lange blieben.

Alle Antennen auf Flucht eingestellt.

Am Morgen war mir speiübel. Immer wieder musste ich mich übergeben. Bis nicht einmal Galle kam.

Ich kannte den Zustand, brauchte keine Beweise dafür.

Aber mir war nach der letzten Nacht klar, dass ich diesen Ort nicht verlassen konnte, wenn er es nicht erlaubte.

Und das würde er niemals tun.

Meine Freundin war vermutlich die Einzige, die wusste, wie ich es anstellen musste, um von ihm wegzukommen.

Es war riskant.

Aber ich sah keinen anderen Ausweg.

Ich musste sie treffen.

49.

Am nächsten Morgen war Krammer schon in aller Frühe über die Grenze gefahren und bald darauf in Sopron. Mit sechzigtausend Einwohnern war die Stadt nicht gerade klein, aber auch nicht riesig. In der Nacht war ihm die Idee gekommen.

Er hatte diesen Kranz erhalten. Wenn er ihr Grab fand, wüsste er ihren Nachnamen. Er konnte den Zeitraum der Beerdigung grob geschätzt auf die letzten zwanzig Jahre eingrenzen. So viele Krisztinas lagen hoffentlich hier nicht begraben.

Der Friedhof hatte zu seinem Glück laut dem Internet bereits um sieben Uhr geöffnet. Er war an den äußeren Stadtrand gefahren und hatte in der Nähe des neueren Teils geparkt. Es gab verschiedene Friedhöfe in der Stadt, dieser war allerdings der großzügigste. Durch die Reihen zu laufen und nach einer Inschrift zu suchen, wäre zu langwierig.

Also versuchte er es zunächst bei dem dortigen Blumenladen, der allerdings noch geschlossen war. Er hatte gehofft, sie würden den Kranz erkennen – falls er noch nicht allzu alt war. Krammer griff zu Plan B, kehrte an der roten Backsteinmauer entlang zurück und trat dann durch das schwarze Metalltor, das weit offen stand. Er ging an dem Gebäude vorbei, in der Hoffnung, jemanden zu finden, der ihm Auskunft geben konnte. Telefonisch hatte es keinen Sinn, denn er sprach kein Ungarisch.

Nach einer Weile hatte er Glück und fand einen Gärtner, der radebrechend Deutsch beherrschte und ihn bereitwillig zur Friedhofsverwaltung führte. Tatsächlich waren die meisten Gräber digital erfasst. Der Verwalter erklärte, die älteren seien davon ausgenommen, doch Krammer versicherte ihm, dass der genannte Zeitraum ausreichen würde.

Zu seinem Glück gab es nur sieben Beerdigte, deren Vorname Krisztina lauteten. Fünf davon konnte Krammer sofort ausklammern, weil die Personen, die dort begraben lagen, viel zu alt waren. Die Krisztina, die er aufgrund des Fotos von dem Empfang suchte, war zwischen 20 und 30 gewesen, schätzte er grob – je nachdem, wann sie verstorben war. Blieben zwei. Krammer macht sich zusammen mit dem Verwalter auf den Weg zu den Gräbern.

Der Friedhof lag im hellen Sonnenschein, und kaum jemand war unterwegs. Krammer eilte dem Verwalter hinterher, schaute immer wieder links und rechts die Grabstätten an. Einige waren gepflegt, die Grabplatten sauber, mit Kerzen und Blumen darauf, andere wirkten, als hätte sich seit dem Begräbnis niemand mehr darum gekümmert.

Zwangsläufig fragte Krammer sich, wie es bei ihm sein würde, und entschied spontan, sich einen Platz in einem Friedwald für die letzte Ruhe zu suchen. Ohne Stein, ohne Kreuz, draußen in der Natur. Die Vorstellung, Menschen zu zwingen, nach seinem Grab zu sehen, missfiel ihm. Lieber wäre ihm, wenn während eines Picknicks im Schatten des Baumes, unter dem er die letzte Ruhe fand, seiner gedacht würde. In Tirol gab es diese Möglichkeit nur in Kundl, deshalb beschloss er, sich baldmöglich darum zu kümmern. Besser, er sorgte gut vor, damit sich später niemand den Kopf darüber zerbrechen musste.

Das erste Grab, das der Friedhofsverwalter ihm zeigte, gehörte zu einer Krisztina Kiss. Sie war mit Anfang dreißig gestorben. In einer Vase stand ein Strauß mit verwelkten Narzissen, die sicher jemand aus der Familie an Ostern vorbeigebracht hatte. Was der Frau wohl passiert war? Eine Krankheit? Ein Unfall? Er machte ein Foto und ging nachdenklich weiter.

Das andere Grab gehörte zu einer Krisztina Varga. Der glänzende schwarze Granit, aus dem der Grabstein wie auch die Grabplatte bestanden, war blitzblank, aber es stand nur ein einziges ausgebranntes Grablicht darauf. Diese Frau war vor zehn Jahren verstorben, kurz bevor Roza aus Eisenstadt fortgegangen war. Sie war nur Mitte zwanzig geworden. Das Grab war breiter und sollte vermutlich als Familiengruft dienen. Es gab auch eine kurze Inschrift, die Krammer sich übersetzen ließ: *Felejthetetlen* bedeutete »unvergessen«. Wieder machte Krammer ein paar Fotos.

Rozas Vermieterin Irmi Zeitler hatte erzählt, dass Roza von ihrer Freundin besucht worden war. Sie war jung und schön gewesen, reich noch dazu. Natürlich konnte sie einen Unfall gehabt haben, aber Krammer hatte das Gefühl, erneut in einer Sackgasse zu stecken.

Varga – übersetzt Schuster. Das war der Name, nach dem er suchen musste. Leider ein recht häufiger in Ungarn, genau wie Kiss. Doch plötzlich fragte Krammer sich, was er eigentlich hier tat. Vielleicht hatte Rozas Vermieterin den Ort auch verwechselt. Und er konnte schlecht die gesamte Grenzregion abklappern, um nach weiteren Gräbern zu suchen. Besser würde er noch einmal nach Eisenstadt zu den Kollegen fahren. Vielleicht war ja heute jemand vor Ort, der ihm etwas über diese Krisztina sagen konnte. Immerhin hatte er jetzt eine Fotografie von ihr.

Während der Friedhofsverwalter in gemäßigtem Schritt mit Krammer über den asphaltierten Weg zurückging, erklärte er, der Gatte der verstorbenen Frau Varga sei ein seltsamer Kerl. Es handele sich um einen sehr wohlhabenden Mann. Erst habe er das Grab all die Jahre wöchentlich mit Blumen überladen, und jetzt auf einmal könne er es nicht schnell genug loswerden, wollte es sogar unterheben, was natürlich nicht ging. Außerdem war es ein Familiengrab. Er sinnierte darüber, dass vermutlich eine neue Frau auf der Bildfläche erschienen wäre und Herrn Varga die Idee, später neben seiner Ex zu liegen, nicht mehr reizte. Oder der Neuen missfiele die Konkurrentin aus dem Jenseits.

Krammer merkte auf.

»Wann war das?«, hakte er rasch nach. »Ich meine, diese Anfrage, das Grab zu verkaufen?«

Der Verwalter zuckte die Schultern. »Vor zwei oder drei Wochen? Wenn Sie das genaue Datum wollen, müsste ich nachschauen.«

Das war nicht nötig. Diese Angabe reichte ihm. »Sind Sie dem Mann denn schon einmal persönlich begegnet? Würden Sie ihn wiedererkennen?«

Der Friedhofsverwalter war durch Krammers Reaktion sichtlich verunsichert, wollte Herrn Varga mit seiner Plauderei keinen Ärger machen, dennoch wartete er am Tor, bis Krammer zurück war. Und tatsächlich war er sicher, dass der Mann auf dem Foto neben Krisztina derjenige war, dem das Grab gehörte. Das Haar war mittlerweile ergraut, aber er hatte keinen Zweifel.

Krammer bedankte sich für die Information und eilte mit der Adresse, die er erhalten hatte, zurück zu seinem Wagen.

»Ich finde dich, Roza!«, murmelte er. »Es hat verdammt lange gedauert, aber ich gebe nicht auf.«

50.

Alexa wartete schon vor der Tür auf Huber, als sie seinen Wagen langsam den Weg hinauffahren sah. Der Himmel war bedeckt, und es war für den Lauf des Tages Regen gemeldet. Als sie einstieg, musterte Huber den Porsche, der wieder vor dem Haus parkte, stellte aber keine Fragen. Alexa registrierte, dass er sich das Kennzeichen genau eingeprägt hatte. Doch es gab Wichtigeres, deshalb sparte sie sich eine Erklärung.

»Und? Hat die Frau deines Spezls etwas herausgefunden?«, fragte sie.

»So schnell nicht. Aber sie versucht uns zu helfen«, meinte er. »Dafür gibt es schon eine Rückmeldung aus der Kriminaltechnik: Es wurden Farbpartikel des Sarges in dem Leichenwagen gefunden, und Faserspuren des Satinstoffes stimmen wiederum mit denen auf dem Anzug der Leiche in Rozas Wohnung in Innsbruck überein.«

»Lass mich raten: keine sonstigen Fingerabdrücke.«

Er nickte. »Aber dafür wurde deine andere Vermutung bestätigt: Der Bremsschlauch des Fiestas war tatsächlich defekt. Und sie halten es nicht für wahrscheinlich, dass das bei dem Unfall passiert ist.«

Doch eine Verbindung von Leo Stadler zu Roza, Paul Hartmann oder Anja Nickl gab es nicht. »Stadler scheint ein ganz normaler Typ zu sein«, erklärte Huber. »Er war depressiv –

was wohl auch der Grund für die Trennung von seiner Frau war. Er wohnte in einer kleinen Wohnung, war schon in Frührente, ebenfalls wegen dieser Erkrankung. Das ist alles, was Ott bislang herausfinden konnte. Natürlich könnte er bei Anja Nickl im Friseursalon Kunde gewesen sein. Das überprüft Ott, aber die machen erst um neun Uhr auf.«

Nur eines stand für Alexa fest: Roza war noch einmal am Walchensee gesehen worden. Gemeinsam mit dieser Anja Nickl. Zwischen ihnen musste es eine Verbindung geben.

Anders als zuvor zog Alexa nun in Erwägung, dass sie vielleicht die ganze Zeit völlig falsch an die Sache herangegangen waren: Womöglich waren die Hinweise in Innsbruck bloß eine Finte gewesen und dienten der Ablenkung. Was hatten sie dort schon gefunden? Einen Toten, der tatsächlich ganz woanders und vermutlich an einem Suizid gestorben war, die Inszenierung einer Beerdigung, ein verwitterter Kranz. Alle weiteren Spuren deuteten in eine andere Richtung. Also spielte sich der wahre Kriminalfall hier ab. Direkt vor ihren Augen. Am Walchensee. Alle Spuren führten nach Deutschland.

»Hat die Suche nach dem Kombi etwas ergeben, mit dem Roza und Anja Nickl weggefahren sind?«, wollte Alexa wissen.

»Bei den Taxi-Diensten nichts, und auch von den Uber-Fahrern ist keiner an die Adresse gerufen worden. Wir weiten die Suche jetzt auch auf andere Städte aus. Ich tippe aber mittlerweile darauf, dass es ein Bekannter von Hartmann war, der Anja Nickl und Roza gefahren hat. Vielleicht derselbe, der Hartmann zuvor auf dem Hof seiner Eltern abgeholt hatte. Sollen wir den befragen?«

Sie starrte aus dem Fenster. »Lass das den Ott machen. Ich glaube, ich möchte jetzt etwas anderes tun, Florian. Wir müssen in das Haus von dieser Anja Nickl.«

Huber sah verdutzt zu ihr rüber. »Ohne Durchsuchungsbeschluss? Bist du verrückt, Alexa? Wenn du das ohne Genehmigung durchziehst, bist du deinen Job los!«

Alexa konnte ihren Unmut kaum zügeln, aber Huber hatte recht: Das wäre wahrscheinlich der eine Schnaps zu viel. Die Frau war zwar mit Roza weggefahren, aber es gab keinen Beleg dafür, dass Gefahr im Verzug war. Nichts außer ihrem zunehmend unguten Gefühl.

»Und wenn wir Brandl ins Vertrauen ziehen?«, schlug Alexa vor. Ihr schlechtes Gewissen, ihrem Vater in den Rücken zu fallen, war zwar riesengroß, aber es gab keine Alternative. Sie dachte wieder an das, was Jo, das Mädchen aus der Clique, ihr erzählt hatte. Wenn stimmte, was sie annahm, hatten sie es mit gewieften Verbrechern zu tun. Allerdings war Brandl nicht erbaut gewesen, dass sie überhaupt an dem Fall mitwirkten. Immerhin hatten sie einen anderen Auftrag von ihm bekommen. »Egal was Krammer sagt und egal wie gefährlich diese Leute sind: Wenn sie Roza, Anja Nickl oder ihr Kind erwischen, nur weil wir nichts getan haben ...«

Für einen Moment schwieg ihr Kollege.

Alexas Gedanken wanderten wieder zu dieser ominösen Grube. Sie war gegraben worden, nachdem Roza mit Anja Nickl weggefahren war. Also waren ihre Verfolger sicher, dass sie zurückkommen würden. Und mindestens eine von ihnen sollte diesen Ort danach nicht mehr lebend verlassen.

»Ich rufe ihn an«, sagte Huber mit Bestimmtheit. »Der manipulierte Bremsschlauch, der zu Hartmanns Unfall führte, dürfte eigentlich reichen, denn das Auto gehörte Anja Nickl. Und Roza und die Frau sind hier erst gestern zusammen gesehen worden. Außerdem wurde ein in Deutschland Verstorbener in die Wohnung einer österreichischen Kriminalbeamtin verschleppt, deren letzte Spur zu dem Haus von Anja Nickl führt. Und wenn ich ihm dann noch sage, dass ein Kind mit Szabo auf der Flucht ist, wird er alles in die Wege leiten, da bin ich mir sicher. Liegen wir falsch, nehme ich das dieses Mal auf meine Kappe.«

51.

Krammer machte sich sofort auf den Weg zu der Adresse, die ihm der Friedhofsverwalter herausgesucht hatte. Das Haus lag weitab vom letzten Ort und war schon aus der Ferne auf einer Anhöhe zu sehen. Es erinnerte Krammer an eine trutzige Burg, von der aus man eine gute Übersicht über die Gegend hatte.

Als er näher kam, verstärkte sich dieser Eindruck noch, denn rund um das Grundstück ragten mannshohe Zäune auf, und ein zweiflügeliges Metalltor zwang ihn anzuhalten und an der Sprechanlage um Einlass zu bitten.

Der Friedhofsverwalter hatte bereits erwähnt, dass Varga vermögend war. Das Anwesen war jedoch riesig, um das Haus herum reich an Bäumen und gepflegten Blumenrabatten. Aber so nobel und gediegen alles wirkte, Krammer entging nicht, dass es überall Kameras und Bewegungsmelder gab. Gesichert wie der Zieglstadl in Innsbruck. Zu gerne hätte er Fotos gemacht, aber er wollte so wenig Aufsehen wie möglich erregen. Sein Instinkt sagte ihm jedoch, dass er auf der Hut sein musste.

Bevor er den Klingelknopf gedrückt hatte, tauchte seitlich vom Tor ein Mann mit kahlrasiertem Schädel auf und sprach ihn auf Ungarisch an. Von der Kleidung her könnte er durchaus als Gärtner durchgehen, wäre da nicht das hochmoderne Funkgerät gewesen, das mit einem Clip an seinem Hosenbund angebracht war. Krammer ging davon aus, dass der Mann auch eine Waffe trug.

Dieser Dános Varga hatte sein Domizil hermetisch abgeriegelt. Entweder, weil er aufgrund seines Besitzes ein völlig überzogenes Sicherheitsbedürfnis hatte, oder weil es einen Grund dafür gab, sich vor Feinden zu schützen.

Beides machte ihn für Krammer bereits jetzt verdächtig.

Sofort zückte er seinen Dienstausweis und hielt sein Gesicht direkt vor die Kamera, um zu demonstrieren, dass er sich der Sicherheitslage bewusst war. Dann teilte er dem Mann in Englisch mit, dass er mit Herrn Varga sprechen müsse und hoffte, dass dieser ihn verstand. Er ließ durchblicken, dass es um eine Familienangelegenheit ginge, die höchste Dringlichkeit habe.

Der Bedienstete musterte ihn eingehend und teilte einer Person am anderen Ende via Funkgerät etwas auf Ungarisch mit. Dann wurde das Tor geöffnet und er bedeutete ihm, mitzukommen. Krammer verschloss seinen Wagen und folgte dem Mann, der dicht an seiner Seite blieb. Er versuchte es mit Konversation, machte Komplimente über das Anwesen. Doch der Wachhabende ging nicht darauf ein.

Während sie die breite Auffahrt hinaufliefen, bemerkte Krammer in einiger Entfernung ein paar Pfaue, die über den Rasen stolzierten. Er hörte auch das Plätschern eines Springbrunnens, den er aber nicht sehen konnte. Vermutlich befand er sich irgendwo in dem durch Grünpflanzen vor Blicken geschützten Park.

Der Weg machte einen Bogen und führte dann zu einem breiten Garagentor, hinter dem sich mindestens vier Fahrzeuge verbargen.

Die Tür zum Haus stand weit offen. Ein anderer Mann nickte Krammers Begleiter zu, der daraufhin am Weg seinen Posten bezog.

»Herzlich willkommen«, begrüßte ihn der Angestellte in perfektem Deutsch und vollführte mit Kopf und Nacken eine Verbeugung. »Was können wir für Sie tun?«

Krammer überlegte einen Moment. Zunächst hatte er gedacht, er würde seinen Besuch dienstlich halten. Doch als er den wachsamen Blick des Mannes bemerkte, der offenbar als eine Art Butler fungierte, verwarf er den Gedanken.

»Wunderbar, dass Sie meine Sprache beherrschen. Könnte ich vielleicht mit Herrn Varga sprechen? Es geht um eine private Sache.«

»Herr Varga ist verreist, tut mir leid.«

Er nickte, fragte sich jedoch augenblicklich, warum man ihn überhaupt hereingelassen hatte, wenn der Hausherr nicht da war. Unvermittelt kam ihm die Vermutung des Friedhofsverwalters in den Sinn, dass Herr Varga eine neue Frau an seiner Seite haben könnte.

»Wäre dann vielleicht Frau Varga verfügbar? Vielleicht kann sie mir ja auch weiterhelfen.«

Der Angestellte stand völlig ungerührt da. Seiner Miene konnte Krammer weder entnehmen, ob er ihn verstanden hatte, noch ob er willens war, seinem Wunsch nachzukommen.

»Einen Moment«, sagte er dann und verschwand in das Innere des Hauses, natürlich nicht, ohne die Tür hinter sich zuzuziehen.

Krammer war sich der Anwesenheit des Wachmannes sehr wohl bewusst, verschränkte die Arme hinter dem Oberkörper und versuchte, einen möglichst lässigen Eindruck zu machen.

Von dem oberen Stockwerk aus gingen einige Fenster zum Vorplatz hinaus, auf dem er sich befand, und er hatte das deutliche Gefühl, beobachtet zu werden. Um nicht zu auffällig zu wirken, machte er sich an seinen Haaren zu schaffen und erkannte, dass die Glasscheiben offenbar mit einer Folie geschützt waren, durch die man nicht in das Innere hineinsehen konnte, wohl aber nach draußen.

Er hätte wetten können, dass sie auch kugelsicher waren.

Mehr und mehr gewann er den Eindruck, dass er zuvor mehr Details über diesen Dános Varga in Erfahrung hätte bringen sollen.

Endlich öffnete sich die Tür wieder, und der Mann bedeutete ihm, in die weitläufige Halle zu treten. Alles war strahlend weiß, selbst der runde Tisch in der Mitte, auf dem in einer hohen Vase ein riesiger Strauß weißer Rosen stand. Über eine geschwungene Treppe kam die Frau des Hauses herunter, die ebenfalls komplett weiß gekleidet war.

Die Farbe der Unschuld, schoss es Krammer durch den Kopf.

Sie ging auf ihn zu, hielt allerdings neben dem Tisch inne und lächelte ihn freundlich an. Krammer fiel es schwer, seine Verblüffung zu verbergen, denn die Frau sah der Krisztina auf dem Foto verblüffend ähnlich. Sie hätte ein Double sein können, wenn Krammer nicht den deutlichen Größenunterschied zu Roza auf dem Bild bemerkt hätte. Auch wenn die Verstorbene damals vielleicht hochhackige Schuhe getragen hatte, war die Frau vor ihm doch erheblich kleiner.

»Frau Varga spricht kein Deutsch, deshalb werde ich Ihre

Fragen gerne übersetzen«, erklärte der Mann, und Frau Varga nickte dazu.

Krammer überlegte krampfhaft, was er nun sagen könnte. Um keine schlafenden Hunde zu wecken, entschied er sich für die Wahrheit. »Entschuldigen Sie bitte die Umstände. Ich glaube, es handelt sich hier um eine Verwechslung«, murmelte er und bemühte sich um einen unbekümmerten Ton. »Ich hatte mit Krisztina Varga sprechen wollen.«

Der Mund der Blondine ging ein winziges Stück auf, und sofort schlossen sich ihre Lippen wieder. Ansonsten zeigte sie keinerlei Regung. Doch Krammer hatte genug gesehen. Sie hatte auf den Namen reagiert. Zwar nur kurz, aber sie hatte die Luft angehalten. Diese unbewusste Geste reichte ihm schon. Er befand sich im richtigen Haus.

»Eine Krisztina Varga lebt hier nicht«, sagte der Butler sichtlich verärgert. Entweder war er erst nach dem Tod der ersten Frau Varga in Dános' Dienste getreten, oder er war ein brillanter Schauspieler. Denn ihm hatte er keine Regung entlockt.

»Vielleicht ist es eine Verwandte von Herrn Varga«, versuchte Krammer die Situation zu entspannen. »Seit wann, sagten Sie, ist er verreist? Wird er bald zurück sein?«

Der Mann übersetzte seine Frage für die Frau, die bereits ihre Souveränität wiedergefunden hatte und leise antwortete.

»Er ist schon seit zwei Wochen unterwegs. Geschäfte«, übersetzte der Butler. »Frau Varga erwartet ihn jeden Tag zurück.«

Krammer nickte. Das war die Antwort, die er erwartet hatte. Er reichte dem Mann seine Karte und bat darum, dass sich Herr Varga nach seiner Rückkehr telefonisch bei ihm melden solle.

Mit diesen Worten hielt er auf die Eingangstür zu. Dort angekommen wandte er sich jedoch noch einmal um und ließ ein *Kösz* – was »danke« auf Ungarisch hieß – hören.

Frau Varga hatte die Arme vor der Brust verschränkt, zwang sich zu einem Lächeln. Nun wirkte sie alles andere als entspannt, und noch bevor er ganz aus der Tür war, eilte sie die Treppe hinauf.

Als er die Auffahrt zu seinem Auto entlanglief, fiel ihm wieder die Aufschrift auf dem Grabstein ein. *Unvergessen.* Der Mann schien seine Ex-Frau so sehr vergöttert zu haben, dass er sich ihr Ebenbild ins Haus geholt hatte.

Was, wenn Roza etwas mit dem Tod der Frau zu tun hatte?

In Liebe, Krisztina hatte auf der Maske gestanden. Und Krisztina hatte etwas bei Szabo abgeholt, hatte Rozas ehemalige Vermieterin gesagt. Er hatte keine Ahnung, was das gewesen sein könnte.

Aber sofort nahm ein ungutes Gefühl von ihm Besitz, und er wusste, dass er auf der Stelle zurückfahren musste.

Varga war seit zwei Wochen weg. Bei dieser Aussage hatte die Frau nicht mit der Wimper gezuckt. Und er ahnte, wohin ihn seine Geschäfte geführt hatten, nachdem er Georg Holzner ins Jenseits befördert hatte: an den Walchensee.

52.

Am nächsten Tag stand die Polizei wieder vor unserer Tür. Dieses Mal war ich gewappnet.

Nachdem er das Haus im Morgengrauen verlassen hatte, war ich in sein Büro gehuscht. Den Schlüssel hielt er versteckt, aber ich wusste längst, wo er zu finden war.

Ich brauchte nur wenige Minuten, um zu erkennen, in wessen Hände ich mich begeben hatte. Ich sah Listen mit Orten und Namen, von Transportern, die an- und wieder verkauft wurden. In der Slowakei, Bulgarien, Rumänien, Serbien, Österreich, Deutschland, Belgien und den Niederlanden. Unfassbare Summen standen dort, die er eingenommen hatte. Auf Konten im Ausland geparkt. In andere Firmen investiert. Seine Kunden waren Nachtclubs und Bordelle, Restaurants, Landwirte und Pflegeeinrichtungen, aber auch Privatleute in der ganzen Welt.

So unterschiedlich die Empfänger, gehandelt wurde immer mit demselben Gut: mit Menschen. Als private Hilfsorganisation getarnt war er überall vor Ort, wo die Not am größten war. Weil dort niemand Fragen stellte. Wo Frauen und Mädchen alleine und ohne Hilfe waren.

Schockiert ließ ich die Schriftstücke sinken.

Wie ein Wolf roch er, wo seine Beute zu finden war und wie er sie bekam. Um sie nicht wieder aus den Fängen zu lassen.

Ich war kein Einzelfall. Nur war ich die einzige Ware, die er nicht weiterverkauft hatte. Oder verschwinden ließ.

Noch nicht.

Schnell verstaute ich alles wieder an Ort und Stelle. Nur ein einziges Blatt nahm ich an mich, faltete es so klein wie möglich und schob es in meinen BH. Die Auflistung seiner Kontaktleute.

Meine Lebensversicherung.

Als es klingelte, war ich diejenige, die öffnete. Ich bat meine Freundin herein. Vor ihrem Kollegen ließ ich mir nicht anmerken, dass wir uns kannten.

Ich stritt alles ab.

Als sie wissen wollten, wo er sich zu bestimmten Zeiten befunden hatte, behauptete ich, er sei bei mir gewesen. Gemeinsam auf Reisen. Ich log, ohne mit der Wimper zu zucken, gab ihm ein Alibi.

Ich erkannte die Enttäuschung im Gesicht meiner Freundin. Sie hatte etwas anderes von mir erwartet.

Doch keiner der Angestellten durfte bemerken, was ich im Schilde führte.

Ich hoffte, sie würde mir mein Handeln verzeihen.

Als sie resigniert die Fragestunde abbrach und mir ihre Karte reichte, drückte ich ihr einen Zettel in die Hand. Es gab nur eine Möglichkeit zu kommunizieren. Über den Friseur, der zwei Tage später zu mir kam. Er arbeitete in einem Salon in der Stadt, fuhr immer extra zu uns heraus.

Ich konnte nur beten, dass er nicht ebenfalls für meinen Mann tätig war.

Ich schrieb ihr, dass ich niemals gegen ihn aussagen würde. Aber dass ich ihre Hilfe bräuchte, um mich abzusetzen.

Ich brauchte Papiere.

Sie musste mir dabei helfen unterzutauchen.

Für mich. Aber auch für das Kind, dessen Herz in meinem Unterleib schlug.

53.

Tatsächlich hatte Brandl ihrem Wunsch, sich das Haus von Anja Nickl näher anzusehen, nicht widersprochen, obwohl dieser Stalker ihm erhebliche Sorge bereitete. Huber hatte in dem Gespräch sein diplomatisches Können unter Beweis gestellt – eine Qualität, die Alexa bisher nicht gekannt hatte, auf die sie aber sicher noch einmal zurückgreifen würde. Seine ruhige, besonnene Art war dabei wesentlich zielführender als ihre teilweise sehr emotionale. Hier konnte sie definitiv etwas von ihrem Kollegen lernen.

Sie hatten die Strecke über Bad Tölz genommen, um noch kurz an dem Fundort des Leichenwagens im Steingraben anzuhalten. Der Wagen war mitten im Wald direkt auf einem Waldweg geparkt worden. Nicht versteckt, aber man musste ein gutes Stück über einen Schotterweg fahren, dessen Nutzung sonst den Forstbetrieben vorbehalten war, deshalb war er von der Straße aus nicht auszumachen gewesen. Dass er erst so spät von den Suchtrupps gefunden worden war und ihn niemand zuvor gemeldet hatte, wunderte Alexa dennoch – immerhin waren einige Tage seit dem Leichenfund in Innsbruck vergangen, und der Wagen hatte sicher schon das komplette Wochenende dort gestanden.

»Vielleicht hatten die Wanderer kein Handy dabei. Und du weißt auch, wie schlecht der Empfang hier in einigen Bereichen ist«, mutmaßte Huber.

»Dennoch finde ich es seltsam. Die Leute posten alles, was ihnen vor die Linse kommt, für mehr Likes. Und ein Leichenwagen mitten im Wald ist doch ein extrem ungewöhnliches Fotomotiv.«

»Jedenfalls konnten sie hier nach Einbruch der Dunkelheit völlig ungestört die Leiche umladen. Die Kollegen haben Reifenspuren eines weiteren Fahrzeugs gefunden. Vermutlich ein Transporter, dem Radstand und dem breiten Profil nach zu urteilen.«

Kein Wunder. Mit einem Leichenwagen wären sie beim Überqueren der Grenze zu sehr aufgefallen. Transporter wurden zwar punktuell auf den Strecken kontrolliert, aber sie waren definitiv nicht ungewöhnlich. Auch das sprach für Profis. Diese Aktion war kein Zufall. Es war alles geplant. Was der Tote, Roza Szabo und Anja Nickl miteinander zu tun hatten, blieb jedoch weiterhin ein Rätsel.

Mittlerweile konnten sie immerhin ausschließen, dass Leo Stadler zum Kundenstamm des Friseurladens gehörte, in dem Anja Nickl arbeitete. Nur eines war Ott aufgefallen: Die Frau war auf keinem der Teamfotos zu sehen. Auch ihr Name tauchte nicht auf. Auf seine Nachfrage wurde ihm gesagt, es liege daran, dass sie Teilzeitkraft sei und die Aufnahmen am Nachmittag gemacht worden waren.

»Aber in dem Haus werden wir sicher ein Foto der Frau finden«, meinte Alexa.

Falls sie eine Fahndung nach ihr einleiten wollten, brauchten sie eines. Ansonsten hofften sie, dass die Familie Hartmann ihnen weiterhelfen konnte. Da jedoch der Zustand des Verletzten unverändert war und er immer noch im Koma lag, hatten sie diese Anfrage bisher vermieden.

Ungeduldig trommelte Alexa mit den Fingern auf ihre Knie. »Ist immer noch kein Beschluss da?«

Huber schüttelte den Kopf und fuhr langsam in die Einfahrt, bei der sie schon einmal geparkt hatten.

»Und wenn wir mal durch die Fenster reinschauen? Vielleicht können wir irgendetwas sehen, das uns hilft. Letztlich ist das mit dem Beschluss doch nur noch eine Formsache. Außerdem könnte Anja Nickl ja auch längst wieder zu Hause sein, und wir machen viel Wind um nichts.«

Zu Alexas Verwunderung widersprach Huber nicht, sondern stieg gemeinsam mit ihr aus.

Sie klingelten vorne, schoben aber bereits das Tor auf und gingen an der grünen Bank vorbei, auf der eine stattliche rotgetigerte Katze friedlich schlief. Das darüberliegende Fenster war wegen eines halbhohen Plissees uneinsichtig. Alexa vermutete dort das Bad oder die Gästetoilette.

An der Tür klingelten sie erneut und hörten die Glocke langsam verhallen. Durch die strukturierten Fensterscheiben konnte man im Inneren nur farbliche Fragmente erahnen.

Bevor Alexa anregen konnte, nach einem Zweitschlüssel zu suchen, stülpte Huber den Jackenärmel über seine Finger und drückte die schwarze, gusseiserne Klinke herunter, woraufhin die Haustür sofort aufsprang.

Sie wechselten einen erstaunten Blick. Doch es blieb keine Zeit, sich darüber zu ärgern, es nicht bereits am Tag zuvor probiert zu haben.

Neugierig betrat Alexa den Flur des Hauses, in dem eine große, bäuerlich bemalte Standuhr laut tickte. Ein völlig überladener Garderobenständer neben einem alten Hocker wies sowohl in Kopf- als auch in Hüfthöhe mehrere Haken auf. In der unteren Reihe dominierten Kleidungsstücke in Pink für jede Witterung. Die Größe der Gummistiefel deutete auch eher auf ein Kind hin.

Alexa zuckte zusammen, als die Katze an ihnen vorbeihuschte und über die grün gestrichene Treppe in das obere Stockwerk lief. Sie schien genau zu wissen, wo sie hinwollte. Vermutlich gehörte sie der Familie Nickl.

Einem Impuls folgend drehte Alexa sich noch einmal um und schloss behutsam die Tür, damit keine weiteren ungebetenen Gäste mehr kamen.

Dann gingen sie weiter in den großzügigen, durch die nachträgliche Abtrennung der zweiten Wohnung jedoch recht langgezogenen Hauptraum. Die Küche und das Wohnzimmer wurden durch frei stehende Balken optisch voneinander getrennt. Alexa staunte nicht schlecht, denn die Wohnung war einfach urgemütlich. Es gab sogar einen alten Ofen, der vermutlich noch mit Kohle oder Holz geheizt wurde. Um den massiven Holztisch standen Stühle mit unterschiedlichem Dekor, die aber alle, genau wie der Tisch, gemilcht waren und deshalb trotzdem perfekt zueinander passten. Zahlreiche Fotos in zurückhaltenden Farben hingen gerahmt an den Wänden. Was sie aber am meisten mochte, war das mit rotem Cord bezogene Sofa. Sie konnte sich vorstellen, wie Mutter und Tochter sich dort gemeinsam die Sammelalben für Pokémon-Karten anschauten, die zusammen mit einigen Frauenzeitschriften im unteren Fach des Couchtisches lagen.

Was Alexa aber vergeblich suchte, waren Fotos der Familie. Sie hoffte darauf, welche im oberen Stockwerk zu finden. Allerdings konnte Frau Nickl auch zu den Menschen gehören, die Bilder nur auf dem Handy bei sich trugen. Alexa hatte ebenfalls kein einziges Foto in ihrer Wohnung stehen – und Anja Nickl war vermutlich unwesentlich älter als sie selbst.

Doch bevor sie weiter darüber nachdenken konnte, winkte Huber sie heran. »Komm mal hierher, Alexa. Das musst du dir ansehen!«

Er starrte gebannt in den eingelassenen Spülstein und zog Handschuhe über.

Alexa ging zu ihm hinüber und staunte nicht schlecht über seinen Fund. Das Becken war halbvoll mit Wasser. Darin lagen mehrere Handys mit zerborstenen Displays und einige zerkratzte SIM-Karten auf zwei Laptops, die ebenfalls zertrümmert worden waren. Ein großer Hammer lag daneben auf einem Holzbrett, das mit feinen Glas- und Metallsplittern übersät war.

Da hatte jemand ganze Arbeit geleistet. Entweder war bereits vor ihnen jemand hier gewesen – was die unverschlossene Tür erklären würde –, oder aber Roza Szabo und Anja Nickl hatten sich vor ihrer Reise verdammt gründlich bemüht, alle digitalen Spuren zu verwischen.

»Da ist nichts mehr zu holen, würde ich sagen«, kommentierte Huber.

Alexa drehte sich um und musterte noch einmal die Wohnung. Nichts sonst deutete darauf hin, dass ein ungebetener Gast hier gewesen war, zumindest war nichts zerwühlt oder unordentlich, keine Schublade geöffnet. Alles wirkte, als wären sie nicht verreist, sondern nur gerade zum Einkaufen um die Ecke gegangen.

Aber das musste nichts bedeuten, denn in Rozas Wohnung hatte es genauso ausgesehen. Ohne den Toten mit der Tauchermaske hätte sie auch dort nicht vermutet, dass ein Fremder darin gewesen war. Wieder hatte sie den Eindruck, dass jemand die Fäden zog, der sehr genau wusste, was er tat.

Steckte vielleicht doch Roza selbst hinter all diesen Dingen?

»Ich muss dir noch etwas erzählen«, begann sie und ging weiter, um die restlichen Räume in Augenschein zu nehmen. In knappen Worten berichtete Alexa von dem Anruf des Mädchens und was es ihnen zunächst am See verschwiegen hatte. Zuletzt fasste sie sich ein Herz und erzählte Huber auch von der Waffe, die Roza offenbar aus der Asservatenkammer des LKA gestohlen hatte.

»Krammer hatte es mir im Vertrauen gesagt. Aber da die Waffe aus dem Lager einer Schlepperbande stammt ...«

Noch während sie es aussprach, hatte sie gegenüber ihrem Vater ein schlechtes Gewissen. Doch Huber und sie waren ein Team und mussten einander ebenfalls vertrauen. Zudem war sie sicher, dass ihr Partner niemandem intern Scherereien machen würde. Wenn sie es aber weiter für sich behalten hätte, wäre sie keinen Deut besser als Krammer. Und da sie nicht wusste, gegen wen sie hier antraten, musste sie vor Huber sämtliche Karten auf den Tisch legen.

»Du meinst«, erwiderte er, »Roza und diese Anja Nickl sind in irgendwelche Aktivitäten von Menschenhändlern verwickelt? Ausgerechnet hier in Walchensee?«

Sie zuckte die Schultern. Natürlich wusste sie, wie absurd das klang. Aber Roza war im Grenzgebiet tätig gewesen. Abwegig war so eine Verbindung definitiv nicht.

»Und was diese Jo anbelangt«, fuhr er fort, »vielleicht hat sie sich das alles nur eingebildet. Sie waren immerhin die ganze Nacht auf und total kaputt nach dem Vorfall. Vielleicht hat sie sich hingelegt und hielt die Bilder, die das Unterbewusstsein ihr im Traum vorgaukelte, für die Realität.«

»Wie dem auch sei«, sagte Alexa resigniert. »Wir sollten in jedem Falle die Kollegen von der Forensik rufen.«

Sie zückte ihr Handy.

»Warte, nicht so eilig.« Huber schüttelte den Kopf. »Erst brauchen wir den Beschluss, schon vergessen? Und überhaupt: Wir sollten jetzt besser gehen, damit sich nicht später irgendein Rechtsverdreher daran stören kann, dass wir schon vorher hier drin waren.«

»In Ordnung«, stimmte Alexa ihm widerwillig zu. Sie hätte zu gerne noch nach oben geschaut, aber natürlich hatte Huber recht. »Lass uns draußen im Auto warten. Das kann ja nicht mehr allzu lange dauern.«

Im Flur bemerkte Alexa jetzt einen Geruch, der ihr beim Eintreten gar nicht aufgefallen war. Vielleicht wegen der frischen Luft, die zuvor hereingeströmt war. Es war nur ein Hauch, aber er kam ihr seltsam bekannt vor. Sie bat Huber, der noch seine Handschuhe trug, die Tür zur Gästetoilette zu öffnen. Hier stieg ihnen der Geruch nun penetrant entgegen. Im Abfall fanden sie die schwarzen Scherben eines zerbrochenen Parfümflakons. Die Verpackung lag zerknüllt daneben. Aber Alexa wusste auch ohne sie herauszuholen, um welches Produkt es sich handelte: *The Only One* – der Duft, der auch in Rozas Wohnung gehangen hatte. Daher war er ihr so bekannt vorgekommen.

Bevor sie etwas zu Huber sagen konnte, hörte sie plötzlich von oben ein Geräusch. Es war nur ein leises Scharren, und sie war nicht einmal sicher, ob sie es sich nicht bloß eingebildet hatte.

»Das ist bestimmt die Katze«, meinte Huber, der es offenbar auch wahrgenommen hatte.

Alexa atmete heftig aus. Natürlich, er hatte recht. Das Tier hatte sie völlig vergessen. Vermutlich stand oben das Katzenklo, was auch das Geräusch erklären würde.

»Können wir die denn einfach hier drinnen lassen? Was, wenn sie nirgends rauskommt?«, fragte Alexa, die keine Katzenklappe gesehen hatte.

Huber verdrehte die Augen, so als ginge ihn das alles nichts an. Vermutlich dachte er, dass sie sowieso über kurz oder lang mit Hundertschaften von der Spurensicherung in dem Haus ein- und ausmarschieren würden.

Aber Alexa war schon auf der Treppe, als sie wieder etwas von oben hörte. Ein dumpfes Geräusch.

Natürlich konnte die Katze irgendwo heruntergesprungen sein oder etwas umgestoßen haben. Aber eigentlich waren Stubentiger extrem vorsichtige Tiere und ausgesprochen leise.

Sie hielt die Luft an, versuchte sich mucksmäuschenstill zu verhalten. Das Ticken der Uhr im Flur schien mit jedem Schlag lauter zu werden.

Und noch etwas wurde immer stärker: das Gefühl, dass außer ihnen noch jemand im Haus war.

54.

Die ganze Fahrt über kaute Krammer wieder und wieder alle Informationen durch, die er in der Grenzregion gesammelt hatte. Den Gedanken, noch einmal bei den Kollegen in Eisenstadt vorbeizuschauen, hatte er verworfen. Bis auf die junge Mitarbeiterin, die ihm die Adresse von Rozas ehemaliger Vermieterin gab, hatte niemand wirkliches Interesse daran gezeigt, ihm zu helfen. Und wenn Roza bei einer verdeckten Ermittlung etwas mit Dános Varga zu tun gehabt hatte, würde darüber keine Akte zugänglich sein. Genau wie bei allen anderen Fällen würde er nur auf Sperren stoßen. Zudem trieb ihn ein beklemmendes Gefühl zur Eile an.

Womöglich war dieser Varga handgreiflich gegenüber Krisztina geworden. Er hatte in jedem Fall Geld. Und Menschen an der Spitze von Unternehmen und Organisationen wiesen häufig narzisstische Tendenzen auf. Obwohl er nichts über den Mann wusste, war es durchaus denkbar, dass er sich nicht davor scheute, Gewalt anzuwenden, um seinen Willen zu bekommen. Aber wenn diese Krisztina seit fast zehn Jahren tot war, warum war er dann ausgerechnet jetzt auf der Bildfläche aufgetaucht?

Könnten die beiden eine Beziehung gehabt haben, Roza und Krisztina? Roza war ungebunden, und er hatte sich nie gefragt, ob sie auf Frauen oder auf Männer stand.

Nur wie war dann der Tote in Rozas Wohnung in diese

Beziehung involviert? Drohte er es öffentlich zu machen? Aber niemand würde sich darum scheren, mit wem Roza das Bett teilte. Heutzutage war ein solches Outing kein Makel mehr. Er schnaubte unwirsch. Das ergab ebenso wenig Sinn wie alles andere, das er sich zusammenreimte.

Rozas Vermieterin hatte allerdings gesagt, dass Krisztina damals etwas abholen wollte. Der Mann in Rozas Wohnung war an einer Überdosis gestorben. Der Gedanke, seine Kollegin könne etwas mit Drogen zu tun haben, hätte er noch vor kurzem entschieden von sich gewiesen. Aber genauso hätte er nicht für möglich gehalten, dass sie eine Waffe stehlen würde. Was konnte er schon sicher sagen? Im Grunde nur eines: dass Roza ihre Geheimnisse noch besser hütete, als er die seinen.

Krammer konnte bloß hoffen, dass Alexa am Walchensee weiterkam. Aber da auch sie sich noch nicht gemeldet hatte, war sie vermutlich ebenfalls in eine Sackgasse geraten. Er überlegte sie anzurufen, um ihr seine neuesten Ergebnisse mitzuteilen. Vielleicht fiel ihr etwas dazu ein.

Doch zuvor wollte er Elly um etwas bitten, deshalb fuhr er bei der nächsten Ausfahrt raus, holte sich erst einen extragroßen schwarzen Kaffee und wählte dann die Nummer des LKA. Er musste mit ihr noch einmal Punkt für Punkt durchgehen, was seit Rozas Verschwinden passiert war. Vielleicht war ihm anfänglich etwas entgangen, das er vor dem Hintergrund der neuen Erkenntnisse anders bewerten würde.

Und da gab es tatsächlich etwas: Roza war an dem Vormittag, an dem sie ihr Verschwinden bemerkten, eigentlich mit einem Kollegen verabredet gewesen. Sie hatte den Termin abgesagt – deshalb hatte er nie versucht herauszufinden, worum es dabei gehen sollte. Das wollte er nun nachholen.

»Elly, ich bin es. Ich bin auf dem Rückweg von Eisenstadt und komme jetzt auf dem schnellsten Weg ins Büro. Ich habe herausgefunden, wer diese Krisztina ist. Überprüfe doch mal, ob du etwas über sie herausfinden kannst. Fotos, irgendeine Spur im Internet … Sie ist wohl eine alte Bekannte von Roza aus der Zeit, als sie bei ihrer Familie in Ungarn lebte. Diese Freundin ist zwar schon etliche Jahre tot, trotzdem gibt es ja vielleicht einen Eintrag unter diesem Namen. Bitte befrag auch die ungarischen Kollegen, wenn möglich.« Er nannte Elly den vollen Namen und die Daten, die auf dem Grabstein gestanden hatten. »Und dann müsste ich wissen, welchen Kollegen Roza am Freitagvormittag treffen wollte. Du erinnerst dich, der Termin, den sie abgesagt hatte.«

»Das war der Kron.«

Bei dem Namen zuckte er kurz zusammen. Der Kollege war in der Gruppe für organisiertes Verbrechen tätig. Krammer hütete sich, voreilige Schlüsse zu ziehen, ließ sich aber sofort von Elly verbinden.

»Krammer hier, ich hab da eine Frage. Du hattest doch mit der Roza in der letzten Woche einen Termin. Kannst du mir sagen, worum es dabei gehen sollte?«

»Na, leider net. Sie hat ja kurzfristig abgesagt. Was schade war, denn sie meinte, sie hätte eventuell wieder einmal einen heißen Tipp für mich.«

Krammer hörte sehr genau, dass die beiden sich offenbar häufiger austauschten. Das sprach dafür, dass Roza noch immer Kontakte zu den früheren Kollegen oder zu Informanten hatte. Woher sonst sollte sie aktuelle Hinweise bekommen? Er vermutete, dass es vor allem Holzner war, mit dem sie so viele Jahre gemeinsam ermittelt hatte.

»Und sie hat nichts angedeutet?«, hakte er nach.

»Tut mir leid. Da musst du sie schon selber fragen.«

Nichts lieber als das, dachte Krammer, sparte sich aber einen Kommentar dazu. »Sagt dir vielleicht der Name Dános Varga etwas?«, fragte er stattdessen. »Ein ziemlich reicher Ungar, der in Sopron wohnt?«

»Freilich. Leck mi am Arsch, jetzt sag aber nicht, dass die Roza über den mit mir sprechen wollte? Jessas.«

Kron berichtete ihm, dass in Ermittlerkreisen vermutet wurde, dass Varga der Mann war, den man den *Eisberg* nannte, weil man ihm nie etwas nachweisen konnte. Immer wieder gab es Hinweise auf seine Beteiligung an kriminellen Transaktionen, aber alles, dessen man ihn jemals hatte beschuldigen können, lief am Ende ins Leere.

»Etwaige Zeugen wurden bestochen, andere verschwanden spurlos oder wurden irgendwann tot aufgefunden«, sagte Kron. »Plötzliche Autounfälle, Überdosis, aber auch vor Hinrichtungen schreckt er nicht zurück.«

»Was genau wird ihm angelastet?«, fragte Krammer. Er leckte sich die Lippen, die plötzlich staubtrocken waren. Denn er dachte sofort an die verstorbene Krisztina und den dubiosen Autounfall Holzners. Und an den Toten in Rozas Wohnung.

»Frag mich lieber, was ihm nicht angelastet wird, dann wären wir schneller fertig. Er hat in allem seine Finger drin: Geldwäsche, Diebstahl, Auftragsmord, Prostitution, Drogen-, Organ- und Menschenhandel. Er ist der Kopf einer Mafia, die in verschiedenen Ländern agiert, nur kriegen wir ihn eben nie dran. Aber wieso willst du das wissen?«

»Erzähl ich dir, sobald ich zurück bin«, antwortete Krammer, auf dessen Handy gerade eine E-Mail von Elly angekommen war. »Nur eine Frage noch: Weißt du irgendetwas über seine Frau? Eine Krisztina?«

»Ihm gehören diverse Bordelle. Da kann auch eine Krisztina arbeiten. Durchaus auch unter falschem Namen, wie du dir sicher denken kannst. Soll ich mich mal umhören?«

»Nein, nein, passt schon, danke.« Immerhin kümmerte sich Elly bereits darum, die er nicht um Eile bitten musste. »Aber hast du ein Foto von dem Kerl? Schick es mir bitte direkt aufs Handy.«

Krammer musste wissen, ob es sich um den Mann handelte, der auf dem Foto zwischen Krisztina und Roza stand.

Dann bedankte er sich und öffnete neugierig die Mail von Elly. Tatsächlich hatte sie etwas über diese Krisztina herausgefunden, die Szolt hieß, bevor sie Varga heiratete. Sie war in Budapest einmal wegen Prostitution verhaftet worden, aber gleich wieder freigekommen. Fünf Jahre vor ihrem Tod.

Er nahm einen Schluck Kaffee, der so fad schmeckte, wie er es erwartet hatte. Ohne zu zögern öffnete er die Tür und kippte das Gesöff auf den Parkplatz.

In dem Moment kam eine WhatsApp rein. Krammer starrte das Bild an. Kein Zweifel. Es war dasselbe Gesicht wie auf dem Foto von Irmi Zeitler: Der Mann neben Krisztina war der *Eisberg*. Der offenbar eines seiner Mädchen geheiratet hatte. Und der jetzt hinter Roza her war.

Sofort holte Krammer das mobile Blaulicht heraus, befestigte es auf dem Autodach, schlug die Tür zu und setzte mit Vollgas zurück.

Zwar wusste er noch nicht, welche Rolle Roza in dieser Geschichte zukam. Aber dieses Mal hatte Varga einen Fehler gemacht. Er hätte den Kranz nicht schicken dürfen, denn erst das hatte Krammer auf seine Spur gebracht. Und er hätte wetten können, dass die Pistole, die Roza bei sich trug, aus einem Arsenal stammte, das mit Varga zusammenhing. Und eine direkte Spur zu ihm legen sollte. Vielleicht um ihn endlich zur Strecke zu bringen?

Doch egal, was Roza mit ihm zu tun hatte oder was sie plante – dieser Mann war brandgefährlich. Und Alexa war ihm auf den Fersen. Er musste sie warnen.

Während er ihre Nummer wählte, drückte er das Gaspedal durch.

In etwas mehr als einer Stunde konnte er am Walchensee sein.

55.

Alexa zog die Waffe aus dem Holster. Sie spürte die raue Oberfläche der Griffschale. Sofort war sie in ihrer Erinnerung wieder an dem Ort, an dem sie zuletzt ihre Pistole in der Hand hielt. Sah den Erschossenen zu Boden gehen. Sie blinzelte und zwang sich, das Erlebte beiseitezuschieben. Sie festigte ihren Stand, streckte die Arme aus und legte den Finger an den Lauf – bereit zu feuern, wenn es erforderlich war.

Ein kurzer Blickkontakt zu Huber, der am Treppenabsatz bereitstand und auf den im Dunkel liegenden Bereich des Flurs zielte. Dann zählte sie leise von drei herunter, nahm dabei die letzten Stufen und rief mit fester Stimme: »Hier ist die Polizei! Wir wissen, dass Sie da oben sind. Kommen Sie langsam hervor, wir sind bewaffnet!«

Nichts geschah, aber Alexa hörte eindeutig eine Stimme.

Glockenhell. Ziemlich sicher ein Kind. Dann meinte sie eine zweite Person zu vernehmen, und kurz darauf begann jemand zu weinen.

Sie gab Huber ein Zeichen, dass es sich um zwei Personen handelte, und rief erneut: »Ich fordere Sie ein letztes Mal auf: Zeigen Sie sich!«

»Nehmen Sie die Waffe runter«, rief eine Frau. »Wir kommen raus, aber geben Sie uns noch eine Minute.«

Alexa überlegte kurz, sah zu Huber hinunter, dann fragte sie: »Sind Sie zu zweit?«

»Ja. Ich und das Kind.«

Huber eilte nun ebenfalls zu ihr hinauf, erneut verständigten sie sich mit Blicken, dann postierte er sich auf der anderen Seite des Durchganges. Eine Tür stand ein Stück offen, zwei weitere waren verschlossen. Als sie gerade aufteilen wollten, wer welche ins Visier nahm, hörten sie die Stimme erneut.

»Bitte nehmen Sie die Waffe herunter!«, rief eine Frau. »Die Kleine hat furchtbare Angst. Wir machen jetzt die Tür auf.«

Alexa raunte ihrem Kollegen *Nicht die Mutter* zu. Schweiß bildete sich auf ihrer Stirn. Als sich eine der Türklinken langsam nach unten bewegte, senkte Alexa, die im direkten Blickfeld stand, die Arme, Huber blieb jedoch weiter in Bereitschaft. Sein Gesicht war hochrot und konzentriert.

Dann wurde die Tür aufgezogen und gab den Blick in ein pink gestrichenes Kinderzimmer frei. Derselbe Farbton wie das Kissen, auf dem Leo Stadlers Kopf gelegen hatte.

Zuerst war ein dünnes Mädchen mit langen blonden Haaren zu sehen, das Gesicht tränenüberströmt. Huber hatte den Finger am Abzug, bereit zu schießen. Sie konnten nicht wissen, ob die Angaben stimmten. Und sie waren schon einmal blindlings in eine Falle getappt. Das würde ihnen kein zweites Mal passieren. Vielleicht wurden die Frau und das Kind von einer dritten Person gezwungen. Sie mussten vorsichtig bleiben.

Das Mädchen klammerte sich an die Hand einer Erwachsenen, beide bewegten sich sehr langsam. Die Kleine trug ein weißes T-Shirt, auf dem das Pokémon Pikachu zu sehen war, und Alexa würde jede Wette eingehen, dass sie Emily gefunden hatten, Anja Nickls Tochter.

Endlich trat auch die andere Person aus dem Schatten des Zimmers.

»Heilige Scheiße!«, entfuhr es Alexa. Sie drückte den Lauf von Hubers Waffe nach unten und steckte rasch ihre eigene zurück ins Holster.

»Damit habe ich jetzt nicht gerechnet«, sagte sie völlig perplex. »Alexa Jahn und Florian Huber, Kripo Weilheim«, fügte sie hinzu, denn Roza Szabo war ihnen bisher nie persönlich begegnet und konnte nicht ahnen, wer vor ihr stand.

In dem Moment fing die Kleine wieder an zu schluchzen, klammerte sich fest an Roza und verbarg ihr Gesicht.

Roza schüttelte den Kopf und machte mit Blicken klar, dass sie erst das Mädchen beruhigen musste. »Emily, siehst du jetzt, dass du keine Angst mehr haben musst? Schau, das sind Kollegen von mir. Von der Polizei. Die beschützen uns. Das weißt du doch!«

»Auch Mami?«

Roza drückte sie fest an sich. »Natürlich auch die Mami!« Dann strich sie dem Mädchen beruhigend über den Rücken, bis das Schluchzen langsam abebbte.

Als sie sich zu der Kleinen hinunterbeugte, konnte Alexa an der Ausbuchtung in der Jacke erkennen, dass Roza ihre Waffe im hinteren Hosenbund bei sich trug.

Sie wechselte einen kurzen Blick mit Huber. Da keine Gefahr zu bestehen schien und es offensichtlich war, dass das Mädchen völlig verstört war und sich vermutlich vor ihnen fürchtete, stieg sie langsam die Treppe hinunter.

»Verstehst du das?«, fragte sie Huber leise, während sie mit einem Ohr weiter zuhörte, wie Roza mit dem Mädchen verhandelte, dass sie kurz runtergehen wolle, um mit den beiden

Polizisten zu sprechen, während Emily mit dem Kater, der offenbar Grinch hieß, oben im Zimmer bleiben solle, bis sie zurückkam.

»Ich habe nicht die leiseste Ahnung«, entgegnete Huber, der schon sein Handy herauszog. »Sollten wir nicht Krammer Bescheid geben?«

Aber Alexa hielt ihn zurück. »Warte noch einen Moment. Ich finde, sie sollte ihn selbst anrufen.«

Außerdem wollte Alexa erst genau wissen, was geschehen war. Denn immerhin fehlte die Mutter des Mädchens. Deren Lebensgefährte im Krankenhaus lag und noch immer nicht ansprechbar war.

Oben schien sich die Kleine langsam zu entspannen. Das Mädchen zog die Nase hoch, gab zustimmende Geräusche von sich, und sie besprachen nun, wie lange Roza unten bleiben würde.

Die Kleine hatte Angst. Das war allzu deutlich. Irgendetwas musste geschehen sein. Alexa fiel auf, wie gut Roza mit Kindern umgehen konnte. Sicher hatte sie jüngere Geschwister gehabt oder sich anderweitig häufiger um welche gekümmert.

»Ich bin nur ganz kurz weg, in Ordnung?«, sagte Roza nun recht laut. »Gib mir bloß fünf Minuten. Dann bin ich wieder da. Ehrenwort. Ich gehe nicht weg, und mir passiert auch nichts.«

Dann eilte Krammers Kollegin die Treppe herunter. Alexa erinnerte sich an das Foto, das sie von Roza hatte. Sie war darauf schon sehr hager gewesen, sah nun aber regelrecht verhärmt aus. Aus ihrem roten Haar, das sie zu einem Knoten hochgesteckt trug, hatte sich eine Strähne gelöst, die sie jetzt hinter das Ohr strich. Auf dem Handrücken sah Alexa Kratzer und eine große Schürfwunde, die jedoch verkrustet war und schon abheilte.

»Roza Szabo, aber das wisst ihr schon«, sagte sie sehr leise. Dann legte sie verschwörerisch einen Finger auf den Mund und bedeutete Alexa, ihr Telefon rauszuholen. Alexa dachte, Roza wolle telefonieren, weil ihr eigenes Handy zerstört im Spülbecken lag.

Aber Roza tippte auf die Spotify-App, wählte den erstbesten Titel und stellte die Musik so laut es ging. Dann legte sie das Handy auf den Tisch und trat ganz nah zu ihnen hin.

»Ich will nicht, dass Emily irgendetwas hört. Sie ist total panisch, weil sie vorhin das von Paul mitbekommen hat.«

»Du meinst den Unfall?«

Roza nickte. »Ich kann euch jetzt keine langen Erklärungen geben. Die Zeit drängt. Bitte glaubt mir einfach, dass es hier buchstäblich um Leben und Tod geht. Wir müssen das Mädchen so schnell wie möglich wegbringen. In ein sicheres Haus. Am besten heute noch.«

Alexa hatte keine Ahnung, wie sie dabei hier in Oberbayern vorgehen sollte, und suchte den Blick von Huber.

»Heute?« Er sah auf die Uhr. »Das schaffen wir nicht.«

Roza leckte sich die Lippen, schaute einmal kurz zu Boden. Ihre Zunge fuhr an der Innenseite der Wange entlang. Sie versuchte sich zu beherrschen.

Der Refrain des Liedes begann.

Dann fixierte sie Huber mit ihren hellgrünen Augen. »Ich weiß, was ich von euch verlange. Aber ihr müsst das schaffen. Heute noch. Solange es hell ist. Wir müssen einfach!« Sie beugte sich noch näher zu ihnen. »Ihr habt gesehen, was Paul Hartmann passiert ist, oder? Er ist nicht der erste Tote. Und er wird nicht der letzte sein, wenn ihr mir nicht helft.«

»Wo ist Emilys Mutter?«, wollte Alexa wissen.

Doch Roza schüttelte den Kopf und presste die Lippen zusammen. Sie stand extrem unter Druck. »Es tut mir leid, aber das kann ich euch nicht sagen.«

Das war alles, was Roza von sich gab. Alexa verschränkte die Arme vor dem Körper. Sie vertraute Roza nicht.

Sofort fiel ihr die Grube im Wald ein. Die sie nicht noch einmal überprüft hatten. Machte Roza mit dem Mann, der sie ausgehoben hatte, vielleicht gemeinsame Sache? Und Anja Nickl lag bereits dort drin, tot und begraben? Huber schien genauso misstrauisch wie sie selbst zu sein und musterte immer wieder das Gesicht der Österreicherin.

Sie hatten auf den Kamerabildern gesehen, dass Roza einfach aus dem LKA gerannt war. Hatten gehört, dass sie jemandem für eine Überfahrt Geld geboten hatte und später wohl mit einem gestohlenen Boot über den See gerudert war. Sie hatte eine Waffe entwendet. Menschen waren getötet oder unter Drogen gesetzt worden. Und nun war sie hier, in einem Haus, das nicht ihr gehörte. Mit einem Kind, dessen Mutter fehlte und das sie partout wegbringen lassen wollte. Alexa hatte keine Ahnung, was sie darüber denken sollte.

»Ihr müsst so unauffällig wie möglich sein. Ich melde mich bei euch. In sagen wir ungefähr zwei Stunden. Dann machen wir einen Treffpunkt aus.«

Verzweifelt ging Rozas Blick zwischen ihnen hin und her. Der Refrain des Liedes begann erneut. Er schien Alexa noch lauter als zuvor zu sein.

»Emily kommt doch niemals mit uns mit«, wandte Huber ein. »Sie hat Angst. Sie will zu ihrer Mutter.«

Roza nickte. »Lasst das meine Sorge sein. Ich rede mit ihr. Das kriege ich hin.«

Alexa wusste nicht, was sie davon halten sollte. Was, wenn Roza nur Zeit schinden und sie mit diesem Manöver ablenken wollte? Um dann erneut zu verschwinden? Krammer vertraute dieser Frau. Dennoch war sie zwiegespalten.

»Erst musst du mir sagen, ob Anja Nickl noch lebt. Und ob du mit der Waffe, die du hinten im Hosenbund trägst, jemanden bedroht, verletzt oder getötet hast.«

Roza hielt ihrem Blick stand. »Sie lebt. Und ich habe diese Waffe nur bei mir, um die beiden zu schützen. Ehrenwort.«

Alexa nickte.

»In Ordnung«, stimmte sie zu, als ihr Handy zu klingeln begann. Sie trat zum Tisch und drückte das Gespräch resolut weg, ohne auf das Display zu achten. »Wir versuchen es. Aber nur unter einer Bedingung.«

Roza hob auffordernd den Kopf.

»Ich bleibe bei dir und dem Mädchen, während Florian versucht, etwas zu organisieren«, sagte Alexa bestimmt. »Er weiß hier besser Bescheid als ich, kennt die Kollegen vom BKA. Und er kann mich erreichen, um alles Weitere zu besprechen.« Und an Huber gewandt: »Wäre das für dich in Ordnung?«

»Vollkommen«, sagte er und sah ihr fest in die Augen.

Roza zögerte noch. Das Vorgehen war ihr nicht recht, das war ihr deutlich anzusehen. Aber wenn es wirklich so eilig war, wie sie sagte, würde sie sich einen Ruck geben.

Das Lied klang langsam im Hintergrund aus.

Schließlich willigte sie ein.

Alexa nahm ihr Handy und sah nun, dass es Krammer war, der sich gemeldet hatte, deshalb hielt sie ihrem Kollegen kurz das Display hin.

Während Huber zügig zur Eingangstür ging, eilte Roza nach oben zu dem Mädchen. Alexa blieb unentschlossen stehen. Huber drehte sich noch einmal zu ihr um und nickte kurz. Dann war er verschwunden.

Sie hörte, wie die Eingangstür mit einem Krachen ins Schloss fiel und hoffte, dass sie diese Entscheidung nie bereuen würde.

56.

An seinem Verhalten erkannte ich, dass er längst wusste, was ich getan hatte. Er war nicht so dumm, sich nicht abzusichern. Selbst gegen mich, die sich jahrelang in Ahnungslosigkeit gehüllt hatte. Nie Fragen stellte. Nicht hinsehen wollte.

Immer wieder tauchte er in meiner Nähe auf. Ließ mich nicht aus den Augen. Stand plötzlich im Türrahmen. Oder beobachtete mich vom Fenster aus, als ich im Gewächshaus arbeitete.

Während des Abendessens war er noch schweigsamer als sonst.

Mir war es recht. Er hätte an dem Zittern meiner Stimme erkannt, wie sehr mich schockiert hatte, was ich über ihn herausgefunden hatte. Nicht einmal ein Lächeln brachte ich zustande.

Doch er sagte kein Wort. Schien die Situation zu genießen. Wie ich mich unter seinen Blicken verhielt. Versuchte, meine Aktion zu vertuschen.

Jeder Bissen würgte mich.

Anschließend fragte er nur, ob ich Lust auf einen Film hätte. Ich nickte. Dann sah ich mich selbst auf der Leinwand. Wie ich hektisch in seinen Sachen wühlte, mit großen Augen die Papiere las und plötzlich das Begreifen auf meinen Zügen sichtbar wurde.

In dieser Nacht ließ er mich erst nach vielen Stunden im Schlafzimmer zurück. Nackt. Geschunden. Er nahm die Decke mit sich, das Negligé, dass er mir vom Leib gerissen hatte, und verschloss die Tür hinter sich.

Ich konnte nicht einmal weinen, als ich mich frierend in das

Bettlaken hüllte. Ich ahnte, dass am nächsten Tag Blutungen ein-
setzen würden. Zu hart waren seine Schläge gewesen.

An die Einsamkeit hatte ich mich längst gewöhnt. Aber so
alleine hatte ich mich noch nie gefühlt.

Hinzu kam etwas, dass ich viele Jahre nicht mehr gekannt
hatte. Angst. Sie schnürte mir den Brustkorb ein, machte mir das
Atmen schwer.

Ich hoffte nur inständig, dass er nicht ahnte, dass ich diese
Polizistin kannte und ihr im Weggehen etwas zugesteckt hatte.

Denn sonst würde sie das niemals überleben.

Genauso wenig wie ich.

Keine von uns.

57.

Kurze Zeit später kam Roza wieder die Treppe herunter.

»Sie muss sofort eingeschlafen sein«, raunte sie Alexa zu und lief an ihr vorbei. »Ich habe es nicht übers Herz gebracht, sie zu wecken.«

Alexa folgte Roza, die sämtliche Vorhänge zuzog und dann erneut an ihr vorbeihastete, um zu überprüfen, ob die Haustür fest geschlossen war. Schließlich rückte sie noch den Schirmständer davor.

»Wo ist Emilys Mutter? Und was ist hier überhaupt los?«

»Sie ist in Sicherheit. Bitte zwing mich nicht, mehr darüber zu sagen. Nicht jetzt.«

Alexa erkannte, dass nicht nur Emily völlig ausgelaugt war. Auch Roza wirkte, als hätte sie tagelang kein Auge zugetan.

»Soll ich uns einen Kaffee kochen?«, fragte Alexa.

Roza schüttelte vehement den Kopf, immer wieder ging ihr Blick zur Tür, so als erwarte sie, dass jemand hereinstürmen würde.

»Wenn du nicht willst – auch gut. Ich mache mir jedenfalls einen«, sagte Alexa und ging hinüber zu der Küchenzeile. Wenn sie hier ausharren würden, um dem Mädchen etwas Ruhe zu gönnen, konnte sie sich auch kurz stärken.

»Genau wie Krammer«, murmelte Szabo. »Der kommt auch nie ohne Kaffee aus.«

Der Apfel fällt nicht weit vom Stamm, dachte Alexa, hielt die Bemerkung aber zurück und machte sich an der Kaffeemaschine zu schaffen. Sie füllte Wasser in den Tank, fand Pulver und Filter in dem darüberliegenden Schrank, dann drückte sie den Startknopf.

Roza stieß heftig Luft aus.

Alexa drehte sich zu ihr um, während der Kaffee durchlief, und hielt ihr das Handy hin, auf dem ein entgangener Anruf ihres Vaters angezeigt wurde.

»Du musst mit Bernhard reden. Er macht sich große Sorgen.«

Doch Roza ignorierte ihre Bitte. »Wo ist er jetzt?«, fragte sie nur.

»An der Grenze, um deinem früheren Kollegen einen Besuch abzustatten.«

»Das hätte er sich sparen können. Der ist mausetot.« Sie legte die Hände vors Gesicht.

Alexa wartete, bis Roza sich beruhigt hatte.

»Sie wissen genau, was Krammer macht. Was wir alle machen. Vermutlich haben sie die Handys gehackt.« Sie deutete zur Spüle. »Ich habe so was schon befürchtet. Deshalb habe ich ihn nicht in die Sache einbezogen. Er hätte … Ich wollte nicht …« Sie atmete schwer. »Nur so hatte ich eine Chance, die beiden zu retten.«

Sie schaute auf die Uhr. Dann setzte sie sich ebenfalls an den Tisch. Doch ihr Bein wackelte unruhig. Sie war die ganze Zeit in Alarmbereitschaft.

Alexa steckte das Handy weg, da ihr keinerlei Argument gegen Szabos Vermutung einfiel, Krammer könne abgehört werden. Immerhin hatte es diese Attrappe an seinem Auto gegeben. Der Gedanke war also nicht abwegig. »In Ordnung. Ich finde es zwar nicht gut, ihn im Unklaren zu lassen, aber ich verstehe deine Sorge. Aber dann erzähl wenigstens mir endlich, was los ist. Und das ist jetzt keine Bitte. Wir haben ein Recht darauf zu erfahren, womit wir es zu tun haben. Sonst pfeife ich Huber zurück. Wir sind in unserem Einsatzgebiet, und hier musst du nach unseren Regeln spielen. Keine Ausflüchte mehr. Und keine Geheimnisse. Also …?«

Rozas Kopf zuckte hoch, und für einen Moment war Alexa nicht sicher, ob sie sie angreifen würde. Doch schon sackten Szabos Schultern herunter, und sie ließ sich gegen die Lehne fallen.

»In Ordnung«, meinte sie schließlich. »Aber nur bis wir den Kaffee getrunken haben. Dann brechen wir auf.«

Alexa signalisierte ihr Einverständnis, stand auf und holte zwei Becher, füllte sie und stellte einen vor Roza hin.

Die legte ihre Hände darum.

»Sie sind hinter Anja her. Die ganze Geschichte begann vor mehr als zehn Jahren. Krammer hatte den richtigen Riecher, an die ungarische Grenze zu fahren. Denn Anja Nickl ist nicht ihr richtiger Name.«

Alexa ging plötzlich ein Licht auf. »Sie heißt Krisztina?«

Roza erzählte nun die ganze Geschichte ihres Kennenlernens, wie sie sich Jahre später erneut getroffen hatten, als sie einen Undercover-Einsatz mit einem Kollegen hatte und Krisztina wiedererkannte – an der Seite eines sehr gefährlichen Mannes.

»Ich habe sie zu Hause aufgesucht. Wir wussten natürlich, dass ihr Mann nicht da war. Ich hoffte …« Sie zögerte. »Ich hatte gedacht, sie würde uns helfen. Würde gegen ihn aussagen. Sie tat so, als wisse sie von nichts. Aber sie wollte von ihm weg. Ich versprach ihr, sie in den Zeugenschutz aufzunehmen, besorgte neue Ausweispapiere. Unsere Kommunikation lief über einen Kurier – ihren schwulen Friseur. Dann spitzten sich die Dinge zu, weil ihr Mann sie geschlagen hatte. Ziemlich übel. Das Gesicht hatte er verschont. Aber der Rest des Körpers … Ich wusste damals nicht, dass sie zu dem Zeitpunkt bereits schwanger war.«

Roza erzählte, dass sich Krisztina weggestohlen hatte, um einige Unterlagen bei ihr abzuholen. »Wir haben gemeinsam mit meiner Vermieterin im Garten gesessen. Das war das letzte Mal, dass ich sie lebend gesehen habe.«

Am nächsten Tag habe sie von dem Unfall gehört, bei dem bei einem schweren Sturm Krisztinas Wagen von der Straße abkam und in ein Gewässer stürzte. Man ging davon aus, dass die Fahrerin dabei ums Leben gekommen war. Ihre Leiche hatte man allerdings nie gefunden.

Alexa nickte. »Was niemanden verwundert hat, weil das offenbar häufiger vorkommt, als man denkt. Wir haben auch nach dir im See gesucht. Mehrere Taucher sind an der tiefsten Stelle runtergegangen.«

»Das hatte ich befürchtet. Ich wollte mit dem Boot auf die andere Seite. Damit sie denken, dass Krisztina sich dort irgendwo im Wald versteckt hält. Das hätte uns Zeit verschafft. Aber der Sturm war zu schlimm. Ich kehrte um, rettete mich ans Ufer, dann habe ich das Boot einfach weggestoßen, und es ist wie eine Nussschale auf den Wellen davongetrieben.«

Roza nahm die Tasse auf, trank aber nichts. Schließlich fuhr sie fort: »Nicht einmal ich wusste, dass Krisztina das Ganze selbst initiiert hatte. Ihre Angst vor ihm war enorm.

Und ihr war klar, dass nur der Tod sie vor ihm retten konnte. Aber sie war genauso sicher, dass ich keine Ruhe geben würde, bis ihr Mann hinter Gittern saß – und dafür hätte ich ihre Aussage und so viele Beweise wie möglich gegen ihn gebraucht. Deshalb ließ sie auch mich im Unklaren. Ich gab mir damals die Schuld an all dem und habe postwendend meine Versetzung beantragt. Ich dachte, ich hätte sie zu sehr unter Druck gesetzt. Allerdings habe ich auch nicht ausgeschlossen, dass Varga selbst sie umbringen ließ, weil sie bei mir gewesen war.«

Sie seufzte tief. Dann erzählte sie, dass Krisztina sich mit den gefälschten Papieren durchschlug, die sie an dem Abend im Garten bereits von Roza bekommen hatte. Sie schnitt sich die Haare, ging zunächst nach Wien und arbeitete dort wieder als Prostituierte. Sie brauchte Geld und das schnell, bevor man sehen konnte, dass sie schwanger war. Als die Untersuchung in Ungarn beendet war und die Beerdigung in Sopron stattfand, fühlte sie sich sicher genug und zog als Anja Nickl nach Deutschland, in den kleinen Ort Walchensee, gebar eine gesunde Tochter – Emily – und arbeitete Teilzeit als Friseurin.

»So wie früher, als ihr euch kennengelernt habt«, fasste Alexa zusammen.

Roza nickte. Beim Meldeamt hatte die Hochschwangere eine Sperre hinterlegt, damit niemand ihre Adresse finden könnte. Die Fotos ihres mit Hämatomen übersäten Körpers, die sie damals in Sopron gemacht hatte, waren perfekt für die Beweisführung, dass sie auf der Flucht vor einem gewalttätigen Freund war. Vor allem, weil es nachweislich während der Schwangerschaft passiert war. Jeder verstand, warum sie ihr Kind schützen wollte.

»Alles schien gut zu gehen, und sie hatte im letzten Jahr auch endlich eine neue Beziehung begonnen. Sie war glücklich mit Paul. Mit ihrem Leben. Bis ihre Tochter heimlich ein TikTok-Tanzvideo aufnahm, bei dem im Hintergrund ein großformatiges Foto von Krisztina zu sehen war, auf dem sie eindeutig mehrere Jahre älter aussah.« Roza stand auf und holte ein Foto aus der Schublade. »Sie ist eine Schönheit, auch völlig ungeschminkt. Anders als ich hat ihr Mann nie daran geglaubt, dass sie wirklich tot war. Er muss jemanden mit einer Gesichtserkennungssoftware auf sie angesetzt haben, oder vielleicht war es auch purer Zufall. Jedenfalls wurde ihm das Video zugespielt. Und so begann Krisztinas Albtraum von neuem.«

»Und sie hat nie versucht, Kontakt mit dir aufzunehmen?«

»Nie. Aber das nehme ich ihr nicht übel. Sie war Mutter geworden und wollte ihr Kind schützen. Das im Übrigen auch sein Kind ist.«

»Weiß er davon?«

Roza schüttelte den Kopf.

»Deshalb die Eile. Langsam verstehe ich.« Alexa fuhr mit dem Finger an dem Rand der Tasse entlang, an dem sich der Dampf feucht abgesetzt hatte. »Aber warum hat sie sich ausgerechnet hier niedergelassen?«

»Weil der Ort klein ist. Abgeschieden. Auf der einen Seite der See, umgeben von dichtem Wald und dahinter die Berge. Die Menschen hier rücken eng zusammen und achten aufeinander. Obwohl so viele Touristen und Wanderer herkommen, sind die Anwohner ein verschworener Kreis. Oder vielleicht gerade deshalb. Und sie hatte geglaubt, dass hier nie jemand nach ihr suchen würde. Jeder hätte sie eher in einer anonymen Großstadt vermutet.«

Dann erzählte Roza, dass Krisztina noch am selben Abend, an dem sie das Video gesehen hatte, die Gefahr erkannte und sich mit dem einzigen Menschen in Verbindung setzen wollte, der in der Lage war, sie zu beschützen. Krisztina hatte natürlich Rozas Werdegang verfolgt und wusste die ganze Zeit, wo sie wohnte und arbeitete. Sie stand schon einige Male vor der Tür, hatte aber einfach zu große Angst, sich zu zeigen. Dann klingelte eines Abends der Pizzabote bei Szabo, und Krisztina hatte eine Idee …

Alexa erinnerte sich. »Der Anruf aus der Pizzeria. Das war sie.«

Roza nickte. »Ich versprach ihr zu helfen. Aber ich brauchte Zeit. Und dann kam die Briefbombe.«

»Und der Anschlag auf dein Auto.«

»Als ich das sah, wusste ich, dass Varga in meiner Nähe war, denn genau so hatte es damals Krisztina inszeniert. Alles sah nach einem tragischen Unfall aus. Ich hatte lange gedacht, ich trüge die Schuld daran. Weil ich wieder in ihr Leben getreten war. Auch für sie habe ich jeden Sonntag eine Kerze in der Kirche angezündet …« Dann fügte sie noch hinzu: »Ich habe schon viel zu viele Menschen verloren.«

Alexa wollte nicht nachfragen. Aber der Schmerz, der sich bei diesem Satz auf Rozas Gesicht abzeichnete, saß so tief, dass er beinahe spürbar war. Alexa fragte sich, ob sie eine kurze Pause brauchte. Aber schon sprach Roza weiter.

Dieses Mal hatte sie es besser machen wollen, berichtete sie. Also war Roza sofort aufgebrochen: ohne Handy, ohne Auto. Sie musste versuchen, keinerlei Spuren zu hinterlassen. Sie nahm den Zug über die Grenze und dann ab München über eine Sharing-App einen Mietwagen, den sie am Walchensee abstellte.

»Eine Flucht mit dem Auto hielt ich für zu gefährlich – sonst würde Varga sie vielleicht aufspüren. Ich wollte erst sicher sein, dass er mir nicht doch hierher gefolgt war und bereits irgendwo in der Nähe lauerte, auch wenn ich ihn nie gesehen hatte. Und dann tauchte plötzlich Krammer auf …«

Alexa begriff. Sie glaubte, dass Krammer Dános Varga an den Walchensee geführt haben könnte. »Wir haben den Toten in deiner Wohnung gefunden. In der Maske war eine Adresse von einer hier ansässigen Tauchschule. Das brachte uns her.«

Rozas Mund ging einmal auf und zu.

»Das wusstest du nicht?«, fragte Alexa.

Sie schüttelte den Kopf und wischte eine Träne weg. »Das mit der Adresse nicht. Aber ich … ich kannte den Mann. Ich dachte, ich könnte noch etwas für ihn tun. Doch als ich die Maske anhob, war mir klar, dass er längst tot war. Und ich ahnte, wieso er diese Maske trug. Die Aufschrift war unmissverständlich. Deshalb musste ich erst recht weg.«

»Du kanntest ihn? Was …«

Doch Roza winkte ab und entschuldigte sich. »Darüber möchte ich gerade nicht sprechen. Nicht jetzt.«

Alexa akzeptierte Rozas Weigerung. Wenigstens erklärte ihre Darstellung, wie Rozas Fingerabdrücke auf die Maske gekommen waren. Langsam fügte sich in Alexas Kopf alles zu einem Bild.

»Erst wussten wir nicht, wohin. Anja ging wie gehabt zur Arbeit, ich hielt mich hier im Haus versteckt, und wir versuchten so normal wie möglich zu leben. Tagelang passierte nichts. Ich war mir nicht einmal mehr sicher, ob ich mir alles nicht bloß eingebildet hatte. Emily weinte nur noch, wollte zu ihren Freundinnen. Es wurde zunehmend schwieriger hier …« Roza schürzte die Lippen. »Und dann passierte das mit Anjas Freund, der sich im Morgengrauen ihr Auto geliehen hatte. Wir haben die Sirenen gehört und auf der Facebook-Seite der Feuerwehr später die Fotos gesehen. Vargas Leute hatten ihn offenbar erwischt und von der Straße abgedrängt.«

»Sie haben ihn unter Drogen gesetzt und die Bremsschläuche manipuliert.«

»Lebt er noch?«

»Ja. Aber sein Zustand ist kritisch. Keiner kann sagen, ob er noch einmal zu sich kommen wird. Seine Eltern kümmern sich um ihn.«

Roza ballte die Faust. »Daraufhin mussten wir sofort weg, bevor Varga vor der Tür stand. Wir haben alle Handys und Computer zerstört, damit er keine Datenspur finden konnte. Danach haben wir ein Uber aus München gerufen, ganz offen Gepäckstücke in den Wagen geladen, damit alle denken, wir würden verreisen. Das Auto schickten wir zu einem Sozialkaufhaus in München, um dort die mit alten Klamotten gefüllten Taschen abzugeben. Für ein dickes Trinkgeld sollte er Stillschweigen über die Tour bewahren. Währenddessen schlugen wir uns durch den Wald, umgingen die Siedlung und versteckten uns in dem leer stehenden Ferienhaus gegenüber.«

Alexa erinnerte sich an den Schatten hinter der Gardine, als sie bei den Nachbarn geklopft hatte. An das Gefühl, beobachtet zu werden.

»Ihr seid schnell auf die Verbindung von Paul und Krisztina gekommen«, fuhr Roza fort. »Mir war in dem Moment klar, dass sie irgendetwas nicht bedacht hatte. Und tatsächlich hatte sie bei der Anmeldung des Autos vergessen, die Sperrung der Adresse zu beantragen. Sie hatte sich zu lange zu sicher gefühlt, meinte sie. Ich war sicher, dass Varga es genoss, sie langsam zu umkreisen, immer näher an sie heranzurücken. Er wollte, dass sie sich ängstigte. Dass sich die Schlinge immer enger um ihren Hals schnürte. Um sie so aus dem Versteck zu locken.«

Durchaus möglich, dass er sie nicht mit einem Schlag vernichten, sondern Zug um Zug bestrafen wollte, weil er so viele Jahre unter ihrer Lüge gelitten hatte, dachte Alexa. Wobei ihr das Ende klar war – aber von der Grube im Wald wusste Roza vermutlich nichts.

»Deshalb war ich überzeugt, dass wir im Haus gegenüber am sichersten waren. Niemand würde damit rechnen, dass wir bloß die Straßenseite gewechselt hatten. Es gab genug Vorräte, um lange dort auszuharren. Der Keller war voller Konserven. Aber dann war plötzlich Emily weg. Sie hat sich heimlich aus dem Haus geschlichen. Ich habe sie im ganzen Ort gesucht, bin fast verrückt geworden vor Sorge, weil ich dachte, Varga hätte sie vor mir aufgespürt. Immerhin kannte er ihr Gesicht aus dem Video.«

Roza schob die Tasse weg. »Meine letzte Hoffnung war, sie hier zu finden. Ich habe die Kleine ausgeschimpft, denn ich hatte mir Vorwürfe gemacht und war gleichzeitig so wütend, dabei hatte sie ja keine Ahnung, was los war … Und dann habe ich euch unten gehört.«

»Also ist Krisztina ganz alleine drüben im Haus und hat keine Ahnung, wo ihre Tochter ist? Wir sollten aufbrechen, damit sie sich nicht länger sorgen muss. Und dann machen wir gemeinsam einen Plan.«

Plötzlich hörten sie ein Geräusch hinter sich. Emily war auf Strümpfen ins Zimmer getreten, mit Grinch auf dem Arm, der nun runtersprang und zu seinem Futternapf lief.

»Aber die Mami weiß, wo ich bin. Sie hat zu mir gesagt, ich soll brav nach Hause gehen und hier auf sie warten. Sie hat mir doch auch den Schlüssel gegeben. Deshalb darfst du mich also jetzt nicht wieder schimpfen, Roza.«

58.

Während Roza sich um Emily kümmerte, rannte Alexa zu dem Ferienhaus, nachdem Roza ihr den Weg durch den Wald hinter der Siedlung genau beschrieben hatte.

Fichtenzweige schlugen ihr ins Gesicht, immer wieder verfing sich ein Dornenzweig in ihrer Kleidung. Aber das ungute Gefühl, das sie vorhin erfasst hatte, ließ sie weiterrennen. Sie stolperte, strauchelte, fing sich, lief weiter. Nur fünf Minuten dauerte es, die letzte Hausreihe durch den Wald zu umrunden.

Mit einem Satz sprang sie über den niedrigen Jägerzaun, den Roza erwähnt hatte, achtete dabei auf ihre noch immer lädierte Schulter, um nichts zu riskieren. Sie landete mitten in einem Beet von Pfingstrosen, aber das war egal. Geduckt folgte sie der plattgetretenen Spur im Gras, näherte sich dem Gebäude, in dem sie bisher keine Bewegung ausmachen konnte.

Zur Sicherheit zog Alexa ihre Waffe, obwohl sie vermutete, dass Krisztina sich eher verstecken würde, als sie anzugreifen. Aber sicher war sicher.

Dann schob sie die Terrassentür auf, durch die Roza zuvor das Haus verlassen hatte und die noch immer unverschlossen war. Ein kalter Luftzug strömte ihr entgegen, als Alexa in das Wohnzimmer trat. Es war spärlich möbliert mit einer Anrichte, einem Fernsehtisch und einem Zweisitzer mit zwei dazugehörigen Sesseln. Auf dem Couchtisch lag ein Mandala-Malbuch mit bunten Stiften, nichts sonst deutete darauf hin, dass das Haus bewohnt war.

»Krisztina?«, rief Alexa. »Ich bin eine Kollegin von Roza, bitte kommen Sie heraus. Sie müssen keine Angst haben, wir kümmern uns um Sie und Ihre Tochter.«

Sie hielt ganz still, lauschte in die Tiefe des Hauses hinein. Dann ging sie weiter in den Flur, wo eine Treppe in den Keller und eine andere in den ersten Stock führte.

»Krisztina?«, versuchte sie es noch einmal. Sie zählte langsam bis zehn herunter, dann ließ sie die Waffe sinken. Denn nun sah sie Spuren. Es waren nur ein paar Dreckklumpen, die sich aus dem Profil gelöst hatten. Aber sie führten zur Vordertür.

»Scheiße«, entfuhr es ihr, als sie erkannte, dass der Schlüssel noch innen steckte. Jemand war gegangen und hatte nicht vorgehabt, zurückzukommen.

Alexa erinnerte sich an das, was Roza ihr zuvor über ihre Freundin erzählt hatte. Erneut hatte sie Roza etwas vorenthalten. Auch dieses Mal hatte Krisztina im Hintergrund die Fäden gezogen. Um ihre Tochter zu schützen. Wieder einmal. Doch erst musste Alexa sicher sein, dass sie sich nicht irrte.

Immer zwei Stufen auf einmal nehmend, überprüfte sie jedes Zimmer oben, dann den Keller. In der Küche entdeckte sie schließlich einen Brief. Er war an Roza adressiert.

Sie sog tief Luft ein und griff danach. Ohne zu wissen, was darin stand, konnte sie sich denken, warum Krisztina sich diese Finte ausgedacht hatte. Sie vermutete, dass dieser Dános Varga nicht ruhen würde, bis er sie gefunden hatte. Denn auch zuvor hatten zehn Jahre nicht ausgereicht, dass er sie vergaß. Er würde immer wieder versuchen, ihr auf die Spur zu kommen. Und er würde sie endlos jagen, bis er sie wiederhatte. Er besaß sowohl das Geld als auch die Mittel dazu.

Aber er hatte offenbar keine Ahnung, dass es sich bei Emily um sein eigenes Fleisch und Blut handelte. Weil dieses Geheimnis niemals gelüftet werden durfte und um das Leben ihrer Tochter zu retten, hatte Krisztina sich ihm gestellt.

Alexa stach das Telefon im Flur ins Auge. Sie nahm den Hörer ab und überprüfte die letzte gewählte Nummer. Eine Mobilnummer mit der Vorwahl 0036. Der Anruf war vor knapp einer Stunde erfolgt. Krisztina konnte noch nicht allzu weit sein.

»Verfluchter Mist!«, schimpfte sie laut.

Schon bereute sie ihre brillante Idee, Huber wegzuschicken, denn nun hatte sie kein Auto, um die Suche aufzunehmen. Sie zog ihr Handy hervor und wartete ungeduldig, bis er ranging.

»Hör mir zu: Du musst sofort umdrehen. Vergiss das mit dem sicheren Versteck. Der Kerl hat Krisztina. Sie haben noch keinen großen Vorsprung. Und bitte Stein, er soll Emily abholen und sie mit auf die Wache nehmen, damit ihr nichts passiert.« Alexa ärgerte sich, dass sie nicht gleich darauf gekommen war. Aber das verängstigte Mädchen zu völlig Fremden zu schicken, schien ihr vorhin noch völlig falsch zu sein. Zu diesem Zeitpunkt überwog ihr Misstrauen gegenüber Roza.

»Krammer ist auch schon unterwegs«, sagte Huber. »Ich dachte mir, dass du vor der Kleinen schlecht sprechen kannst, und habe ihn angerufen. Er ist in Ungarn ebenfalls auf die Spur dieses Kerls gekommen. Soll ich eine öffentliche Fahndung nach diesem Varga rausgeben? Krammer hat mir ein Foto geschickt, auf dem alle beide zu sehen sind. Du hast es auch schon in deiner Mail.«

Alexa zögerte. »Riskieren wir damit nicht Krisztinas Leben? Solange er nicht weiß, dass wir ihm auf den Fersen sind ...«

»Vielleicht schon. Aber wenn er mit ihr über alle Berge ist, haben wir gar keine Chance mehr, sie zu finden. Und wir wissen, wozu dieser Dreckskerl fähig ist.« Dann fügte er hinzu: »Wir sollten nach jedem Strohhalm greifen.«

Widerwillig stimmte sie zu – bat aber darum, die Öffentlichkeit zunächst aus der Sache rauszuhalten. Der Mann war brandgefährlich. Fühlte er sich in die Ecke gedrängt, könnte er alles Mögliche tun und würde sicher nicht davor zurückschrecken, unschuldige Passanten zu gefährden.

Dieses Mal nahm Alexa nicht den Umweg durch den Wald, denn jetzt gab es kein Versteck mehr, das sie schützen musste, sondern lief direkt über die Straße zu Roza zurück.

Als sie gerade das Gartentor aufstieß, sah sie im Augenwinkel einen Mann, der zügig aus dem Wald kam. Sie hatte die Hand schon an der Waffe, als sie an seinem Gruß erkannte, dass es der ältere Spaziergänger war, den sie am Morgen zuvor bereits getroffen hatte. Er war wieder mit seinem Hund Bruno unterwegs. Sie grüßte flüchtig zurück und verlangsamte ihren Schritt. Er sollte nicht misstrauisch werden. Außerdem erinnerte sie sich an den Schirmständer hinter der Tür, der einen Mordslärm machen würde, deshalb zog sie es vor, zu klingeln.

Doch Roza erwartete sie schon ungeduldig im Flur. Emily war oben in ihrem Zimmer, aus dem laute Musik schallte.

Alexa schüttelte bloß den Kopf und hielt ihr den Brief hin. Ungeduldig riss Roza den Umschlag auf. Ihre Hände zitterten, als sie die wenigen Zeilen las. Sie krümmte sich, schüttelte wieder und wieder ungläubig den Kopf, dann streckte sie einen Arm aus, um sich abzustützen. Sie schien kaum Luft zu bekommen.

Sofort erklärte Alexa ihr, was sie bereits in die Wege geleitet hatte. »Und Bernhard ist auch schon unterwegs. Wir tun alles, um sie zu finden.«

»Er wird sie nach Ungarn verschleppen«, sagte Roza leise. »Weg aus unserem Einflussgebiet. Er hat alle dort geschmiert. Dann ist sie verloren.«

»Das kannst du nicht mit Sicherheit wissen. Er hätte euch schon längst mit einem Schlag vernichten können, das hast du selbst gesagt. Und sicher hat er nicht damit gerechnet, dass wir so schnell herausfinden, wie alles zusammenhängt.«

»Alexa. Du kennst den Mann nicht. Er ist eiskalt. Deshalb nennen alle ihn nur den *Eisberg*. Willst du wissen, wie er mit seiner Ware umgeht?« Roza presste die Lippen so fest aufeinander, dass sie nur noch ein schmaler Strich waren. »Erst schickt er die Frauen in die Prostitution. Werden sie schwanger, verkauft er ihre Säuglinge. Machen die Frauen daraufhin Ärger, lässt er sie töten und verkauft ihre Organe. Minimaler Aufwand, maximaler Gewinn. Für ihn sind Menschen Objekte. Waren. Geldquellen. Er holt sie aus allen Gebieten, in denen Krieg und Not herrscht, und schickt sie zu denen, die im jahrzehntelangen Wohlstand gelangweilt auf der Suche nach dem nächsten Kick sind. Zu den Menschen, die ebenso skrupellos ausbeuten wie er. Weil sie es können. Sie haben das Geld und geilen sich an ihrer dadurch verliehenen Macht auf. Seine Kunden findet er auf der ganzen Welt. Und er ist bekannt dafür, jeden Wunsch zu erfüllen: Behinderte, Zwillinge – alles, wonach seine Kunden heutzutage gieren. Dann noch Waffen, Drogen und Geldwäsche … Es gibt nichts, was er nicht verschiebt, um Profit daraus zu schlagen. Und je mieser es auf der Welt zugeht, umso reicher wird er.«

Für einen Moment schwiegen sie beide. Die fröhliche Musik, zu der das Mädchen im Hintergrund sang, bildete einen skurrilen Kontrast zu den Bildern, die sich gerade vor Alexas innerem Auge abspulten.

»Wir geben trotzdem nicht auf«, sagte sie. »Nur dann wird er gewinnen. Er ist wie eine Spinne vorgegangen. Hat seine Fäden immer enger gewebt. Trotzdem bist du noch am Leben, hast zweimal Glück gehabt und seine Anschläge vereitelt. Vielleicht macht er jetzt einen Fehler. Immerhin ist er emotional in die Sache verwickelt. Und er kann noch nicht in Ungarn sein.«

Alexa hatte plötzlich eine Idee.

»Hat er uns mit den Auto-Manipulationen nicht immer wieder an Krisztinas Inszenierung erinnert? Genauso wie mit der Taucherbrille an das Wasser, in dem sie angeblich verschollen war?«

Rozas Kopf fuhr hoch. »Du meinst, er will sie ertränken?«

Alexa nickte. Damit Krisztina genau das Ende fand, dass sie ihm die ganze Zeit vorgegaukelt hatte.

59.

Er hatte mir gesagt, ich solle zum Parkplatz kommen, direkt an der Seestraße, hinter dem Silbertsgraben. Ich fror auf dem ganzen Weg. Aber ich drehte mich nicht um. Nicht ein einziges Mal. Ging einfach weiter. Vorbei an den Häusern, die ich seit Jahren kannte. Es war etwas wärmer an diesem Morgen. Der Frühling ließ dieses Jahr auf sich warten.

Ich warf einen letzten Blick auf den See, den ich so geliebt hatte. Auf die Berge, die ich allesamt bestiegen hatte. Dachte an die schönen Stunden im Ruderboot. Oder an Emilys Lachen bei einer Schneeballschlacht.

Mein Herz zog sich zusammen.

Aber es war richtig, was ich tat. Nur so war sie sicher. Emily würde verkraften, mich nie wiederzusehen. Sie war ein starkes Mädchen. Und ich wusste, dass Roza sich um sie kümmern würde. So, wie sie es für ihre Schwester getan hätte, wenn die nicht gestorben wäre.

Im Schritttempo kam er angefahren in einem silbernen AMG-Mercedes. Die hupenden Autos hinter ihm störten ihn nicht. Er genoss seinen Auftritt zu sehr.

Nachdem er neben mir gehalten hatte, stieg ich in den Wagen ein. Er hatte einen öffentlichen Ort gewählt. Jeder konnte uns sehen. Niemand würde später aussagen, er habe mich dazu genötigt, sondern ich wäre freiwillig eingestiegen. Ich war die Dumme, würde es heißen. Wieder wäre er aus dem Schneider.

Er sagte kein Wort, als ich mich anschnallte. Mit quietschenden Reifen fuhr er los, dann legte er seine Hand besitzergreifend auf meinen Oberschenkel.

Ich konnte den Blick nicht von ihr wenden. Erinnerte mich an seine Faustschläge. Eine Gänsehaut lief mir über den Körper. Er bemerkte es, dann lachte er und sagte: »Vorfreude? Ich habe dich auch vermisst, my only one.«

Mir wurde speiübel.

Wir fuhren nicht weit. Er hatte vorgesorgt. Ein luxuriöses Wohnmobil stand am Waldrand. Dicht bei der Straße. Ich sah es als Chance. Hier musste es schnell gehen. Lautlos. Es konnte nicht lange dauern.

Er hielt mir die Tür weit auf und winkte mich galant hinein. Ich spürte die Stelle, an der seine Hand gelegen hatte. Wie ein Brandzeichen, das nun für immer bleiben würde. Ich ekelte mich davor.

Drinnen gab es eine Kochzeile, im hinteren Teil ein Bett mit vielen Kissen, eine lederne Sitzecke, einen riesigen Fernseher. Champagner stand auf dem Tisch.

Dom Pérignon. Er trank nichts anderes.

Damit hatte alles begonnen. Und damit würde es auch enden. Hinter mir schloss sich die Tür, und ich hörte, wie er den Knauf zweimal umdrehte.

Zu spät bemerkte ich die gepolsterten Wände, die vermutlich schallisoliert waren. Die abgedunkelten Scheiben. Er war ein Profi. Keiner würde merken, was hier drinnen geschah.

Er ließ den Korken knallen, füllte die Gläser und hielt mir eines hin. Wir stießen an, er lächelte dabei. Es gelang mir nicht, es ihm gleichzutun.

Er sollte mich haben. Meinetwegen. Aber ich konnte nicht so tun, als würde mir irgendetwas an der Situation gefallen. Er hatte meinen Willen einmal gekauft. Aber das war viele Jahre her. Ich hatte mich verändert. Jetzt brauchte ich ihn nicht mehr.

Für einen kurzen Moment dachte ich an Paul. An seine sanfte Art. Fragte mich, ob er noch am Leben war.

Als hätte Dános bemerkt, dass meine Gedanken nicht bei ihm waren, streckte er seine Hand aus und kniff so fest in meine Brustwarze, dass ich laut aufschrie.

»Setz dich!«, befahl er.

Ich blieb stehen, sah ihm direkt in die Augen. Eiskalt und blau, wie die eines Huskys. Ich konnte mich nicht erinnern, was ich einmal darin gesehen hatte. Jetzt war da nur eine unendliche Leere. Und Hass.

Ich würde nicht tun, was er wollte. Nicht heute. Ich war stärker geworden. Und er würde mich sowieso töten.

»Ich habe gedacht, du hättest dich umgebracht, weil ich dich geschlagen habe«, sagte er. »Ich wusste, ich hätte an dem Abend nicht die Kontrolle verlieren dürfen. Ich hatte noch nie Hand an eine Frau gelegt. Es war das erste Mal, dass jemand es gewagt hat, mich so zu hintergehen. Ich war so wütend darüber, dass ausgerechnet du das warst ...«

Er hielt einen Moment inne und musterte meinen Körper. »Doch bevor ich mich entschuldigen konnte, warst du tot. Ich habe das all die Jahre mit mir herumgetragen, mich schuldig gefühlt. Immer wieder bin ich zu deinem Grab gegangen, auch wenn ich wusste, dass du nicht darin liegst. Bis ich neulich feststellen musste, dass du noch lebst. Auf diesem lächerlichen Video, das einer meiner Männer gefunden hat. Er steht auf kleine Mädchen, weißt du.« Er grinste teuflisch. »Du hast mich also bereits zum zweiten Mal betrogen. Aber heute werde ich mich nicht entschuldigen. Ich will bloß dafür sorgen, dass es dir kein drittes Mal gelingt.«

Die Erwähnung des Mannes, der auf Kinder stand, hatte mich kurz aus der Fassung gebracht. Doch das durfte er nicht merken. Also starrte ich ihn trotzig an. »Wenn es dich glücklich macht«, brachte ich knapp hervor.

Dieses Mal war ich auf den Schmerz gefasst. Er schlug mir mitten ins Gesicht. Mein Kopf flog zur Seite, knallte gegen einen Schrank. Das linke Auge schwoll augenblicklich zu. Dann landete seine Faust in meinem Magen. Mein Oberkörper klappte nach vorne, und mit einem Schwall erbrach ich den Champagner.

Dann presste er mich auf einen Stuhl. Schob mich an den Tisch, an dem zwei halbmondförmige Schellen befestigt waren, mit denen er meine Hände fixierte. Bevor ich reagieren konnte, saß ich fest. Meine Fußknöchel band er mit Kabelbinder zusammen. Sein Kopf war dicht neben meinem Gesicht, ich spürte seinen Atem an meinem Hals. Alle meine Instinkte schrien nach Flucht, aber es war zu spät. Ich war ihm ausgeliefert.

»Du trägst den Duft immer noch«, murmelte er und fuhr mit dem Zeigefinger über meinen Nacken.

Dann richtete er sich wieder auf, hielt sich hinter mir, damit ich nicht sehen konnte, was er tat. »Und jetzt sag mir: Wo ist sie?«

Ich blinzelte. Das konnte nicht sein. Er konnte nichts von Emily wissen, durfte nicht fordern, dass ich ihm meine Tochter überließ. Ich würgte. Aber es war nichts mehr in meinem Magen, ich schmeckte nur Galle.

Seine Augenbraue zuckte nach oben. Er genoss, dass ich ihm ausgeliefert war und dass ich darauf nicht gefasst war.

»Du hast doch nicht geglaubt, dass ich sie damit durchkommen lassen würde, oder? Du wärst niemals in der Lage gewesen, das alles alleine zu planen.«

Ich verstand nicht, wovon er sprach.

»Also, wo ist sie, diese Szabo?« Wie beiläufig fügte er hinzu: »Deine Schwester.«

Meine Erleichterung, dass es nicht um Emily ging, hielt nicht lange an. Denn auch von Roza konnte er nichts wissen. Ich hatte die Aufnahme selbst überprüft. Er hätte niemals sehen können, dass ich ihr etwas zugesteckt hatte. Von unserer früheren Verbindung ganz zu schweigen.

»Ich habe dein Tagebuch gefunden. Ich weiß, was sie dir bedeutet. Und nachdem ich deinen Lover ins Jenseits befördert habe, ist sie als Nächste dran. Er hat übrigens geschwitzt wie ein Schwein, als wir ihn uns gepackt haben, um ihm das Kokain zu verabreichen. Besonders klug war er anscheinend auch nicht. Er hat wohl tatsächlich gedacht, er wäre uns los, als wir ihn in dein Auto setzten …« Verächtlich verzog Dános den Mundwinkel und musterte dabei mein Gesicht. Dann fuhr er grinsend fort: »Aber dieses Mal darfst du live dabei sein und alles mitansehen, wenn ich mit deiner Freundin abrechne. Also: Wo ist sie?«

Ich hätte ihm am liebsten in seine Visage gespuckt. »Das erfährst du nie. Nicht von mir. Und wenn du sie je anrührst, dann ist es vorbei mit dem genialen Dános Varga. Dann lochen sie dich ein.«

»Das werden wir noch sehen.«

Demonstrativ stellte er eine kleine Tasche direkt vor mir auf den Tisch, holte eine glänzende Zange daraus hervor und drohte mir damit, sämtliche Fingernägel herauszureißen, wenn ich ihm nicht sagte, wo die Schlampe von der Polizei steckte.

Ich dachte, er bluffe nur.

Aber er tat es wirklich. Ohne zu zögern. Blut lief über den Tisch, und mir wurde speiübel, ich war völlig benommen von dem Schmerz. Ich stöhnte laut. Wieder forderte er mich auf, zu reden. Doch egal, was er tat: Ich würde Roza niemals verraten. Ihr hatte ich das Beste zu verdanken, das mir im Leben geschehen war. Meine zehn schönsten Jahre.

Als er die Klammer an den zweiten Nagel setzte, schrie ich ihn an. »Eher sterbe ich, als dir zu sagen, wo sie ist!«

Dann verlor ich das Bewusstsein.

60.

Konzentriert fuhr Krammer die Mautstraße entlang, bedacht darauf, trotz der hohen Geschwindigkeit nicht in die Rabatte zu geraten. Immer wieder kamen ihm Fahrzeuge entgegen, die ihn zwangen, das Tempo zu drosseln. Er würde ungefähr gleichzeitig mit Huber eintreffen. Noch nie war er so gerast wie heute, hatte sämtliche Tempolimits außer acht gelassen.

Kurz bevor er den Walchensee erreichte, rief Alexa an. »Wo bist du?«, fragte sie knapp.

»In fünf Minuten bin ich bei euch.«

»Ich bin im Haus der Nickls und passe auf das Mädchen auf. Varga hat Krisztina. Sie muss ihn kontaktiert haben. Eine Fahndung an alle Streifen ist schon raus, aber wir wissen nicht, wo sie sich getroffen haben oder wohin sie gefahren sind. Aber ich denke, er will mit ihr zum See. Und Roza …« Sie brach ab.

»Was ist mit ihr?«

»Sie ist einfach losgerannt. Ich weiß nicht, was sie vorhat. Ich konnte sie nicht aufhalten … Aber ich fürchte, dass Varga seine Leute hier am See postiert hat. Ihr müsst auf jede Kleinigkeit achten. Florian kommt von der anderen Seite. Ich gebe jetzt noch dem Leiter der Wasserwacht Bescheid, der vom See aus die Lage im Auge behalten soll. Und Bernhard, pass bitte gut auf dich auf.«

Krammer atmete schwer. »Du auch«, antwortete er.

Er ließ die Scheibe herunter und nahm das Blaulicht vom Dach.

Endlich war er am Südufer des Sees angekommen. Zwischen den Bäumen war eine Lücke, durch die er die glitzernde, blaue Wasseroberfläche sehen konnte. Unruhig ließ er seinen Blick über den Waldsaum schweifen, immer auf der Suche nach auffälligen Fahrzeugen oder dem roten Schopf von Roza Szabo.

Als er um eine Biegung fuhr, bemerkte er einen Warnhinweis und erreichte kurz darauf die Stelle, an der der schwere Unfall passiert sein musste, von dem Alexa erzählt hatte.

Gerade rechtzeitig zog er den Wagen wieder nach rechts, gefährlich nahe an den Abgrund, bevor ihn ein silberfarbener Mercedes touchieren konnte, der die Kurve viel zu eng genommen hatte. Für den Bruchteil einer Sekunde hatte er die beiden Insassen gesehen.

Während sein Gehirn noch die Information verarbeitete, trat er hart auf die Bremse und sah in den Rückspiegel. Der Wagen trug das Länderkennzeichen H.

Ohne auf den Verkehr zu achten, riss er das Steuer herum, wendete, dann trat er auf das Gaspedal und nahm die Verfolgung auf. Ob es Varga war, konnte er nicht sagen, aber er meinte, er hätte das blonde Haar einer Frau gesehen, deren Kopf an der Seitenscheibe lehnte.

Er wählte Hubers Nummer. »Ich glaube, ich hab sie. Sie fahren auf der Mautstraße in Richtung Jachenau.«

Huber entgegnete etwas, aber das Rauschen in Krammers Ohren wurde immer stärker.

»Da ist der Wagen!«, schrie er.

Der Mercedes war direkt vor ihm, wieder schnitt Varga die

Kurve sehr eng. Er hatte seinen Verfolger noch nicht bemerkt. Krammer beschleunigte und hielt mit ihm mit. Er musste den Wagen irgendwie stoppen. Wenn ihnen hier jemand entgegenkam, würde es nicht gut ausgehen. Aber besser gab es einen Unfall, als dass der *Eisberg* Krisztina endgültig verschleppte. Und mit der Power, die der Sportwagen hatte, konnte Krammer nicht an ihm dranbleiben, wenn er erst die Autobahn erreichte.

Es gab nur zwei Möglichkeiten. Entweder setzte er sich in die Lücke neben den Ungarn und versuchte ihn abzudrängen, was aber zu gefährlich war, denn dabei würde auch er selbst nicht heil aus dem Wagen kommen. Oder …

Er hatte nur eine einzige andere Chance, ihn nicht entkommen zu lassen. Ohne das Lenkrad loszulassen, hangelte Krammer im Handschuhfach nach seiner Waffe. Dann ließ er das Fenster herunter und setzte sich noch dichter hinter Varga – als er im Rückspiegel einen riesigen schwarzen Dodge RAM auf sich zurasen sah, der immer größer wurde und direkt auf ihn zuhielt. Zwei Männer konnte er erkennen. Vargas Verstärkung.

Krammer musste schießen – auch wenn er jetzt, im Sandwich mit den beiden Autos, eine Kollision riskierte. Aber seine Verfolger würden nicht zögern, ihn aus dem Weg zu räumen, und er hatte nur noch wenig Zeit, bis sie ihn rammen oder abdrängen würden. Einige Meter weiter war ein Parkplatz am unteren Rand des Sees gewesen. Krammer hoffte, dass der Mercedes dort liegen bleiben würde.

Er hielt sich schräg hinter Vargas Fahrzeug, versetzt fuhren beide Wagen in die letzte Kurve, Krammer keuchte vor Anstrengung, gab Gas, presste auf der folgenden Geraden die

Oberschenkel an das Lenkrad, um es zu stabilisieren, zielte mit der Waffe in beiden Händen aus dem Seitenfenster und traf den Hinterreifen. Sofort geriet der Mercedes ins Schlingern. Varga versuchte noch einem entgegenkommenden Auto auszuweichen, dabei geriet er auf den Fahrbahnrand und verriss das Steuer. Der Wagen stellte sich quer, und Krammer schoss direkt auf ihn zu.

Kurz sah er Vargas überraschtes Gesicht und den Kopf von Krisztina, der noch immer an dem Fenster lehnte. Krammer ließ die Waffe fallen, schlug hart nach rechts ein, hielt direkt auf den Waldrand zu, um einen Zusammenstoß zu vermeiden. Er stützte sich auf dem Lenkrad ab und presste sich in den Sitz, als er seitlich die Uferböschung rammte und ein paar Meter weiter zum Stehen kam.

Es gab einen furchtbaren Knall, als der bullige RAM frontal in den silbernen Mercedes krachte. Der Sportwagen überschlug sich und schoss wie ein Pfeil über die Böschung hinaus.

»Unfall!«, schrie Krammer, während er im Fußraum nach seiner Waffe suchte und nur hoffte, dass Huber noch dran war. »Am Südufer. Wir brauchen einen Krankenwagen. Und die Feuerwehr.«

Dann hetzte er los, hielt die Pistole auf den RAM gerichtet, der völlig unbeschadet wirkte und gerade mit quietschenden Reifen in Richtung Jachenau davonfuhr.

Krammer rannte den Abhang hinunter. Den Sportwagen hatte es bei dem Aufprall in zwei Teile gerissen. Varga war hinter dem Lenkrad eingeklemmt. Er hatte blutende Wunden, aber er bewegte sich und würde nicht von selbst aus dem Wagen kommen, denn die Tür ließ sich nicht öffnen. Doch von der blonden Frau war nichts zu sehen.

Hatte er sie sich nur eingebildet?

Er lief um den Wagen herum. Die seitliche Tür war komplett herausgerissen worden. Krisztina, die offenbar nicht angeschnallt war, musste aus dem Wagen geschleudert worden sein.

Jetzt sah er ein paar Meter entfernt ihren Körper mit dem Gesicht nach unten im Wasser treiben. Sie rührte sich nicht, sank aber schon ab.

»Nein!«, schrie er, steckte die Waffe ein und hastete in das eiskalte Wasser. Er stolperte, rutschte auf dem steinigen Boden immer wieder weg, kam nur schwer vorwärts. Aber er musste zu ihr. Noch immer zeigte sie keine Regung. Sie war bewusstlos, womöglich hatte ihre Atmung schon ausgesetzt.

Krammer erinnerte sich an seinen Traum vor ein paar Nächten. Er war im Wasser gewesen, hatte gedacht, er würde ertrinken. Wie war die Geschichte ausgegangen? Er hatte keine Ahnung. Er warf sich nach vorne, hielt auf Krisztina zu, deren Körper langsam unterzugehen schien.

Endlich war er nahe genug bei der Frau, packte ihr Hosenbein, das das Erste war, was er erreichen konnte.

»Krisztina«, schrie er. »Hören Sie mich? Bitte sagen Sie etwas. Sie sind in Sicherheit.«

Er musste sie so schnell wie möglich aus diesem eiskalten See herausbekommen. Krammer trat neben sie und versuchte sie zu drehen, aber er hatte nicht gedacht, wie schwer ihr lebloser Körper sein würde. Ihr Pullover und ihre Jeans hatten sich mit Wasser vollgesogen, und mit jeder Sekunde schien das Gewicht zuzunehmen. Keuchend zog er an ihrem Arm, bemerkte das Blut, das daran herunterlief.

Dann dreht er ihr Gesicht zur Seite, sah das geschwollene

Auge und eine riesige Platzwunde an der Schläfe, die weit aufklaffte und sein Hemd rot färbte. Verdammt! Das war viel zu viel Blut.

Er hielt ihren Kopf über Wasser, schälte sich aus seiner klatschnassen Jacke, die immer enger wurde, ihn einschnürte, keine Bewegungsfreiheit ließ. Endlich gelang es ihm, den reglosen Körper zu drehen, dann packte er die Frau unter den Armen und begann sie rückwärts aus dem See zu ziehen.

Jetzt erst nahm er seine Umgebung wieder wahr. Vor sich sah er das Boot der Wasserwacht, das auf ihn zuhielt. Hinter sich hörte er einen Wagen, der so hart bremste, dass es quietschte, und endlich ertönten auch die Martinshörner der Rettungskräfte. Aber all das interessierte ihn nicht.

Für diese Frau zählt jede Sekunde.

Er wusste nicht, ob sie noch lebte.

Endlich wurde das Wasser seichter. Seine Lungen stachen vor Anstrengung. Krisztina hatte sich noch immer nicht bewegt.

»Geh nicht, hörst du mich? Er darf nicht gewinnen«, rief er ihr zu, hoffte, sie würde ihn hören.

Mit einem lauten Schrei zog er ein letztes Mal, legte ihren Oberkörper dann vorsichtig auf den Steinen ab. Er wünschte, er könnte ihren Kopf auf etwas Weiches betten. Aber auch dazu blieb keine Zeit.

Als die Männer von der Wasserwacht zu ihm kamen, hockte Krammer neben ihr und presste zum Takt von »Staying alive« immer wieder die Hände auf ihren Brustkorb. Der Text des Songs wurde zu einem stillen Gebet.

Doch es war vergebens. Dános Varga konnte schwer verletzt geborgen werden.

Aber für Krisztina kam jede Hilfe zu spät.

61.

Einer der Feuerwehrmänner hatte Krammer eine Wärmedecke um seine Schultern gelegt. Er stand am Ufer und sah zu, wie der tote Körper der Frau auf eine Trage gehoben wurde. Dann schloss sich der Reißverschluss über ihrem bleichen Gesicht. Viel zu jung, dachte er. Er hatte Mühe, seine Trauer im Griff zu halten, denn mit diesem Tod wurde die Erinnerung an so viele andere Opfer hochgespült. Er nahm es kaum wahr, als Roza den Abhang hinunterkam und zu ihm eilte.

»Ich hatte keine Ahnung, dass sie nicht angeschnallt war«, stotterte er. »Der Airbag, ich hatte gehofft ... Ich wollte einfach nicht, dass er entwischt«, erklärte Krammer und fragte sich, wie er hatte glauben können, dass dieses Manöver gut ausgehen würde.

Roza weinte still vor sich hin, aber sie bedeutete ihm, zu schweigen. »Ich weiß genau, wie sich Schuld anfühlt, Bernhard. Wieso, das erzähle ich dir ein anderes Mal. Nur so viel: Es nützt nichts, dir jetzt Vorwürfe zu machen. Du kannst nichts dafür. Es war ein Unglück, das einfach passiert ist. Krisztina ist selbst zu ihm gegangen. Sie wusste, dass sie das nicht überleben würde. Sie hat es mir geschrieben.« Sie seufzte. »Vielleicht war dieser Tod das Beste, was ihr hat passieren können. Sie liebte diesen See.«

Dann legte Roza ihren Kopf gegen seinen Arm, so als habe

sie keine Kraft mehr, und gemeinsam sahen sie zu, wie die Männer die Leiche wegbrachten.

Krammer hielt für einen Moment ganz still, und minutenlang standen sie schweigend nebeneinander. Er war erleichtert, dass sie wieder da war. Ohne sie hätte er den Dienst sofort quittiert. Aber falls man ihm seinen Alleingang nicht ankreidete, würde er bleiben. Sie sollte nicht einen Moment glauben, dass er wegen dieses Falles aufgab, sie auch daran die Schuld trug. Denn das hätte Roza sich nicht verziehen.

»Sie hätte sich nie auf diesen Mann einlassen dürfen«, sagte Roza, als die Trage im Innenraum des RTW verschwand. »Dann wäre das alles nie passiert. Aber sie war immer auf der Suche nach der Liebe. Schon seit ich sie kennenlernte.« Sie seufzte. »Man sollte sich immer fragen, auf wen man sich einlässt. Auch mir wird das eine Lehre sein.«

»Wie meinst du das?«, fragte er.

»Ich habe auch jemanden auf dem Gewissen«, sagte sie.

In knappen Worten erzählte Roza ihm von Leo Stadler, dem Toten mit der Tauchermaske. Er war urplötzlich in Rozas Leben getreten. Ein kurzes Treffen im Supermarkt, er hatte angeboten, ihre Einkäufe nach Hause zu tragen. Am nächsten Abend stand er vor ihrer Tür, Blumen in der Hand. Es hatte scheußlich geregnet, und er war pitschnass gewesen. Er tat ihr leid, deshalb hatte sie ihn reingebeten, bis der heftige Schauer vorbei war. Sie reichte ihm Handtücher, damit er sich abtrocknen konnte. Es gab Wein, Roza kochte ein Gulasch auf, er lobte ihre Küche. Schnell deutete er an, dass er alleine war, genau wie sie.

Und dass er mehr wollte.

Sie landeten im Bett, völlig ungewöhnlich für sie, aber seit so vielen Jahren war sie alleine gewesen, ausgehungert nach Berührungen und Zärtlichkeit. Danach, von jemandem gesehen zu werden. So hatte sie sämtliche Warnlichter ignoriert.

Am nächsten Abend kam er wieder. Stand linkisch vor ihrer Tür. Unsicher fragte er, was das am Vorabend gewesen sei. Nur Mitleid, oder war es mehr?

Sie hörte die Hoffnung. Und sie mochte ihn nicht verletzen.

In dieser Nacht redeten sie. Er fragte tausend Dinge. Roza erzählte stundenlang, genoss die Zweisamkeit. Die Höflichkeit. Sein Interesse. Am Morgen verabschiedeten sie sich mit einem Kuss. Sie bat um eine kurze Pause. Immerhin hatte sie zu arbeiten und zwei Nächte nicht geschlafen.

Er hielt sich nicht daran. Wieder stand er da. Er wolle nur kurz bei ihr sein, ihre Nähe spüren. Schon fühlte sie sich bedrängt. Aber die Vorstellung, alleine vor dem Fernseher zu sitzen, ödete sie an. Nur noch einmal, sagte sie sich.

So wiederholte sich alles. Tag für Tag. Bis sie misstrauisch wurde. Er erzählte nie etwas von sich. Zunächst schien er einfach zurückhaltend zu sein. Aber mit der Zeit konnte sie das Ungleichgewicht zwischen seinem Wissensdurst über ihre Arbeit, ihre Gewohnheiten, vor allem aber über ihr früheres Leben und ihren Weggang aus Ungarn nicht mehr als normal abtun. Er wollte zu viel wissen. Vor allem die Schleierfahndung interessierte ihn. Immer impertinenter wurden seine Fragen. Sie googelte seinen Namen. Aber es gab nichts, was ihr Misstrauen begründet hätte.

Dennoch brach sie den Kontakt am selben Tag ab.

Als die Briefbombe kam, hielt sie es noch für einen Zufall.

Wegen der ungarischen Herkunft des Briefes wollte sie jedoch mit ihrem früheren Kollegen Georg Holzner telefonieren – und hörte von seinem Tod.

Aber als sich dann mit einem lauten Geräusch ankündigte, dass sich ein Rad an ihrem Wagen gelöst hatte, war ihr Misstrauen geweckt.

Schließlich kam der Anruf von Krisztina. Und sie wusste, dass es Dános Varga war, der sie verfolgte. Das Handy hatte sie bewusst im Büro gelassen, aber sie musste noch einmal zurück in ihre Wohnung, damit ihr Laptop nicht in Vargas Hände fiel. Dabei fand sie Leo Stadler tot in ihrem Wohnzimmer. Sie war sich sicher, dass er von Vargas Leuten instrumentalisiert und vergiftet worden war.

Nicht nur wegen der Aufschrift auf der Maske. Auch weil er eine Flasche exquisiten Champagners hinterlassen hatte. Varga wollte immer nur das Beste von allem. Und das Allerbeste in seinem Leben hatte sie ihm genommen.

Auf dem Laptop waren in einem alten Ordner noch Dokumente gespeichert – und Roza wusste, dass er damit ihre Rolle in der ganzen Geschichte glasklar erkennen würde. Doch sie musste verhindern, dass er Krisztinas neuen Namen erfuhr. Bloß war sie ein paar Stunden zu spät gekommen.

»Aber warum hast du mir nichts gesagt?«, fragte Krammer. »Ich hätte dir doch geholfen!«

»Erinnerst du dich, warum du mir nichts von Perski erzählt hast? Bei mir war es dasselbe: Ich wollte dich nicht in Schwierigkeiten bringen. Außerdem war das mit Krisztinas Papieren nicht ganz legal gelaufen. Doch ich würde es jederzeit wieder tun. Genau so.«

»Und du hast in all den Jahren nicht gewusst, dass Krisztina noch lebte?«

Roza schüttelte den Kopf. »Sie hatte einen Brief hinterlassen, deshalb hatte niemand Zweifel an ihrem Tod – niemand außer Varga. Er hatte nie aufgehört, nach ihr suchen zu lassen, womöglich weil man ihre Leiche nie gefunden hat. Vielleicht durchschaute er, dass es eine List war. Oder weil sie ihm so sehr fehlte. Denn ich glaube, er hat sie wirklich geliebt. Auf eine teuflische Art.«

Damals hatte Roza sich bittere Vorwürfe gemacht, erzählte sie. Sie hätte Krisztina auf der Stelle von Varga wegholen müssen. Noch auf dem Empfang. In der Öffentlichkeit hätte er nicht gewagt, sich die Blöße zu geben, dagegen vorzugehen. Aber sie durfte die Aktion und auch ihren Partner nicht auffliegen lassen.

»Als sie sich dann letzte Woche meldete, war es wie eine zweite Chance. Dieses Mal wollte ich nicht wieder versagen.« Schließlich gab sie sich einen Ruck und erzählte Krammer von der Geschichte aus ihrer Kindheit, die ihr ganzes Leben geprägt hatte. Und warum sie nie mehr nach Ungarn gefahren war. »Meine Schwester habe ich damals nicht retten können. Aber Krisztina wollte ich kein zweites Mal enttäuschen. Deshalb durfte ich keine Zeit verlieren.«

Roza musste nicht weitersprechen. Ihm war klar, wie schwer sie daran trug, dass es ihr am Ende erneut nicht gelungen war.

»Bitte vergiss nicht: Du hast dein Bestes gegeben. Das wusste sie. Deshalb hat sie sich auch wieder an dich gewandt, als sie in Schwierigkeiten geriet«, sagte er sanft. »Wie geht es jetzt weiter? Kommst du damit zurecht?«

Roza sah ihn lange an. Dann antwortete sie bestimmt: »Ich fahre mit Emily zu Paul Hartmann ins Krankenhaus. Und werde beten, dass er das Bewusstsein wiedererlangt. Ich bin sicher, Krisztina hätte gewollt, dass ihre Tochter hierbleiben soll. Bei einer vertrauten Person und in ihrer gewohnten Umgebung. Ich werde ihn dabei unterstützen, sie großzuziehen. Das bin ich Krisztina schuldig.«

Krammer nickte. »Und sobald du zurück bist, bringen wir Dános Varga hinter Schloss und Riegel. Dieses Mal ist er zu weit gegangen.«

62.

Beherzt schob Krammer die Tür zum Café Central auf und gewährte Alexa den Vortritt. So oft hatte er sich gewünscht, sie hierher einzuladen, und er freute sich, dass es endlich so weit war, sie ein wenig an seinem Leben teilhaben zu lassen. Nachdem sie mehrere Tage lang in Weilheim die Details zu der Festnahme von Dános Varga protokolliert hatten, waren sie nun in Innsbruck, wo ebenfalls alles dokumentiert wurde.

Der Fall hatte in der Presse hohe Wellen geschlagen, denn der *Eisberg* war ein international gesuchter Verbrecher. Von den Beamten wurde allerdings niemand namentlich erwähnt, um sie vor der Rache der Schleppermafia zu schützen. Bevor sie nun erneut zu einem Treffen ins LKA mussten, nutzte Krammer die Gelegenheit, Alexa ins CC zu einem späten Frühstück einzuladen.

Sie sah sich im Raum um und hielt direkt auf einen Tisch zu. Krammer traute seinen Augen kaum, denn am Nachbartisch saß wieder *sie*. Die Frau, an die er dachte, wenn er oben auf dem Berg in die Weite schaute. Der er diese Aussicht irgendwann zeigen wollte. Er hielt Alexa am Arm fest und deutete auf eine freie Sitzreihe auf der gegenüberliegenden Seite des Raumes, wo er immer saß.

»Aber wieso?«, fragte sie. »Hier ist es doch auch sehr hübsch. Und wir haben mehr Platz.«

Krammer schüttelte den Kopf. »Bitte«, brachte er bloß stammelnd hervor. Er wusste, dass er sich lächerlich benahm. Aber er würde kein Wort herausbringen, wenn er zwischen Alexa und dieser Frau sitzen würde, der bereits aufgefallen war, dass sie beide zögernd neben ihrem Tisch standen, weshalb sie sie nun ihrerseits neugierig musterte.

»Männer«, sagte Alexa nur und zwinkerte der Blonden zu.

Erleichtert folgte Krammer seiner Tochter, die schließlich einlenkte und mit einem Lächeln und einem Achselzucken zu dem Tisch ging, auf den Krammer gewiesen hatte.

Galant nahm er nun Alexa die Jacke ab und brachte sie an die Garderobe. So hatte er einen Moment Zeit, sich zu sammeln. Als er zurückkam, setzte er sich Alexa gegenüber und schaute aus dem Fenster, während sie sich bereits mit der Karte beschäftigte.

»Kannst du mir etwas empfehlen?«, fragte sie, ohne den Blick zu heben.

»Alles«, sagte er, wie aus der Pistole geschossen.

»Sehe ich so hungrig aus?«, fragte sie lachend.

»Nein, ich meinte, es schmeckt alles ganz hervorragend hier.«

Seine Finger liefen die Tischkante entlang, während er darauf wartete, dass Alexa ihre Wahl traf. Aus den Augenwinkeln sah er erleichtert, dass die Frau wieder völlig in ihrer Lektüre versunken war und sie nicht weiter beachtete.

»Ich glaube, ich nehme das englische Frühstück. Darauf habe ich gerade richtig Lust. Und zur Abwechslung einen Tee.«

Krammer nickte und winkte der Bedienung zu, um Alexas Bestellung sowie für sich selbst einen großen Braunen und ein Rührei zu ordern.

»Wirklich schön hier«, sagte sie. »Dein Stammcafé?«

Er nickte. »Um ehrlich zu sein, gehe ich auch am Abend oft her. Es ist im Grunde mein zweites Wohnzimmer.«

»Ich finde, das ist keine schlechte Wahl«, meinte sie. »Kochst du denn nie? Ich mache das gerne, wenn Freunde kommen. Nur für mich alleine fehlt mir oft die Lust.«

Krammer dachte an die Leere in seinem Kühlschrank, den er auch hätte ausstellen können, wenn er nicht immer etwas Milch dort lagern würde. Freunde hatte er ebenso wenig. Aber das brauchte er seiner Tochter nicht auf die Nase zu binden. Der Druck, den die ungewohnt familiäre Situation auf sie ausüben musste, war ohnehin schon groß. Seine Einsamkeit war sein Problem, nicht ihres.

»Meine Frau hat immer gekocht«, sagte er. »Bis zu unserer Scheidung hat sie das übernommen. Es lag ihr, und da kam ich nie in die Verlegenheit.«

»Wie war sie so? Deine Frau, meine ich.«

Er atmete tief durch. »Ruth war immer gut zu mir. Aber unsere Ehe blieb kinderlos.« Er räusperte sich und vermied bewusst den Augenkontakt mit Alexa. Erst in diesem Moment wurde ihm klar, dass es nicht an ihm gelegen haben konnte, dass seine Frau nie schwanger geworden war. Und er fragte sich, ob Ruth das nicht schon damals gewusst hatte. Dass deshalb seine Beteuerungen, sie solle sich keine Gedanken darüber machen, stets ins Leere liefen. »Sie litt sehr darunter. Das konnte ich sehen. Aber statt darüber zu sprechen, flüchteten wir uns in andere Dinge. Sie in alle möglichen Projekte und ich mich in die Arbeit. Unser Leben driftete immer weiter auseinander. Irgendwann hatten wir uns einfach nichts mehr zu sagen.«

Alexa nickte. »Das ist bei Paaren, die Kinder haben, aber oft genauso. Zumindest ist das meine Erfahrung.«

Er schaute sie verdutzt an. So hatte er es noch nie betrachtet, doch sie konnte durchaus recht haben.

Sie zuckte die Schultern. »Du siehst, ich bin keine besondere Freundin der Ehe.«

»Deshalb keine Beziehung?«, fragte er beherzt.

Alexa schüttelte den Kopf. »So weit bin ich nie gekommen. Ich suche mir meist die Falschen aus.«

Zu seinem Erstaunen sah Krammer, wie sie errötete, was er ausgesprochen charmant fand. Sie gab sich immer so selbstbewusst, aber da war auch ein sehr sensibler, zurückhaltender Kern. Er fragte sich, ob sie gerade von ihrem früheren Kollegen gesprochen hatte, hielt sich aber mit einem Kommentar zurück.

»Erkenntnis ist der erste Schritt zur Besserung«, sagte er stattdessen. »Heißt es nicht so? Vielleicht solltest du es mal mit einem ganz anderen Typ Mann versuchen.«

Krammer war froh, dass die Bedienung das Frühstück brachte, denn die Richtung, die das Gespräch gerade nahm, wurde ihm zu heikel. Mischte er sich nicht schon zu sehr in ihr Leben ein?

»Ich wusste gar nicht, dass du auch eine Weiterbildung zum Beziehungsberater gemacht hast«, flachste Alexa und versenkte den Teebeutel in das heiße Wasser. »Na ja, vermutlich hast du recht. Ich werde mir das mal durch den Kopf gehen lassen.«

Schweigend widmeten sie sich beide dem Essen.

»Aber jetzt bist du dran«, meinte Alexa. »War da nie jemand nach Ruth?«

Er wollte gerade das Besteck weglegen, doch das Messer rutschte ihm aus der Hand und fiel klirrend auf den Teller, so überraschend traf ihn die Frage.

»Entschuldige«, warf Alexa ein. »Ich wollte dich nicht in Verlegenheit bringen.«

Sein Blick huschte zu dem Tisch, an dem die Blonde saß. Aber sie war gerade im Gehen begriffen und hatte nicht mitbekommen, was passiert war. Erleichtert tupfte er sich mit der Serviette die Oberlippe ab, auf der sich ein wenig Schweiß gebildet hatte.

Er hatte allerdings vergessen, dass Alexa eine verdammt gute Beobachterin war. Sie war seinem Blick wohl gefolgt und grinste jetzt breit.

»Deshalb also wolltest du dich vorhin nicht an den Tisch dort drüben setzen. Ich verstehe …«

Er machte eine wegwerfende Geste. Aber gleichzeitig war er auch erleichtert. Sie hielt ihn nicht für komplett verrückt, weil er sich für die Blonde interessierte.

»Ich gehe davon aus, dass sie noch nicht darüber Bescheid weiß, dass du sie magst?«

Wie …, wollte er schon fragen. Doch dann entlockte es auch ihm ein Schmunzeln. Er hatte die Frau weder gegrüßt noch sich mit ihr unterhalten, und Alexa wäre eine ziemlich schlechte Kriminalistin, wenn sie das nicht bemerkt hätte.

»Sprechenden Menschen kann geholfen werden«, sagte sie, als er sich in Schweigen hüllte. »Auch ein Sprichwort.«

Krammer nickte. Am liebsten hätte er nach seiner Kaffeetasse gegriffen, um mit Alexa anzustoßen. Endlich war der Knoten zwischen ihnen geplatzt. Und vielleicht hatte seine

Tochter ja recht und er sollte sich wirklich ein Herz nehmen und die Frau einfach ansprechen. Aber nicht heute.

»Und wo wir schon bei Liebesdingen sind: Wie war das damals eigentlich mit dir und meiner Mutter?«, fragte Alexa. »Wo habt ihr euch kennengelernt? Und was war es, das du an ihr gemocht hast?«

Krammer legte den Kopf schief, überlegte eine Sekunde. Zuerst wollte er abwinken. Was hatte es für einen Sinn, in den alten Geschichten zu wühlen? Aber es war kein Wunder, dass sie sich dafür interessierte. Und sicher war es gut, die Tatsachen endlich zu akzeptieren, wie sie waren. Ohne im Nachhinein zu fragen, wieso alles so gekommen war und was anders oder besser hätte laufen können.

Diese Beziehung war der Grundstein für Alexas Leben. Und der Beginn ihrer gemeinsamen Geschichte. Also fing Krammer an zu erzählen.

63.

Auf dem Rückweg von Innsbruck war Alexa noch nach Zirl gefahren, um Clemens Drexler, der Künstler und Fotograf war, in seiner Scheune einen Besuch abzustatten. Sie hatte ihn bei den Recherchen zu ihrem letzten Fall kennengelernt. Bei dem Besuch in seinem Scheunenatelier waren ihr die großformatigen Acrylbilder aufgefallen, und sie hatte spontan beschlossen, sie sich noch einmal anzuschauen, vor allem aber, um die Preise zu erfragen, die, wie sie befürchtet hatte, viel zu hoch für ihr Gehalt waren.

Drexler hatte von dem Ausgang des letzten Falles in der Zeitung gelesen und musste sich daran eine gewisse Mitschuld geben – anders war der sensationelle Rabatt, den er ihr gewähren wollte, nicht zu erklären. Doch bevor er sein Angebot zurückzog, beschloss sie, sich eins der Bilder zu leisten. Allerdings hatten sie sich auf einen Preis in der Mitte geeinigt. Und sie hatte noch ein zweites, kleineres Bild für ihre Freundin Kati mitgenommen, die nach dem Tod ihrer Mutter sicher ein wenig Farbe als Aufmunterung gebrauchen konnte.

Jetzt musste sie die Kunstwerke nur irgendwie in den VW Polo bekommen, den sie sich von Kati geliehen hatte. Sie klappte die Sitze um und stellte zu ihrer Erleichterung fest, dass es funktionierte.

Plötzlich klingelte ihr Handy. Konstantin. Ausgerechnet. Sie beeilte sich, das Bild im Wagen zu verstauen, dann bemühte sie sich um ein Lächeln und nahm das Gespräch an. Bestimmt wollte er sie wegen ihres Treffens am Samstag sprechen.

Doch bevor sie eine belanglose Floskel loslassen konnte, platzte Konstantin schon heraus: »Alexa, ich brauche deine Hilfe. Ich stecke in Schwierigkeiten.« Seine Stimme klang gepresst, so als solle niemand hören, was er sagte.

»Was ist passiert?«, fragte sie.

»Das … sage ich dir, wenn du hier bist.«

»Wo genau bist du denn?«

»Im Polizeipräsidium in München. In der Ettstraße.«

Rasch googelte sie die Adresse: Es war ganz in der Nähe der großen Einkaufsstraße, auf der sie vor dem Schneeeinbruch vor ein paar Wochen einen Bummel unternommen hatte.

»Eins musst du wissen: Ich bin unschuldig. Wie sie auf mich kommen … Ich habe keine Ahnung. Das musst du mir glauben.« Dann setzte er nach: »Alexa, wenn die mich ins Gefängnis stecken, bin ich sofort meinen Job los. Das kann ich mir als Lehrer nicht leisten.«

Nachdenklich schaute Alexa auf das Display ihres Smartphones und auf den Namen, der dort geschrieben stand. Die Szene fiel ihr wieder ein, wie ein Mann Konstantin vor ein paar Wochen vor dem Konzertsaal bedroht hatte, in dem seine Band gespielt hatte. Sie dachte an die noble Wohnung mitten in der Münchener Innenstadt, die weder zu seiner abgetragenen braunen Ledertasche passte, die er bei ihrer ersten Begegnung bei sich hatte, noch zu seinem Beamtengehalt. An das Mädchen, das während des Auftritts im Drogenrausch zusammengebrochen war. All das hatte sie verdrängt. Aber was, wenn er seine Finger mit im Spiel hatte?

Und dann fielen ihr auch noch die Worte von Line ein, die sie an dem Konzertabend vor einem Typ wie Konstantin gewarnt hatte.

»Ich weiß, das hört sich alles völlig irre an, aber du musst mir glauben«, vernahm sie seine nervöse Stimme, die nicht mehr so selbstbewusst klang wie bei ihren ersten Treffen.

Sie zögerte.

Im Grunde kannte sie ihn kaum. Und seit sie letzte Woche Jan wiedergetroffen hatte, war sie überzeugt, dass die Beziehung zu Konstantin keine Zukunft hatte. Aber bis heute hatte sie ihm keinen reinen Wein eingeschenkt und ihn nur hingehalten.

Wie ihr Vater hatte sie sich lieber wochenlang in Schweigen gehüllt. Hatte das klärende Treffen absichtlich erst am Wochenende anberaumt, statt ihn einfach anzurufen oder spontan zu besuchen. Zeit wäre dafür oft genug gewesen. Aber sie hatte es vorgezogen, den unangenehmen Konsequenzen aus dem Weg zu gehen. Und gehofft, er würde vielleicht selbst darauf kommen oder mit einem attraktiven Groupie vorliebnehmen und einfach ohne ein Wort wieder aus ihrem Leben verschwinden.

Ihn allerdings jetzt, wo ihm das Wasser bis zum Hals stand, hängen zu lassen, wäre nicht in Ordnung. Ihr schlechtes Gewissen würde sie auffressen.

»Alexa, bist du noch dran?«, fragte er irritiert.

Sie sah auf die Uhr. Diese letzte Sache war sie ihm schuldig. Sie musste ohnehin noch nach München, um Oskar bei Line abzuholen. Schließlich antwortete sie entschlossen: »Ich brauche bestimmt zwei Stunden, bis ich da bin. Aber ich mache mich jetzt auf den Weg.«

NACHWORT UND DANK

Die Reise mit dieser Serie im Hause der S. Fischer Verlage ist eine wirklich wunderbare, und ich danke jeder und jedem dort für die tolle Unterstützung! Dass meine Geschichten und die Figuren aus dem GRENZFALL von so vielen Leserinnen und Lesern geliebt werden, macht mich zu einem wahnsinnig glücklichen Menschen – und ist das, was ich mir erträumt habe, als ich vor mehr als zehn Jahren mit dem Schreiben begonnen habe.

Die Gegend, die ich beschreibe, ist mir auf beiden Seiten der Grenze mittlerweile ans Herz gewachsen. Wer Interviews mit mir verfolgt hat, weiß, dass ich zu Beginn der Reihe nicht unbedingt der größte Freund der Berge war. Noch immer habe ich ziemlichen Respekt vor der Höhe und generell vor der dortigen Natur – bin aber gleichermaßen fasziniert von dieser ganz eigenen Welt.

Die Menschen, die mich seit Beginn der Reihe bei meiner Arbeit unterstützten, ob bei der Polizei, in der Medizin oder im Verlag, sind weiterhin an meiner Seite. Deshalb danke ich erneut vor allem meiner Lektorin, mit der ich jeden Erfolg feiere, an die ich mich aber auch mit jedem Wehwehchen wenden kann. Ebenso meinem Außenlektor, der sich durch meine Rohfassungen quält und ihnen den letzten Schliff gibt. Und Chefinspektor a. D. Toni Walder aus Österreich sowie Kriminalhauptkommissar Ludwig Waldinger aus Deutschland sind noch immer nicht müde geworden, meine vielen Fragen zu beantworten.

Darüber hinaus möchte ich auch speziell der Bergwacht Lenggries und der Wasserwacht Walchensee danken, die jeden Tag das ganze Jahr hindurch wertvolle Arbeit leisten. In meinen Büchern weise ich am Rande immer wieder auf Dinge hin, die tatsächlich wichtig sind, wenn ihr in der Natur unterwegs seid: Bleibt auf den gekennzeichneten Wegen, lest und respektiert Verbotsschilder und sammelt euren Müll am Ende ein. Informiert euch vor den Ausflügen, Skiurlauben, Wanderungen oder Bootstouren über die notwendige Ausrüstung und die aktuellen Wetterbedingungen, denn bei den Rettungseinsätzen können die Helfer selbst in gefährliche Situationen geraten. Berge, Wald, Wiesen und Seen gehören uns nicht alleine und sollten auch für heimische Tiere und Pflanzen weiterhin ein ruhiger, friedlicher und sauberer Ort bleiben.

Wenn ihr die Gelegenheit habt, einmal an den Walchensee, in den Isarwinkel, nach Österreich oder Ungarn zu reisen, nehmt unbedingt die Möglichkeit wahr! Es sind tolle Plätze, an denen meine Bücher spielen – und Reisen öffnet nicht nur Horizonte, sondern auch unsere Herzen.

Passt auf euch auf, bleibt dem Lesen treu – es gibt so viele tolle Bücher –, und falls ihr mal bei einer Lesung, Messe oder anderen Veranstaltung seid, an der ich teilnehme: Sprecht mich gerne an. Ich freue mich, euch kennenzulernen, und über ein Feedback zu meinen Büchern!

Derweil arbeite ich schon am fünften Teil der Reihe, damit ihr weitere Abenteuer von Alexa und Krammer lesen könnt.

PROLOG

»Warum sind wir nicht früher heimgefahren?«, meckerte ihr Mann auf dem Beifahrersitz. »Ich weiß echt nicht, wie ich morgen aus dem Bett kommen soll.« Er sah auf die Uhr. »Sakra! Von wegen morgen … es ist ja schon nach Mitternacht! In vier Stunden muss ich in der Backstube sein.«

Er schnaubte unwirsch.

Sie verkniff sich den Kommentar, dass er es gewesen war, der beim Schafkopfen kein Ende finden wollte und dann die letzte Runde auch noch schwarz verloren hatte. Seinen Frust hatte er anschließend mit seinen Mitspielern in diversen Hellen zu ertränken versucht.

»Ich beeile mich ja schon«, antwortete sie, als sie gerade die Pestkapelle in Bairawies passierten. »Aber schneller mag ich nicht fahren, immerhin hatte ich auch zwei Gläser Wein.«

Schweigend saßen sie nebeneinander. Während er missmutig die Nachrichten auf seinem Handy checkte, konzentrierte sie sich auf die kurvige Landstraße. In einiger Entfernung sah sie die Rücklichter eines anderen Wagens vor sich, sonst war nichts los auf der Strecke. Hoffentlich keine Polizeistreife, dachte sie und drosselte vorsichtshalber das Tempo. Sie wollte keinen Alkoholtest riskieren. Schnell vergrößerte sich der Abstand zu dem Vorausfahrenden. Sie sah die beiden roten Lichter in der dunklen Nacht kleiner werden, und immer wieder verschwanden sie kurz hinter den Bäumen.

»Ganz schön flott unterwegs«, murmelte sie. Aber das ging sie ja zum Glück nichts an.

Plötzlich leuchteten die Bremslichter des Vorausfahrenden grell auf, dann zog der Wagen nach links – in Richtung Wald.

»Siehst du das?«, fragte sie ihren Mann. »Was macht der denn? Da ist doch keine Abzweigung.«

Er rappelte sich im Beifahrersitz auf, war offenbar kurz eingenickt, doch bevor er antworten konnte, schoss der Wagen vor ihnen mit hohem Tempo über die Wiese neben der Straße und krachte frontal gegen einen der Bäume, die vereinzelt auf dem Grundstück standen.

»Herrschaftszeiten! Der ist sicher einem Tier ausgewichen und hat die Kontrolle verloren. Was für ein Depp!«

Ohne weiter nachzudenken beschleunigte sie, denn nun begann der Motor des Wagens Flammen zu schlagen. Sie mussten dem Fahrer zu Hilfe kommen.

Während ihr Mann bereits einen Notruf absetzte und ihren Standort durchgab, stoppte sie auf dem gegenüberliegenden Seitenstreifen, setzte den Warnblinker, riss die Fahrertür auf und rannte los. Ein Straßenschild war völlig verbogen, hing wie abgeknickt in der Verankerung. Also kein Wild, vermutlich war der Wagen zuvor damit kollidiert. Zu ihrer Erleichterung sah sie, dass eine Frau mit einem hellen Oberteil schwankend auf der Fahrerseite ausstieg, neben dem Auto stehen blieb und auf die Flammen starrte. Hoffentlich war die Fahrerin alleine unterwegs, aber sicher wäre sie sonst auf die andere Seite gelaufen, um zu helfen. Stattdessen sah es aus, als würde sie etwas durch die offen stehende Tür ins Innere werfen.

»Haben wir was zum Löschen?«, rief sie ihrem Mann unsicher zu, der ein Warndreieck auf die Fahrbahn gestellt hatte. Etwas Derartiges hatte sie noch nie erlebt, und sie wusste nicht recht, was sie tun sollte. Doch bevor er antworten konnte, vernahm sie ein Zischen, dann gab es einen lauten Knall, der über die Ebene hallte, und schon brannte der Unfallwagen lichterloh.

»Maria und Josef«, murmelte sie und starrte auf den Brand, der sich blitzschnell auf das umliegende Geäst ausbreitete.

»Die Frau …« Sie deutete in die Richtung, hoffte, dass sie sich rechtzeitig in Sicherheit gebracht hatte. Sehen konnte sie sie nicht.

Aus Richtung Bad Tölz war ein weiteres Auto hinzugekommen. Der Fahrer des SUV rannte jetzt von der linken Seite her zu dem brennenden Wagen, doch nach ein paar Metern hielt auch er im Lauf inne und hob einen Arm, vermutlich um sein Gesicht vor der Hitze abzuschirmen.

»Das kann er sich sparen. Da kommt keiner mehr raus. Schau gar nicht hin«, entgegnete ihr Mann, der zu ihr aufgeschlossen hatte. Er drehte sie an den Schultern herum und nahm sie in den Arm.

Sie schüttelte ihn ab. »Lass mich los! Die Frau ist noch ausgestiegen, ich hab sie gesehen. Sie stand direkt neben dem Wagen. Wir müssen da hin. Vielleicht ist sie bei dem Aufprall verletzt worden!« Wieder spähte sie in die Richtung, aber von der Fahrerin gab es keine Spur mehr. Wegen des Rauchs und der Dunkelheit konnte sie kaum etwas erkennen. Sie musste näher ran.

»Bist du verrückt!«, herrschte ihr Mann sie an und hielt sie am Arm fest. »Da kann jeden Moment erneut etwas in die Luft fliegen! Von dem Qualm gar nicht zu reden. Wir bleiben besser hier in Sicherheit, bis die Rettungskräfte kommen.«

Sie versuchte sich aus seinem Griff zu befreien. »Und wenn sie unter Schock steht? Wir können doch nicht einfach nur zuschauen und nichts tun!«

Verzweifelt starrte sie ihren Mann an. Doch der schüttelte nur den Kopf und hielt sie weiter fest. Sie riss sich los und spähte in Richtung der Unfallstelle, suchte nach irgendeinem Lebenszeichen der Fahrerin. Aber die grauen Schwaden wurden immer dichter und erschwerten die Sicht.

»Die Feuerwehr ist jeden Moment hier, glaub mir. Und auch ein Krankenwagen«, versuchte ihr Mann sie zu beruhigen. »Mehr können wir nicht tun. Und wir sollten nicht riskieren, selbst zu Schaden zu kommen.«

Sie sah hilflos zu ihm auf. Doch ihre Unsicherheit überwog – sie hatte ja nicht einmal eine Ahnung, wo sie nach der Frau suchen sollte oder womit sie den Brand hätte löschen können.

Wieder starrte sie auf den gleißenden Feuerball, in den sich das Fahrzeug verwandelt hatte, und hoffte, dass die Fahrerin weit genug entfernt gestanden hatte, als es die Explosion gab, vermutlich von dem Benzintank. Ein leichter Wind kam auf, ließ das dürre Gras in der Dunkelheit glimmen und trieb beißenden Qualm in ihre Richtung.

Zitternd lehnte sie sich an den Brustkorb ihres Mannes, schlang die Arme eng um sich und hörte zu ihrer Erleichterung endlich das Martinshorn der Feuerwehr. Sie wollte sich gerade von dem furchtbaren Bild abwenden, da nahm sie hinter dem Wagen eine Bewegung wahr.

»Siehst du das?« Sie deutete auf den Schatten, der in Richtung Wald zu laufen schien. »Ist das die Fahrerin? Wo will sie denn jetzt hin?«

»Wo?«, fragte er. »Bist du sicher?«

»Na, da hinten! Am Waldrand.«

Er schüttelte den Kopf. »Ich seh da nichts. Der Rauch gaukelt dir sicher was vor. Ich meine, die wäre doch längst rüber zu dem SUV, der dort gehalten hat.«

»Echt?« Sie suchte erneut die Ebene ab, aber das Licht der entgegenkommenden Feuerwehr blendete sie. Als sie die Hand hob, um ihre Augen abzuschirmen, stellte sie fest, dass der Wagen des anderen Zeugen verschwunden war.

Seltsam. Er musste wieder Richtung Tölz zurückgefahren sein.

Noch einmal konzentrierte sie sich auf den Bereich zwischen den Bäumen, wo sie die Frau zuletzt gesehen hatte. Nach einer Weile meinte sie erneut, das helle Oberteil wahrzunehmen, das sie angehabt hatte.

Sie seufzte und rieb sich die Augen, die von der Anstrengung oder wegen der rauchgeschwängerten Luft zu brennen anfingen. Dann starrte sie wieder in den Wald. Doch sie konnte nichts Ungewöhnliches mehr erkennen.

Vermutlich hatte ihr Mann recht. Sicher brachte der andere Fahrer sie bereits in ein Krankenhaus.

Außerdem: Was sollte die Frau auch dort in der Wildnis? Sie wäre wohl eher zur Straße gelaufen, um Hilfe zu holen.

Schließlich hatte sie ja nichts verbrochen.

Tölzer Kurier

ZEUGEN GESUCHT

Auf der Landstraße zwischen Einöd und Bad Tölz ist gestern kurz nach Mitternacht ein Fahrzeug mit zwei Insassen aus noch ungeklärten Gründen von der Fahrbahn abgekommen. Es rammte dabei ein Verkehrsschild, fuhr über eine Wiese und kam erst durch einen dort stehenden Baum zum Stillstand. Bei dem Aufprall entzündete sich zunächst der Motor, wenig später stand der gesamte Wagen in Flammen. Durch den Unfall entstand ein Sachschaden von mehreren tausend Euro. Der Beifahrer konnte nicht gerettet werden.

Zeugen berichten, dass die bislang unbekannte Fahrerin vor dem Ausbrennen des Kfz noch selbständig aus dem Fahrzeug ausgestiegen ist. Die Polizei fahndet nun sowohl nach der Halterin des Mittelklassewagens mit britischem Kennzeichen als auch nach einem BMW X5, der in der Nähe der Unfallstelle gesehen wurde. Wenn Sie nähere Hinweise zum Unfallhergang oder dem Verbleib der vermissten Frau haben, wenden Sie sich bitte an die nächstgelegene Polizeidienststelle oder direkt an die Kripo Weilheim.

© 2025 S. Fischer Verlag GmbH,
Hedderichstr. 114, D-60596 Frankfurt am Main

Sie können den nächsten Roman von
ANNA SCHNEIDER
kaum erwarten?
Wir informieren Sie über diese und weitere
spannende Neuerscheinungen
mit unserem kostenlosen Newsletter.

Hier können Sie sich anmelden:
fischerverlage.de/newsletter